R & L

WHITNEY CHADWICK

IM LABYRINTH DER BILDER

Roman

Aus dem Englischen
von Ursula Walther

RÜTTEN & LOENING
BERLIN

Die Originalausgabe
Framed
erschien 1998 bei Macmillan, London.

ISBN 3-352-00554-0

1. Auflage 1999

Published by management with Macmillan Publishers LTD/Gen. Books
Einbandgestaltung Kathrin Steigerwald
Druck und Binden Graphischer Großbetrieb Pößneck
Ein Mohndruck-Betrieb
Printed in Germany

Für Bob

ANMERKUNGEN DER AUTORIN

Das San Francisco Museum of Art ist frei erfunden und repräsentiert weder das San Francisco Museum of Modern Art noch das M.H. de Young Memorial Museum – beides sind großartige Institutionen –, die Anlage und die Umgebung des letzteren habe ich jedoch als Szenerie für diesen Roman übernommen. Die Handlung in diesem Buch ist frei erfunden, und jede Ähnlichkeit der Charaktere mit lebenden Personen wäre rein zufällig und ist nicht beabsichtigt.

Mit besonderem Vergnügen bedanke ich mich bei den Seglern in meiner Familie, ich stehe tief in ihrer Schuld.

DAS KURATORIUM DES
SAN FRANCISCO MUSEUM OF ART
&
HERVÉ MONTAINIER,
GENERALKONSUL VON FRANKREICH
NEBST MADAME MONTAINIER

geben sich die Ehre, Sie am
Dienstag, den dreiundzwanzigsten September
zu einem Abendessen in der Großen Halle des Museums
Golden Gate Park einzuladen

Cocktails um achtzehn Uhr
Dinner um neunzehn Uhr

Der Reinerlös dieses Abends kommt
der bevorstehenden Ausstellung des Museums zugute.

Französische Malerei
aus dem Zeitalter Napoleons

Nach dem Abendessen hält das Kuratoriumsmitglied
Michael Harrison einen Vortrag
im Walter und Marilyn Levinson Auditorium

U. A. w. g. (415) 863-7575

Schwarze Krawatte

KAPITEL EINS

Die Probleme begannen mit einer Postkarte.

Sie sah vollkommen harmlos aus, ein Bild von einem steinernen Wasserspeier, der auf einem Sockel über Notre Dames Strebebogen lauerte; die Karte lag auf dem Empfangstisch neben einer Einladung – schlichter Druck auf Pergament – mit der Kleidervorschrift »Schwarze Krawatte«.

Es war nicht nötig, daß ich die Karte noch einmal umdrehte, ich kannte die Botschaft auswendig.

Liebe Charley, ich bin wegen der Ausstellung in allergrößten Schwierigkeiten. Ich weiß, Du gehst nie zu solchen Partys, aber BITTE komm am Dienstag. Ich muß unbedingt mit Dir sprechen. Nach dem Vortrag. Okay?

Gruß Michael

Mehr enthüllte die Postkarte nicht, aber sie erklärte meine momentane mißliche Lage: Ich war eingekeilt hinter einem Bügelbrett, das fast den ganzen Platz in meiner Küche einnahm, und ließ das Bügeleisen behutsam über die weiten Ärmel einer Abendjacke gleiten, die ehemals meiner Großmutter gehört und die ich aus den Tiefen meines Schranks ausgegraben hatte.

Unter normalen Umständen würde man mich nicht einmal tot beim Bügeln erwischen. Aber dies sind keine normalen Umstände, rief ich mir ins Gedächtnis, als ich mich bemühte, meine Vorstellung von den Frauen zu verdrängen, die im Museum sein würden, und von den funkelnden Diamanten auf sonnengebräunten Dekolletés.

Ich zwängte meine Füße, die an Sandalen oder Stiefel gewöhnt waren, in steife Lacklederpumps, holte tief Luft und wischte ein verirrtes kupferfarbenes Haar von dem schwarzen Ärmel. Die Haarfarbe und die dazugehörigen grünen Augen waren auch ein Vermächtnis meiner irischen Großmutter; die Tatsache, daß keins von beidem im Laufe der Jahre blasser geworden war, machte den Schock nach der plötzlichen Erkenntnis, daß ich über vierzig und Mutter einer achtzehnjährigen Tochter war, fast wieder wett.

Es sah Michael gar nicht ähnlich, dringende Botschaften zu verschicken. Oder auch nur um Hilfe zu bitten. Es war Jahre her, seit er sich zum letztenmal an mich gewandt hatte, weil er mehr wollte als nur meine Gesellschaft. Genaugenommen hatte er das seit unseren gemeinsamen Studientagen nicht mehr gemacht. Sogar als Steven im Sterben lag, war er mit seinem Kummer ganz allein fertig geworden und hatte sich nur bei mir gemeldet, um mich um Auskünfte über die Malerei des neunzehnten Jahrhunderts zu bitten. Meine Fragen über seinen Gemütszustand hatte er stets mit einem Achselzucken abgetan. Es ginge ihm gut, sagte er, es sei schwer, aber er halte durch. Wenn Steven heute noch am Leben wäre, hätte sich Michael ihm anvertraut, nicht mir.

Vor zwei Monaten war ich diejenige gewesen, die seine Hilfe in Anspruch genommen hatte.

»Ich brauche vorübergehend einen Job«, hatte ich zu Michael am Telefon gesagt. Es war mir noch nie leichtgefallen, jemanden um einen Gefallen zu bitten.

»Heißt das, der internationale Kunst und Antiquitätenhandel richtet sich seit neuestem an alle gesetzlichen Bestimmungen? Gehören die nebulöse Herkunft von Kunstwerken und gestohlene Erbgüter der Vergangenheit an?«

»Du machst Witze. Aber eines Tages werden die Regierungen aufwachen und die Verordnungen und Gesetze verschärfen.« Daß es so einfach war, gestohlene und gefälschte Kunstobjekte zu kaufen, zu verkaufen und in der ganzen Welt zu verschieben, hatte mich vor sechzehn Jahren dazu veranlaßt, *Provenance* (Detektei im Bereich des Kunsthandels, Inc.), eine Ermittlungsagentur, zu gründen. Ich war sechsundzwanzig Jahre alt, verwitwet und hatte ein zwei Jahre altes Kind, eine unfertige Dissertation und keine Aussichten, von irgend jemandem unterstützt zu werden, deshalb war ich auf eine Arbeit angewiesen, die ich von zu Hause aus erledigen und bei der ich die wenigen Kenntnisse und Fertigkeiten nutzen konnte, die ich bereits besaß.

Die meiste Zeit erhalte ich mehr Anfragen nach Informationen über Kunstobjekte mit zweifelhafter Vergangenheit, als ich bewältigen kann, aber im Sommer ist auch der Kunsthandel relativ flau.

»Probleme?« fragte Michael mitfühlend.

»Nichts Ernstes. Ich habe im Mai der Carlton Gallery einen Bericht über ihre neu erworbenen Stier-Skulptur geschickt, die mit neunundneunzigprozentiger Sicherheit ohne Exportlizenz aus Pakistan herausgeschmuggelt wurde. Ich warte immer noch auf meine Bezahlung. Jetzt, da Lisa auf der Universität ist, nimmt die Flut der Rechnungen kein Ende. Und wenn ich hier an der Uni noch einen Kurs übernehme, wird mein Buch *nie mehr* fertig.«

»Ich hab' eine Idee«, sagte Michael und erhellte damit meinen Trübsinn. »Könntest du dich damit anfreunden, einen Kurs in der französischen Kunst des achtzehnten und neunzehnten Jahrhunderts für unsere Museumsführer abzuhalten? Klaus beschwert sich ständig darüber, daß sie keine Ahnung von Kunstgeschichte haben, und wenn die Ausstellung ›Französische Malerei aus dem Zeitalter Napoleons‹ eröffnet wird, müssen sie die Besucher durch die Säle führen.«

Ich überlegte einen Moment und rechnete in Gedanken

die spärliche Bezahlung des Museums gegen Lisas horrende Studiengebühren auf. Andererseits erforderte ein Kurs im Museum weit weniger Vorbereitung als etwas ähnliches in der Universität.

»Ich bin dabei«, sagte ich. »Bist du sicher, daß du Klaus dazu überreden kannst?« Ich kannte den Museumsdirektor kaum, aber er und Michael schienen gut zusammenzuarbeiten.

»Das ist ein Kinderspiel. Ich habe bereits Dias von allen Arbeiten gemacht, die in der Ausstellung gezeigt werden. Staub deine Skripte und Notizen vom Studium ab, und ich versorge dich mit den neuesten Erkenntnissen der Wissenschaft.«

»Meine Notizen *sind* wahrscheinlich schon Staub«, erwiderte ich, fühlte mich aber mit einemmal wesentlich unbeschwerter.

Und das war's. Bis die Postkarte kam.

Michael war nach Paris geflogen, um die letzten Arrangements zu treffen und dafür zu sorgen, daß die Leihgaben für seine Ausstellung sicher und pünktlich auf den Weg gebracht werden würden. Aber wieso diese kryptische Botschaft? fragte ich mich. Warum hat er mich nach seiner Rückkehr nicht einfach angerufen?

Die Kaschmirstola, die ich um meine Schultern drapierte, war ein anderes Relikt von der Garderobe meiner Großmutter. Die Stola hüllte meine Schultern in eine Wolke sanfter, weicher Wärme, als ich die steile Treppe zur Straße hinunterstieg. Aus Mrs. Domandis Wohnung im ersten Stock drang kein Laut, aber die Tür zu dem kleinen Atelier im Parterre öffnete sich einen Spalt, als ich vorbeikam.

»Bist du das, Charlotte?« Die Tür wurde ein Stück weiter geöffnet, und die Silhouette einer kräftigen Gestalt tauchte vor dem hellen Hintergrund auf. Die wirre Mähne grünlich blonden Haars bauschte sich um das kleine Gesicht und drohte, die zarten Züge unter sich zu begraben.

Die Frau trug Leggings mit Leopardenmuster und ein riesiges Männer-T-Shirt. »Mein Gott«, rief sie gedehnt und unterdrückte ein Kichern, »kann das die Professorin sein?«

Ich drehte eine Pirouette, als sie eine Hüfte an den Türrahmen lehnte und mich aus schmalen Augen musterte.

»Wie findest du es, Candy? Ein bißchen eng?« Ich zupfte an dem Stoff, der eingelaufen zu sein schien, seit ich mich in das Kleid gezwängt hatte.

»Nicht in meiner Branche.« Candys »Branche« war der exotische Tanz, und ihre Kostüme reichten von knapp bis nichtexistent.

»Gehe ich als geheimnisvolle, intellektuelle Frau im gewissen Alter bei einem extra feinen Museumsdinner durch?«

»Das kommt auf die Beleuchtung an.« Das war das Urteil, das Frauen zur zweiten Natur geworden war, deren Auskommen von der äußeren Erscheinung abhing. »Tolle Jacke.« Ein anerkennender Blick schweifte über die gepolsterten Schultern und die enge Taille. »Bist du an diesem Wochenende zu Hause? Ich habe Jason zwei Tage hier.«

»Soweit ich weiß schon. Was Neues an der Sorgerechtsfront?«

»Wir haben eine neue Sozialarbeiterin, sie ist noch blöder als die letzte. Sie schnüffelt ständig herum und fragt, ob ich dem Kind ein eigenes Schlafzimmer bieten kann. Sieht sie denn nicht, daß dies hier eine Atelierwohnung ist? Meine Ma erscheint bei jeder Verhandlung und macht ihnen klar, daß die Drogen meinem Ex gehört haben, aber sie schicken mich immer wieder zur Untersuchung zum Arzt. Hey, sieh dir das an.«

Candy tauchte in den kleinen Raum ab und kramte in Kleiderhaufen und Zeitschriftenstapeln, während ich vergeblich versuchte, meinen Füßen in den engen Schuhen eine bequemere Position zu ermöglichen. Als sie zurückkam, hielt Candy ein Kleinkind-Outfit in den Händen blaue Shorts und ein kurzärmeliges weißes T-Shirt, auf das Lokomotiven gedruckt waren, »Niedlich, was? Ich hab's bei Macy's gefunden. Jason liebt Eisenbahnen.« Sie lächelte, und ein jüngeres, sanfteres Gesicht schimmerte durch die Schichten von rötlichem und lila Lidschatten.

»Es ist entzückend. Bring ihn zu mir rauf, wenn er hier ist. Wir können mit ihm aufs Dach gehen und dort spielen.«

»Ich weiß nicht so recht. Mrs. Domandi ist immer noch sauer wegen der Aubergine, die sie auf der Brüstung liegengelassen und die er runtergeworfen hat.« Sie sah mich an, und wir beide lächelten, als wir uns an die violette und grüne Explosion auf dem Bürgersteig erinnerten, die Passanten erschreckt und die Vermieterin fuchsteufelswild gemacht hatte.

»Wir werden ihn keine Sekunde aus den Augen lassen«, versprach ich. »Ich muß los. Arbeitest du heute abend?«

»Im Kunstinstitut. In diesem Semester sitze ich dienstags und donnerstags für die Studenten Modell.«

»Einfacher als tanzen?«

»Die Pose zu halten ist harte Arbeit.« Candy streckte und dehnte ein Bein, als wollte sie einem Krampf vorbeugen. »Und in den Pausen wollen mir diese Grünschnäbel immer von ihren Problemen mit Mädchen erzählen. Aber es ist ganz lustig und eine Abwechslung von der Hektik in den Clubs.« Ihre Augen nahmen einen verträumten Ausdruck an. »Man weiß ja nie, vielleicht wird einer von ihnen berühmt, und ich lande im Museum. In einem breiten goldenen Rahmen.« Dieser Gedanke gefiel ihr offensichtlich. »Die Zeichenstunde endet um zehn. Treffen wir uns danach bei Gino und Carlo auf ein Bier?«

»Ich wünschte, ich könnte hinkommen, aber ich habe meinem Freund Michael versprochen, daß ich nach der Party etwas mit trinke. Er macht sich Sorgen wegen seiner neuen Ausstellung.«

»Okay, dann sehen wir uns vermutlich hier irgendwann. Ich hoffe, dein Dinner wird nicht zu langweilig.«

Sie dehnte das letzte Wort, um es besonders zu betonen. Ich winkte und wankte auf den hohen Absätzen den steilen Hügel hinunter, der von der Dixon Alley zum Broadway führte. Es war noch hell. Noch war nicht viel los auf der Straße, aber Musik dröhnte aus den Türen, in die Stühle geklemmt waren, um sie offen zu halten. Der Geruch nach schalem Bier lag in der Luft und mischte sich mit dem fauligen Gestank, der aus der Gosse aufstieg.

Ohne den Schutz der Dunkelheit, die allem eine gewisse Atmosphäre verlieh, sah die Straße aus wie die müde Fassade eines Sexviertels, zu dem sie in Wahrheit auch geworden war. Oben-ohne-Tänzerinnen hatten ihren Reiz verloren, und die Musikszene war in die Clubs südlich der Market Street abgewandert. Auf dem Broadway gab es nur noch wenig, was man woanders nicht umsonst bekommen konnte.

Halbherzige Einladungen, in die düsteren Spelunken zu kommen, folgten mir, als ich zur Columbus einbog. An der Ecke leuchtete mit matter Herausforderung die zwei Stockwerke hohe Neonsilhouette von Carlo Doda auf, der Frau, die Oben-ohne-Tanz und silikonverstärkte Brüste in Mode gebracht hatte. Ein paar Röhren waren ausgebrannt und hinterließen schwarze Löcher in der berühmten Figur. Freie Liebe war zu einer unsicheren Sexpraktik geworden, dafür war Spekulieren an der Börse angesagt, aber die elektrifizierten Brustwarzen blinkten nach wie vor wie die Positionslichter einer Rollbahn, die die Flugzeuge für eine sichere Landung einwiesen.

Ich bin an die Schäbigkeit von North Beach gewöhnt. In Candys Augen bin ich vielleicht eine Professorin, aber Teilzeitjobs werfen nicht genügend ab für eine etwas vornehmere Adresse. Und ich mag die Bewohner dieser Gegend, die mißtönende Geräuschkulisse, die erfrischenden Brisen von der nahen Bucht, den Klang der Nebelhörner, die klagend durch die Nacht heulen. Aber das Schild vor dem Condor irritiert mich jedesmal, wenn ich vorbeigehe. Ich kann es nicht ansehen, ohne an den Witz zu denken, den mir einmal ein Student erzählt hat: Was ist der Unterschied zwischen Kunst und Pornographie? Antwort: Es gibt keinen, abgesehen vom Geld.

Der Geruch von Geld empfing mich, als ich in den John F. Kennedy Drive einbog und den Glockenturm des San Francisco Museum of Art sah, der über den Eukalyptusbäumen in der Mitte des Golden Gate Park aufragte. Hier befindet sich das Museum, eine Kulturinsel in einem Meer der Natur, ein Pseudo-Monument für eine koloniale Vergangenheit. Mein Blick wurde von der zweistöckigen, terrakottafarbenen Stuckfassade, die den quadratischen Turm flankierte, angezogen – von den roten Ziegeln, den filigranen Schmiedeeisenarbeiten, Portikos und den in Stein gehauenen Kapitellen. KULTUR – ganz groß geschrieben.

Auf dem Parkplatz wehrte ich die blonden Diener in weißen Overalls mit einer Handbewegung ab, als sie auf meinen verbeulten Toyota zustürmten. Einer von ihnen sah mir zu, wie ich den Wagen absperrte, wedelte abweisend mit der Hand und sagte: »Hier können Sie nicht stehen bleiben. Der Platz ist für eine private Feier reserviert.«

»Ich bin eingeladen.«

Er kniff die Augen ein wenig zusammen. »*Wir* parken die Autos«, beharrte er. Er war auch blond, trug ein kleines Bärtchen und verhielt sich sehr herablassend.

»Tut mir leid«, erwiderte ich. »Ich arbeite hier.«

Er starrte mich noch immer an, als ich den Weg zum Eingang entlang marschierte. Weitere Diener standen am Fuß der gewundenen Steintreppe. Einer warf einem leuchtend orangefarbenen Karpfen in einem kleinen spiegelnden Pool Pistazienschalen zu, der, wie ich wußte, extra für dieses abendliche Ereignis wieder mit Fischen besetzt worden war.

»Ein armes Opfer«, sagte ich und deutete auf den Fisch. »Die Waschbären aus dem Park kommen hierher zum Abendessen, sobald die Gäste des Museums weg sind.«

Der Diener richtete sich auf, steckte seine Hand in die Tasche seines Overalls und bedachte mich mit einem argwöhnischen Blick.

Im Innenhof des Museums hallten die schrillen Rufe wider, die als Begrüßung unter Menschen, die wußten, daß sie etwas darstellten, durchgehen konnten. Die Gäste wirkten wohlhabend, erwartungsvoll, und die meisten waren weiß wie die Dekoration. Vor mir füllten Massen von weißen Chrysanthemen die Steintröge, und winzige weiße Lichtlein funkelten in den Blättern der Zitronenbäume an den Steinarkaden, die den der Öffentlichkeit zugänglichen Raum einrahmten. Gelegentlich bannte ein hellerer Blitz die ganze Pracht auf ein Foto, das in den Zeitungen des nächsten Tages erscheinen würde. Beweis dafür, wer dagewesen war und wer nicht.

»Ihren Namen, bitte.« Die grauhaarige Frau, die an dem kleinen Tisch saß, ließ den Bleistift über die getippte Namensliste gleiten.

»Charlotte Whyte«, sagte ich mit einem Lächeln, dann ging ich zu der provisorisch errichteten Theke neben dem Eingang zum Buchladen, um dort meine Stola abzulegen. Ein Kellner, der mit Champagnergläsern auf einem Tablett herumging, schnitt mir den Weg zu der Menge im Innenhof ab.

»Champagner, Ma'am?«

»Bitte«, sagte ich und nahm mir eines der Gläser. Um mich herum hob die kulturelle Elite der Stadt, für diese Gelegenheit in schwarze oder weiße Smokings und farbenfrohe Abendgardrobe gekleidet, ihre Champagnergläser, während sie zu den an den Innenhof angrenzenden Ausstellungsräumen schlenderte. Im Schatten der Steinbögen arbeitete sich eine Gruppe von formell gekleideten Musikern durch ein Haydn-Quartett.

Das immer lauter werdende Stimmengewirr begleitete die Violinenklänge. Die Geräusche hallten von den Steinwänden wider und fluteten auf die runden weißen Tische hernieder. In der Mitte des gepflasterten Hofs stand ein größerer runder Tisch, auf dem ein schimmerndes, fast anderthalb Meter großes Modell des Eiffelturms aufgebaut war. Ich fragte mich, wer die vielen Träger aus Balsamholz zusammengeklebt hatte. Die Dekoration erinnerte mich an die Highschool, an ernstgemeinte, aber letztendlich erfolglose Versuche, die schweißdurchtränkte Turnhalle für den Schulball in ein tropisches Paradies zu verwandeln, und plötzlich überkam mich eine beinahe jugendliche Panik. Benommen schätzte ich die Entfernung zu der langen Bar am anderen Ende des Hofs ab. Noch mehr Blumenschmuck, Kristall und zwei Barkeeper mit weißen Tüchern über den Armen und Tabletts mit langstieligen Gläser, die sie den Gästen mit eucharistischer Feierlichkeit anboten.

Vor mir sah ich Michael – er stand neben dem Museumsdirektor. Klaus Burger verteilte Küsse, schüttelte Hände und umhüllte die Neuankömmlinge innerhalb von zwanzig Sekunden mit Wärme und Herzlichkeit, ehe er sie an Michael weiterreichte. Man sah Klaus seine siebzig Jahre nicht an; er war jeder Zoll der distinguierte Wiener Museumsdirektor, der er bis vor drei Jahren tatsächlich gewesen war. Statt sich in den verdienten Ruhestand zurückzuziehen, hatte er damals unvermittelt beschlossen, einen Neuanfang in Kalifornien zu wagen, und die Herausforderung angenommen, dem neues Leben einzuhauchen, was zu dieser Zeit noch eine ziemlich langweilige, spießige Institution gewesen war. Kein Mensch wußte, was ihn dazu veranlaßt hatte, seinen Lebensstil so drastisch zu ändern, aber bis jetzt schien es sich bezahlt gemacht zu haben. Das San Francisco Museum of Art war sicherlich lebendiger und interessanter geworden.

Michaels Lächeln wirkte starr wie der steinerne Wasserspeier auf der Postkarte, die er mir geschickt hatte. Ich überquerte den Hof und musterte die Gesichter der beiden Männer. Klaus Burgers Gesicht war eindrucksvoll – breit mit großen tiefliegenden Augen und einem vollen sinnlichen Mund. Ein Kranz stahlgrauen Haars stand von seinem Kopf ab, als wäre es elektrisch aufgeladen, und sein plissiertes Hemd spannte sich um einen breiten Brustkorb. Auf Michaels hoher Stirn unter dem maisblonden Haar glitzerten Schweißperlen, und seine schmalen Schultern waren eingesunken wie bei einer Marionette, deren Fäden zerrissen waren. Meine ungute Vorahnung kehrte zurück.

Klaus bedachte mich mit einem höflichen, aber gleichgültigen Blick, dann schaute er mich genauer an, und es schien ihm langsam etwas zu dämmern. Er hielt meine Hand den Bruchteil einer Sekunde zu lange fest, als er sagte: »Freut mich, Sie zu sehen.«

»Sie kennen Charlotte Whyte – sie leitet den neuen Kurs für unsere Museumsführer.« Michael, der sich endlich aus dem Griff einer großen Blondine befreien konnte, half ihm auf die Sprünge.

»Natürlich. Sie sehen großartig aus, meine Liebe. Ich habe sie im ersten Moment in dieser Abendkleidung gar nicht erkannt. Ich danke Ihnen, daß Sie uns heute Gesellschaft leisten.« Er umfaßte meine Hand mit seinen beiden Händen, aber sein Blick schweifte bereits über meine Schulter zu dem Paar hinter mir.

»Klaus, Liebling, wie amüsant!« Ich drehte mich um und sah Liz Howland mit ihrem Mann Charles, dem Vorstand des Kuratoriums. Der moschusartige Geruch von Patou stieg mir in die Nase und rief die Erinnerung an meine Großmutter wach, an bläulich weißes Haar und Nerzjäckchen. Liz war gute zehn Jahre jünger als ihr Mann, aber beide Howlands waren großgewachsen, hatten scharfgeschnittene Gesichtszüge und einen Körperbau, der ihnen erlaubte, alles – angefangen vom Dinnerjackett bis zu zerknitterten Cordhosen – mit Selbstbewußtsein zu tragen.

Ich schätzte Charles auf Anfang Siebzig und stellte mir vor, daß er sich aus lukrativen »Familiengeschäften« zurückgezogen hatte. Er saß in den Aufsichtsräten der meisten kulturellen Institutionen dieser Stadt; beide Howlands fielen in die Kategorie »große Wohltäter und Mäzene«. Neben Liz' bronzeschimmerndem Teint wirkte Charles eher unscheinbar. Seine gelassene Haltung ähnelte der eines Mannes, der vor zweihundert Jahren für ein Porträt posiert hatte. Er strich sich mit blassen Fingern das schütter werdende silberne Haar an den Schläfen zurück.

Ich hörte Charles sagen. »Hallo, Klaus. Ich glaube, wir sind auf dem besten Weg zum Erfolg.« Dann trat Michael vor und rettete mich.

»Charley!« Er umarmte mich und drückte mir nach Art der Europäer je einen Kuß auf die Wangen. »Du siehst umwerfend aus.«

»Nur für dich klopfe ich den Staub aus Großmutters Jacke«, sagte ich erleichtert und erwiderte die Umarmung. »Deine Karte ist vor ein paar Tagen angekommen. Was ist los? Können wir reden?«

Er zog mich beiseite und sagte mit gesenkter Stimme. »Ich bin gestern zurückgekommen. Seither geht es hier zu wie in einem Irrenhaus – eine Besprechung nach der anderen, und ich mußte meinen Vortrag noch zu Ende formulieren. Das hat mich heute den ganzen Tag gekostet.«

»Worüber sprichst du?«

»Der Titel des Vortrags ist: ›Jacques-Louis David und das Rätsel der Geschichte – ein Zeitzeuge.‹«

»Da hast du dir was vorgenommen!« Ich unterdrückte ein Lachen und nickte den Howlands einen Gruß zu, die mit einem königlichen Lächeln in unsere Richtung antworteten, als sie vorbeigingen. Sie hätten genausogut auf einer Party in einer Botschaft irgendwo auf der Welt sein können. Michaels Miene zeigte wieder dieselbe Anspannung wie vorhin, und er strich mit den knochigen Fingern die Locke zurück, die ihm ständig in die Stirn fiel.

»Ich bin in Schwierigkeiten, Charley. Ich brauche deinen Rat.«

»Was ist in Paris vorgefallen?«

»Es geht um die David-Bilder«, flüsterte er, als ein Kellner mit Hors d'oeuvres auf einem Tablett auf uns zukam.

Ich stellte mein Glas ab und hakte mich bei ihm unter. »Laß uns ein bißchen herumgehen.«

Die Stimme des Museumsdirektors dröhnte in meinen Ohren. »Michael, hören Sie. Henrietta hat eine *brillante* Idee für die Reise an die Loire, die der Sammlerzirkel im nächsten Jahr unternimmt. Übernachtungen auf einem Schiff statt in Hotels. Großartig, nicht wahr?«

Henrietta Lowell, Erbin eines Eisenbahn-Vermögens, strahlte ihn an. Sie hatte sich für ein außergewöhnliches Outfit entschieden: ein enges Mieder mit kurzem, bauschigem Rock. Sie war mindestens siebzig, ziemlich rundlich und sah in diesem Aufzug aus wie ein mitternachtsblaues Vögelchen (oben), das auf seinem Nest sitzt (ab der Taille).

Ich spürte, wie Michael neben mir erstarrte. Er entzog mir seinen Arm und berührte mit den Fingerspitzen kurz meine Schulter. »Warte auf mich«, sagte er. »Ich komme nach, sobald ich hier fertig bin.«

Ich nickte, lächelte Klaus und Henrietta zu und ging. Armer Michael, dachte ich. Vielleicht waren meine bescheidenen Jobs als Lehrerin für Kunstgeschichte im Museum und an der Universität doch gar nicht so schlecht. Wenigstens war ich die meiste Zeit für mich allein und konnte mehr oder weniger tun, was ich wollte.

Der Champagner hatte meine gedrückte Stimmung nicht beflügelt. Ich spürte, wie wieder eine leichte Benommenheit aufkam, und schüttelte den Kopf, um sie zu vertreiben. In diesem Moment winkte mir Miriam Levy, die

Bibliothekarin des Museums, verschwörerisch von der anderen Seite des Hofs aus zu. Ich war neugierig und froh über die willkommene Abwechslung, deshalb schlich ich um die Festgesellschaft herum, um mich zu Miriam zu gesellen und auf Michael zu warten.

KAPITEL ZWEI

Miriam, in einem fließenden Seidenkaftan, der wie Josephs Mantel in vielen Farben schimmerte, hatte hinter einer Säule am Rand des Innenhofs Posten bezogen. Ich ging zu ihr. »Du siehst aus wie eine Spionin im Haus der Medici.«

»Man muß nicht Beatrice sein, um zu wissen, daß es Ärger im Paradies gibt«, gab sie geheimnisvoll zurück und deutete auf Charles und Liz Howland, die sich einer kleinen Gruppe, die neben einem der runden Tische vor uns stand, angeschlossen hatten. Die Männer waren alle in Schwarz und Weiß gekleidet. Aber damit endete die Ähnlichkeit schon. Neben Charles Howlands aristokratischer Eleganz wirkte Adam Heyman, der Kurator der Abteilung Drucke und Zeichnungen, unsicher. Er schwitzte, trat unbehaglich von einem Bein aufs andere und spähte mit Eulenaugen durch den schwarzen Haarschopf, der ihm in die Stirn hing. Zu Adams Linken stand Patrick Maguire, unser Rechtsberater und das jüngste Kuratoriumsmitglied, mit gespreizten Beinen und verschränkten Armen. Er war fünfundvierzig und hatte die kräftige Gestalt, die Sommersprossen und das sandfarbene Haar eines irischen Footballspielers.

»Was hat diese Versammlung zu bedeuten?« fragte ich und beobachtete, wie Patrick sein kantiges Kinn vorschob, als er mit Charles sprach. »Ich dachte, wir sind eine große glückliche Familie, die sich um den Direktor schart, wenn er ruft.«

Miriam fingerte an den silbernen Anhängern herum, die an einem Seidenband um ihren Hals hingen. »Sie waren im letzten Monat alle in New York wegen der Sotheby's

Auktion. Patrick und Charles liegen sich seitdem in den Haaren und streiten sich, wer die heißesten Kunstobjekte an Land gezogen hat.«

»Und Adam spielt den Schiedsrichter?«

Als ich das sagte, schob sich Adam zwischen die beiden anderen Männer. Wir waren nah genug, um die Körpersprache zu deuten, aber zu weit weg, um zu verstehen, was gesprochen wurde. »Es ist mir schleierhaft, was das Ganze soll. Das Museum sammelt nichts, was nach dem Post-Impressionismus entstanden ist. Wen kümmert's, was sie für ihre privaten Sammlungen kaufen?«

»Hast du den Matisse vergessen?« Miriam zwinkerte mir vielsagend zu.

»Ja, richtig. Und ein paar Fauvismus-Blätter.« Ein Kellner schenkte frischen Champagner in mein leeres Glas. »Das Institute of Contemporary Art stellt die einzigen wirklich avantgardistischen Werke in dieser Stadt aus. Wir beschränken uns strikt auf altes Geld und alte Kunst. Wie die Howlands und die Lowells. Und sie würden sich eher umbringen, als sich mit Zeitgenössischem abzugeben.«

»Das war einmal«, korrigierte Miriam mich. »Bis die Preise für Modernes in schwindelnde Höhen gestiegen sind. Jetzt klappert unser Kuratorium ganz New York und London ab. Alle sind versessen darauf, ihre Corots und Boudins gegen deutschen Neo-Expressionismus zu tauschen. Jüngere Kuratoren wie Patrick sind fest entschlossen, dafür zu sorgen, daß das Museum eine Abteilung für zeitgenössische Kunst einrichtet und Gelder dafür locker macht.« Sie hielt inne, während sie sich eine in Prosciutto gewickelte Spargelspitze von dem Tablett nahm, das herumgereicht wurde. »Klaus will andere Museen ausstechen und einen Vorstand haben, der sich in der Kunstszene auf dem laufenden hält. Er ist derjenige, der darauf bestanden hat, neue Leute wie Patrick zu holen. Vielleicht hat er mehr bekommen, als ihm lieb sein kann.«

»Wieso auf dem laufenden? Das Museum hat nicht einmal einen Kurator für zeitgenössische Kunst. Und ›französische Malerei aus dem Zeitalter Napoleons‹ hat ganz bestimmt nichts mit moderner Kunst zu tun.«

»Wir haben einen Kurator für Drucke und Zeichnungen, der *gern* die Verantwortung für eine Sammlung zeitgenössischer Werke übernehmen würde.« Miriam deutete mit dem Kopf in Adams Richtung. Nichts von der Unterhaltung der Männer mitzubekommen war frustrierend. Perlen der Weisheit könnten über ihre Lippen kommen, obwohl ich da meine Zweifel hatte.

»Ich habe gehört, daß es bei der letzten Vorstandssitzung von Anfang bis Ende Krach gegeben hat«, fuhr Miriam fort. »Patrick hat Klaus gedrängt, die neuen Ausstellungsräume der zeitgenössischen Kunst zur Verfügung zu stellen, und die anderen Kuratoren bestürmt, ihn zu unterstützen. Charles setzte dem beharrlich entgegen, daß das Museum gegründet wurde, um die Kriegsbeute der Raubritter zu zeigen, und hat Patrick bis aufs Blut bekämpft. Und Adam ... Adam scheint in letzter Zeit nicht mehr von Patricks Seite zu weichen.«

»Mag sein«, erwiderte ich unbeteiligt. »Aber was ist mit Michael? Welche Position nimmt er bei all dem ein?«

»Michael war in Paris, als der Streit zum erstenmal offen ausgetragen wurde. Vorher hat sich das ganze nur unterschwellig abgespielt. Eigentlich hat nur Patrick ein wenig über die tote Kunst gemurrt.«

»Meint er nicht eher die Künstler?«

»Ich bezweifle, daß er den Unterschied kennt. Patrick mag Objekte, die eine Menge Geld kosten und auf den Titelseiten der Kunstmagazine abgebildet werden.« Miriam stellte ihr leeres Glas auf einen Tisch. »Tut mir leid. Ich werde gehässig. Zu viel Champagner.«

Zu viel Champagner war offenbar das Motto des Abends. Der Geräuschpegel war während unseres Gesprächs stetig angestiegen. Ich beobachtete, wie sich ein Kellner mit hochgehaltener Flasche einen Weg durch die gedrängte Menge bahnte, um zu Liz und den drei Männern zu gelangen. Eine Hand berührte meine Schulter – Michael stand neben mir. Ich lächelte ihn an, aber er hatte den Blick auf Liz Howland geheftet, die sich jetzt zwischen Adam und Patrick gedrängt hatte – alle drei standen Charles gegenüber wie Staatsanwälte, die auf den Urteilsspruch des Richters warteten.

Ich hörte die gedehnten Konsonanten von Liz' texanischem Akzent, als einer dieser rätselhaften stillen Momente entstand, ein Schweigen, in das Menschenansammlungen gelegentlich verfielen – ein Engel fliegt über uns hinweg, pflegte meine Großmutter in solchen Augenblicke zu sagen. »Charles«, näselte Liz, »ist so wie die Leute, von denen mein Vater sagte, sie könnten nicht über ihren eigenen Tellerrand hinausschauen. Er hat keinen Sinn für das Neue.«

Dunkle Röte stieg Charles ins Gesicht, aber seine Antwort ging im allgemeinen Lärm unter. »Natürlich sind sie inzwischen etwas wert«, kreischte Liz. Die anderen schwiegen und senkten betreten die Blicke, als die Gäste an den nächststehenden Tischen die Köpfe nach ihnen umdrehten.

»Ich gehe lieber hin, um die Gemüter zu beruhigen«, sagte Michael mit besorgt gerunzelter Stirn. Eine kleine blaue Ader pulsierte an seiner Schläfe. »Sie wird aggressiv.« Er brachte ein schwaches Lächeln zustande. »Ich sehe dich später in dem Ausstellungsraum. Schau dir unsere neueste Errungenschaft an.«

Ich zögerte, aber Michael war bereits bei der Gruppe um Charles Howland. Eine lange Cocktailstunde, ging es mir durch den Kopf, als mich Miriam durch einen Türbogen in den Ausstellungsraum führte. Grabesstille, die nur vom gelegentlichen Klappern von Absätzen auf Stein unterbrochen wurde, senkte sich auf uns herab. Ein paar wenige Leute schlenderten von Gemälde zu Gemälde, aber es war offensichtlich, daß für die meisten Gäste die Kunst weit im Hintergrund stand und sie nur die Gelegenheit wahrnahmen, mit Mitgliedern der feinen Gesellschaft von San Francisco gesehen zu werden.

Eine taubengrau gestrichene Trennwand war in der Mitte des Raums aufgestellt worden. Daran hing ein einziges Gemälde in einem schweren goldenen Rahmen. Die Stille und das sanfte indirekte Licht, das von oben den Raum ausleuchtete, schufen eine unergründliche kontemplative Atmosphäre, die mich an gotische Kathedralen erinnerte.

Ich studierte das opalisierende Fleisch, die schwellenden Formen, die samtenen blauen und rosafarbenen Töne des neuesten Meisterstücks. Eine üppige Nackte lag wie eine Rinderhälfte auf einem mit Seide und Satin bedeckten Bett. »Daran ist bestimmt nichts zeitgenössisch«, bemerkte ich.

Miriam lachte. »Laß Klaus bloß nicht hören, daß du Witze über seinen neuesten kostbaren Besitz machst.«

»Was ist der Unterschied zwischen Kunst und Pornographie?« fragte ich.

Sie sah mich verdutzt an.

»Ich nehme an, Sie werden uns gleich ein feministisches Statement zu Aktmalereien abgeben« ertönte eine vom Alkohol schwere Stimme hinter mir.

Ich drehte mich um und sah zu Adam auf. Aus der Nähe war zu erkennen, daß der Smoking eine Nummer zu klein für ihn war. Ein paar Schuppen zierten seine Schultern.

»Hallo, Adam. Wo ist Livia?« Ich war drauf und dran, ihm die Hand zum Gruß hinzuhalten, aber im letzten Moment sah ich, daß er seine beiden Hände in den Hosentaschen vergraben hatte. »Livia muß heute abend arbeiten.« Er entspannte sich ein wenig und gönnte mir ein einfältiges Lächeln. »Angehende Anwälte können keine Zeit für gutes Benehmen erübrigen.« Das klang wie ein alter Witz. »Ein bißchen überladen, nicht?« Die Rede war wieder von dem Bild. »Man sollte meinen, daß ein Museum, das bereits traditionelle Akte im Überfluß besitzt, Geld für etwas ausgibt, was ein bißchen mehr *à la mode* ist.«

»Also hat Klaus es ausgesucht? Ich dachte, sein Fachgebiet ist die Renaissance?« Ich schaute mir den wollüstigen Körper noch einmal an, der Gesichtsausdruck wirkte verträumt und entrückt. Dies war eins der Gemälde, die einst in den Arbeitszimmern reicher Gentlemen hingen. Gewagt, aber nicht so gewagt, daß es jungfräuliche Familienmitglieder schockiert hätte. Ich fragte mich und Adam, wieviel Spendengelder dafür aufgewendet worden waren. Adam zwinkerte und hielt die Hände abwehrend von sich. »Sie haben das nicht von mir gehört. Eine Schenkung des Fördervereins. Angeblich gehört es hierher.«

»Und Sie sind mit dieser Wahl nicht einverstanden?«

»Es wird Zeit, daß sich das Museum mit dem zwanzigsten Jahrhundert befaßt«, sagte er. Plötzlich nahm er Haltung an und setzte die Brille ab. »Wir haben endlich Kuratoren, die anspruchsvolle Sammler sind und ihre eigenen Sachen kaufen und verkaufen, statt nur Erbstücke auf die eine oder andere Art zu verwalten. Wie Charles Howland«, setzte er mit einem Blick über die Schulter hinzu. Dann fuchtelte er mit der Brille vor meinem Gesicht herum. »Und Ihr Freund Michael, der Goldjunge.«

Ich wollte widersprechen, aber in diesem Augenblick schritt Patrick Maguire zielstrebig in den Raum. Seine Frau Susan folgte zwei Schritte hinter ihm. Wie Liz Howland war auch Susan sonnengebräunt, hatte Strähnchen in den Haaren und trug konservative Haute-Couture. Abgesehen von diesen oberflächlichen Details hatten die beiden Frauen wenig Gemeinsames. Susan mochte aussehen wie eine Frau, für die eine Maniküre das höchste an körperlicher Strapaze darstellte, aber in Wirklichkeit schaffte sie es, den Job als Koordinatorin der Museumspublikationen und die Ehe mit Patrick, einem für sein ausgedehntes Gesellschaftsleben und für seine vielbeachteten Fälle bekannten Anwalt, unter einen Hut zu bringen.

»Hier bist du«, sagte Patrick zu Adam, als würden Miriam und ich überhaupt nicht existieren. »Klaus möchte wissen, wo Michael ist. Er hat gesagt, er würde nur schnell in sein Büro gehen, um die Notizen für den Vortrag zu holen, aber er ist seither nicht wieder aufgetaucht. Sie warten noch mit dem Dinner, aber so wie einige Gäste aussehen, schlafen sie wahrscheinlich schon vor dem Vortrag ein, wenn wir nicht weitermachen.«

Ich schaute mich um, in der Hoffnung, Michael hier zu entdecken, als Adam uns alle miteinander bekannt machte. Susan verdrehte hinter Patricks Rücken die Augen und blinzelte.

»Seht euch diesen Schinken an«, rief Patrick und bedachte die Neuerwerbung mit einem haßerfüllten Blick. »Verdammte Geldverschwendung. Wir hätten fünf David Salles für die Summe bekommen können, die dieser Mist gekostet hat.«

Ich hegte den Verdacht, daß Patrick Maguire nicht die Achtung vor der Kunst hatte, die ich bei Museumskuratoren als selbstverständlich voraussetzte. Ich fragte mich, warum er überhaupt die Mühe, sich für das Museum zu engagieren, auf sich genommen hatte.

»Komm schon, Pat«, sagte Adam. »Das Haus wurde als historisches Museum gegründet. Die Sammlung ist gar nicht so schlecht für ein Museum an der Westküste. Natürlich können wir uns mit Institutionen im L. A. County nicht messen, aber die hatten im neunzehnten Jahrhundert das Geld, wir nicht. Mit bedeutenden Sammlern, die sich wie du mit zeitgenössischen Künstlern befassen, wären wir weit und breit bald einzigartig.«

Es klang, als hätte Adam diese Sätze einstudiert wie eine Rede, die er schon vorher gehalten hatte. Als bedeutender Sammler dargestellt zu werden schien Patrick zu besänftigen.

Ich war in Gedanken bei Michael. Wo steckte er? Er war nicht in den Ausstellungsraum gekommen. Vielleicht suchte er in dem Flügel auf der anderen Seite des Innenhofs nach mir? Miriam begegnete meinem Blick, zog eine Augenbraue hoch und formte mit den Lippen seinen Namen. Ich zuckte mit den Schultern.

»Tut mir leid, wenn ich Sie unterbreche«, sagte ich, »aber ich mache mich auf die Suche nach Michael.« Ich bekam noch mit, wie Patrick anfing aufzuzählen, was er kürzlich käuflich erworben hatte. Er sprach nur in Superlativen von seinen Schätzen.

Die Party im Innenhof sah aus, als wäre sie schon beinahe in Auflösung begriffen. Das Stimmengewirr hob und senkte sich mit durchdringender Beharrlichkeit, und die gestreßten Kellner waren nicht imstande, die leeren Gläser, das schmutzige Geschirr und die zerknüllten Servietten schnell genug wegzuschaffen, damit die Tische für das Dinner gedeckt werden konnten. Die Gäste, die ihre leeren Gläser noch in den Händen hielten, warfen den Kellnern, die ihnen keinerlei Beachtung schenkten, hoffnungsvolle Blicke zu. Es war kein Anzeichen zu erkennen, daß das Essen bald serviert wurde.

Klaus stand in der Nähe der Bar, flankiert von Ilse, seiner aschblonden, über dreißig Jahre jüngeren Frau, die immer den Eindruck machte, als wäre sie viel lieber woanders, und Monica Lee, der Museumsdirektorin für die Abteilung Erziehungswissenschaften. Ilse war wie üblich nach der neuesten europäischen Designermode gekleidet, aber jeder Effekt von kosmopolitischer Weltgewandtheit wurde von den hängenden Schultern und den ruckhaften Bewegungen ihrer Hände und Füße zunichte gemacht. Sie war Klaus' zweite Frau und stand in dem Ruf, steinreich zu sein. Aber sie machte einen ausgesprochen unglücklichen Eindruck.

Monica hingegen verkörperte die pure eurasische Eleganz. Große mandelförmige Augen in einem vollkommenen ovalen Gesicht, ein schwarzes Kleid, das sich wie eine zweite Haut an ihren Körper schmiegte, schlanke honigfarbene Hände mit pinkfarben lackierten Nägeln. Ich hörte Klaus' polternde Stimme, als ich näher kam. Ilses Kopf zuckte in meine Richtung, aber Monica ließ das Gesicht des Direktors keinen Moment aus den Augen.

»Charlotte«, sagte Klaus, der meine Ankunft verspätet zur Kenntnis nahm. »Wo ist Michael? Er wollte Sie suchen.«

»Er hat mich gefunden«, sagte ich. »Dann wechselte er ein paar Worte mit den Howlands. Seither habe ich ihn nicht mehr gesehen.«

Klaus runzelte die Stirn und zupfte an einer drahtigen grauen Locke über seinem Ohr. »Wir können nicht mehr länger mit dem Essen warten; wir hinken dem Zeitplan ohnehin schon hinterher. Könnten Sie nachsehen, ob er in seinem Büro ist? Nehmen Sie Monica mit.« Er hob die Hand und winkte den Kellner zu sich, der an der Tür stand. »Wir fangen ohne ihn an. Kommen Sie an unseren Tisch, wenn Sie ihn gefunden haben«, setzte er hinzu und deutete auf einen runden Tisch, der größer als die anderen war und in der Nähe des Eiffelturms stand.

Monica schien nicht begeistert zu sein, daß sie weggeschickt wurde, aber dann zuckte sie mit den Achseln und wandte sich ab. Die Gesellschaft atmete offensichtlich erleichtert auf, und die Party bekam neuen Schwung.

»Was meinen Sie, was mit Michael passiert sein könnte?« fragte ich, als wir die menschenleeren Ausstellungsräume durchquerten.

»Nichts«, erwiderte Monica gereizt. »Ich meine, das Übliche. Er ist mit den Gedanken woanders. Er kommt oft zu spät zu Besprechungen, weil ihm gerade, wenn er das Büro verlassen will, ein Detail zu einem Bild einfällt. Dann muß er etwas nachschlagen, und im nächsten Augenblick ist er in der Welt der Bücher versunken, und ich muß loslaufen, um ihn zu holen, weil alle auf ihn warten.«

Sie verzog das Gesicht, und ich zerbrach mir nicht zum

erstenmal den Kopf, wie drei so verschiedene Persönlichkeiten wie Monica, Adam und Michael zusammenarbeiten konnten.

»Während unseres gemeinsamen Studiums war er berühmt dafür, daß er ständig vom eigentlichen Thema abschweifte«, erzählte ich. »Und dafür, daß er jedem auch noch so kleinen Hinweis nachging, der ihm mehr Aufschlüsse über ein Bild oder den Werdegang des Künstlers geben konnte.«

»Das ist im Studium schön und gut«, erwiderte Monica in einem Ton, der die gegenteilige Ansicht zum Ausdruck brachte. »Ein Museum zu leiten kann man aber nicht aus Büchern lernen.«

»Das stimmt. Doch die Verwaltung, den Vorstand und die Förderer bei Laune zu halten ist Klaus' Job, nicht Michaels.« Ich betrachtete ihre unbewegten Züge, die leicht zusammengekniffenen Augen und die straff mit einem schwarzen Samtband zurückgebundenen Haare und beschloß, das Thema zu wechseln. »Wie war Michaels Reaktion auf die Spannungen zwischen den Kuratoren?«

Monica fuhr mit einem angefeuchteten Finger über ihre perfekt geschwungenen schwarzen Augenbrauen, ehe sie antwortete. »Es gibt keine Spannungen.«

»Unsinn.«

Eine feine Röte überzog ihre hohen Wangenknochen. »Patrick Maguire macht sich gern wichtig. Er redet ständig davon, die Sammlung und das Ausstellungsprogramm mehr der heutigen Zeit anzupassen. Aber Charles Howland ist immer noch Vorstandsvorsitzender. Er und Klaus – und Michael natürlich auch – sind sich einig über die Bedeutung der historischen Sammlung. Klaus wollte die internationale Aufmerksamkeit mit einer größeren historischen Ausstellung und einem Katalog wecken. Michaels Vortrag heute abend soll alle auf Paris und die französische Kunst aus dem achtzehnten Jahrhundert neugierig machen. Sozusagen die Mitglieder weiterbilden.«

»Das ist zu subtil für das Kalifornien der neunziger Jahre, würde ich sagen«, entgegnete ich skeptisch. »Alles, was vor dem gestrigen Tag geschehen ist, gilt hier als längst vergangene Geschichte. Tot und vorbei. Wie die historische Gesellschaft von San Francisco, die bankrott gegangen ist, weil kein Mensch glauben konnte, daß etwas, was der Vergangenheit angehört, der Erwähnung wert ist. Kein Prestige. Keine wohlhabenden Gönner. Und auch keine Geschichte.«

Monica holte tief Luft und versuchte es noch einmal. »Es *gibt* bedeutende Kunstsammlungen in der Gegend.«

Sammlungen ohne dauerhafte Heimat, dachte ich. Sammlungen, die das Herz eines jeden Museumsdirektors erwärmen könnten. Sammlungen, für die Erben jahrelang alptraumhaft hohe Erbschaftssteuern zahlen müssen, die bei einer Spende an ein Museum jedoch vollkommen wegfallen würden. Sammlungen wie die der Howlands. »Wie viele von Charles Howlands Bildern werden in Michaels Ausstellung gezeigt?« wollte ich wissen.

»Nur ein Porträt. Jacques-Louis Davids berühmtes Gemälde von einer jungen Frau. Und einige Arbeiten auf Papier.«

Ich hatte einige Schwarz-Weiß-Reproduktionen des Porträts in Büchern gesehen, aber ich erinnerte mich an kein Farbfoto. »Es wurde nicht an Paris für die Retrospektive ausgeliehen, oder? Ich kann mich nicht entsinnen, ein neueres Foto davon gesehen zu haben.«

»Charles hat nie seine Zustimmung gegeben, daß es irgendwohin transportiert wird. Liz sagt, es ist sein Lieblingsgemälde, und er fürchtet, es könnte Schaden nehmen. Wir hören jeden Monat Horrormeldungen von Transportschäden bei der Verschiffung. Ich habe Verständnis für seine Bedenken.«

Stimmt, dachte ich. Es ist nichts Ungewöhnliches, daß Sammler davor zurückschrecken, sich Monate oder sogar Jahre von ihren Lieblingsbildern zu trennen. Aber das

Grand Palais in Paris genießt einen guten Ruf und geht bestimmt nicht nachlässig mit Leihgaben um. Und die meisten Sammler würden frohen Mutes ihr liebstes Gemälde verleihen, um ihre Gemälde zusammen mit anderen aus dem Louvre in einer Ausstellung zu sehen.

Wir hatten die kurze Treppenflucht erreicht, die von dem letzten Ausstellungsraum zu den Büros führte. Monica blieb vor der offenen Tür stehen und rief Michaels Namen. Die einzige Antwort war ein leises Echo im leeren Flur. Monica sah mich an und ging die Treppe hinauf. Ich hatte es plötzlich eilig und raffte den Rock mit einer Hand.

Die Büros der Museumsangestellten gingen von einem Korridor ab, der auch als Lagerraum und Empfangsbereich diente. Ich sah die Schattenseite der täglichen Museumsarbeit vor mir. Das einzige, was hier auf Kunst hindeutete, waren die gerahmten Poster von Ausstellungen, die an den Wänden zwischen Metallaktenschränken, Kopiergerät und einem Sammelsurium von ramponierten Schreibtischen hingen – Schreibtischen, die aussahen, als hätten sie schon einige bürokratische Schlachten in anderen städtischen Büros überlebt, ehe sie zum Ausruhen ins Museum geschafft worden waren. Die eigentliche Aufgabe der Museumsleitung bestand darin, Geld zu beschaffen und es auf eine Weise auszugeben, die jeden Spender glücklich machte. Tagsüber herrschte in diesem Korridor geschäftiges Treiben; nachts wirkte er düster und unheimlich wie eine verlassene Fabrik. Michaels Büro befand sich auf halbem Weg zum anderen Ende des Flurs. Ein schmaler Lichtstrahl fiel durch den offenen Türspalt auf einen fadenscheinigen Teppich.

»Michael?« rief ich. »Bist du da?« Es war ganz still. Zu still, dachte ich und lief los, um die Tür ganz aufzustoßen.

Monica hinter mir stieß einen Schrei aus. Einen langen, schrillen Schrei, der sich wellenartig um uns herum ausbreitete.

KAPITEL DREI

Michael lag zusammengesunken auf dem Arbeitstisch, der die Seitenwand des schmalen Büros einnahm. Der Computerbildschirm war erhellt und warf einen grünlichen Schimmer auf den weißen Plastiktisch und Michaels blonden Kopf, zeigte aber keinen Text. Michael war nach vorn gefallen, der Kopf ruhte auf einem Arm. Ich entdeckte einen feuchten Fleck am Rücken seines Dinnerjacketts, und in langen Abständen fielen Tropfen in eine rostfarbene Pfütze neben der Leiche.

Einen Moment überwältigte mich Unglauben und Panik, gleich darauf hatte ich dasselbe Gefühl wie als Kind, wenn mich eine unerwartete Welle erfaßt und mit erschütternder Gewalt auf den Meeresboden gedrückt hatte. Einen Augenblick verlor ich jeden Sinn für Raum und Zeit. Ich stolperte in dem Büro herum, mein Magen rebellierte, der Geschmack von schalem Champagner stieg mir in die Kehle, und Monicas Kreischen gellte mir in den Ohren.

Schritte polterten durch den Korridor. Ich hörte Schreie, Hände packten nach mir und stießen mich aus dem Büro. Nichts anfassen! brüllte eine Stimme. Rufen Sie 911 an! Jemand brachte einen Stuhl und drückte mich nieder. Ich bedeckte mein Gesicht mit den Händen und versuchte den Anblick von Michaels Leichnam und Monicas Gekreische auszuschalten. Klaus' tiefer Baß drang durch die Watte in meinem Kopf.

Dann rückte sich die Welt wieder zurecht; ich kämpfte mich auf die Füße und bahnte mir einen Weg zurück zu Michaels Büro. An der Tür hielt ich mich am Holzrahmen fest – plötzlich war ich widersinnigerweise entschlossen, mich nicht von der Stelle zu rühren.

»Bleiben Sie zurück!« Klaus stand vor mir, sein massiger Oberkörper verdeckte die Sicht auf Michaels Leiche, sein Gesicht war vom Schock gezeichnet. Schwarze und weiße Gestalten schwirrten überall im Büro herum. Ich sah Patrick Maguire – seine Sommersprossen hoben sich klar gegen die aschfahle Gesichtshaut ab – und Adam, der den Eindruck machte, als würde er sich gleich übergeben. Eine andere in Smoking gekleidete Gestalt drängte sich grob an Klaus vorbei. Ernesto Sanchez, der Chefarzt der kardiologischen Abteilung im San Francisco City Hospital. Er beugte sich über die Leiche; jemand reichte mir ein Glas.

Ich trank einen Schluck und schnappte nach Luft. Mein Kopf klärte sich, und ich konzentrierte mich auf das, was in Michaels Büro zu sehen war. Auf dem Schreibtisch vor dem großen Fenster lag nichts, auf dem Arbeitstisch daneben standen nur der Computer und einige Karteikästen. Bücher und Papiere stapelten sich in dem Regal darüber. Michael war immer sehr ordentlich gewesen, und ich brauchte eine Minute, um mich zu erinnern, was mein Blick instinktiv suchte. Einen Stapel Papiere mit getipptem Text oder einen Schnellhefter mit seinem Vortrag. Patrick hatte gesagt, daß Michael in sein Büro gegangen war, um die Unterlagen für seinen Vortrag zu holen, den er nach dem Dinner halten sollte.

Weder auf dem Schreibtisch noch sonst irgendwo lag etwas. Meine Blicke suchten automatisch den Raum ab und wurden von einem glitzernden Gegenstand in der Ecke neben dem Schreibtisch angezogen. Es sah wie ein Plastikfrisbee aus. Der Deckel eines Dia-Karussells. Die Schale, in der die Dias steckten, entdeckte ich nirgendwo, aber auf dem Boden waren gerahmte Dias spiralförmig verstreut, als hätte jemand den Kasten im Zorn nach etwas oder jemandem geworfen.

Dr. Sanchez richtete sich auf und sagte ein paar Worte

zu Klaus. Dann verließen sie das Büro und scheuchten uns alle in den Empfangsbereich, wo wir auf kunterbunt zusammengewürfelte Stühle sanken, die jemand aus den umliegenden Büros geholt hatte. Monica weinte leise und ließ sich von Adam trösten. Patrick, der mit Charles und Klaus in einem Winkel die Köpfe zusammengesteckt hatte, trat unvermittelt vor und erklärte allen, daß er als Rechtsberater des Museums, falls notwendig, bei allen Vernehmungen durch die Polizei zugegen sein würde.

Niemand reagierte darauf. Museumswärter standen starr auf den Türschwellen, als wären sie festgenagelt. Die sorgfältig kultivierte Atmosphäre des Abends, die Eleganz und das Bewußtsein, zur Elite zu gehören, waren dahin. Die Gestalten, die auf den Metallstühlen hockten oder langsam im Hintergrund auf und abgingen, machten einen benommenen, orientierungslosen Eindruck wie Überlebende eines Schiffsunglücks.

Kurz nach Patricks kleiner Ansprache traf die Polizei ein, eine Horde großer Männer in schwarzen Hemden, die an den breiten Schultern und fleischigen Taillen Falten schlugen. Sie arbeiteten effizient, schleppten ihre Ausrüstung herein, spannten ein gelbes Band und sprachen in Handys. So etwas wie Lebhaftigkeit kehrte in die Szenerie zurück.

Ein junger Officer asiatischer Herkunft, der kaum die vom Department geforderte Mindestgröße erreichte, kam die Treppe herauf, ihm folgte ein großer Mann in Tweedjackett und zerknitterter Hose. Der Neuankömmling hatte die Figur eines Athleten, der in seinen mittleren Jahren etwas fülliger geworden war, und einen an eine klassische Skulptur erinnernden Kopf. Drahtige blauschwarze Locken klebten an seinem Schädel wie ein Helm, doch die ausgeprägten Tränensäcke und die dunklen Falten um seine vollen Lippen zerstörten jede Illusion von klassischer Anmut.

»Ich bin Sergeant Wu. Das ist Lieutenant Marconi«,

sagte der jungenhaft aussehende Officer zu niemandem im besonderen.

Klaus nahm die Haltung des Direktors an, trat auf die Officers zu und stellte Charles und Patrick vor, die wortlos nickten. Ich beobachtete Marconis Gesicht, als Klaus forderte, die Gäste, die sich im Innenhof versammelt hatten, nach Hause gehen zu lassen, sobald sie befragt worden waren. Ich entdeckte kaum Emotionen, aber die Augen unter den schweren Lidern bewegten sich ständig. Marconi nickte, beauftragte ein paar Männer, die Aussagen der im Hof Versammelten aufzunehmen, beantwortete die Fragen der Uniformierten und wandte den Blick nicht einen Moment von den Partygängern ab, die um ihn herumstanden und mehr oder weniger Unbehagen und Betroffenheit zur Schau stellten. In unserer Abendgarderobe müssen wir im Alltag eines Polizisten so fehl am Platze gewirkt haben wie ein Zirkusclown bei einem Staatsbegräbnis. Ich schauderte und stand auf, als Marconi fragte, wer den Toten gefunden hatte.

Klaus und ich redeten gleichzeitig, aber der Sergeant war schneller. »Miss Whyte und Miss Lee haben die Leiche gefunden«, erklärte er.

»Dr. Whyte.« Klaus' Berichtigung trieb Sergeant Wu eine leichte Röte in die glatten Wangen.

Marconi ignorierte die Unterbrechung. Die braunen Augen richteten sich auf mich. »Was ist passiert?« Die Frage galt mir, aber Klaus antwortete mit tief besorgter Miene.

»Heute abend findet hier im Museum ein formelles Dinner statt, bei dem eine neue Spendenaktion und die Pläne für eine Erweiterung des Hauses angekündigt werden sollen«, begann er. Er klang, als würde er gleich in eine Werbeansprache verfallen. »Vielleicht haben Sie in der Zeitung darüber gelesen.« Nichts in Marconis ausdrucklosem Gesicht ließ darauf schließen, ob es zu seinen Gewohnheiten gehörte, eine der Lokalzeitungen zu lesen oder nicht.

Klaus zuckte mit den Schultern und fuhr fort: »Neue Galerien, eine große neue internationale Ausstellung, einige aufsehenerregende Modernisierungen und ein umgestalteter Eingang. Wenn die Um- und Neubauten fertig sind, werden wir das schönste kleine Museum an der Ostküste sein.«

»Und wer war das Opfer?«

»Unser dienstältester Kurator. Michael Harrison. Er kam vom Detroit Institute of the Arts hierher. Eine anerkannte Autorität auf dem Gebiet der französischen Malerei des achtzehnten Jahrhunderts. Wir glauben, er ist in sein Büro gegangen, um die Unterlagen für seinen Vortrag zu holen, den er nach dem Dinner halten sollte.«

Klaus' Stimme war ruhig, aber auf seiner Stirn standen Schweißperlen. Marconi musterte die Gruppe gelassen. »Weiß jemand, was passiert ist?«

»Nein«, erwiderte Klaus, als gelte die Frage ihm persönlich, und ich registrierte, wie leicht er in die Rolle des Sprechers schlüpfte. »Wir waren alle im Hof und tranken einen Cocktail«, berichtete er. »Michael und ich hatten die Gäste begrüßt. Eine seltene Gelegenheit, ein persönliches Gespräch mit unseren Mitgliedern zu führen.« Er streckte die Hand aus und deutete mit dieser Geste an, daß die schönsten Pläne unter Umständen zu nichts führten, ohne daß ein einzelner die Schuld daran hatte. »Nachdem alle eingetroffen waren, sagte Michael, er wolle vor dem Dinner ein Glas Champagner trinken. Er hat mit Ihnen gesprochen, nicht wahr, Charles?«

Charles straffte die Schultern, beugte sich leicht vor und schaute den Direktor an. »Ja. Genaugenommen mit Liz, meiner Frau«, fügte er hinzu, um Marconi exakt ins Bild zu setzen. »Er hat ihr gesagt, wie umwerfend sie aussieht. Wie froh er darüber sei, daß wir dem Museum unser David-Gemälde für die Ausstellung zur Verfügung stellen. Daß er viel Streß gehabt hat, bis er die französischen Museumsleute dazu bringen konnte, die Papiere für die

Leihgaben zu unterschreiben. Daß er glücklich sei, zu Hause mit Freunden verhandeln zu können.«

Waren sie wirklich Freunde? fragte ich mich. Charles' Gesicht war genauso abgehärmt und dürr wie die Finger, die an der Smokingfliege herumfummelten. »Ein großer Verlust für das Museum«, sagte er leise. Adam nickte ehrerbietig. »Ein großartiger junger Mann«, fuhr Charles väterlich fort. »Er kannte sich in Kunstgeschichte wirklich aus. Er und Liz plauderten ein paar Minuten.« Mir fiel auf, daß niemand Liz' Ausbruch erwähnt hatte. »Sie müssen ihn doch auch gesehen haben, Pat.«

»Das stimmt.« Ungesunde rote Sprenkel verunstalteten Patricks Gesicht; seine Haare standen ab wie spitze Stacheln. »Michael schlenderte herüber und fragte mich, mit wieviel Spendengeldern von den Mitgliedern wir wohl rechnen könnten.« Er wischte sich das Gesicht mit einem verknitterten Taschentuch ab und holte tief Luft. »Ich erzählte ihm, daß wir vorhatten, jeden einzelnen am Ende des Abends mit einem Spendenformular nach Hause zu schicken. Und ich sagte ihm, daß er besser einen aufrüttelnden, zündenden Vortrag halten sollte, weil wir zehn Millionen brauchen.« Patrick schien das komisch zu finden, aber sein Lachen erstarb, als niemand mit einfiel.

Klaus legte eine Hand auf Adams Schulter. »Und Sie? Sie haben ihn auch gesprochen, richtig, Adam?«

Adam zuckte mit den Achseln. »Nur *business as usual*. Er machte sich Sorgen wegen des Projektors und der Leinwand und wollte wissen, ob auch wirklich beide Projektionsflächen von allen Plätzen aus zu sehen sind.«

»Auf mich machte er nicht den Eindruck, als ginge es um ›business as usual‹«, fiel ich Adam ins Wort. »Er sah schrecklich aus, und er hatte Todesangst.«

Es herrschte plötzlich ein schockiertes Schweigen, und alle Gesichter schwenkten in meine Richtung. Der Detective drehte sich zu mir um. Eine dünne Narbe verlief unter dem linken Auge quer über seine Wange und schimmerte weiß in der olivefarbenen Haut.

Ich atmete tief durch und erzählte ihm von der Postkarte und meiner Verabredung mit Michael nach dem Dinner.

»Haben Sie diese Postkarte noch?«

»Sie liegt in meiner Küche in North Beach.«

»Unsinn«, sagte Klaus. Er klang wütend. »Mit Michael war alles in bester Ordnug, außer daß er eine anstrengende Reise hinter sich hatte. Er kam gestern aus Paris zurück und war müde. Der Jetlag«, setzte er hinzu. Seine Miene drückte aus, daß Jetlag etwas war, womit Polizisten kaum Erfahrung hatten. Ich schaltete mich ein, ehe er wieder das Wort für mich ergreifen konnte. Nachdem ich einmal angefangen hatte, wollte ich das Ruder nicht mehr aus der Hand geben.

»Patrick erzählte uns, daß Michael in sein Büro gegangen sei, um seinen Vortrag zu holen. Aber als Monica und ich ihn suchten, lagen seine Dias auf dem Boden verstreut, und von den Unterlagen war keine Spur zu sehen.« Das Bild von Michaels Leiche, die wie hingeworfen über dem Schreibtisch lag, erstand vor meinem geistigen Auge. »Und der Computer war eingeschaltet.«

Meine Stimme verlor sich. Marconi nickte Wu zu. Wu machte sich ohne ein Wort davon und ging in die Richtung, in der sich Michaels Büro befand. Er kam in weniger als einer Minute zurück und schüttelte den Kopf. »Die Leiche wird abtransportiert«, sagte er. »Nirgendwo Papiere.«

Marconi deutete auf die Treppe. »Ist das der einzige Zugang zu diesem Korridor?«

»Es gibt noch einen am anderen Ende.« Klaus erläuterte in abgehacktem, rauhem Ton den Grundriß des Museums. Währenddessen versuchte ich mir die Räume vorzustellen, als würde ich ihnen zu erstenmal einen Besuch abstatten. Galerien und Ausstellungsräume umgeben den Innenhof von drei Seiten. Dahinter ist ebenfalls auf drei Seiten ein Korridor, von dem Büros und andere nicht für die Öffentlichkeit bestimmte Zimmer abgehen. Lagerräume und Werkstätten befinden sich auf der Rückseite des Gebäudes gegenüber der Cafeteria, an die sich eine mit Steinplatten geflieste Terrasse anschließt. Der Ostflügel beherbergt das Direktionsbüro und das Konferenzzimmer, der Westflügel die Büros für die Angestellten.

Es klingt verwirrend, aber der Grundriß ist beinahe klösterlich in seiner Schlichtheit. Der Hof wird gesäumt von der Öffentlichkeit zugänglichen Räumen, die voller Kunstschätze sind, Mönchszellen reihen sich an dem Flur dahinter aneinander. Das Museum vereint Macht und Nutzen in archiketonischen Formen, die frühere Sakralbauten nachahmen. Einige Dinge sind seit dem zehnten Jahrhundert unverändert geblieben.

Wo liegt das Gleichgewicht der Macht heute? Beim Direktor? Oder beim Vorstand?

Die plötzlich frostig gewordene Atmosphäre deutete darauf hin, daß die Befragung in den Bereich vorgedrungen war, in dem geklärt werden mußte, wer im Laufe des Abends Zugang zu Michaels Büro gehabt hatte. Ich erwartete, daß jeder abstreiten würde, hier gewesen zu sein. Zu meiner Überraschung stellte sich jedoch heraus, daß sich alle Anwesenden irgendwann während der Cocktailstunde aus dem Innenhof entfernt hatten.

Klaus war in seinem Büro gewesen, um einen Anruf zu tätigen – der Grund für das Telefonat blieb ungenannt. Adam hatte sich auf die Suche nach Ersatzbirnen für den Projektor gemacht (»nur für alle Fälle«) und war in seinem Büro gewesen – lange vor Michael, wie er sagte. Sowohl Patrick als auch Charles hatten sich in der Nähe aufgehalten: Patrick, weil ihm Susan, deren Büro ein paar Räume von Michaels entfernt lag, die Druckfahnen für einen neue Broschüre zeigen wollte, in der die beabsichtigten Erweiterungen und Umbauten erklärt wurden; Charles, weil er die Queen-Anne-Möbel sehen wollte, die einmal seinen Eltern gehört hatten. Diese von den Howlands gestifteten Möbel waren kürzlich an der Wand gleich hinter dem Eingang zu den Angestelltenbüros aufgestellt worden. Monica gestand, ihr Büro während des Abends zu äußerst privaten Zwecken, nämlich um ihr Make-up zu erneuern, genutzt zu haben. Ich fragte mich, was die Wachleute wohl von all dem Kommen und Gehen gehalten hatten – falls sie sich überhaupt Gedanken um so etwas machten.

Marconi zuckte mit den Schultern und bat Wu, ein leeres Büro zu suchen, wo man weitere Befragungen vornehmen konnte. »Fragen Sie nach, ob die Jungs im Hof irgendwas haben«, ordnete er an. »Wir fangen hier mit Miss Whyte an. Alle anderen warten im Flur.«

Diesmal machte sich niemand die Mühe, ihn zu verbessern. Ich drehte mich zögernd um, als Patrick an meine Seite eilte. »Ich komme mit Ihnen, Sie haben das Recht, von einem Anwalt begleitet zu werden.«

»Vielen Dank, Patrick, aber soweit ich weiß, bin ich keine Verdächtige, und ich bin nur allzu bereit, jede Frage über Michaels Tod zu beantworten.«

In dem Büro, in das wir uns begaben, deutete nichts darauf hin, daß sich Miss Spinks, die Buchhalterin und Rechnungsprüferin des Museums, jemals auf die schönen Künste eingelassen hatte: keine Bildbände, keine Poster, keine Hochglanzmagazine mit Fotos von wertvollen Kunstgegenständen. Marconi winkte mich zu dem Stuhl vor dem Schreibtisch und ließ sich selbst auf ein röhrenfömiges Chromgebilde fallen, das unter seinem Gewicht unheilvoll federte.

Wir gingen die Ereignisse durch, die zur Entdeckung der Leiche geführt hatten. Sergeant Wu, der gleich neben der Tür saß, hatte einen Stenoblock auf seinen übereinandergeschlagenen Beinen liegen und machte sich Notizen, während ich redete. Nein, mir war während der Cocktailstunde nichts Verdächtiges aufgefallen. Nein, ich wußte nicht, aus welchem Grund jemand Michael töten wollte. Und ich konnte auch keine Erklärung für Michaels stummen Schrei nach Hilfe abgeben und nur mit dem Hinweis aufwarten, daß es ihm um das David-Gemälde gegangen war. Marconi schien zu glauben, daß Michael an seinem Computer gesessen hatte, um den Vortrag auszudrucken. Ich versuchte ihm klarzumachen, daß es Michaels methodischer Charakter niemals zugelassen hätte, bis zur Cocktailstunde zu warten und erst dann den Text für den Vortrag zu drucken. Es sei schließlich allgemein bekannt, daß Computer in den ungünstigsten Momenten versagten oder daß das Papier ausging, wenn man es am dringendsten brauchte. Marconi zuckte mit den Achseln. »Wir werden sehen«, war alles, was er darauf erwiderte.

Die Vernehmung, die mir endlos erschien, dauerte wahrscheinlich nicht länger als zehn Minuten, obwohl ich das nicht mit Sicherheit sagen kann. Monica wartete auf dem Flur, als ich das Büro verließ.

»Es ist gar nicht so schlimm«, sagte ich beschwichtigend. Monica fuhr mit der Zungenspitze über ihre trockenen Lippen, ohne mich einer Antwort zu würdigen. Klaus war mit Charles und Patrick verschwunden. Zweifellos hatten sie bereits damit begonnen, den guten Ruf des Museums zu retten.

Ich schlug Adams Angebot aus, mich nach Hause zu bringen, und sperrte meinen Wagen auf. Mein Körper tat weh vor Erschöpfung, und ich legte die Stirn auf das kühle Lenkrad, um zu warten, bis sich die Wogen der Übelkeit gelegt hatten. Hinter mir – im Rückspiegel zu sehen – schimmerte schwach der quadratische Glockenturm des Museums durch eine frische Hülle feuchten Nebels. Ich schauderte, ließ das Auto vom Parkplatz rollen und bog nach Norden zum Coit Tower ab, um auf die Lichter der Columbus Avenue zuzufahren.

KAPITEL VIER

Der Nebel hatte sich über North Beach gesenkt, und der Seewind rüttelte an den Fähnchen vor den Restaurants und fegte weggeworfene Zeitungen auf der Columbus vor sich her in die Gosse, als ich mich müde den Hügel hinaufschleppte.

Es war fast Mitternacht, und im Haus brannte kein Licht mehr. Mrs. Domandi ging immer früh zu Bett und stand bei Sonnenaufgang auf. Ich wußte, daß Candy erst, wenn die Bars um zwei Uhr schlossen, den Weg nach Hause finden und nicht vor Mittag aus den Federn kommen würde. Meine Wohnung kam mir düster und abweisend vor. Ich erwog, loszuziehen und mich auf die Suche nach Candy zu machen, hatte aber nicht einmal mehr die Energie, den Gedanken zu Ende zu führen, und ging ins Bett. Ich kuschelte mich unter eine Daunendecke und hielt einen Teebecher in den zitternden Händen. Die Katzen, Antonius und Cleopatra, schlichen rastlos und mit hocherhobenen Schwänzen herum. Ich fühlte mich wie betäubt und weinte einsam vor mich hin.

Das Klingeln des Telefons weckte mich und katapultierte Cleopatra wie einen pelzigen Blitz vom Bett. Antonius rollte sich nur zu einem Ball zusammen und versteckte sein Gesicht unter der Vorderpfote, als wollte er die unliebsame Störung abwehren. Ich wünschte, ich könnte dasselbe tun. Ich tastete nach dem Hörer. Ich hatte das Gefühl, als wäre es noch mitten in der Nacht, aber die Uhr auf dem Nachttisch zeigte auf zehn. Sonnenlicht strömte in hellen Streifen durch die Jalousien – das Licht tanzte in einem Übelkeit erregenden Rhythmus vor meinen Augen.

»Charlotte? Sind Sie's?« Monicas gleichmütiger Tonfall verriet nichts von der Hysterie des vergangenen Abends.

»Ja.«

»Klaus hat mich gebeten, Sie anzurufen. Er sorgt sich um Sie. Das heißt, er macht sich Gedanken.«

»Kaum zu glauben«, sagte ich. »Er nimmt meine Existenz nur selten zur Kenntnis.«

»Er sagt, die Mitarbeiter in einem Museum sind wie eine große Familie. In Krisenzeiten halten wir zusammen.«

Die pure Phantasie eines Bürokraten, dachte ich bitter und setzte mich auf. Die Bewegung verursachte mir Kopfschmerzen.

»Er hat bereits alle Förderer angerufen, um ihnen zu versichern, daß alles getan wird, um die Wahrheit über den Mord an Michael ans Licht zu bringen. Und er hat ihnen gesagt, daß der Vorfall das Museum nicht daran hindern würde, den Ausstellungsplan einzuhalten und das Bauvorhaben voranzutreiben.«

Monica klang, als würde sie einen Text ablesen. »Business as usual?« fragte ich. »Bloß nicht zulassen, daß eine Kleinigkeit wie ein Mord, die Spendensammlung stört?«

Unsere Empfindungen füreinander reichten von kühl bis lauwarm. »Wir sind alle genauso verstört wie Sie«, erwiderte Monica unfreundlich. »Und Sarkasmus macht es nicht besser.«

Vielleicht nicht, aber er half mir, mich daran zu erinnern, daß Klaus' Tagesordnung nicht notwendigerweise die Aufgabe miteinschloß, herauszufinden, wer Michael umgebracht hatte. »Klaus meint, es muß jemand von außerhalb des Museums gewesen sein«, fuhr Monica fort. »Jemand, der sich an den Wachleuten vorbeigeschlichen hat oder in Abenkleidung kam und sich unter die Menge gemischt hat.«

»Ich kann nicht glauben, daß ein vollkommen Fremder

zufällig in Michaels Büro gestolpert ist und ihn getötet hat. Das klingt zu sehr nach diesen Geschichten, die man von bulgarischen Mördern in den Straßen Londons hört. Ich bin überzeugt, daß Klaus Gründe hat, das Museum aus dem Mord an Michael herauszuhalten, aber das Ganze hat etwas mit seiner Paris-Reise zu tun. Oder mit der Ausstellung. Michael hatte Angst, als er zurückkehrte.«

Ich nahm den Hörer in die andere Hand, faßte nach einem Stift und begann, Namen auf einen Block zu kritzeln, den ich immer neben dem Bett liegen hatte, für den Fall, daß mich nachts eine Inspiration überkam. »Wer immer Michael auch angegriffen hat, war bereits im Museum. Wahrscheinlich mitten unter den Gästen. Er oder sie wartete auf eine Chance, Michael allein zu erwischen. Ich möchte nur wissen, was Michael in seinem Vortrag zu sagen hatte. Was ist mit seinen Dias geschehen?«

»Seine Dias?« Ihre Stimme wurde, da sie meiner hartnäckigen Skepsis nicht Herr werden konnte, immer leiser und schwankender.

»Die Dias«, wiederholte ich. »Die aus dem Karussell gefallen waren und unter dem Schreibtisch lagen.«

Es herrschte langes Schweigen, dann erwiderte Monica matt: »Ich habe sie heute morgen wieder eingeordnet.«

»Sie haben *was* getan?«

»Die Polizei war fertig mit ihren Untersuchungen in dem Büro. Klaus meinte, man sollte aufräumen und den Rest bis später so lassen.«

»Großartig. Genau, was wir brauchen: einen gründlichen deutschen Hausputz.« Meine Stimme bebte vor Zorn.

»Österreichisch«, gab sie nervös zurück.

»Das ist dasselbe, verdammt«, wütete ich. »Diese Dias hätten uns vielleicht etwas über Michaels Vortrag verraten. Und Sie hatten nichts beseres zu tun, als damit in die Fotothek zu gehen und sie zu den abertausend anderen Dias in die Schubladen zu stecken. Wie kann Klaus nur so was Dummes anordnen?«

»Ich rufe im Namen von Klaus bei Ihnen an«, sagte Monica eisig, als ich mit meiner Tirade zu Ende war. »Er möchte so bald wie möglich mit Ihnen sprechen. Heute nachmittag, wenn Sie es einrichten können.«

»Ich bin den ganzen Nachmittag in der Uni. Wir müssen das Gespräch wohl auf morgen verschieben. Wieso will Klaus mit mir reden? Ich habe der Polizei gestern abend alles gesagt, was ich weiß.«

»Es hat nichts mit dem Mord zu tun. Zumindest nicht direkt.«

»*Alles* hat mit dem Mord zu tun.« Ich rutschte in eine bequemere Position und massierte mit der freien Hand Antonius' pelzigen Bauch. Er rollte sich herum und schnurrte. Wenigstens einer von uns war entspannt und zufrieden.

»Klaus möchte mit Ihnen über Michaels Arbeit sprechen.«

»Und ich will mit ihm über den Mord sprechen.«

Wieso plötzlich dieser Eifer? dachte ich. Ich hatte immer Distanz zu Klaus gehalten. Er erinnerte mich an meine Fachsemester, die ich in den Zeiten hinter mich gebracht hatte, als die deutsche Wissenschaft das Gebiet noch dominierte und Kunsthistoriker an der Dokumentation eines einzigen Werkes vierzig oder fünfzig Jahre lang arbeiteten. Das war kein Leben, das ich mir jemals für mich selbst vorstellen konnte.

Dann war da noch Klaus' selbstbewußte Männlichkeit und der sinnliche und kalkuliert eingesetzte europäische Charme. Nicht daß er mir Avancen gemacht hätte. Größere, lohnendere Fische zogen ihre Kreise im Museumsteich der Förderer und potentiellen Spender. Und zumindest einige von ihnen schienen bezaubert zu sein, wenn eine Stimme, die der von Baron Trapp in *Meine Lieder – meine Träume* gleichkam, um Spenden bat. Ich riß mich zusammen. Es kam nichts Gutes dabei heraus, wenn ich den Direktor schlechtmachte. Und ich hatte Fragen wegen des Mordes an Michael, deren Antworten ich nur im Museum finden konnte. Ich erklärte mich mit einem Termin am nächsten Tag einverstanden.

»Vier Uhr«, sagte Monica und legte auf. Und ich überlegte, warum sie mich angerufen hatte und nicht Klaus' Sekretärin.

Am Donnerstagnachmittag sah der Museumsparkplatz wieder aus wie immer: Toyotas und Volvos statt BMWs und Mercedes. Das einzige Anzeichen für die Ereignisse am Dienstagabend war der Polizei-Van, der halb auf dem Weg vor dem Angestellteneingang parkte. Und die Metallabfalleimer quollen über mit verwelkten Blumen und zusammengeknülltem Papier. Der Wachmann, der hinter der Sicherheitsscheibe aus Plexiglas neben der Tür saß, nickte wortlos, als ich stehen blieb, um die Identifizierungsmarke aus Plastik an das Revers meines verknitterten Leinenjacketts zu stecken – meine einzige Konzession an die plötzliche Ankunft des Indian Summers und die bevorstehende Besprechung im Direktionsbüro.

Die schwere Doppeltür am Ende des Flurs führte zu den ozeanischen und afrikanischen Ausstellungsräumen. Als ich in die Galerie kam, betrat ich eine Oase von gedämpftem Licht, zahllosen Objekten und mit Tüchern verhängten Wänden. Das Museum hatte heute morgen seine Pforten wieder für das Publikum geöffnet, aber die Leute waren sich noch nicht bewußt, daß es ihnen gestattet war, herbeizuströmen und den Ort zu bestaunen, an dem ein Mord geschehen war. Der Innenhof war still und menschenleer.

Eine Sekretärin schaute von ihrer Tastatur auf, als ich die Tür zum Vorzimmer des Direktors öffnete, und sah mich mit fragenden Gesichtsausdruck an.

»Charlotte Whyte. Ich habe eine Verabredung.«

»Gehen Sie gleich durch, er erwartet Sie«, sagte die Sekretärin. Eine Hand wanderte zur Sprechanlage, die andere lag nach wie vor auf der Tastatur. Ich stand vor einer weiteren schweren Tür, diesmal vor einer mit dunkler, zu einem matten Glanz polierter Holzvertäfelung. Als ich das Direktionsbüro betrat, erhob sich Klaus Burger und umrundete seinen großen Mahagonischreibtisch, der auf einem riesigen Orientteppich stand. Das Büro war abgedunkelt, das Licht reduziert, um die Zeichnungen und Pastellmalereien zu schonen, und es roch schwach nach Leder und schalem Zigarettenrauch.

Klaus hatte, abgesehen davon, daß sein Jackett nicht zugeknöpft war, kein Zugeständnis an das warme Wetter gemacht. Er schüttelte mir mechanisch die Hand und führte mich über den Teppich, als wären wir kurz davor, unsere Positionen auf dem Tanzparkett einzunehmen. »Danke, daß Sie so kurzfristig kommen konnten.«

Ich setzte mich auf den Stuhl, auf den er deutete, und wartete. Er nahm ein Päckchen Marlboro vom Schreibtisch und streckte es mir entgegen. »Zigarette?« Ich schüttelte den Kopf, und er nahm auf dem anderen Stuhl schräg gegenüber von mir Platz, schlug die Beine übereinander und riß ein Streichholz an. Soweit ich wußte, rauchte sonst niemand im Museum. Er hielt das Streichholz, bis die Flamme fast den Daumen und den Zeigefinger erreicht hatte, ehe er es in den in Leder eingelassenen Aschenbecher auf dem Schreibtisch warf.

»Es tut mir schrecklich leid«, sagte er und beugte sich so weit zu mir, daß sich unsere Knie fast berührten. »Ich weiß, daß Sie und Michael nicht nur Kollegen, sondern auch Freunde waren. Dies ist eine Tragödie für uns alle.«

»Es ist eine Tragödie für Michael.« Ich beobachtete, wie sein Blick von meinem Gesicht zu dem Gemälde hinter dem Schreibtisch schweifte. Es war ein Renoir, Kopf und Torso einer jungen Frau, die schlafend unter einem Baum saß. Der Kopf ruhte auf dem abgewinkelten Arm. Das Sonnenlicht malte helle Flecken auf das rosige Fleisch ihrer Arme und der Brust, die bauschige Bluse war über einen Schulter gerutscht und enthüllte den Bogen einer Brustwarze. Kastanienbraune Locken sahen unter der Krempe des Strohhuts hervor. Viele hätten die Szene bezaubernd gefunden, aber ich, die immer mißtrauisch daran dachte, was eine junge Frau erwartete, die sich im Schlaf so töricht bloßstellte, fand sie abstoßend.

Klaus folgte der Richtung meines Blickes. »Wie gefällt Ihnen mein Mädchen?« fragte er mit einem Lächeln. »Sie ist freundlicher als der El Greco, der vorher hier gehangen hat. Ihr Haar, meine Liebe, hat fast dieselbe Farbe.«

Ich richtete mich in meinem Leinenkokon kerzengerade auf und zog das Jackett fest über meiner Brust zusammen, »Wollten Sie mit mir über mein Haar diskutieren? Oder über Mord?«

Ich schaute ihn nicht an, und nach einem Schweigen, das nur einen Wimpernschlag dauerte, sagte er: »Ich wollte Ihnen nicht zu nahe treten. Bitte, erzählen Sie mir von Michael.«

»Ich kenne ... kannte ihn seit Jahren. Wir waren zusammen an der Universität. In New York haben wir uns sehr oft gesehen. Während er in Detroit lebte, verloren wir uns ein wenig aus den Augen.«

Die Worte klangen wie ein abgehackter Dialog in einem schlechten Theaterstück. Ich räusperte mich und versuchte es noch einmal. »Als er nach San Francisco zog, entdeckten wir unsere Freundschaft aufs neue.«

Dann wurde die Verbindung wieder lockerer, dachte ich traurig und erinnerte mich an Michaels seltene Besuche in den Monaten vor Stevens Tod, an seinen Kummer und seine Verletzlichkeit. Ich vermutete, daß Steven sein erster Liebhaber gewesen war, der ihm auch ein echter Partner sein konnte, aber ich hatte nie danach gefragt, und Michael hätte von selbst nie darüber gesprochen. Doch von all dem würde ich Klaus bestimmt nichts erzählen.

»Michael war ein brillanter Kunsthistoriker«, sagte ich.

Klaus nickte und musterte mich mit halb geschlossenen Augen. »Hat er mit Ihnen über seine Arbeit hier im Museum gesprochen?«

»Manchmal. Wir redeten über seine Pläne für die neue Ausstellung. Aber als er den Katalog zusammenstellte und die Texte dafür schrieb, mußte ich meine Tochter an der Ostküste besuchen – sie geht dort ins College. Danach fuhr ich nach Paris, um ein paar eigene Nachforschungen anzustellen.«

Klaus beugte sich wieder vor und riß ein neues Streichholz an. Die Zigarette steckte noch immer unangezündet zwischen den Fingern seiner anderen Hand. Seine Stimme war kaum mehr als ein Raunen. »Ich brauche Ihren Rat.«

Ich sah erstaunt auf. Er war mir nie wie ein Mann erschienen, der seine Angestellten um einen Gefallen bat. »Nein, nein. Es hat nichts mit dem Mord zu tun«, sagte er brüsk. »Wir tun alles, was in unserer Macht steht, um der Polizei zu helfen, aber die Ermittlungen überlassen wir am besten ihnen. Ich mache mir mehr Sorgen um Michaels Ausstellung, *unsere* Ausstellung.«

Er stand auf und ging neben dem Schreibtisch hin und her. »Dies ist die wichtigste internationale Ausstellung, die seit Jahrzehnten in San Francisco organisiert wurde. Wir haben bereits fünf der dreißig Millionen zusammen, die wir dafür und für die Renovierung des Gebäudes brauchen. Und man hat uns *beträchtliche* Spenden für die nächste Ausstellung versprochen. Und unsere Förderer und Leihgeber haben uns weitere finanzielle Unterstützung in Aussicht gestellt.«

Ich fragte mich, ob die Geldgeber ihre Zusagen vom Erfolg der Ausstellung, die Michael zusammengestellt hatte, abhängig machten. Es war kein Geheimnis, daß ein paar der älteren Förderer es lieber sähen, wenn das Museum wieder so wäre wie vor Klaus' Ankunft, ein düsteres Mausoleum, in dem Gemälde und Skulpturen mit dem, was einige von uns abfällig als »Deko« (dekorative Kunst) bezeichnen, um das bißchen Platz kämpften.

»Die Kampagne wird doch sicher auf Eis gelegt, solange der Mord noch nicht geklärt ist, oder?«

Klaus ließ sich mit der Antwort Zeit und setzte sich auf die Schreibtischkante. »Sie verstehen nicht. Wir können es uns nicht leisten, die Lawine aufzuhalten, die wir ins Rollen gebracht haben. Wir sind hier nicht in Europa. Die Steuerzahler wären nicht mehr damit einverstanden, wenn das Kapital fest für kulturelle Zwecke verplant würde. Seit der Novellierung des Einkommensteuergesetzes ist nichts mehr überwiesen worden. *Nichts*«, wiederholte er. »Und den Schulen und Krankenhäusern geht es genauso. Die Steuerzahler mögen nichts, was Geld kostet. Unser Bauvorhaben steht und fällt mit den privaten Spenden«, fuhr er ruhiger fort. Er verdrehte seinen Oberkörper, um das Gemälde hinter dem Schreibtisch anzusehen, als suchte er Trost bei seinem Anblick. »Von unseren Mitgliedern im allgemeinen, aber vor allem von unserem Vorstand. Wir versuchen, von ihnen mindestens die Hälfte des benötigten Budgets zu bekommen. Und das heißt, wir müssen sie und ihre Sammlungen bei den Zukunftsplänen des Museums berücksichtigen.«

Er wandte sich mir wieder zu und warf einen Blick auf die unangezündete Zigarettenspitze, als würde er so was zum erstenmal sehen. »Ich kann Ihnen genausogut gleich alles sagen«, meinte er ernst und verzog das Gesicht, als würde ihm allein der Gedanke Pein bereiten. »Nicht alle im Vorstand möchten, daß die Ausstellung weiterläuft.«

»Wer zum Beispiel?«

Er ignorierte meine Frage. »Es sind alles gute Leute. Tatkräftig und engagiert. Aber manche von ihnen sind neu in der Museumswelt. Sie begreifen nicht, daß Kunst etwas ist, womit man eine jahrelange Beziehung eingeht, eine Beziehung, die kultiviert werden muß. Michael hat das sehr wohl verstanden.«

Der Tadel schwebte zwischen uns. »Das Museum als privater Club? Lebenslange Mitgliedschaft, gesichert durch gute Kunstwerke, von der Steuer befreite Geschenke und kräftige Spenden? Charles Howland unterstützt doch sicher das Projekt, nicht wahr?«

»Charles ist nicht das Problem«, erwiderte er vorsichtig. »Charles und Liz sind seit Jahren große Förderer. Und jetzt scheint er bereit zu sein, ein Gemälde auszuleihen, das der Öffentlichkeit nur selten zugänglich war.«

»Davon habe ich gehört. Aber ist es nicht zu seinem Vorteil, wenn er das Gemälde ausleiht? Er muß es nicht einmal verschicken, und es kann nur geschätzt werden, wenn es einmal in einer größeren Ausstellung zusammen mit Werken aus dem Louvre und der Met gezeigt wird. Und in einem Katalog dokumentiert ist.«

»Der Katalog«, sagte Klaus nachdenklich. »Wir müssen jemanden finden, der die Arbeit an dem Katalog übernimmt, ihn vervollständigt und die Fertigstellung überwacht. Ich dachte, Sie kennen vielleicht einen Kunsthistoriker, der für diese Aufgabe qualifiziert ist.«

Also das war der Grund dafür, warum man mich ins Direktionsbüro beordert hatte. Meine Gedanken rasten. Sollte ich einen gescheiten ortsansässigen Dozenten empfehlen? Jemanden von Stanford oder Berkeley? Bestimmt schwebte Klaus so etwas vor. Aber wenn ich ihn überreden könnte, mich selbst die Arbeit tun zu lassen, hätte ich Gelegenheit, für einige Zeit in Michaels Fußstapfen zu treten und herauszufinden, was er in den Wochen vor seinem Tod gedacht und getan hatte.

In Gedanken beschäftigte ich mich mit den ungeahnten Möglichkeiten. »Ich dachte, der Katalog ist komplett«, sagte ich, um Zeit zu gewinnen. »Michael hat mir erzählt, daß er den Essay vor seiner Abreise nach Paris fertig geschrieben hat.«

»Wir haben Rohentwürfe von allem. Essay, Bildteil, Dokumentation. Dennoch müssen noch einige Fakten überprüft werden, und das Ganze braucht noch ein bißchen Feinarbeit. Vielleicht sind einige kleine Recherchen hier und da nötig. Nicht viel.«

Er ging um den Schreibtisch herum, beugte sich über die Telefonkonsole und drückte auf einen Knopf. »Bringen Sie mir Michaels Katalogentwurf«, sagte er. Eine Minute später öffnete sich die Tür, und die junge Frau, die ich draußen gesehen hatte, erschien.

Sie ließ einen dicken Stapel Manuskriptpapier auf den Schreibtisch fallen, und Klaus nahm seine Lesebrille aus der Jackettasche. Der Schildpattrahmen und seine sonnengebräunte Haut verliehen ihm das Aussehen eines gesunden Mannes, der sich viel im Freien aufhielt. Eines Skifahreres oder Bergsteigers. Oder eines erfolgreichen deutschen Politikers. Eines Christdemokraten, dessen Aufgabe es war, den Leuten zu versichern, daß ihre Investitionen gewinnbringend angelegt sind und ihre Zukunft gesichert ist.

Klaus deutete mit dem Kinn auf das Manuskript. »Es ist alles da. In der Hauptsache müssen Michaels letzte Anfragen verschickt werden. Susan Maguire wird später die Korrekturen der Druckfahnen übernehmen, aber es gibt niemanden im Museum, der die Sachen klären kann, die noch zweifelhaft sind.«

Der Anblick der Notizen, die auf die erste Seite gekritzelt waren, brachte mir einen steinernen Wasserspeier und eine andere handschriftliche Botschaft von Michael in Erinnerung – einen Hilferuf. Ich starrte Klaus an und dachte an mein eigenes unfertiges Buch. Über die arme Lilly Spender, die nach ihrer Ausbildung in der Pennsylvania Academy of the Arts im Jahr 1887 ihre wohlhabende Familie überzeugen konnte, den Sommer in Frankreich zu verbringen. Die darauffolgenden zehn Jahre arbeitete sie Seite an Seite mit Monet in Giverny, verhalf ihm zu positiven Kritiken, als sie seine Arbeiten in den Salons ausstellte, fand aber selbst keinen Platz in den kunstgeschichtlichen

Werken und wurde höchstens in den Fußnoten zu seiner Lebensgeschichte namentlich erwähnt. Ich hatte mir vorgenommen, sie berühmt zu machen. Sie wartete noch immer darauf.

»Warum lassen Sie mich das nicht machen? Ich versuche selbst ein Buch fertigzustellen. Und ich unterrichte hier und in der Universität. Aber das hier wäre etwas, was ich für Michael tun könnte.«

Klaus, der sich wieder auf dem Stuhl niedergelassen hatte, drehte sich um und neigte sich nach vorn. »Ich weiß nicht so recht«, erwiderte er bedächtig, »wir dachten eigentlich an jemanden älteren. An jemanden, der sich auf diesem Gebiet einen Namen gemacht hat.«

Ich hatte Mühe, meine Stimme unter Kontrolle zu halten. »Ich habe oft mit Michael zusammengearbeitet und bin mit seiner Methodik vertraut. Außerdem habe ich Studenten in der Universität, die mir bei den Nachforschungen helfen können.«

Klaus war offenbar nicht überzeugt. Wir hatten auf jemand Besseren gehofft, schien sein Blick auszudrücken. Auf einen großen Namen. Auf jemanden, der ins Auge sticht. Ich schwieg und wartete auf den Ausgang seines inneren Kampfes.

»Ich dachte, Sie kennen vielleicht einen jungen talentierten Wissenschaftler, der bereit ist, eine zeitlich befristete Anstellung im Museum anzutreten.«

Ich sprang auf und stopfte meine Hände in die Taschen, um die geballten Fäuste zu verstecken. »Ich fürchte, damit kann ich nicht dienen. Sie werden sich an jemand anderen wenden müssen.«

»Nein, warten Sie.« Klaus stand ebenfalls auf und streckte mir eine Hand linkisch entgegen. »Nehmen Sie wieder Platz. Ich wußte nicht, daß Sie Michael so starke Zuneigung entgegengebracht haben. Wir sind hier eine kleine Truppe, und es hilft, wenn wir alle an einem Strang ziehen.«

»Es gibt nur wenig, was ich nicht für Michael tun würde.«

»Sie kennen jeden hier im Museum, und ich nehme an, wir können Sie ebensogut für diese Arbeit bezahlen wie jemand anderen«, sagte er schließlich. »Die Lage ist im Moment schon schwierig genug, auch ohne daß wir einen Wildfremden einschalten. Und es gibt ja nicht mehr allzu viel an dem Katalog zu tun.«

»Was ist mit den Museumsführern?«

Er winkte ab; die Geste sprach Bände über die Privilegien eines Direktors. »Wir finden eine andere Möglichkeit, die Museumsführer weiterzubilden. Ich würde es mir nicht anmaßen, Sie zu bitten, Ihre eigenen Arbeiten aufzugeben, aber wir erwarten nicht, daß Sie signifikante zusätzliche Recherchen anstellen. Das meiste hat Michael schon erledigt.« Er legte eine Hand auf das Manuskript, als wollte er es segnen. »Wir können Ihnen dreitausend Dollar bezahlen. Und natürlich übernehmen wir all Ihre Auslagen.«

Dreitausend Dollar! Das war mehr, als ich jemals mit Schreiben verdient hatte. Wenn Lisas Studiengebühren bezahlt waren, würde noch genügend übrigbleiben, daß ich im nächsten Sommer wieder nach Paris fahren und in der Bibliothèque Nationale nach Beweisen dafür suchen konnte, daß Lillys Arbeiten in den französischen Ausstellungen mindestens ebenso ausführlich und gewissenhaft rezensiert worden waren wie die ihrer männlichen Kollegen, auch wenn die Besprechungen zweifelhafte Komplimente über ihre »weibliche Sensibilität« enthielten.

»Dann ist das also abgemacht«, sagte ich, ehe er es sich anders überlegen konnte. »Ich würde gern in Michaels Büro arbeiten und den Computer dort benutzen.«

»Das kann arrangiert werden.« Er nickte und stand auf. Ich deutete das als Geste, die den Schlußpunkt der Unterredung setzen sollte.

»Warum haben Sie Monica gebeten, Michaels Dias ins

Archiv einzuordnen?« erkundigte ich mich in neutralem Ton.

Klaus schien einen Moment zu verharren. »Daran war nichts Unheilvolles. Die Polizei war fertig, und wir wollten so schnell wie möglich zur Normalität zurückkehren.«

»Wir?«

»Ich«, gab er ungehalten zurück und zupfte den Ärmel seines Jacketts zurecht. Jetzt zündete er sich die Zigarette an, inhalierte tief und stieß eine weiße Rauchfahne aus, die sich dem Gemälde über dem Schreibtisch entgegenkräuselte. Kein Wunder, daß die junge Frau die Augen geschlossen hält, dachte ich und wunderte mich wieder darüber, wieso das Rauchen in der Nähe eines Millionen-Dollar-Bildes erlaubt war. Das Vorrecht des Direktors, nahm ich an.

»Hat Michael Ihnen keinen Bericht erstattet, als er aus Paris zurückkam?« wollte ich wissen. »Mit Ihnen besprochen, was sich dort abgespielt hat?«

»Wieso fragen Sie?«

Ich zuckte mit den Schultern. »Aus keinem besonderen Grund. Ich war nur überrascht, als Sie sagten, Sie hätten nicht mit Michael über das geredet, was ihn belastet hat. Ich hätte gedacht, er würde zu allererst zu Ihnen gehen.«

»Unter normalen Umständen, ja. Aber diese Woche ist alles andere als normal verlaufen. Lauter Besprechungen wegen der Werbemaßnahmen. Sitzungen mit den Leihgebern und Förderern, der Planungskommission und dem Stadtrat wegen der Renovierung.« Klaus sog den Rauch in die Lunge. »Wie Sie wissen, steht das Museum auf einem städtischen Grundstück. Und das heißt, daß jeder Bürokrat im Rathaus konsultiert werden muß. Wir können nicht einmal eine Rollstuhlrampe installieren, ohne vorher die Genehmigung von zwanzig Ausschüssen einzuholen. Und dann war da noch dieser gottverdammte Baum.«

»Ein Baum?«

Eine hastig ausgestoßene Rauchwolke stieg zur Decke.

»Am Montag hat sich ein Spinner aus der Nachbarschaft die Pläne genauer angesehen, die wir bei der Baubehörde eingereicht haben, und entdeckt, daß wir vorhaben, einen Baum im Park zu fällen. Einen Baum! Mein Gott! Seither bombardiert jeder Baumliebhaber der Stadt die Verwaltung mit Protestbriefen. Mein Telefon stand an dem Tag, an dem Michael zurückkam, nicht einen Moment still. Ich wollte vor dem Dienstag alles unter Dach und Fach haben.« Seine Stimme hatte einen gehetzten, erschöpften Unterton, als er mich betrachtete. Dreitausend Dollar waren seiner Ansicht nach genug, um sich sowohl ein loyales Teammitglied als auch die redaktionelle Arbeit zu sichern.

»Ja, natürlich«, sagte ich. »Vermutlich wollte Michael warten, bis sich die Dinge etwas beruhigen. Wer wird seinen Posten übernehmen?«

Der ärgerliche Gesichtsausdruck kehrte zurück. »Es ist noch zu früh dafür. Ich habe veranlaßt, daß sich Adam und Monica die dringendsten Arbeiten teilen. Nächste Woche wird hier eine Trauerfeier für Michael stattfinden. Danach treffen wir eine Entscheidung.«

Klaus lehnte sich vor und drückte wieder auf einen Knopf an der Konsole. Diesmal erschien Monica – sie huschte lautlos in das Büro, als hätte sie vor der Tür nur auf das Signal gewartet.

»Meine Liebe«, sagte Klaus so überschwenglich, als ob er ganz allein auf die Idee gekommen wäre, mir eine Aufgabe zu übertragen. »Charlotte hat sich bereit erklärt, uns mit dem Katalog zu helfen.«

»Wie nett von ihr.« Monica verzog das Gesicht, sah durch flatternde Wimpern zu Klaus auf und strich eine unsichtbare Falte in ihrem Seidenrock glatt. »Wir, Adam und ich, haben alles beisammen für die morgige Besprechung des Verwaltungskomitees. Auch den Bericht für die Werbemaßnahmen. Und Lieutenant Marconi möchte mit Ihnen sprechen.«

»Bitten Sie JoEllen, ihn hereinzuführen.« Klaus spähte

nachdenklich zu dem Papierstapel auf seinem Schreibtisch. »Hier«, sagte er und schob das Katalog-Manuskript in meine Richtung. »Das könnten Sie eigentlich gleich mitnehmen. Setzen Sie sich in Michaels Büro. Monica wird Ihnen zeigen, wo alles ist.« Ja, alles, nur die Dias nicht, dachte ich.

KAPITEL FÜNF

»Wer hat Michael umgebracht, was meinen Sie?«

»Woher soll ich das wissen?« fragte Monica zurück. Ihre übliche Abwehrhaltung kam wieder zum Vorschein, und die einfachste Frage weckte bereits ihren Argwohn. »Die Polizei ist mit ihren Verhören noch nicht zu einem Ende gekommen. Klaus war gestern lange auf dem Revier. Genau wie Patrick und Charles.«

»Haben sie was Neues in Erfahrung gebracht?«

Unsere Stimmen hallten in dem kahlen Flur. »Klaus hat allen Mitarbeitern Anweisung gegeben, mit niemandem über den Mord zu sprechen.«

»Ich *bin* eine Mitarbeiterin«, rief ich ihr ins Gedächtnis, obwohl mir bewußt war, daß mein Teilzeitjob in ihren Augen nicht zählte. Sie wandte sich mir zu und sah mich lange an, dann gab sie nach. »Sie glauben, daß Michael mit einem Spieß, mit dem man normalerweise Eis zerkleinert, oder einem scharfen Skalpell getötet worden ist. Die Klinge hatte eine dünne Spitze.«

Mir lief ein Schauer über den Rücken, als ich an die angespannten Gesichter dachte, die mich in der Mordnacht umgeben hatten: Patricks Gesicht blaß und mit einem Schweißfilm überzogen, Charles' eisig ruhig, Klaus' gequält. »Meinen sie, der Mörder war ein Mann?«

»Nicht notwendigerweise. Sie denken, daß der Täter entweder außerordentliches Glück gehabt hat, daß die dünne Klinge zwischen den Rippen hindurch ins Herz gedrungen war, oder daß er sich in Anatomie gut auskennt.«

»Großartig. Ich sehe schon die Schlagzeilen vor mir. ›Ehemaliger Medizinstudent oder frustrierter Künstler mit Erfahrung im anatomischen Zeichnen schleicht durchs städtische Museum.‹«

»Machen Sie keine Witze.« Monica schauderte, aber ihre Miene blieb ungerührt.

»Hat Michael mit Ihnen über seine Paris-Reise gesprochen?«

»O nein«, sagte sie und blieb abrupt stehen, um mich anzuschauen. »Wieso sollte sich ein erhabener Kurator mit uns Normalsterblichen abgeben? *Wir* waren nur bezahlte Hilfskräfte.«

»Wir?« Das war das erste Anzeichen einer Emotion, das ich seit der Mordnacht an ihr bemerkte.

»Sie wissen schon; Adam und ich. Wir waren in Michaels Augen kaum existent, bis Klaus die Verwaltung ein wenig umorganisiert hat, um die Wogen zu glätten.«

Der Ärger beschleunigte ihre Schritte; die hohen Absätze klapperten lauter auf den Steinfliesen. Ich hatte Mühe, auf gleicher Höhe mit ihr zu bleiben. »Was hat er umorganisiert?«

»Nachdem Michael Stiftungsgelder für ›Das Zeitalter Napoleons‹ zugesprochen bekommen hatte, war es klar, daß er seinen Anteil an der Verwaltungsarbeit nicht voll weiter leisten *und* zusätzlich die Ausstellung und den Katalog vorbereiten konnte. Dieses Museum hat eine besonders törichte organisatorische Struktur. Die meisten anderen Museen haben diese Art der Aufgabenverteilung schon vor Jahren aufgegeben. Kuratoren machen nur ihr Ding und kümmern sich gar nicht um Bildung und Werbung oder das Publikum. Kuratoren besprechen sich nur mit dem Direktor. Alle anderen betteln um Audienzen.«

Monica hob die Hand und schob eine Locke hinters Ohr. Ich sah, daß der Nagel an ihrem rechten Zeigefinger so abgekaut war, daß nicht einmal mehr mehrere Schichten gut deckenden Lacks den Schaden verbergen konnten. Es war also doch nicht alles perfekt an ihr. »Klaus hat die

Hierarchie unter den Mitarbeitern ein bißchen aufgeweicht und Ihnen und Adam mehr Autorität gegeben?«

»Verstehen Sie mich nicht falsch. Michael war ein netter Kerl, auch wenn er sich ziemlich unnahbar gab. Aber er war ein lausiger Administrator. Deshalb hat Klaus ihn zum Chefkurator ernannt.«

»Und Sie und Adam sind ein Stück nachgerückt?«

»Adam und ich bekamen den Status von Kuratoren. Wir haben die meisten verwaltungstechnischen Aufgaben übernommen und direkte Verbindung zum Direktionsbüro. Das hält Klaus den Rücken frei, und da er sich nicht mehr mit den täglichen Planungen abplagen muß, hat er mehr Zeit, sich um Finanzen und Spendenkampagnen zu kümmern. Und so können wir dafür sorgen, daß bei den Ausstellungen der Bildungsauftrag, den das Museum zu erfüllen hat, besser berücksichtigt wird.«

Ein Resultat dieser Umorgansisierung war eindeutig die Tatsache, daß Monica mehr Einfluß als früher hatte, ein anderes, daß Adam Michael nicht mehr direkt unterstand.

»Hat Michael diese neue Aufgabenverteilung unterstützt?«

Monicas Gesicht zuckte leicht, als wäre ein süßer Leckerbissen in ihrem Mund plötzlich sauer geworden. »Ihm blieb nicht viel anderes übrig, oder? Er hockte ständig in der Bibliothek oder vor seinem Computer. Sobald Klaus ihn zum Chefkurator gemacht hatte, akzeptierte er auch bereitwillig, daß Adam seinen eigenen Aufgabenbereich bekam.«

Ich fragte mich, wie Monica das alles eingefädelt hatte. Sie beantwortete die Frage, ohne daß ich sie stellen mußte. Ihr unzufriedener Ausdruck wich einem selbstgefälligen Lächeln.

»Das Museum stand im Vergleich zu anderen städtischen Einrichtungen nicht gerade gut da: weißer männlicher Direktor, zwei weiße männliche Kuratoren. Keine Frau in einer gehobenen Stellung; es gab nur in der Bibliothek Mitarbeiterinnen. Sie wissen schon, in Jobs, in denen den hohen Herren zugearbeitet wird.«

Ich betrachtete das elegante Profil, ihre Haut, die die Farbe von getoastetem Weizenbrot hatte, die hohen Wangenknochen und die Schlafzimmeraugen. Sie hätte eine von Gaugins erlesenen tahitianischen Schönheiten sein können.

»Es hat nicht geschadet«, sagte sie selbstzufrieden. »Und Adam ist so, wie sich die Dinge ergeben haben, viel glücklicher. Michael hätte niemals zugestimmt, Zeitgenössisches auszustellen.«

»Klaus auch nicht, so wie's aussieht.«

Monica zuckte mit den Achseln. »Die Dinge ändern sich. Sogar Klaus wird Konzessionen machen müssen, wenn er Spendengelder haben und die Renovierung vorantreiben will.«

Wir erreichten den Eingang zum Bürotrakt. »Denken Sie nicht an Dienstag«, empfahl Monica, als wir die wenigen Stufen hinaufgingen.

Nach Klaus' luxuriösem Allerheiligsten wirkte Michaels Büro wie eine Mönchszelle. Keine Renoirs an den Wänden, keine Bokhara-Teppiche auf dem Boden – nichts deutete auf das Bedürfnis hin, Eindruck bei den Wohlhabenden zu schinden. Der Chefkurator des Museums hatte statt dessen sein Leben um Daten herum organisiert. Ich betrachtete die Regale mit den Akten, den langen Bücherreihen und den Diakästen. Hinter dem aluminiumgerahmten Fenster ragte der dürre Stamm einer gigantischen Flachspflanze in schrägem Winkel nach oben – der einzige Schandfleck in der rechteckigen Geometrie. Ein feiner Film von pudrigem Staub war das alles, was darauf hindeutete, daß der Raum kürzlich Ort eines Verbrechens gewesen war.

Monica ging zum Tisch und schaltete den Computer ein. Zeilen mit elektronischen Zeichen rollten über den Bildschirm. »Word Perfect«, sagte Monica. »Das ganze

Museum ist ans IBM-System angeschlossen, und mittlerweile ist alles kompatibel. Sie müßten alle Dateien, die mit der Ausstellung in Zusammenhang stehen, unter ›Napoleon‹ finden.«

Ich experimentierte mit der Tastatur und einem Dateienverzeichnis, das ich abgerufen hatte. Michael hatte für jedes Gemälde und jede Zeichnung, die für die Ausstellung vorgesehen waren, eine extra Unterdatei angelegt. Andere enthielten Entwürfe für den Katalogessay, Bibliographien, Korrespondenzen mit Leihgebern und Versicherungen. Ich ließ alle Unterdateien abrollen und fand als letzte eine mit dem Titel »Vortrag«, daneben ein Datum und die Zeit, wann die Datei zum letztenmal abgespeichert worden war. Es war das das Datum des Mordtages. Des Tages, an dem das Dinner stattgefunden hatte. Die Zeit, 11.00 Uhr, machte allerdings keinen Sinn.

»Stimmt was nicht?« fragte Monica.

»Die Zeit«, sagte ich verwirrt. »Laut dieser Angabe hat Michael zum letztenmal um elf Uhr vormittags am Tag des Mordes an seinem Vortrag gearbeitet.«

»Und?«

»Aber mir hat er erzählt, daß er den ganzen Tag daran gefeilt hat.«

»Das stimmt«, bestätigte Monica und rückte dabei einen Bücherstapel auf dem Tisch gerade. »Er hat uns gebeten, ihn nachmittags nicht zu stören.«

Ich öffnete die Datei; der Bildschirm wurde weiß. »Verdammt.«

»Was ist?« Sie sah mich an; eine Hand schwebte über einem Bündel Briefen und Memos, die ihr nicht ordentlich genug dalagen.

»Es gibt zwar eine Datei für den Vortrag, aber keinen Text.«

»Meinen Sie, Michael hat ihn ausgedruckt und nicht gespeichert?«

»Ich meine, der Text ist gelöscht worden.«

Wir sahen uns an. »Warum sollte jemand so was tun?« fragte Monica schließlich.

Ich dachte an die Dias, die so seltsam schnell wieder in die Fotothek eingeordnet worden waren. Welche »Aufräumarbeiten« hatte Monica am morgen nach dem Mord sonst noch erledigt? Ich tippte mit dem Zeigefinger auf den Monitor. »Kam es Ihnen nicht eigenartig vor, daß hier nirgendwo die Unterlagen für den Vortrag lagen, als wir Michaels Leiche fanden? Und jetzt ist der Text auch aus dem Computer verschwunden, obwohl eine Datei dafür vorhanden ist.«

»Es muß irgendwo eine Sicherungskopie geben«, sagte sie, schnappte sich eine Plastikbox und ging mit geschickten Fingern die Disketten durch.

Die Diskette, die ich suchte, war nicht dabei. Ich starrte auf den Bildschirm, der meinen Blick mit einem stummem Vorwurf erwiderte. Michael hatte nach seiner Rückkehr aus Paris an seinem Vortrag gearbeitet. Er wollte über Jacques-Louis David sprechen, den herausragendsten Maler des revolutionären Frankreich und Chronisten der Regierungszeit Napoleons. Ich rief noch einmal die Liste aller Dateien auf und suchte nach einer, die Angaben über Davids Gemälde enthalten könnte. Als der Kursor zu einer mit dem Titel »Napol.por« kam, öffnete ich sie. Ich erwartete Material über Davids 1812 entstandenes *Portrait von Napoleon in seinem Arbeitszimmer* zu finden. Auf dem Bildschirm zeigte sich ein wirrer, unzusammenhängender Text. Als ich ihn durchlas, wurde mir klar, daß dies nur ein Teil des Finanzierungsplans mit einer Auflistung der bewilligten Gelder für die Ausstellung war und nichts mit dem Gemälde von Jacques-Louis David zu tun hatte.

»Verdammt«, flüsterte ich und durchsuchte die elektronischen Innereien des Computers nach Informationen über ein anderes David-Gemälde – über das *Portrait einer jungen Frau*, das sich im Besitz der Howlands befand. Ich holte die Datei auf den Schirm – das Resultat war dasselbe: eine Aufstellung der genehmigten Geldbeträge.

Monica beugte sich über meine Schulter und faßte nach dem Keyboard. »Rühren Sie das nicht an«, sagte ich scharf und schob meine Hand zwischen ihre und die Tasten. »Jemand hat die David-Dateien mit irrelevantem Text gefüllt und den Vortrag ganz gelöscht.«

»Soll ich Martin anrufen?« Sie schien ziemlich beunruhigt zu sein.

»Wer ist Martin?« fragte ich ärgerlich. Ich drückte auf etliche Tasten und zerbrach mir den Kopf darüber, warum die Dateinamen nicht mit dem Text übereinstimmten. Ich wünschte, ich wäre allein in Michaels Büro, Monicas Anwesenheit machte mich nervös.

»Martin arbeitet in der Buchhaltung. Er ist unser Computerexperte und der einzige, der autorisiert ist, die Computer anzufassen.« Ich zögerte. Einen Angestellten von Klaus einzuschalten, um verlorengegangenes Material zu suchen, zu dem nur Mitarbeiter des Museums Zugang gehabt hatten, erschien mir keineswegs ratsam.

Ich warf Monica einen Blick zu. Ich wußte, daß sie wie eine Brieftaube sofort in Klaus' Büro flattern würde, sobald sie von hier wegkam. »Das wird vielleicht gar nicht nötig sein. Lassen Sie mich erst noch etwas versuchen. Ich kenne mich selbst ein bißchen mit Computern aus.«

Das war eine glatte Lüge. Zum Glück kannte mich Monica nicht gut genug, um zu wissen, daß meine Kenntnisse in Sachen Elektronik mit dem Bedienen einer Kaffeemaschine und dem Einschalten einer Mikrowelle endeten. Und daß ich meinen Computer – trotz der periodischen Versuche meiner auf diesem Gebiet sehr bewanderten Tochter – wie eine bessere Schreibmaschine benutzte. »Können Sie mir vielleicht ein paar formatierte Disketten besorgen? Und einen Kaffee«, setzte ich schüchtern hinzu.

Sie zögerte, und ich erwiderte ihren skeptischen Blick

mit einem verbindlichen Lächeln. »Ich denke schon«, meinte sie schließlich.

Ich zählte bis zehn, ehe ich das Telefon näher an mich heranzog. In Candys Wohnung meldete sich niemand. Und im Regal entdeckte ich nichts, was wie ein Telefonbuch aussah. Ich kramte hektisch in Schreibtischschubladen und stieß endlich unter einem dicken Aktenordner, der die Liste der Mitglieder des Fördervereins enthielt, auf die beiden voluminösen Telefonbücher von San Francisco. Ich wußte, daß Candy die Nachmittage oft im Cafè Roma verbrachte, bevor sie zu ihrem Computerkurs ging, für den sie sich eingeschrieben hatte, weil sie hoffte, das Jugendamt mit derlei Maßnahmen davon überzeugen zu können, daß sie eine verantwortungsbewußte Mutter war. Wenn ihre Freunde voller Zweifel Fragen stellten, erklärte sie fröhlich, daß diese neue Beschäftigung »nur eine andere Form des Strippens« sei. Ich wartete, als sich der Kellner auf die Suche nach ihr machte, und blickte dabei ständig zur Tür.

Candy meldete sich atemlos. »Hallo. Was liegt an?«

»Tut mir leid, daß ich dich von deinem Capuccino wegscheuche, aber ich brauche Hilfe. Hast du in deinem Computerkurs schon etwas über Wiederherstellung von Texten gelernt?«

»Du meinst Texte von einer abgestürzten Festplatte?«

»In diesem Fall sind es gelöschte Texte.« Candy hörte mir schweigend zu, als ich ihr erzählte, was ich in Michaels Büro entdeckt hatte.

»Es gibt Programme, die verlorene Informationen wiederfinden«, sagte sie, als ich geendet hatte. »Ich bin keine Expertin, aber der Typ, der den Kurs abhält, weiß besser Bescheid als jeder andere. Seine Name ist Eddy, und er wohnt auf dem Hügel. Gib mir deine Nummer. Ich laufe schnell hinauf und sehe, ob er da ist. Wenn ja, kommen wir sofort bei dir vorbei.«

»Danke, Schätzchen«, sagte ich erleichtert. »Die nächsten zehn Capuccinos gehen auf meine Rechnung.«

Monica kam mit einem dampfenden Kaffeebecher durch die Tür, als ich den Hörer auflegte. Der Kaffee war eine unappetitliche pechschwarze, dickflüssige Brühe. Ich bedankte mich, trank versuchsweise einen Schluck und wünschte, ich hätte sie statt dessen lieber um einen Schokoriegel gebeten.

Monica lehnte sich an den Tisch, kreuzte elegant die Knöchel und legte die Hände um die Tischkante. Es war nicht zu übersehen, daß sie vorhatte, mir auch weiterhin Gesellschaft zu leisten. Ich unterdrückte meinen Ärger und nahm noch einen Schluck Kaffee. Er war seit dem ersten nicht besser geworden. »Sie scheinen sich nicht besonders zu mögen«, sagte ich und betrachtete geistesabwesend die große Perle, die milchig am Mittelfinger ihrer linken Hand schimmerte.

»Wer?«

»Marconi und Wu.«

»Opfer des Anti-Rassendiskriminierungsplans innerhalb des Police Departments?«

Das Telefon klingelte, ehe einer von uns noch etwas sagen konnte.

»Ich hab' ihn aufgetrieben«, berichtete Candy. »Wir sind in einer Viertelstunde da. Wie finden wir dich?«

Ich erklärte ihr, wie sie einen Besucherausweis bekommen konnte, legte auf und wählte die Nummer der Sicherheitszentrale, um die Wachmannschaft auf die Ankunft meiner Besucher vorzubereiten. »Wer ist das?« erkundigte sich Monica argwöhnisch, als ich zum zweitenmal auflegte.

Das plötzliche Erscheinen von Susan Maguire bewahrte mich vor einer Antwort. Heute trug sie ein weißes Hemd, das eine Nummer zu klein und so weit aufgeknöpft war, daß die Kette aus Navajo-Silberberlen und eine Menge sonnengebräunter Haut zu sehen war. Der enge, wadenlange Rock war bis übers Knie geschlitzt und gab noch mehr Sonnenbräune preis.

»Klaus sagte mir, daß ich Sie hier finde.« Susan schaute sich neugierig um. »Sie sehen aus, als wären Sie stinksauer«, fügte sie hinzu und drehte den Rock so, daß die Schlitze an der richtigen Stelle saßen, dann schlenderte sie herüber, um sich neben mich zu stellen. Frauen, die wissen, wie sie sich kleiden müssen, um Wirkung zu erzielen, machen mich nervös. Und sobald wir zu dritt in dem kleinen Büro waren, spürte ich, wie mich klaustrophobische Anwandlungen überkamen. »Es war wunderbar, mit Michael zusammenzuarbeiten«, fuhr Susan fort und betrachtete den leeren Computermonitor. »Ein kluger, besonnener Mann. Und sexy.«

»Sexy?« Ich starrte auf ihren wogenden Busen und überlegte, welcher Quelle diese Information entstammen mochte. »Was hat Sex mit der ganzen Sache zu tun?«

»Sie denken, Sie kannten Michael, weil Sie alte Freunde waren. Womöglich haben Sie sich vorgestellt, daß er und Steven ein behagliches häusliches Leben führen. Und wie die meisten schwulen Männer machte sich Michael nie die Mühe, die stereotypen Ansichten seiner Freunde über die Beziehungen von Schwulen zu korrigieren.«

Hatte ich wirklich solche Vorstellungen gehabt? Ich hatte Steven kaum gekannt; nicht er, sondern Michael war mein Freund. In Wahrheit hatte ich so gut wie nie an die beiden als Paar gedacht. Das heißt, bis Steven krank geworden war. Aber davon erzählte ich Susan nichts.

»Nur weil Michael beruflich sehr eingespannt war und jeden Tag lange arbeitete, dachten Sie, er und Steven seien so eine Art altes Ehepaar gewesen.« Susan erwärmte sich immer mehr für dieses Thema. Sie legte eine kurze Pause ein und spielte mit den Silberperlen an ihrem Hals. »Aber Steven ist an AIDS gestorben, und Michael hat nie darüber gesprochen, wie sein Freund sich mit dieser Krankheit angesteckt hat. Oder ob er selbst auch HIV positiv war.«

Ich sah Susan an. In der Ferne klingelte ein Telefon. »Was wollen Sie damit andeuten?« fragte ich.

»Ich will gar nichts andeuten. Nur, daß Michael eine ganze Menge für sich behalten hat. Monica will sich nicht eingestehen, daß der Mord an Michael mit dem Museum in Zusammenhang stehen könnte. Und jetzt wollen Sie nicht zugeben, daß er etwas mit Michaels Homosexualität zu tun haben könnte.«

»Moment mal.« Meine Kehle war wie zugeschnürt. »Ich glaube nicht, daß Michaels Tod aus einem Zufall heraus geschah. Wenn jemand Grund hatte, ihn zu töten, dann wahrscheinlich wegen irgendeiner Sache, die mit dem Museum zusammenhängt. Immerhin hat er die meiste Zeit hier verbracht.«

»Aber er hat nicht seine *ganze* Zeit hier verbracht. Das ist der springende Punkt. Sie *meinen* nur, daß es so gewesen ist. Bei mehr als einer Gelegenheit, wenn wir beide bis spät am Abend gearbeitet hatten, bat er mich, ihn auf meinem Heimweg nach Potrero Hill an der Ecke Folsom und Ninth Street abzusetzten.«

Das gab mir zu denken. Die Ninth lag inmitten der Club-Szene mit Schwulenbars und S&M-Studios, eine Gegend, in der Diskotheken und schicke Kneipen kleine Betriebe verdrängt hatten, für die die Mieten zu teuer und die Steuern zu hoch geworden waren. Ich war in ein paar dieser neuen Läden gewesen – teurer Designerschick, viel rostfreier Stahl und glatte, reflektierende Oberflächen. Der Lärm hatte mich nach North Beach zurückgetrieben, und dort atmete ich erleichtert auf.

»Haben Sie gesehen, wohin er dort gegangen ist?«

»Nein. Und vielleicht ging er nur ein Stück die Straße hinunter zu Hamburger Mary's. Tatsache ist«, sagte Susan und machte eine kurze Pause, um ihre Position zu ändern und möglichst viel von sich zu zeigen, »daß San Franciscos schwule Ledertypen nicht nur aufgemotzte Bikers sind. Ich kenne eine Menge junge Anwälte und Börsenmakler, die sich ihren Kick bei einer Runde durch die Bars und bei Sklavenauktionen holen.«

»Wie dieser Kunsthändler in New York«, warf Monica unvermittelt ein. Ich hatte fast vergessen, daß sie auch noch da war. »Der Typ, der verhaftet wurde, nachdem einer seiner S&M-Partner tot auf einem Grundstück in Long Island aufgefunden worden war.«

»Andrew Crispo?« Die einzigartige, ekelerregende Mischung aus Kunst, Geld, Kokain und abartigen Sexpraktigen hatte diesen Fall vor ein paar Jahren zum Lieblingsthema der Boulevardblätter gemacht. »Aber kein Mensch weiß, ob Crispo wirklich in den Mordfall verwickelt war oder ob er nur mit Geldwäsche und Steuerhinterziehung zu tun hatte. Und außerdem ist der Mord *nicht* in seiner Kunstgalerie passiert. Wenn Sie uns hier weismachen wollen, daß Michael gern Gast in perversen Sex-Clubs und der Mord irgendein aus dem Ruder geratenes Sexspiel war, dann müssen Sie schon einiges mehr vorbringen, um mich zu überzeugen.«

»Charlotte hat recht.« Susan schenkte mir eines ihrer Dreitausend-Watt-Lächeln. »Die meisten Sexualverbrechen finden zu Hause statt.« Ich überlegte, woher sie das wußte, aber es erschien mir unhöflich, sie danach zu fragen.

»Jedenfalls war Michael nicht der einzige Mitarbeiter im Museum, der in diesen Clubs Zerstreuung suchte«, sagte Monica plötzlich. »Er hat mir erzählt, daß er Patrick eines Abends bei einem Drink im Slim's gesehen hat, als er hingegangen ist, um Betty Carter zu hören.«

»Was ist so verwerflich daran, im Slim's etwas zu trinken?« Jetzt fühlte sich Susan in die Defensive gedrängt.

»Nichts. Nur daß Patrick mit Frank Spurling dort war.«

»Patrick hat oft geschäftlich mit Frank zu tun. Wir haben ihn durch unsere Architekten kennengelernt. Wenn Renato in der Stadt ist, essen wir manchmal mit Frank und anderen Kunsthändlern, die sich auf lateinamerikanische Kunst des zwanzigsten Jahrhunderts spezialisiert haben.«

Ich dachte an Spurlings Galerie auf der Grant Avenue:

zwei Etagen mit hellen Wänden und Oberlichtern, durch die das Licht in ein offene Treppenhaus fiel. Dicke Teppiche und gedämpfte Stimmen.

Das obere Stockwerk ist wechselnden Ausstellungen von neuen lateinamerkanischen Malern und Bildhauern vorbehalten. In der unteren Galerie zeigt er seine Sammlung von Drucken – Chagall, Picasso und Dalì. Diese Drucke bietet er zum Verkauf an. Ob sie alle authentisch sind, ist eine andere Frage.

Nach meinen Recherchen hat Dalì irgendwo in der Gegend 40000 leere Blätter signiert, auf die seine berühmten Bilder wie die geschmolzenen Uhren ohne weiteres fotomechanisch übertragen werden konnten. Diese Drucke hatten, selbst wenn sie wertlos waren, eine authentische Signatur und wurden zu weitaus niedrigeren Preisen verkauft als die limitierten Serien. Ich fragte mich, was Patrick Maguire und Frank Spurling abgesehen von dem mexikanischen Architekten sonst noch gemeinsam hatten.

»Sammeln Sie und Patrick lateinamerikanische Malerei?«

»Manchmal.« Susan schien nicht gewillt zu sein, über ihre private Sammelgewohnheiten zu diskutieren. »Alles, was ich sagen will«, fuhr sie fort, ohne näher auf meine Frage einzugehen, »ist, daß es mehr in Michaels Leben gab als diesen Job hier. Und wir wissen noch nicht genug, um zu sagen, was genau passiert sein könnte.«

KAPITEL SECHS

Candy und ihr Computerlehrer trafen ein, als Susan im Begriff war, das Büro zu verlassen. Eddy war ein bläßlicher, pickliger Jugendlicher in zerrissenen Jeans und schwarzem Leder. Sein lasziver Blick richtete sich auf den Computer – so sahen andere Männer gewöhnlich Fotos von spärlich bekleideten jungen Frauen an. Monica verzog die Mundwinkel, als sie Candys magentafarben lackierte Nägel und den Diamantenstecker in ihrem Nasenflügel entdeckte, und sie musterte die beiden Neuankömmlinge mit kaum verhohlener Feindseligkeit. Candy und Eddy hingegen nahmen keine Notiz von ihr. »Das ist Eddy«, sagte Candy stolz und schaute sich mit kritischem Blick in Michaels Büro um. »Siehst du«, fuhr sie zu ihm gewandt fort, »ich hab' dir doch gesagt, daß alle Freunde von Charles auch auf Bücher stehen.«

Eddy ließ seinen Rucksack neben dem Schreibtisch auf den Boden fallen, kramte in seinen Taschen und beförderte eine Handvoll Plastikdisketten zutage. »Ich habe das Wiederherstellungsprogramm mitgebracht«, sagte er, ohne jemand besonderen anzusprechen. »Aber zuerst versuche ich, ins DOS zu kommen.« Er hätte genausogut griechisch sprechen können. Ich hoffte ehrlich, daß er wußte, was er tat, und beobachtete schweigend, wie er zum Tisch ging, sich vor dem Computer niederließ und mit halsbrecherischer Geschwindigkeit die Tasten bearbeitete. Dabei murmelte er vor sich hin, als würde er den Hexengesang aus *Macbeth* zitieren.

Nach ein paar Minuten hielt er inne, lehnte sich zurück und trommelte mit den Fingerspitzen auf die Tischplatte.

»Es ist ein altes System«, sagte er mit gerunzelter Stirn. »Hat kein internes Programm zur Wiederherstellung von gelöschten Dateien.«

»Ist das schlimm?« fragte ich.

»Vielleicht. Vielleicht nicht.« Er war so wortkarg wie ein Fischer aus Maine, aber der schnelle Rhythmus, mit dem er auf die Tastatur einhämmerte, hatte etwas Beruhigendes. »Ich sehe mich zuerst mal im DOS-Verzeichnis um.«

Nach weiteren Minuten verkündete er: »Nichts.« Er nahm eine der Disketten und steckte sie in das externe Laufwerk. »Ich habe ein ziemlich neues Programm mitgebracht – es heißt UnErase. Wissen Sie, wie es arbeitet?«

»Ich weiß gerade, wie man diese Geräte ein und ausschaltet. Und ich kann meine Dateien abrufen.«

Er bedachte mich mit einem skeptischen Blick aus zusammengekniffenen Augen. Eine Frau mit Doktortitel, schien dieser Blick zu sagen, und trotzdem hat sie nicht viel auf dem Kasten. »Es ist folgendermaßen«, erklärte er freundlich. »Wenn Sie eine Datei löschen, dann vernichtet sie der Computer nicht wirklich, sondern versteckt sie sozusagen irgendwo auf der Festplatte, damit der ursprüngliche Platz neu genutzt werden kann. Solange nichts anderes die Stelle der Datei einnimmt, können UnErase und ähnliche Programme die internen Hinweise entschlüsseln und versuchen, die verlorene Datei aufzuspüren. Wenn es sie gefunden hat, bringt es sie auf den Bildschirm.«

Er tippte einige Minuten, rief Dateien ab und schloß sie wieder, während ich ihm erklärte, was genau ich suchte. »Also«, sagte er schließlich, »Sie haben hier vier Dateien mit exakt denselben Daten.«

»Wieso sollte Michael seine Texte doppelt oder sogar vierfach in dem Computer speichern?«

»Das hat er wahrscheinlich gar nicht getan.« Eddy lächelte grimmig. »Aber jemand, der die Dateien gelöscht hat und ganz sichergehen wollte, daß die Informationen nie wieder auftauchen, könnte ein und denselben Text sehr wohl mehrmals von einer Diskette überspielt haben. Sieh dir das an«, sagte er, während er einen Arm um Candys Taille schlang und sie näher an sich heranzog, »jemand hat die gelöschten Dateien überschrieben.«

»Was meinen Sie damit?« erkundigte ich mich in scharfem Tonfall.

Er drehte sich mit dem Stuhl zu mir und klemmte die Hände zwischen die Schenkel. Aus der Nähe sah ich, daß die Nieten in seiner Lederjacke denselben Messingschimmer hatten wie seine fettigen Haare. Doch in seinen Augen blitzte Intelligenz und Scharfsinn auf. »Es ist so«, begann er und übersetzte mir zuliebe das, was er herausgefunden hatte, sorgsam in Laiensprache. »Wer immer die Dateien gelöscht hat, wußte so gut Bescheid, daß er entweder sofort eine neue angelegt oder die alte mit ganz anderem Text beschrieben hat. ›oleon‹ sagt Ihnen nichts, oder?«

»Könnte das vielleicht ›Napoleon‹ heißen?«

Er runzelte die Stirn. »Könnte jedes Wort sein, daß diese Buchstaben enthält. Aber wie gesagt, derjenige, der die Sachen gelöscht hat, hat die Dateien überschrieben, um das Programm, das die ursprünglichen Texte wiederfinden will, zu verwirren.«

Meine Hoffnung beim Anblick der eigenartigen Buchstaben und Symbole auf dem Bildschirm. Ich wußte nicht, was ich in Michaels Computer suchte, aber daß es das nicht war, wußte ich genau.

Eddy drückte wieder auf ein paar Tasten, und der Drucker, der neben dem Computer stand, erwachte zum Leben. Auf dem Papier, das wenige Sekunden später ausgeworfen wurde, standen eben diese Buchstaben, Wortfetzen und Zeichen. Die wenigen lesbaren Bruchstücke reichten nicht aus, um den Text des Vortrags zu rekonstruieren. Die Dateien für die David-Gemälde enthielten denselben wirren Buchstabensalat.

»Tut mir leid«, sagte Candy und massierte meine verspannten Schultern. »Wenn irgendwas dagewesen wäre, hätte Eddy es gefunden.«

Eddy widmete sich wieder dem Computer, legte andere Disketten ein und arbeitete weitere zehn Minuten, ehe er schließlich den Stuhl zurückschob und langsam den Atem ausstieß. »Sorry«, sagte er und nahm die Diskette aus dem Schlitz. »Wer immer dieses Zeug gelöscht hat, wußte haargenau, was er tun muß.«

»Wie lange hat er wohl für die Aktion gebraucht?«

Eddy überlegte. »Zehn Minuten vielleicht. Man braucht eigentlich nur eine Liste der Dateien, die man vernichten will, und einen einzigen Text, um sie zu ersetzen. Oder man überschreibt das gelöschte Material.«

»Kann man auch die Zeitangaben einer Datei verändern?« fragte ich, als mir die Diskrepanz von der angegebenen Zeit im Dateienverzeichnis und der von Monica bestätigten Tatsache, daß Michael am Nachmittag an seinem Vortrag gearbeitet hatte, wieder einfiel.

»Kinderkram«, brummte Eddy und hämmerte wieder auf die Tasten ein. »Sehen Sie? Der Computer registriert die Zeit, zu der die Datei zum letztenmal verändert wurde. Aber wenn jemand diese Information vertuschen will, braucht er die Uhr im Computer nur anders einzustellen. Und nachdem er das Programm heruntergefahren hat, korrigiert er die Zeit wieder und schaltet das Gerät ab.«

Ich stieß einen langen Seufzer aus. Candy nahm den Motorradhelm an sich, den sie auf dem Tisch deponiert hatte. »Wir haben's zumindest versucht.«

Das Telefon klingelte und setzte unserer trübsinnigen Grübelei über den geplünderten Computer ein Ende. Monica, die dem Apparat am nächsten war, hob ab. »Ja«, sagte sie, »sie ist hier.« Sie hielt mir den Hörer hin. »JoEllen von Klaus' Büro. Sie stellt einen Anruf durch.«

Die Stimme, die mich begrüßte, war weiblich, und irgend etwas an der bedächtigen Sprechweise kam mir vage bekannt vor. »Ist da Charlotte Whyte?« Die Sprecherin klang zögerlich, ein wenig beklommen.

»Am Apparat.«

Ich hörte schwach ein erleichtertes Aufatmen am anderen Ene der Leitung. »Sie werden sich nicht an mich erinnern. Ich bin Shirley Barstow. Michaels Schwester.«

Die Schwester aus Iowa. Wir hatten uns vor Jahren in New York kennengelernt. Ich erinnerte mich an eine großgewachsene, selbstbewußte Frau, die das Gefühl, zu groß zu sein, längst verinnerlicht hatte.

»Natürlich erinnere ich mich an Sie. Und das mit Michael tut mir sehr leid. Es muß schrecklich für Sie sein.«

Die Antwort war ein leises Schniefen. Die kleine Gruppe in Michaels Büro sah mich schweigend an. Candy und Eddy standen nebeneinander an dem langen Arbeitstisch – nur schwarze Lederriemen und baumelnde Silberketten. Monica und Susan hatten sich an der Tür postiert.

»Ich bin gerade aus Des Moines angekommen«, sagte Shirley. »Sie sind die einzige von Michaels Freunden, die ich jemals kennengelernt habe. Und ...« Ihr versagte die Stimme. Als sie sich wieder erholt hatte, fuhr sie fort: »Und ich bin in Michaels Wohnung und dachte, Sie könnten mir vielleicht helfen, herauszufinden, was ich mit dem Zeug hier anstellen soll. Ich meine, Sie können mir bestimmt sagen, was wert ist, aufgehoben zu werden. «

Ich beneidete sie nicht um die traurige Aufgabe, die Überbleibsel aus Michaels Leben zu ordnen. »Hat er einen Computer in seiner Wohnung?«

Eine Weile herrschte Schweigen, während sie nachsah. »Er steht in seinem Arbeitszimmer. Ein Hewlett Packard oder so was.«

Ich atmete leise aus und zwinkerte Candy zu. »Darf ich jetzt gleich zu Ihnen kommen? Ich würde Sie gern sehen und müßte außerdem ein paar Kopien von Computerdateien machen.«

»Natürlich. Kommen Sie her und nehmen Sie alles mit, was Sie haben möchten.« Sie klang schon etwas fröhlicher.

Ich sagte ihr, daß ich in einer Stunde da sein würde, und legte auf.

»Möglicherweise hat er gar nichts von Bedeutung zu Hause«, dämpfte Monica meine neuaufkeimenden Hoffnungen.

»Vielleicht nicht, aber Michael war ziemlich organisiert, wenn es um seine Arbeit ging. «

Candy lächelte mich an. »Wir gehen zurück ins Cafè Roma und fangen mit den Cappuccinos an, die du uns schuldest. Komm auf dem Heimweg vorbei und erzähl uns, was du aufgestöbert hast. Vielleicht spendieren wir dir sogar ein Bier bei Gino und Carlo.«

Ich dachte an den Mief und die mit Bierflecken übersäten Tischen bei Gino und Carlo und schauderte.

»Alles klar«, sagte ich. »Und vielen Dank für eure Hilfe.«

Monica bot sich an, Candy und Eddy zum Eingang zu begleiten. Nachdem sie gegangen waren, kam mir das Büro sehr still vor. Das einzige Geräusch war das leise Brummen des Computers. Die Poster an der Wand hinter mir erinnerten an die Ausstellungen, die Michael organisiert hatte, bevor er nach San Francisco gekommen war. Keine von ihnen konnte sich, was den Umfang und die Ambitionen betraf, mit der messen, an der er vor seinem Tod gearbeitet hatte. Ich beschloß, alle noch vorhandenden Computerdateien auszudrucken und mit nach Hause zu nehmen. Während der Drucker seine Arbeit machte, suchte ich in Michaels Schreibtischschubladen nach handschriftlichen Notizen, fand aber nichts. Als ich mit allem fertig war, blieb mir kaum noch genug Zeit, um wie versprochen pünktlich nach einer Stunde nach Haight-Ashbury zu kommen.

Ich stopfte die Ausdrucke zusammen mit dem Katalog-

Manuskript, das mir Klaus gegeben hatte, in meine große Ledertasche und hängte sie mir über die Schulter. In dem Flur draußen huschten junge Frauen in Lederminiröcken und gemusterten Strümpfen mit Ordnern und großen braunen Umschlägen zwischen den Schreibtischen herum. Am Ende des Korridors entdeckte ich Adam. Er trommelte mit den Fingerspitzen auf einen Metallschreibtisch, während er ungeduldig wartete, bis die Sekretärin einem Anrufer glaubhaft versichert hatte, daß es absolut sicher und nicht gefährlich war, dem Museum einen Besuch abzustatten.

»Da sind Sie ja«, sagte er. Mit der Clubkrawatte, die er zu dem grauen Flanell trug, sah er aus wie ein Schuljunge, aber seine Stimme klang eher nach Brooklyn als nach Beaverbrook. »Monica hat mir erzählt, daß Sie zu uns an Bord kommen, um das Meisterstück des Goldjungen zu retten. Und die PR-Kampagne des Direktors.«

»Hallo, Adam«, grüßte ich zuckersüß. »Gerade angekommen, um die Arbeit zu beginnen?«

»Eher im Aufbruch. Sagen Sie allen, die mich sprechen wollen, daß ich morgen früh wieder hier bin«, wies er die Sekretärin an, als sie den Hörer auflegte. Zu mir sagte er: »Ich bin auf dem Weg zu Frank Spurlings Galerie. Pat hat mich gebeten, mir dort ein Gemälde von Roberto Marquez anzusehen. Wir überlegen, ob wir es kaufen sollen.«

»Wer ist wir?«

Er strich sich das dunkle Haar aus den Augen. »Das Komitee für Neuanschaffungen tritt nächste Woche zusammen.«

»War nicht Michael Vorsitzender des Komitees?«

»Er war«, bestätigte Adam verlegen. »Tut mir leid. Ich weiß, daß Sie mit ihm befreundet waren, aber das Leben muß weitergehen.«

»Wer ist sonst noch in dem Komitee?« wollte ich wissen.

Adam zählte mir ein paar Namen auf.

»Moment mal«, sagte ich. »Ist es nicht ein bißchen eigenartig, daß das Komitee für Neuanschaffungen ganz und gar aus Förderern besteht, die selbst große Sammler sind? Wie wird man überhaupt Mitglied dieses Komitees?«

Er sah mich treuherzig an und rieb mit einer vielsagenden Geste Daumen und Zeigefinger aneinander.

»Wirklich?« sagte ich und spielte mit. »Wieviel Geld?«

»Fünfundzwanzigtausend Dollar.«

»Fünfundzwanzigtausend Dollar? Wollen Sie mir weismachen, daß Förderer, die selbst Sammler sind, soviel Geld bezahlen, nur um diesem Komitee anzugehören? Hat in diesem Museum noch nie jmand etwas von Interessenskonflikten gehört?«

»Nicht so laut«, warnte er und sah sich um, als rechnete er mit Zuhörern. Wir waren am Pult des Sicherheitsdienstes angekommen. Ich nickte dem Wachmann zu und nahm meine Plastikmarke ab. Adam machte den Eindruck, als wollte er sich am liebsten sofort aus dem Staub machen.

»Mal sehen, ob ich das richtig verstanden habe. Sie sagen mir, daß Patrick Maguire und die anderen für das Privileg, über die zukünftigen Anschaffungen des Museums zu bestimmen, eine so große Summe bezahlt haben? Wenn das Museum Werke von Künstlern kauft, von denen sie selbst welche im Privatbesitz haben, und das Museum eine Ausstellung für diese Künstler plant, dann steigt automatisch der Wert ihrer persönlichen Investition?« Mir schwirrte allmählich der Kopf.

»Seien Sie doch nicht so naiv«, gab Adam zurück. »Alle Museen der modernen Künste funktionieren so. Auf diese Weise verlieren die Förderer nicht das Interesse an der Zukunft des Museums.«

»Nein, bestimmt nicht«, erwiderte ich und fragte mich, was für Süppchen Patrick und der berüchtigte Frank Spurling für das Museum kochten. Und was das alles mit Michaels Ausstellung und den David-Gemälden zu tun hatte. Ganz zu schweigen von den fehlenden Computerdateien. Ich konnte nur hoffen, daß die Antworten in Michael Computer zu Hause zu finden waren.

KAPITEL SIEBEN

Haight-Ashbury hat sich etwas von dem Flair der sechziger Jahre erhalten, der Zeit der gesellschaftlichen Experimente, aber jetzt teilen die Kinder dieser Sechziger-Generation die Straßen mit drogensüchtigen Austeigern. Die Straßenkriminalität wächst, Parkplätze sind nicht zu finden, und teure Boutiquen schießen neben Suppenküchen und Arztpraxen wie Pilze aus dem Boden. Es gibt immer noch Absteigen, in denen man vorübergehend unterkriechen kann, aber wahrscheinlich kann es sich heutzutage nur ein Bankmanager leisten, hier ein Haus zu kaufen. Die Gegend war zu einem weiteren von San Franciscos Vierteln der Wohlhabenden und Habenichtse geworden.

Abseits von der Haight Street gibt es durchaus noch Straßen mit Charme. Ich fuhr durch eine dieser Straßen, die von hellgestrichenen viktorianischen Fassaden hinter Reihen von Kirschbäumen und Magnolien gesäumt wurde. Michael Wohnung befand sich in der Cole Street. Ein Stück neben Michaels Haus war ein Parkplatz, und ich hielt neben einem alten VW Käfer mit ausgefransten Aufklebern »Rettet die Wale« und »Nuke Nixon« (Atomwaffen gegen Nixon) – alliterativ, aber kaum pazifistisch.

Ich blieb vor der Tür stehen und dachte an meinen letzten Besuch in Michaels Haus. Steven hatte damals im Krankenhaus gelegen, und ich hatte Michael selbstgekochte Suppe und den neuesten Roman von Dick Francis gebracht. Wir saßen stundenlang auf dem Teppich im Wohnzimmer, lehnten am Sofa, tranken Scotch und redeten miteinander. Michael wartete darauf, daß Steven nach

Hause kam, um hier zu sterben, und befand sich in dem aufgeregten Stadium zwischen Erwartung und Angst.

Schritte polterten die Treppe herunter, nachdem ich geklingelt hatte, und rissen mich aus meinen Erinnerungen. Michaels Schwester war eine große Frau mit den groben Knochen einer Bäuerin. »Hallo, Charlotte. Danke, daß Sie gekommen sind.« Sie lächelte durch einen Tränenschleier. Ich breitete die Arme aus, und wir umarmten uns unbeholfen – wir waren mehr als Bekannte, aber noch keine Freunde.

»Es tut mir so leid«, sagte ich mit tränenerstickter Stimme. »Michael zu verlieren war ein schrecklicher Schock.«

»Ich weiß.« Sie wandte sich ab, um mich ins Wohnzimmer zu führen. »Die Polizei war heute hier«, sagte sie über die Schulter. Sie trug eine dunkelblaue Polysterhose und eine mit Blumenmuster bedruckte Bluse, die etwas über der fülligen Taille spannte. Als wir ins Licht kamen, traf mich die Erkenntnis, daß sie dasselbe hellbraune Haar und dieselben graublauen Augen hatte wie Michael.

Shirley sah verloren aus in dem hellen Raum mit den weißen Wänden, dem grauen Teppich im Bauhausstil den Bugholzmöbeln und Glastischen. Das einzige, was dem Zimmer Farbe verlieh, waren die beiden abstrakten Gemälde an zwei gegenüberliegenden Wänden. Steven hatte sie gemalt; ihre verwegenen Formen und und gewaltigen Bögen in Primärfarben schienen etwas von Stevens extravaganter Persönlichkeit zu verkörpern. Ich sah mich um und spürte hier Michaels Gegenwart noch stärker als in seinem Büro im Museum.

»Ich weiß nicht, was ich mit all dem hier machen soll«, sagte Shirley und deutete vage in die Runde. »Das sind keine Sachen, die ich mit nach Hause nehmen kann, aber …« Sie brach ab, und ihr Gesicht drückte Trauer und Ratlosigkeit aus.

»Vielleicht kann das Museum einiges davon brauchen«,

schlug ich vor und dachte dabei an die Büros mit den kahlen Böden und den zweckmäßigen Möbeln. Als ich Monicas Namen und ihre Telefonnummer auf ein Blatt Papier kritzelte, merkte ich, daß es Shirley nicht so sehr quälte, sich von Michaels Sachen zu trennen, sie hatte viel eher Angst, verschwenderisch zu sein, wenn sie Dinge wegwarf, die noch in gutem Zustand waren.

»Es ist so viel zu tun«, sagte sie mit einem Seufzer. »Und ich kann nur ein paar Tage von zu Hause weg bleiben. In meinem Job bleibt ohne mich alles liegen.« Sie wischte sich eine widerspenstige Locke aus dem Gesicht. »Ich kann mich noch sehr gut an unser erstes Treffen bei Michaels Abschlußfeier in New York erinnern. Ich war kurz davor zu heiraten.« Sie betonte den letzten Satz wie eine Frage.

»Ich bin mittlerweile verwitwet«, erwiderte ich. »Mit einer achtzehn Jahre alten Tochter.«

»Lebt sie noch bei Ihnen?«

»Sie hat gerade an der Brown University angefangen. Sie wollte unbedingt wenigstens eine Weile an der anderen Küste leben.«

»Meine älteste beendet nächstes Jahr die Highschool.« Shirley lächelte liebevoll – eine nette Frau mit festen Prinzipien, aber auch viel Toleranz. Sie ging zu dem hellen Schrank mit den Drinks, und plötzlich wurde mir klar, wie schwierig es für sie sein mußte, mit einer Welt konfrontiert zu sein, die so ganz anders war als ihre. Michaels Lebensweise war ihr vollkommen fremd gewesen, und doch traf sie der Verlust offenbar tief.

»Möchten Sie Michaels Arbeitszimmer sehen?« Ich nickte, und sie deutete auf eine Tür. Ich wünschte, ich hätte es über mich bringen können, ihr meine Hilfe beim Packen anzubieten. Aber ich konnte den Gedanken nicht ertragen, auch nur ein paar Stunden mit Michaels Habseligkeiten eingeschlossen zu sein, und so sehr ich auch mit seiner wohlmeinenden Schwester mitfühlen konnte, mein Widerstand blieb bestehen. Ich hatte ein schlechtes

Gewissen und kam mir selbstsüchtig vor, als ich ihr durch den Flur in Michaels Arbeitszimmer folgte.

Hier standen noch mehr Bücher als in seinem Büro im Museum, aber es war nicht zu übersehen, daß ein und dieselbe Person beide Räume genutzt hatte. Der Computer war kleiner als das Modell im Museum. Ich sah ihn mir an und entdeckte, daß er keine eigenen Speicherkapazitäten hatte. Daneben stand ein realtiv billiger Tintenstrahldrucker. Michael muß seine Dateien auf Disketten gespeichert und seine Texte mit dem Laserdrucker im Büro ausgedruckt haben. Seitlich vom Computer standen Plastikboxen mit einer ganzen Reihe von Disketten, darunter befanden sich etliche mit der Etikettaufschrift NAPOLEON. Alle waren ordentlich beschriftet. Ich nahm die erste Diskette aus der Box und steckte sie in das Laufwerk des Computers, dann wartete ich ungeduldig, bis das Programm anlief, und sah die anderen Boxen durch. Michael schien regelrecht besessen davon gewesen zu sein, alles Geschriebene zu speichern und aufzuheben.

Shirley verließ das Zimmer, und ich sah gespannt zu, wie das Gerät die vorbereitenden Programmtests abspulte und das Dateienverzeichnis der Diskette auf den Bildschirm brachte. Meine Fingerspitzen kribbelten, als ich die David-Dateien abrief. Sie enthielten Angaben über die Herkunft der Bilder, die verschiedenen Besitzer, die sie im Laufe der Jahre in ihren Sammlungen gehabt hatten, Listen der Ausstellungen, in denen sie gezeigt worden waren, und ein Literaturverzeichnis von Büchern, in denen die Gemälde erwähnt waren. Eine Datei mit dem Titel VORTRAG bestand aus fünfzehn Seiten. Ich legte die Diskette beiseite und begann, die David-Dateien methodischer zu durchsuchen; dabei hielt ich nach Hinweisen darauf, ob es Probleme gegeben hatte, die Echtheit oder Datierung zu bestimmen.

»Zwischen 1797 und 1812 ...« las ich. Jemand klopfte leise an die Tür, und ich zuckte zusammen.

»Tut mir leid«, entschuldigte sich Shirley. »Ich wollte Sie nicht erschrecken, aber ich dachte, sie hätten vielleicht gern einen Eistee. Ich kann Ihnen ein Glas hier lassen und wieder gehen, wenn Sie wollen.«

Sie kam mit einem Tablett herein, auf dem zwei Gläser und ein überfrorener Krug standen. »Wahrscheinlich störe ich Sie bei der Arbeit.«

Ich sah ihrem Gesicht an, wie bekümmert sie war und wie sehr sie jemanden zum Reden brauchte, und riß mich von dem Computer los. »Ist schon gut. Bitte bleiben Sie und trinken Sie ein Glas mit mir.« Ich rückte einen Bücherstapel beiseite und bezwang meine Ungeduld. Sie stellte das Tablett unsanft auf dem Schreibtisch ab.

»Ich nehme an, hier in San Francisco trinkt man so gut wie keinen Eistee, aber da, wo ich lebe, steht immer ein Krug in der Nähe.«

»Das ist sehr lieb von Ihnen. Ich trinke sehr gern Eistee.«

Shirley nahm ihr Glas und schlenderte langsam zu einem Holzregal, in dem ein gerahmtes Foto von Steven stand. Sie betrachtete es verlegen und fragte mit leicht erstickter Stimme: »Waren Steven und Michael glücklich miteinander?«

Ich wußte, wieviel Überwindung sie diese Frage kostete. Ihre Eltern hatten, soweit ich wußte, Michael nie wiedergesehen, nachdem er ihnen ein Geständnis über seine sexuelle Veranlagung gemacht hatte.

»Es ist schwer für Außenstehende, eine Beziehung zu beurteilen«, erwiderte ich mit Bedacht, »aber nach allem, was ich weiß, waren sie glücklich. Sie haben beide kulturelle Dinge sehr geschätzt, besonders die bildende Kunst und die Musik. Sie gingen oft in Konzerte und in die Oper. Steven war extrovertiert, derjenige, der sich engagierte und eine aktive Rolle in der Schwulenpolitik übernahm. Michael stellte seine Arbeit über alles andere.«

»Ja, das dachte ich mir – ich meine, daß Michael so ist.

Ich habe seinen Freund nie kennengelernt.« Das Wort »Freund« kam ihr nur schwer über die Lippen.

»Als Steven sehr krank war, hat Michael ihn aus dem Krankenhaus hierher geholt, damit er zu Hause sterben konnte. Ein Pfleger aus der Klinik war tagsüber hier bei Steven, aber Michael hat sich nachts um ihn gekümmert und alles für ihn getan. Bis zum Schluß. Und monatelang nach Stevens Tod sah Michael aus wie ein Gespenst – er war nur noch Haut und Knochen. Er war so erschöpft, daß ihn sogar das Sprechen anzustrengen schien.«

»So war Michael; er hat immer alles sehr schwer genommen. Schon als er noch ein kleiner Junge war.« Shirley drehte sich zu mir um und lächelte mit Tränen in den Augen. »Als wir Kinder waren, hat er kranke Tiere gesund gepflegt. Ich erinnere mich, daß er einmal aus einem Eisstil eine Schiene machen wollte, um einem Kätzchen mit gebrochener Pfote zu helfen.«

»Und hat es funktioniert?«

»Nur, bis mein Vater nach Hause kam. Er hat Michael das Kätzchen weggenommen, danach sahen wir es nie wieder. Michael stand in seinem Zimmer und trat stundenlang gegen den Bettpfosten. Aber er hat nie ein Wort darüber verloren; mein Vater duldete keine Widerrede.«

»Haben Sie sich nahe gestanden?«

»Sehr nahe, als wir Kinder waren. Wir lebten ziemlich abgelegen auf dem Land. Morgens hat uns ein Schulbus abgeholt und in den nächst größeren Ort in die Schule gebracht, aber nach dem Unterricht waren wir uns selbst überlassen, wenn wir mit den Hausaufgaben fertig waren.«

Sie setzte sich auf einen Stuhl neben dem Schreibtisch und schenkte noch einmal Tee in die Gläser. Ich beobachtete die Tropfen, die an meinem Glas herunterliefen.

Shirley fuhr in ihrer Erzählung fort: »In der Highschool wurde alles anders. Unsere Eltern waren sehr altmodisch. Und religiös. Michael zog sich von der Familie zurück und verbrachte immer mehr Zeit allein. Ich vermute, er wußte

damals schon, daß er anders war, aber er hat nie darüber gesprochen.«

»Nicht einmal mit Ihnen?«

»Einmal glaubte ich, daß er mir etwas über sein Leben erzählen wollte. Wir waren allein im Haus, und er kam in mein Zimmer, als hätte er mir irgend etwas zu sagen. Aber der Moment verstrich ungenutzt. Und ich war neidisch auf Michael. Er hatte in der Highschool immer die besten Noten, ohne daß er sich anstrengen mußte. Nur für Basketball oder überhaupt für Sport schien er nichts übrigzuhaben. Ich hatte Mühe, mich als durchschnittliche Schülerin durchzuschlagen. Ich wollte Cheerleaderin sein, aber dafür war ich zu groß – ich war größer als alle Jungs.«

»Haben Ihre Eltern jemals Michaels Lebensweise akzeptiert?«

»Oh, sie waren stolz auf ihn. Sie sprachen sehr gern von dem, was er leistete, und das Buch, das er geschrieben hat, bewahrten sie an der augenfälligsten Stelle im Wohnzimmer auf. Aber dann kam das Weihnachtsfest, zu dem er seinen Freund mitbringen wollte, und danach wollten sie ihn in Iowa nicht mehr sehen. Ich glaube, meine Mutter wollte seinen Vortrag hören, den er einmal in der Universität von Iowa City hielt, doch mein Vater zitierte nur aus der Bibel und setzte ihr so zu, daß sie nie wieder davon redete.«

»Das klingt, als hätte Ihre Mutter mehr Verständnis gehabt.«

»Oh, meine Mutter liebte Michael sehr. Er war ihr Liebling. Manchmal zog sie ihn auf, weil er nie ein Mädchen mit nach Hause brachte; irgendwann hat sie damit aufgehört. Ich habe beobachtet, daß sie ihn manchmal ganz merkwürdig ansah. Vielleicht hatte sie einen Verdacht, aber sie hat ihn nie ausgesprochen. Und mein Vater – na ja, er war kein Mensch, mit dem man über persönliche Dinge reden konnte.«

Ich las ihrem Gesicht ab, welche Qualen diese Familienkonflikte verursacht hatten. Was immer Shirley von Michael getrennt hatte, es hatte ihrer beider Dasein ärmer gemacht. Michael hatte nie mit mir über seine Familie geredet.

»Ich war froh, daß Sie bei mir angerufen haben«, sagte ich, um das Thema zu wechseln. »Ich weiß nicht, ob Ihnen jemand vom Museum davon erzählt hat, aber ich werde Michaels letztes Projekt zu Ende führen.«

»Das hätte er bestimmt so gewollt.« Shirley schaute sich traurig um, als würde sie erst jetzt begreifen, daß sie nichts mehr für Michael tun konnte. Ich erklärte ihr, was noch zu tun war, und sie hörte mir aufmerksam zu. Offenbar hatte sie das Gefühl, daß dies die letzte Gelegenheit für sie war, an Michaels Leben teilzuhaben.

»Bis jetzt habe ich hauptsächlich die Küchensachen verpackt. Ich kann sie mitnehmen und aufbewahren, bis meine Kinder ihre eigenen Wohnungen haben und Töpfe, Pfannen und so was brauchen. Mit den Büchern habe ich noch nicht angefangen. Ich gebe sie in die Universitätsbibliothek.« Die Aussicht, eine Verwendung für die Bücher gefunden zu haben, schien sie froher zu stimmen. »Es sei denn natürlich, Sie können die Bücher gebrauchen. Sie können sich nehmen, was Sie möchten, das geht sicher in Ordnung.«

»Ich möchte nur die Disketten und ein paar Bücher, die etwas mit der neuen Ausstellung zu tun haben.« Ich beschloß, alle Disketten mit Texten für die Ausstellung und den Katalog mitzunehmen und die Informationen in meinem eigenen Computer abzuspeichern. Dann müßte ich nicht so viel Material zwischen Museum und zu Hause hin und herschleppen. Ich überlegte, ob ich Michaels Vortrag ausdrucken sollte, aber es fiel mir nicht leicht zu arbeiten, wenn mir die freundliche Shirley nicht von der Seite wich. Zu guter Letzt legte ich die Diskette mit dem Vortrag auf den Stapel, den ich mir bereits ausgesucht hatte, während Shirley mich von der Tür mit teilnahmsvollen Blicken aus beobachtete.

»Sie werden mir doch schreiben und mir berichten, wie die Ausstellung ankommt, ja?« fragte sie betrübt, als ich fertig war.

»Ganz bestimmt«, versprach ich. »Und ich schicke Ihnen den Katalog, sobald er gedruckt ist.« Sie hatte keine einzige Frage über den Mord gestellt. Ich nahm an, sie hatte Angst, das Verbrechen könnte irgendwie mit Michaels sexueller Orientierung in Zusammenhang stehen, und es war ihr lieber, wenn sie davon nicht zuviel zu hören bekam.

Wir umarmten uns zum Abschied. Die Fragen, die sie nicht stellen konnte, bereiteten ihr Sorgen, die sich in ihren graublauen Augen widerspiegelten. Sobald die Antworten gefunden waren, würde ich ihr einen Brief schreiben, nahm ich mir im stillen vor. »Geben Sie acht auf sich«, sagte ich und tätschelte ihren Arm. Sie blieb reglos auf der Schwelle stehen, bis ich vom Parkplatz in die Cole Street einbog und ihr ein letztes Mal zuwinkte.

Als ich in North Beach ankam, war Rushhour, und in meinem Viertel hieß das: einkaufen. Büroangestellte liefen in italienische Bäckereien und Weinläden, asiatische Frauen in wattierten Jacken und weiten Hosen mühten sich mit prall gefüllten Einkaufsnetzen und zappelnden Kindern ab, alte Männer strebten der letzten italienischen Bar an der Columbus Avenue zu. Wie gewöhnlich gab es nirgendwo ein Fleckchen, wo ich meinen Wagen abstellen konnte, und vor und hinter mir bewegten sich die Autos zentimeterweise fort.

In solchen Momenten wünschte ich, ich hätte eine Wohnung in einer Vorstadt und wie normale Frauen mittleren Alters eine Garage, die sich mit einem Knopf am Armaturenbrett öffnen ließ. Dieses Phantasiebild löste sich in der Sekunde in Luft auf, in der ich eine Parklücke gleich oberhalb der Grant Avenue fand.

Ich stieg aus und faßte nach meiner Ledertasche mit den Papieren und Disketten, die auf dem Rücksitz lag. Der

Trageriemen hatte sich irgendwo verfangen, und während ich daran zerrte, spürte ich einen Luftzug neben mir. Etwas traf mich hart zwischen den Schulterblättern, und ich fiel keuchend nach vorn. Sobald ich mich wieder aufrichtete, schickte mich ein zweiter Schlag zu Boden. Ich schrie, als ich spürte, wie mir die Tasche entrissen wurde, aber ich fiel. Ich erinnere mich nur noch, daß ich quietschende Bremsen hörte, jemand brüllte, und der rauhe Asphalt rieb mir die Wange auf.

KAPITEL ACHT

Benommen wachte ich aus meiner Ohnmacht auf. Ich fühlte mich schwach, mir war kalt, mein Herz klopfte im selben Takt wie das Pochen in meinem Kopf, und mein Magen rebellierte. Allmählich klärte sich mein Blick, und ich sah, daß ich am Vorderreifen eines Toyota lehnte, das Rad eines anderen Autos war nur wenige Zentimeter von meinem linken Bein entfernt. Um mich herum standen lauter Beine, und über mir kreischten aufgeregte Stimmen.

»Ist mir entwischt«, keuchte jemand. »Rannte die Grant hinauf und verschwand mit der Tasche.«

»Das sind diese Gangs«, erklärte eine asthmatische, nörgelnde Stimme. »Die Gegend ist durch und durch verkommen, wenn eine Lady nicht einmal mehr aus dem Auto aussteigen kann, ohne beraubt zu werden.«

»Sind Sie okay? Ist nichts gebrochen?« Der junge Mann im Overall, der sich über mich beugte, klang fast so zittrig, wie ich mich fühlte. Er streckte mir eine Hand entgegen, und ich kämpfte mich auf die Füße, bereit, die Verfolgung des Diebes aufzunehmen. Ich machte ein paar unsichere Schritte und taumelte.

»Nein.« Hände stützten mich, und ich sank auf die Stufen vor einem Hauseingang.

»Dasselbe ist meiner Schwester passiert«, meldete sich die nörgelnde Stimmer wieder zu Wort. »Sie dachte, mit ihr wäre alles in Ordnung. Sechs Stunden später ist sie mit einem Blutgerinnsel im Gehirn zusammengebrochen.«

Ich bewegte Arme und Beine und suchte nach Anzeichen von Blut. Es schien nichts gebrochen zu sein. Ich forschte weiter und steckte eine Hand in die geräumige Tasche meiner Jacke. Meine Finger schlossen sich um hartes Plastik, und ich atmete erleichtert auf. Michaels Vortrag und die David-Dateien. Ich hatte sie in seinem Arbeitszimmer in die Hand genommen und sie eigentlich zu den anderen in die Ledertasche stecken wollen. In der letzten Minute lenkte mich irgend etwas ab, was Shirley sagte, und ohne nachzudenken hatte ich sie in die Jackentasche geschoben.

Das Schwindelgefühl erfaßte mich erneut. Dann setzte die Schockreaktion ein. Ich fing vor Kälte an zu zittern, und ich hatte Angst. Mein Angreifer hatte keine Ahnung, wie viele Dateikopien existierten. Oder wo sie aufbewahrt wurden. Er hatte sozusagen im Trüben gefischt und einen Versuch gestartet, sich das zu holen, was ich in Michaels Büro oder seiner Wohnung gefunden haben konnte. »Wer war es?« flüsterte ich und wußte schon von vornherein, daß ich es nicht mit einem Straßenräuber zu tun gehabt hatte, sondern mit jemandem aus der abgeschiedenen Welt des Museums.

»Ich hab' einen Parka gesehen«, berichtete jemand. Ein anderer hatte einen kurzen Blick auf eine Skimaske erhascht. Und auf Turnschuhe. »Er ist in diese Richtung gelaufen.«

»Sind Sie sicher, daß es ein Mann war?« Ein Streit brach vom Zaun, ob der Räuber klein oder groß, schwarz, weiß oder ein Chinese, männlich oder weiblich gewesen war. Es gab nur in einem einzigen Punkt Übereinstimmung: Er oder sie war zwischen zwei parkenden Autos hervorgesprungen, hatte mich niedergeschlagen, sobald ich ausgestiegen war, und sich mit meiner Ledertasche auf und davon gemacht, ehe jemand reagieren konnte. Der Fahrer hinter mir hatte gesehen, wie es passierte, war auf die Bremse getreten und aus dem Wagen gesprungen, um den Räuber zu verfolgen. Sein Auto hatte die Straße blockiert und ein Hupkonzert ausgelöst. Die wütenden Schreie und dröhnenden Hupen hatte ich gehört, als ich das Bewußtsein wiedererlangt hatte.

Ein Streifenwagen erschien innerhalb von Minuten am Tatort. Türen flogen auf, und zwei uniformierte Officer kamen herüber, dabei stellten sie die spezielle Kombination aus Aggressivität und lethargischem Mißtrauen zur Schau, die ich mittlerweile mit San Franciscos Polizei in Verbindung bringe. Meine Retter brüllten und widersprachen sich gegenseitig, der Vorfall entfaltete sich in ihren Aussagen zum schlagendsten Beweis für den sittlichen Verfall und dem Niedergang der Stadt. Erst jetzt erkannte ich, daß die nörgelnde Stimme zu der älteren Italienerin gehörte, die den Eisenwarenladen am Ende des Blocks besaß. Sie nutzte jede auch noch so kleine Gelegenheit, um den Polizisten wegen der steigenden Verbrechensrate und der Jugendkriminalität Vorwürfe zu machen, während ich wie betäubt danebensaß und überlegte, wer außer Monica und Susan von den fehlenden Dateien gewußt haben könnte. Die Menschenmenge um mich herum war es bald leid, die Zustände in der Stadt zu beklagen. Die Schaulustigen zogen sich langsam zurück und überließen mich der Polizei.

»Haben Sie den Täter gesehen?« fragte einer in gelangweiltem Ton. »Wieviel Geld war in der Tasche?«

»Es ist nicht das Geld«, sagte ich und biß einmal ganz fest die Zähne zusammen, damit sie nicht mehr klapperten. »Sie haben eine Tasche gestohlen, in der wertvolle Computerdisketten waren. Eigentum des Museumskurators, der am Dienstagabend ermordet worden ist. Ich möchte mit Lieutenant Marconi sprechen.«

Die beiden sprachen leise miteinander, dann ging einer von ihnen zurück zum Streifenwagen. Ich sah, wie er sich auf den Vordersitz setzte, die Beine durch die offene Tür ausstreckte und das Funkmikrofon in seine fleischige Hand nahm, als wäre es ein Baseball. Als er wieder zu uns stieß, machte er einen flinkeren, wachsameren Eindruck.

»Möchten Sie nach Hause gehen und Ihren eigenen Arzt rufen?« erkundigte er sich. »Oder sollen wir Sie zum General Hospital bringen? Der Lieutenant könnte sie dort aufsuchen.«

»Mir fehlt nichts. Ich wohne gleich um die Ecke. Ich warte zu Hause auf ihn.«

Auf dem Rücksitz des Streifenwagens suchte ich automatisch nach meinem Wohnungsschlüssel, aber dann fiel mir wieder ein, daß ich ihn in die Tasche zu den Disketten und Ausdrucken gesteckt hatte. Ich verfluchte mich selbst, weil ich nicht aufmerksamer auf meine Umgebung geachtet hatte. Jemand war mir offenbar gefolgt oder hatte herausgefunden, daß ich mich in Michaels Wohnung aufhielt. Mir war auf der Cole Street niemand hinter mir aufgefallen, aber wie auch? Bis jetzt hatte Verfolgungswahn noch nicht zu meinen Lieblingsneurosen gehört. Meine Adresse stand im Telefonbuch; ich fuhr auf der Suche nach einem Parkplatz beinahe täglich durch dieselben Straßen.

Das Polizeifunkgerät schnatterte unverständlich auf der anderen Seite des dicken Gitters, das dazu diente, Gesetzeshüter von Gesetzesbrechern zu trennen. In meinem Kopf blitzten schmerzhafte grelle Lichter auf, als der Streifenwagen mit unnötig laut kreischenden Reifen um die Ecke auf die Vallejo Street bog.

Ausnahmsweise war ich wirklich froh zu sehen, daß Mrs. Domandi zu Hause war. Ihre stattliche Gestalt tauchte hinter dem wehenden Spitzenvorhang auf, als sie neugierig auf die Straße spähte, um den ankommende Streifenwagen nicht zu verpassen. Eskortiert von den beiden Polizisten stieg ich die Stufen zur Haustür hinauf und klingelte bei Mrs. Domandi. Ich hörte das Poltern ihrer festen Schuhe im Flur und das Klirren von Ketten. Die schwere Tür öffnete sich einen Spalt. »Heilige Muttergottes«, sagte sie, als sie die Tür mit einem Knall ganz aufriß und ein Kreuz über ihrer gemusterten Schürze schlug, die sie über dem schwarzen Hausanzug trug. »Was haben Sie jetzt wieder angestellt?«

»Es ist schon gut, Mrs. Domandi. Man hat mir meine Handtasche mit dem Hausschlüssel gestohlen. Die Polizei hat mich nach Hause gebracht, weil wir hier auf den Lieutenant warten wollen.«

»Sie haben Ihren Schlüssel geklaut?« Mrs. Domandi schaute argwöhnisch in den Dunst, der sich auf den Straßen langsam verdichtete. »Muß ich jetzt die Schlösser auswechseln lassen?«

»Nur das von der Haustür. Keine Angst, Mrs. Domandi, ich bezahle die Rechnung.«

Das Angebot besänftigte sie ein wenig. »Gehen Sie schnell hinauf und waschen Sie sich. Sie sind doch unverletzt, oder?« Sie schürzte besorgt die Lippen.

»Mir geht's prima«, versicherte ich, obwohl ich mich alles andere als prima fühlte.

Das genügte Mrs. Domandi. Sie übergab mir ihre Schlüssel und wandte sich an den größeren der beiden Polizisten. »Da Sie schon mal hier sind«, sagte sie, »können Sie mir sicher sagen, was ich wegen dieser Leute unternehmen soll, die ihren Hunden erlauben, den Gehsteig vor meinem Haus jeden Tag in einen Schweinstall zu verwandeln.«

Mir tat der Kerl beinahe leid, als ich die Treppe hinauf zu meiner Wohnung ging, denn ich wußte, daß sich Mrs. Domandi mit Begeisterung auf ihr Lieblingsthema stürzen würde: der Untergang des Viertels. Siebzig Jahre in North Beach, und sie konnte sich nicht mit den Veränderungen abfinden und ruhig zusehen, wie chinesische Familien die älteren italienischen Bewohner ersetzten, nur um ihrerseits von jungen Berufstätigen vertrieben zu werden, die sich die Häuser ihrer Träume auf den oberen Hängen des Telegraph Hill nicht leisten konnten.

Mrs. Domandis Stimmte dröhnte immer noch in meinen Ohren, als ich mit ihrem Schlüssel meine Wohnung aufschloß und mich umschaute. Es sah nicht so aus, als hätte jemand meine Sachen durchwühlt. Die Katzen trabten glücklich neben mir her, als ich zu dem kleinen Bad am Ende des langen Flurs ging. Ich spritzte mir Wasser ins Gesicht und schluckte drei Tylenol. Im Wohnzimmer sank ich dankbar in meinen einzigen bequemen Lesesessel, machte Cleopatra Platz, daß sie sich zu einem siamesischen Ball auf meinem Schoß zusammenrollen konnte, und dachte sehnsüchtig an mein Bett.

Stimmen im Treppenhaus kündigten Marconis Ankunft an. Zuerst fiel mir auf, als Mrs. Domandi und der Lieutenant das Zimmer betraten, daß sie – meiner Erinnerung nach zum erstenmal – ihre Schürze im Haus abgelegt hatte. Dann bemerkte ich, daß Marconis Tränensäcke noch faltiger und dunkler geworden waren.

»Wie *geht's* Ihrer Mutter?« fragte Mrs. Domandi.

»Das wissen Sie nicht?« Marconi zog eine Augenbraue hoch und nickte in meine Richtung. Ich stand auf und deutete auf einen Stuhl. »Waren Sie heute nicht in der Kirche?«

»Natürlich war ich in der Kirche«, erwiderte Mrs. Domandi selbstgefällig. »Ich gehe jeden Dienstag und jeden Donnerstag. Und ich habe Ihre Mutter gesehen, aber als ich mich nach ihrem grauen Star erkundigte, hat sie mir nur von der Blinddarmentzündung erzählt, die der Junge Ihrer Schwester gehabt hat.«

»Sie sagt nichts, weil sie noch einmal operiert werden muß«, erwiderte Marconi, ging zum Tisch und kraulte Antonius zwischen den Ohren. Der Kater war zwar wachsam, aber dennoch bereit, sich streicheln zu lassen, und tolerierte hochmütig den Annäherungsversuch.

»Ich muß mit Ihnen sprechen«, sagte ich. »Jemand stiehlt Michaels Aufzeichnungen.«

Aber Mrs. Domandi war noch nicht fertig mit Marconi. »Geben Sie mir Ihren Mantel«, befahl sie. Gehorsam reichte er ihr seinen abgetragenen Trenchcoat, den sie mit

Mißfallen begutachtete, ehe sie ihn ordentlich faltete und ihre Befragung fortsetzte.

»Lassen Sie mich mit Dr. Whyte sprechen«, schnitt Marconi ihr endlich das Wort ab.

Sie zog sich zu meinem Kiefernholztisch unter dem Vorderfenster zurück und nahm mit gespreizten Beinen und vor der Brust verschränkten Armen Platz, um auf die nächste Gesprächspause zu warten.

Ich erzählte Marconi von meiner Tasche und ihrem Inhalt, von Klaus' Angebot, Michaels Ausstellungskatalog fertigzustellen, von den gelöschten Computerdateien und meinem Besuch in Michaels Wohnung. Er beugte sich vor, stützte die Arme auf seine Knie und starrte auf den Boden, während ich redete.

Sein Schweigen war wie ein Ansporn für mich. »Jemand stiehlt Michaels Aufzeichnungen«, wiederholte ich. »Und es ist Donnerstag. Heute hat das Museum bis neun Uhr geöffnet. Jeder kann in sein Büro gehen.«

»Wir haben einen Mann auf dem Flur postiert. Er hat Anweisungen, keine Unbefugten einzulassen.«

»Und wenn jemand, der im Museum arbeitet, in Michaels Büro will? Sind die Mitarbeiter befugt oder unbefugt?« Es gelang mir nicht, den Ärger aus meinem Tonfall zu verbannen. Ich hatte immer noch Kopfschmerzen, die Polizisten, die auf den Notruf gekommen waren, hatten wenig Interesse an meiner Geschichte gezeigt, und das Police Department reihte sich allmählich in die Liste der bürokratischen Institutionen ein, die ich mehr und mehr verabscheute.

»Hören Sie«, sagte Marconi und richtete den müden Blick auf mein Gesicht. »Sie erklären mir, daß jemand Computerdaten stiehlt. In meinem Job kommt es bei einem Diebstahl darauf an, daß man weiß, was fehlt. Aber Sie haben im Grunde keine Ahnung, was genau gestohlen wurde und womit wir anfangen können. Sie kennen auch diesen Vortrag nicht. Woher wollen Sie überhaupt wissen, ob er in dem Computer gespeichert war?«

Ich starrte ihn an und überlegte, wie ich ihn davon überzeugen konnte, daß sich Wissenschaftler bei gewissen Arbeiten voll und ganz auf ihre Computer verließen. Für mich war es undenkbar, daß Michael eine Datei mit dem Titel VORTRAG eingerichtet und *keinen* Text dazu eingegeben hatte. Ich dachte nach und entschied, Marconi nichts von den Disketten in meiner Jackentasche zu sagen. Womöglich hätte er sie als Beweisstücke mitgenommen.

»Haben Sie die Person gesehen, die Sie niedergeschlagen hat? Die einzige Beschreibung, die wir haben, stammt von dem Burschen, der gleich hinter Ihnen war, als Sie einparkten. Er hat den Täter verfolgt, ihn aber dann aus den Augen verloren.«

Ich schüttelte den Kopf. Ich konnte den bruchstückhaften Angaben, die meine Nachbarn gemacht hatten, nichts hinzufügen.

»Irgendwo Blut? Andere Verletzungen?« Marconi betrachtete das Jackett und den Rock, der bis fast auf den Boden hing.

»Klamotten vom Flohmarkt«, erläuterte Mrs. Domandi. »Was haben Sie erwartet? Sie findet nie Sachen mit einem geraden Saum.«

Ich zupfte den anstößigen Rock ein wenig zurecht, als Marconi aufstand und, gefolgt von dem steifbeinigen Antonius, vor dem Tisch auf und abging. »Wie viele Personen wußten, daß Sie in dem Computer nach Informationen suchen?«

Ich dachte kurz nach. »Ganz bestimmt Monica Lee und Susan Maguire. Und jeder andere, dem sie es erzählt haben, nachdem ich Michaels Büro verlassen hatte.« Also alle Mitarbeiter im Museum, dachte ich düster.

»Ist Ihnen jemand gefolgt, als Sie das Gebäude verließen? Ist Ihnen irgend etwas Ungewöhnliches bei der Ankunft in Haight-Ashbury aufgefallen? Oder hier in North Beach?«

»Ich habe Adam Heyman im Museum getroffen«, erwiderte ich nachdenklich. »Er war auf dem Weg in die Stadt.« Zumindest hatte er das behauptet. Erst jetzt fiel mir auf, daß ich nicht mit eigenen Augen gesehen hatte, wie er weggefahren war. Ich hatte aber auch nicht hinter mich geschaut, als ich vom Parkplatz auf die Straße einbog. »Es war nach fünf, als ich hier ankam. Kinder und Judendliche trieben sich herum, Leute überquerten die Grant Avenue und gingen in die Geschäfte.« Ich zuckte entschuldigend mit den Schultern und wünschte, ich hätte besser aufgepaßt.

»Die Ermittlungsbeamten haben ein Fahrrad in der Green Street gefunden, das ist einen Block von der Stelle entfernt, an der Sie niedergeschlagen wurden.« Hatte ich ein Rad hinter mir gesehen, als ich auf der Suche nach einer Parklücke durch die Straßen kurvte? Meine Vorstellungskraft spielte mir Streiche – ich sah Räder aufblitzen, ein Bein in dunklen Hosen. Fakten oder Fiktion? Ich konnte zwischen beidem nicht mehr unterscheiden.

Die dröhnenden Schritte auf der Treppe draußen lösten die Spannung. Candy stürzte ins Zimmer. Sie drückte eine halbvolle Popcorntüte an sich und blieb abrupt stehen, als sie den Detective sah. »Großer Gott, Charlotte, sie haben mir auf der Straße erzählt, daß du ausgeraubt worden bist. Ist alles in Ordnung mit dir?«

Mrs. Domandi verdrehte die Augen und bekreuzigte sich.

»Mir geht's gut«, sagte ich und funkelte dabei den Detective an.

»Candy, das ist Lieutenant Marconi von der Mordkommission.«

»Hi.« Sie bedachte ihn mit einem skeptischen Blick und hielt ihm die Popcorntüte hin. »Ich hab' Sie schon mal in der Gegend gesehen. Möchten Sie was?«

»Nein, danke.« Ein schiefes Lächeln hellte seine erschöpfte Miene auf. »Tanzen Sie noch immer im Garten Eden?«

»Ein Teilzeitjob. Ich hab' noch einen anderen. Und ein Kind.«

»Sagen Sie Ihrem Boß, daß er seine Alkohollizenz rechtzeitig verlängern soll.« Marconi wandte sich mir wieder zu. »Wenn Miss Lee und Mrs. Maguire mitbekommen haben, wonach Sie suchten, dann könnte praktisch jeder im Museum davon erfahren haben. Heyman auch, zum Beispiel. Ganz zu schweigen von Patrick Maguire.«

Candy wirbelte herum und sah ihn an. »Was hat *der* denn damit zu tun?«

»Kennst du Patrick Maguire?« Ich trat ein paar Schritte zurück – in meinem Kopf drehte sich alles – und lehnte mich an den Tisch, um Halt zu finden.

»Könnte man so sagen.« Candys Gesicht verfinsterte sich. »Er ist der widerliche Anwalt, der Sammy reingelegt hat.«

Sammy war Musiker und manchmal Candys Freund, manchmal ihr Verflossener. Oder vielleicht ihr Ehemann. Ich war mir dessen nie sicher. Wenn er im Gefängnis saß, zählte sie die Tage, bis er herauskam, und ansonsten schimpfte sie über seine Verantwortungslosigkeit, seine Brutalität und seine kleinen Dealereien. Sammy war nicht unbedingt jemand, der mir fehlte.

»Was hat Patrick Maguire mit Sammy zu schaffen?« wollte ich wissen.

Ihre Augen blitzten vor Zorn. »Sammy hatte immer Pflichtanwälte, wenn er geschnappt wurde. Nur letztes Mal nicht. Er arbeitete mit einem Kerl namens Rick zusammen. Rick hatte vor, Sammy zu seinem Partner zu machen. Er meinte, es käme Dope mit dem Schiff aus Thailand. Zuviel für eine Person. Sammy war so bescheuert, ihm zu glauben.« Sie warf Marconi einen grimmigen Blick zu. »Unterstehen Sie sich, das weiterzugeben«, sagte sie. »Es war nämlich nicht der Rede wert.«

Marconi nickte. »Versprochen.«

»Rick erzählte Sammy, daß er einen Anwalt kennt, der

ihn vom Haken kriegen würde, wenn Sammy bar bezahlt. Das hat er auch gemacht. Er hat das ganze Geld genommen, das er eigentlich mir für das Kind hätte geben müssen, und hat es diesem Typen Maguire in die Hand gedrückt.«

»Wie wollte Maguire ihn rauspauken?«

»Keine Ahnung.« Wieder funkelte Argwohn in ihren Augen. »Aber irgendwie war Rick plötzlich wieder draußen, und Sammy wurde verdonnert. Später erzählte mir Sammy, er hätte gehört, daß Rick und Maguire zusammenarbeiten.«

Ich wußte nicht, ob ich Sammys Version der Geschichte glauben sollte. Nach dem wenigen, was ich von ihm mitbekommen hatte, hielt ich ihn für einen streitlustigen Jammerlappen, der nur allzugern allen anderen die Schuld an seinen Schwierigkeiten in die Schuhe schob. Auch wenn ich Patrick nicht ausstehen konnte, fiel es mir doch schwer, ihn mir als Komplizen von Leuten wie diesem Rick oder Sammy vorzustellen. Ich sah Marconi fragend an.

»Wahrscheinlich dürfte ich Ihnen das gar nicht erzählen.« Er runzelte die Stirn und wandte das Gesicht ein wenig ab. »Maguire hat dem Museum eine Spende von zwei Millionen Dollar für die Renovierung versprochen. Dieser Betrag reichte aus, um jemandem in unserem Department ins Gedächtnis zu rufen, daß das Büro des Staatsanwalts Interesse an seinen Beziehungen zu einigen seiner Mandanten hat. Wissen Sie etwas über Maguires andere Mandanten?« fragte er Candy.

Sie schüttelte den Kopf und knüllte die inzwischen leere Popcorntüte zusammen. Das Geräusch scheuchte beide Katzen auf, und sie kamen herbeigerannt.

»Der Staatsanwalt will wissen, ob Maguire die Grenzen des Erlaubten überschritten hat, wenn er die Mandanten bei ihren, sagen wir, ›Investitionen‹ berät.«

»Zwei Millionen Dollar! Kein Wunder, daß alle im Museum um ihn herumschleichen.« Mir kam plötzlich ein verrückter Gedanke. »Ich nehme nicht an, daß diese Spende mit der Bedingung verknüpft ist, eine neue Galerie für zeitgenössische Kunst einzurichten, oder?«

Marconi nickte bedächtig. »Eine, die seinen Namen trägt.«

»Für mich klingt das nach Erpressung. Ich wußte gar nicht, daß Anwälte so viel Geld verdienen.«

Marconi faßte in seine Hemdtasche und beförderte einen in Zellophan verpackten Zahnstocher zutage. »Das tun sie auch nicht«, sagte er um den Zahnstocher herum. »Es kursieren Gerüchte über Maguire. Bis jetzt hat allerdings noch niemand etwas ausgegraben, was man vor Gericht gegen ihn verwenden könnte.«

»Versuchen Sie's mit Frank Spurling«, schlug ich vor. Plötzlich wurde mir klar, daß Patrick Geld, Verbindungen zur Kunstszene *und* eine Position im Komitee für Neuanschaffungen hatte, die ihm erlaubte, die Einkaufspolitik jedes Museums entscheidend mitzubestimmen.

»Wer ist das?« Marconi zerbrach den Zahnstocher zwischen den Fingern und steckte die Splitter in seine Tasche.

»Ein Kunsthändler in der Stadt, der sich auf Malerei und Drucke eurpäischer Künstler des zwanzigsten Jahrhunderts spezialisiert hat. Er verkauft auch zeitgenössische lateinmerikanische Kunst. Patricks neue Leidenschaft«, erklärte ich. »Er und Patrick sind Freunde. Zumindest Bekannte.«

Marconi nahm einen Stift und ein kleines Notizbuch aus der Tasche. »Das ist nicht mein Fachgebiet«, stellte er fest, während er das eselsohrige Büchlein durchblätterte. »Aber ich lerne. Und eins der Dinge, die ich bei diesen Ermittlungen schon begriffen habe, ist, daß eine Kunstsammlung zu besitzten so ähnlich ist, wie einen Koffer voller Geld unter dem Bett zu haben.«

»Kaufen Sie Kunst«, sagte ich, »und haben Sie Teil an den vom Gesetz am wenigsten geregelten, weltweiten Geschäften. Damit gewinnt man in der Gesellschaft an Ansehen, und man hat ungeheuer viele lohnende Investitionsmöglichkeiten. Sobald einem das Kunstwerk, das man vor zwei Jahren erworben hat, nicht mehr gefällt, stiftet man es einem Museum und setzt die ›wohltätige Spende‹ in der Höhe des großzügig geschätzten Wertes von der Steuer ab.«

»Sind das die Weisheiten, die du den Kids in der Uni beibringst?« fragte Candy fassungslos.

»Bitte«, sagte Marconi, »erzählen Sie mir mehr von den seltsamen Vorgängen in der Welt der Kunst.«

Ich zuckte mit den Schultern. »Es ist schwer einzuschätzen, was für Sie wichtig sein könnte. Wie es scheint, sah Patrick Maguire Michael als Bedrohung für sein Bestreben an, zeitgenössische Kunst für das Museum zu kaufen und ein entsprechendes Ausstellungsprogramm zusammenzustellen.«

»Moment mal, wir wollen doch nichts überstürzen«, wandte Marconi ein und hielt eine Hand hoch. »Er ist nicht der einzige, der dem Museum große Beträge bereitstellt.«

Candy stand auf und schlenderte in Richtung Küche. Einen Moment später hörte ich, wie die Kühlschranktür geöffnet und wieder geschlossen wurde.

»Mr. Howland hat dem Museum zwei wertvolle impressionistische Gemälde geschenkt«, fuhr Marconi fort. »Und eine beträchtliche Menge Geld. Bisher weigert er sich noch zu sagen, wie hoch der Betrag ist. So wie ich es verstanden habe, bringt ihm dieses Geschenk große Steuervorteile ein, aber die Gemälde verbleiben weiterhin in seinem Haus. Für mich macht das alles keinen Sinn.« Seine Miene drückte aus, daß das für ihn nichts als böhmische Dörfer waren.

»Er gibt dem Museum jährlich zehn Prozent von den Kunstwerken ab«, erläuterte ich, »behält sich aber das Recht vor, sie bei sich aufzubewahren, bis dem Museum alle Anteile gehören. Alle profitieren. Zehn Jahre lang behält der Besitzer sein Bild. Und er kann hundert Prozent des Marktwerts abschreiben.«

»Wie heißt es immer? Die Reichen werden reicher.« Marconi schüttelte den Kopf und pfiff durch die Zähne, Mrs. Domandi schnalzte mißbilligend mit der Zunge, und ich erwärmte mich mehr und mehr für das Thema.

»Wenn der Künstler selbst die Spende macht, kann er lediglich die Kosten für das Material absetzen. Egal, wie hoch der geschätzte Wert des Kunstwerks ist.«

»Wer bestimmt diesen Wert?«

»Professionelle Gutachter. Auktionshäuser, die auf Kunst spezialisiert sind. Manchmal ein Händler oder ein Sachverständiger des Museums. Charles schenkt dem Museum doch nicht das David-Gemälde, oder?«

»Niemand hat David erwähnt«, sagte Marconi. »Cézanne. Ich glaube, das andere war ein Renoir.«

Die Überraschung mußte mir ins Gesicht geschrieben gestanden sein. »City College«, sagte Marconi. »Wir nannten das Kunst im Dunkel.«

»Renoir«, sagte ich. Ich versucht meine Verlegenheit zu kaschieren und wünschte, mehr über die Howland-Sammlung zu wissen.

Ich wollte den Detective endlich aus meiner Wohnung herauskomplementieren, damit ich mir die Disketten anschauen konnte.

Als könnte er meine Gedanken lesen, erhob sich Marconi und nahm seinen ordentlich gefalteten Mantel an sich. »Seien Sie vorsichtig«, empfahl er mir und schüttelte den Trenchcoat aus. »Rufen Sie mich an, wenn Sie was Verdächtiges hören oder sehen. Sie sind ein bißchen blaß. Trinken Sie heute abend keinen Alkohol. Und wenn Sie Kopfschmerzen bekommen oder andere Schmerzen, rufen Sie einen Arzt. Oder gehen Sie ins Krankenhaus. Mrs. Domandi wird ein Auge auf Sie haben«, versprach er und warf ihr einen liebevollen Blick dabei zu.

Mrs. Domandi erhob sich mit steifen Beinen und tätschelte mir die Schulter. »Ich bringe Ihnen einen Kräutertee.« Dann ging sie zur Tür, wo Marconi bereits auf sie wartete.

Ich schauderte, während Candy, die mit einem Glas Eiswasser in der Hand auf der Schwelle zur Küche stand, eine Grimasse zog. Sie schwört Stein und Bein, daß Mrs. Domandis Hausmittelchen jeden krank machen. »Mir geht's gut«, beteuerte ich noch einmal.

Wir warteten, bis sich die Wohnungstür mit einem Knall schloß, ehe wir uns in die Küche zurückzogen. Candy setzte sich auf den kleinen Holzstuhl unter dem Fenster, zog nach Yogi-Art die Beine unter sich und sah zu, wie ich eine Flasche Chardonnay aus dem Kühlschrank holte. »Hier«, sagte ich, »ein Gegenmittel für alle Heiltränke, die Mrs. Domandi zusammenbraut.«

KAPITEL NEUN

Candy nahm die Flasche, musterte das Etikett mit kritischem Blick und schenkte die Gläser voll. »Keinen Alkohol, hat der Mann gesagt.«

Ich setzte mich in eine unelegante, aber bequeme Position, legte die Füße auf den dritten meiner nicht zusammenpassenden Küchenstühle und hob mein Glas. »Cheers.«

»Glaubst du, Patrick Maguire hat deinen Freund wegen einer Geschichte umgebracht, die mit Kunst oder Drogen zu tun hat?«

»Ich weiß es nicht. Irgendwie erscheint mir das zu einfach. Patrick mag ja ein Trickser sein, der das Museum zu seinem eigenen Vorteil ausnutzt, aber er ist bestimmt nicht so dumm, dort irgendwelche Gelder zu waschen.« Ich schaltete eine kleine Lampe ein; gefiltertes Licht strömte über die Arbeitsplatte und legte Candys Gesicht in besorgte Falten.

»Wer kommt sonst in Frage?« sagte sie.

Ich dachte an die kleine Gruppe, die sich in der Mordnacht vor Michaels Büro versammelt hatte: Klaus Burger, dessen Spendenaufruf vom Erfolg der Ausstellung abhing; Charles und Liz Howland, denen der Besitz von Gemälden und anderen Kunstgegenständen Macht und verschiedene Vorrechte verlieh; Mitarbeiter wie Monica und Adam, die es Michael übel genommen hatten, daß er innerhalb der Museumshierarchie eine privilegierte Position einnahm. »Keine Ahnung, aber ich wünschte, ich würde mehr über die Beziehung zwischen Patrick und Adam wissen.«

Candy stellte die Beine auf, drückte die Knie an die

Brust und zog den Pullover darüber. »Ist dieser Adam ein nervöser Typ mit Beatle-Haarschnitt und Augen, die ständig in Bewegung sind?«

»Gute Beschreibung. Kennst du ihn?«

Sie kramte in ihrer Tasche nach Zigaretten. Ich sperrte die Tür zum Balkon auf und öffnete sie einen Spalt. Schwache Geräusche drangen von der Columbus Avenue herauf. Verkehrslärm als Stimmungsmusik. »Er war vor ein paar Wochen im Kunstinstitut. Hat über irgendwas gesprochen.«

»Wahrscheinlich über Drucke und Zeichnungen.«

»Na, jedenfalls hing er danach noch mit ein paar Studenten herum. Er hat geraucht und …« Candy brach ab. Sie hatte, soweit ich wußte, nichts mit der Drogenszene zu tun. Ich bemühte mich, desinteressiert zu erscheinen, zog die Augenbrauen hoch und sagte: »Kokain?«

Es stellte sich heraus, daß es nicht die Drogen waren, die sie beunruhigten. Ein paar Linien Kokain unter Studenten schienen nichts zur Sache zu tun. »Er machte die gutaussehenden Studentinnen an«, beschwerte sie sich. »Erzählte ihnen tolle Stories, wen er alles kennt in der Kunstszene und daß er Ausstellungen für sie arrangieren könnte, wenn sie mit dem Studium fertig sind. Könnte er das?« Sie sah mich fragend an und drückte ihre Zigarette aus.

»Das bezweifle ich, aber ich bin überzeugt, daß es ihn sehr glücklich macht, wenn junge Künstler das glauben.« Ich dachte darüber nach, ob Drogen etwas mit Adams plötzlicher Freundschaft zu Patrick Maguire zu tun haben könnten. Die Zaghaftigkeit, mit der Candy mit der Geschichte über Adam herausrückte, weckte Zweifel, ob Adam seine Blicke wirklich nur auf die Studentinnen beschränkt hatte. »Seine Frau studiert Jura. Vielleicht fühlt er sich im Moment frei und ungebunden.«

Candy zuckte mit den Achseln und vertiefte die Sache nicht weiter. »Erzähl mir von deinem Freund« sagte sie statt dessen. »Hast du ihn schon lange gekannt?«

»Seit dem Studium in New York.« Ich sah Michael wieder vor mir, wie er bei unserer ersten Begegnung gewesen war: ein schlaksiger, flachshaariger Junge, dem man den Farmersjungen aus Iowa ebenso ansah, wie man aus meinen nasalen Vokalen die Kleinstadt in Massachusetts heraushörte. Die anderen Studenten hatten einen privilegierteren Hintergrund. Sie gaben mit privaten Colleges und Europareisen an, plauderten über seltene Bücher und die Kunstsammlungen ihrer Familien, während Michael und ich hinter einer Fassade intellektueller Überlegenheit Zuflucht suchten.

»Wir gingen an den Wochenenden oft nach Greenwich Village«, erzählte ich. »Das war weit weg von der Columbia University und trotzdem noch Manhattan. Wir lungerten am Rivoli und Village Gate herum und taten so, als wären wir in Paris und nicht in New York. Wir hörten Jazz und Blues, wenn wir nicht Sartre und Simone de Beauvoir lasen.«

Es war unser zweites Semester an der Uni, und wir verloren immer mehr Illusionen. Das Land stand zwischen Vietnam und Watergate, aber in den kunstgeschichtlichen Seminaren schwafelten grauhaarige Professoren immer weiter über die amerikanische Akademie in Rom und die Zeichensammlung der Queen in Schloß Windsor.

Ich seufzte, und Candy schob eine Tafel Schokolade über den Tisch. »Hier«, sagte sie mitfühlend. »Du mußt am Verhungern sein.«

»Er war mein bester Freund in New York«, sagte ich und steckte mir ein Stück Schokolade in den Mund. »Mein Vertrauter. Er kam in meine Wohnung, um zu lernen. Er selbst wohnte mit lauter anderen Studenten zusammen. Manchmal saßen wir zusammen auf dem Boden und schliefen über den Büchern ein. Oder wir legten uns aufs Bett, um uns ein paar Minuten auszuruhen, und wachten Stunden später auf.«

Ich ignorierte Candys hochgezogenen Augenbrauen.

Wir hatten monatelang wie gute Kumpel zusammengelebt. Aber eines Nachts änderte sich das. Der Sex war jedoch unbeholfen und unbefriedigend gewesen. Wir schliefen einige Monate miteinander; irgendwie erreichte die Wärme und Nähe, die wir ansonsten miteinander erlebten, aber nie das Schlafzimmer. Es dauerte lange, bis ich in vollem Umfang begriff, wie unsicher sexuelle Identität war. Weder Michaels strenge Familie aus dem Mittelwesten noch meine eigenen zurückhaltenden, schweigsamen Eltern hatten uns darauf vorbereitet, daß man über intime Bedürfnisse sprechen mußte. Irgendwie hatten wir uns durch alle Schwierigkeiten durchgemogelt, waren Freunde geblieben und hatten gemeinsam Michaels Kampf, sich selbst und anderen gegenüber zuzugeben, daß er an Männern und nicht an Frauen interessiert war, ausgestanden.

Im Laufe der Zeit hatte sich Michael in kunsthistorischen Debatten einen Namen gemacht. Er wurde Teil dessen, was ein Professor gern »Bruderschaft der Kunsthistoriker« bezeichnete. Ich hatte keinen Schimmer, was das für eine Gemeinschaft sein sollte, aber da keine Frauennamen an den Bürotüren in der kunsthistorischen Fakultät standen, war ich ziemlich sicher, daß Frauen dort nichts zu suchen hatten.

Ich stand auf und schaltete mehr Lichter ein. Candy hielt mir ihr leeres Glas hin. »Und dann«, bemerkte sie scharfsinnig, als ich ihr Wein nachschenkte, »bist du losgezogen und von einem anderen schwanger geworden. Aus Enttäuschung?«

»So ungefähr. Ich versuchte, einige Distanz zwischen mich und Michael zu bringen.« Sogar ich konnte mich nicht mehr genau an die Abfolge der Ereignisse erinnern, aber ich war tatsächlich schwanger geworden und hatte geheiratet. Wir zogen nach Berkeley, wo David in Archäologie promovierte. Dort begann mein Leben als Erwachsene, und dort endete auch ein Teil davon. Ich ließ den Kopf sinken und trank einen großen Schluck Wein.

Candy betrachtete mich forschend und änderte das Thema. »Vielleicht hatte Michael vor, etwas in seinem Vortrag zu sagen, was irgend jemandem nicht gepaßt hat. Worüber wollte er eigentlich reden?«

Ich dachte an meine kurze Unterhaltung mit Michael im Museum.

»Jacques-Louis David und das Rätsel der Geschichte – ein Zeitzeuge«, sagte ich.

Sie brach in Gelächter aus. »Möglicherweise hat ihn jemand ermordet, um sich das nach dem Dinner nicht anhören zu müssen«, meinte sie. »Tut mir leid«, setzte sie hinzu, als sie meinen traurigen Blick sah. »Es ist scheußlich. Aber du mußt zugeben, daß diese Kunsttypen ein eigenartiger Haufen sind.«

Kurz darauf ging Candy. Sie blieb in der Tür noch einmal stehen und sagte: »Paß auf dich auf, Mädchen. Jemand ist hinter dir her.«

Sobald sie weg war, fütterte ich die Katzen, goß mir noch ein wenig Wein ein und setzte mich an meinen Computer, um mir die Diskette mit Michaels Vortrag anzusehen. Das Gerät brummte beruhigend, und der Text erschien auf dem Bildschirm. Ordentlich zentriert stand ganz oben: »Ein Spaziergang durch das Paris Napoleons.« Ich schnappte ungläubig nach Luft. Es konnte kein Zweifel bestehen, daß ein Vortrag auf dieser Diskette gespeichert war, aber es war der falsche.

Ich überflog mit wachsender Bestürzung die Einführung, die obligatorischen humorigen Bemerkungen und selbstironischen Anekdoten, den Dank an die aufgelisteten Förderer der Ausstellung und den Scherz über das Festessen. Der nächste Abschnitt begann mit einem Hinweis auf die Dias von Paris: eine zeitgenössische Fotografie und ein Stich aus dem achtzehnten Jahrhundert. Bemerkungen über Dias von der Straße, in der die Guillotine zum erstenmal benutzt wurde, von den architektonischen Narreteien am Désert de Retz Garte am Stadtrand, wo der

Kaiser wanderte, von der Abgeordnetenkammer und so weiter folgten. Ich rollte den Text Seite um Seite ab und suchte fieberhaft nach einer Erwähnung der David-Gemälde und nach Zeugenaussagen zur Geschichte. Da war nichts. Michaels Rede war nichts weiter als ein hübscher Reisebericht, eine gepflegte Neuerschaffung der Stadt Paris, wie sie in den Jahren nach Napoleos Thronbesteigung gewesen war.

Ich nahm mein Weinglas und starrte auf den Bildschirm. Michael hatte diesen Vortrag zu Hause geschrieben und auf Diskette gespeichert. Und dann? Hatte er nach seiner Rückkehr aus Paris eine neue Rede an seinem Computer im Büro verfaßt? Einen Vortrag mit einem anderen Titel? Oder ein vollkommen anderes Thema? Was war in Paris geschehen – was hatte ihn dazu gebracht, die vorbereitete Rede ad acta zu legen und noch am Tag des Dinners fieberhaft eine neue zu schreiben? Über ein weitaus ernsteres und wissenschaftlichers Thema? Was hatte er zu mir im Museum gesagt? »Ich konnte nicht anrufen, weil ich den ganzen Tag an meinem Vortrag arbeiten mußte.« Wer sonst hatte von dem neuen Text gewußt? Klaus hätte Michael den Gästen vorgestellt, eine kurze Einführung gegeben und den Titel des Vortrags genannt. Monica wußte, daß er am Nachmittag daran gearbeitet hatte. Wer sonst noch?

Ich legte die Dskette weg und wandte mich den David-Dateien zu, die ich aus Michaels Wohnung gerettet hatte. Ich fand detaillierte Angaben über die Herkunft der beiden David-Gemälde und die Ausstellungen, bei denen sie bereits gezeigt worden waren. Aber es gab keine Anzeichen dafür, daß Michael nach seiner Rückkehr aus Paris die Daten auf den neuesten Stand gebracht hatte. Möglicherweise hat er keine Zeit dazu gehabt, rief ich mir ins Gedächtnis und erinnerte mich daran, wie oft ich es versäumte, Kopien von meinen eigenen Computerdateien zu machen. Michael mußte die neuen Texte in dem Computer im Museum gespeichert, aber nicht für sein Archiv zu Hause mitgenommen haben.

In den folgenden zwei Stunden vergrub ich mich in Kataloge und Monographien und verglich das, was andere Wissenschaftler über die David-Gemälde gesagt hatten, mit dem, was Michael für seinen Katalog vorgesehen hatte. Und bei all dem hielt ich nach Widersprüchlichkeiten, fehlenden Informationen und Dingen, die nicht zusammenpaßten, Ausschau. Als ich fertig war, mußte ich mir eingestehen, daß Michael trotz der ausführlichen Beschreibungen und Angaben nichts Neues in seine Dateien aufgenommen hatte.

Als nächstes nahm ich mir einen Katalog über die Gemäldesammlung des Louvre vor und blätterte, bis ich eine farbige Reproduktion des berühmten *Portrait von Napoleon in seinem Arbeitszimmer* von 1812 gefunden hatte. Sogar als Reproduktion war das Gemälde ein Wunder an Brillanz und politischem Weitblick. Eine kraftvolle Darstellung des Kaisers – ein äußerst selbstbewußter Herrscher, umgeben vom Schmuck seiner legalen Macht und richterlichen Gewalt.

Die erste Version des Bildes war vom Marquis of Douglas, einem schottischen Nationalisten, in Auftrag gegeben worden. Douglas sah Napoleon als Verbündeten an, der die Stuarts unterstützen und ihnen wieder zur Macht verhelfen würde. Später wurde das Werk bei einer Auktion an einen gewissen Lord Roseberry verkauft, in dessen Sammlung es bis heute verblieben war.

Das zweite Gemälde, das in ein paar Monaten in San Francisco eintreffen sollte, wurde zu allererst bei einer Ausstellung in Davids Atelier in Brüssel gezeigt. Es war etliche Male bei Auktionen versteigert worden, bis es schließlich 1945 in die Louvre-Sammlung aufgenommen wurde. Das blasierte Gesicht Napoleons, eine Maske heimlichtuerischer Reserviertheit, schien mich zu beobachten, als ich im meinem Arbeitszimmer auf- und abging und versuchte, Michaels kryptische Hinweise auf die Geschichte des Werkes zu entschlüsseln. Was für Bedenken konnte der berühmteste der Historienmaler in ihm geweckt haben?

David war in der Tat Zeuge der gewaltigen Umwälzungen seiner Zeit gewesen, und seine Malerei hat diesen Ereignissen bis in die Ewigkeit Gestalt verliehen: der Horatierschwur, der Sturz Robbespierres, die Kaiserkrönung. Aber welchen Zusammenhang gab es mit dem heutigen Kalifornien? Seine Werke dokumentierten einen Teil der Menschheitsgeschichte, die Historie von öffentlichen Helden, nicht von Privatpersonen. Sie berichteten von langen, gelehrten Diskursen über Freiheit und Brüderlichkeit, nicht von einsilbigem Geschwafel über Selbstfindung und persönliche Kreativität.

Da ich keine Lehren für heute aus den Gemälden von gestern ziehen konnte, wandte ich mich dem nächsten David-Gemälde zu, dem *Portrait einer jungen Frau*, das sich im Besitz der Howlands befand. Dieses Werk, las ich, war seit 1927 nicht mehr ausgestellt worden – Charles Howlands Vater hatte es in diesem Jahr bei einer Versteigerung erworben. Ich betrachtete blinzelnd die kleine Schwarzweiß-Reproduktion und versuchte mir die Farben, den Pinselstrich, die Beschaffenheit der Ölfarben vorzustellen. Es sah wie ein wunderschönes Gemälde aus: eine zwanglose Komposition, die eine junge Frau allein vor einem Fenster sitzend mit einem Musikinstrument auf dem Schoß zeigte. Schatten milderten die Kanten im Raum, das Licht, das durch ein großes Fenster in der rückwärtigen Wand strömte, spielte auf den tiefen Falten des schlichten Kleides, verwischte die Konturen des Armes und tauchte den Kopf in einen sanften Schimmer.

Michaels Angaben entnahm ich, daß das Bild bis 1927 einer privaten Sammlung in Wien angehört hatte. Es war 1801 im Salon ausgestellt gewesen, berichtete eine Quelle, und vermutlich das Bild, das Pierre Ducray in seiner Rezension über die Werke in Davids Atelier zum Zeitpunkt seines Todes besprochen hatte. Das waren keine Auskünfte, mit denen ich etwas anfangen konnte, aber sie bestätigten den Verbleib des Bildes vor 1927.

Meine Augen brannten vor Müdigkeit. Ich war immer mehr überzeugt, daß Michaels gewaltsamer Tod mit seinen Recherchen in engem Zusammenhang stand, aber ich war auf nichts gestoßen, was Licht auf seine Entdeckungen in Paris geworfen hätte. Entmutigt erhob ich mich und ging in die Küche, um ein bißchen übriggebliebene Paste zusammen mit Olivenöl, geschnittener Tomate und einer Handvoll frischen Basilikums warm zu machen. Es war auch noch grüner Salat da und italienisches Sauerteigbrot. Ich aß ein paar Bissen und war froh, daß die Kopfschmerzen endlich verschwunden waren. Während des Essens führte ich mir die Buchrezensionen aus der *New York Times* der letzten Woche zu Gemüte: eine aufsehenerregende Biographie, ein neuer Roman mit literarischem Anspruch, ein neuer Roman ohne literarischen Anspruch, Memoiren, ein psychologischer Ratgeber und die unausweichlichen Bändchen zu Fernsehserien. Die Kunstbücher sparten sie sich für die Weihnachtsempfehlungen auf. Nach dem Essen nahm ich noch zwei Tylenol und ging ins Bett.

Aber vorher schob ich noch zwei Stühle und einen Tisch vor meine Wohnungstür und klemmte sie fest unter die Klinke.

KAPITEL ZEHN

Niemand brach ein oder versuchte es auch nur, und in den nächsten Tagen war ich mit etlichen langweiligen und monotonen Dingen beschäftigt. Ich hatte die Schlösser auswechseln lassen – eine Prozedur, die Mrs. Domandi ausführliche Klagen über die schlechte Qualität der heutigen Schlüssel entlockte –, einige uninspirierte Studentenaufsätze gelesen und über Büchern und Artikeln über Jacques-Louis David gebrütet. Am Sonntag überzeugte mich Candy – die deprimiert war, weil die Sozialarbeiterin Jasons Besuch abgesagt hatte –, daß wir beide einen Tapetenwechsel brauchten. Wir fuhren die schmale, steile Straße, die sich über den Mount Tmalpaís windet, zum Strand hinunter. Dort wanderten wir, bis der Sand im Licht der untergehenden Sonne orangerot glühte, dann setzten wir uns auf eine windschiefe Redwoodterrasse und spülten köstliche weiche Austern mit kühlem Chardonnay hinunter, ehe wir über die Golden Gate zurückfuhren.

Trotz der frischen Luft und der Bewegung wachte ich am Montag mit einem Gefühl dumpfer Angst auf. Möglicherweise hatten Träume diese Angst hervorgerufen, aber die Erinnerung daran verflüchtigte sich, bevor ich die Augen aufschlug. Die Trauerfeier für Michael war auf zwei Uhr nachmittags angesetzt. Mich verfolgte die Frage, ob sein Mörder unter den Trauernden sein würde. Heute sollte ich zum erstenmal wieder die Gruppe zusammen sehen, die sich in den Mordnacht vor Michaels Büro versammelt hatte.

Um zehn Uhr marschierte ich in die Museumsbibliothek. Zwei Köpfe tauchten hinter Bücherstapeln auf, zwei

Gesichter lächelten mich an. Regina und Luis. Meine besten Studenten, die zwar keine Zeugen geschichtlicher Umwälzungen waren, dafür aber Zeugnis für den Tag ablegten, an dem weise Politiker verfügt hatten, daß höhere Bildung allen Einwohnern Kaliforniens zugänglich gemacht werden sollte. Seit damals hatten weniger weise Politiker die Oberhand gewonnen. Beinahe ein Jahrzehnt der Budgetkürzungen, der Entlassungen und Einstellungsstops hatte den übriggebliebenen Lehrkörper demoralisiert und die Universitätsgebäude zur Beinahe-Ruine gemacht, aber die Studenten kamen nach wie vor. Regina schob einen Stapel fotokopierter Artikel und Aufsätze über den Tisch. »Wir sind an Ihrem Jacques-Louis David dran. Ich habe in meinem Büro alles kopiert«, verkündete sie triumphierend. »Jetzt haben Luis und ich die dickste David-Akte der Welt.«

Ich nickte anerkennend und blickte auf ihre grellrosa Latzhose und die passenden gestreiften Socken. Über der Latzhose umflutetete eine Mähne von schwarzen Locken ihre Schultern.

»Ist das nicht gefährlich für dich?«

»Billiger als zehn Cent pro Kopie in der Bibliothek zu bezahlen. Mein Boß kam vorbei, als ich mitten bei der Arbeit war, aber er hat Angst, mich zusammenzustauchen, weil ich gesehen habe, wie er Theresa in der Kantine befingert hat. Ich schaue ihn immer so an, als könnte ich ihm bald Ärger machen.«

»In diesem Outfit siehst du aus, als könntest du mehreren Leuten Ärger machen.«

»Das hält mir die Mistkerle aus meinem Viertel vom Leib.« Sie lehnte sich zurück und steckte die Daumen unter die Träger der Latzhose. »Faß mich nicht an, Mann. ich mache *Ärger*«, brummte sie. Neben der gutmütigen Regina wirkte Luis beinahe zerbrechlich – ein braunäugiger Junge aus San Franciscos Latino-Gemeinschaft, gekleidet in Chinos und ein gestärktes weißes Hemd, dessen Ärmel bis zum Ellbogen aufgekrempelt waren.

»Laßt mal sehen.« Ich streckte die Hand nach den ordentlich gestapelten Paieren aus.

»Das macht Spaß«, sagte Regina und schüttelte den Kopf im Takt zu unhörbarer Musik. »Was machen wir als nächstes? Wir haben Cops draußen vor dem Museum gesehen. Genau wie bei Columbo.«

»Der Kurator, der ermordet wurde, war mein Freund«, stellte ich klar. Ich war zu aufgeregt gewesen, um bei dem Treffen mit meinen Studenten in der Uni über Michael zu sprechen, aber der Mord hatte die lokalen Medien beherrscht. Ein Mitglied der Stadtverwaltung war an die Öffentlichkeit getreten und hatte größere Sicherheitsmaßnahmen für städtische Beamte gefordert – ein sensibles Thema seit den Morden an einem schwulen höheren Beamten und einem sehr beliebten Bürgermeister in den siebziger Jahren. Im dreitausend Meilen entfernten New York war ein bekannter Bildhauer unter verdächtigen Umständen gestorben. Der *San Fracisco Chronicle* hatte schnell den Schluß gezogen, daß die Kunstszene gefährlich geworden war. Ich lächelte Luis und Regina an, ohne mich weiter über meine Beziehung zu Michael auszulassen, und wir widmeten alle drei die Aufmerksamkeit schnell wieder der Gegenwart.

»Cool«, murmelte Luis, während er die Farbkopien von den David-Gemälden betrachtete, die ich vor die beiden gelegt hatte.

»Schön, nicht wahr?«

Er nahm die zweite Kopie, das Portrait der jungen Frau, in die Hand. Sogar auf einer minderwertigen Kopie waren die weichen Konturen des Körpers unter dem Gewand zu sehen, das in einfachen Falten von einer fest unter dem Busen zusammengebundenen Schärpe bis auf den Boden fiel. Das Kleid, das im klassischen Stil der Jahre nach der Revolution gefertigt war, glänzte wie frischer Rahm. Die ernste, leicht abwesende Miene der jungen Frau deutete auf die Verträumtheit einer neuen Liebe hin. Selbst noch in der Reproduktion war es eine exzellente Darstellung und weit romantischer als die meisten anderen Portraits von David. Ich beneidete Charles Howland, weil er jeden Tag etwas so Anmutiges ansehen konnte.

»Wer war sie?« flüsterte Regina.

»Das wissen wir nicht. Nach dem Titel des Gemäldes kann sie nicht identifiziert werden. Vielleicht war sie die Tochter eines wohlhabenden Gönners, der David gefördert hat.«

»Oder seine Geliebte.«

»Möglich.«

Luis und Regina hatten sich freiwillig bereit erklärt, sich den Rest des Semesters mit den beiden David-Gemälden auseinanderzusetzen. Die verbleibende Arbeit für den Katalog hatte ich auf die anderen Studenten aufgeteilt.

»Ich habe mich für Napoleon entschieden«, sagte Regina und tippte mit ihrem kurzen Zeigefinger auf die Brust des Kaisers, »weil ich einen Kurs in politischer Geschichte des achtzehnten Jahrhunderts belegt habe.«

»Das könnte hilfreich sein. Und warum hast du dir das Portrait der jungen Frau ausgesucht?« fragte ich Luis, als Regina einen neuen Bücherstapel holte und mit dumpfem Knall auf den Tisch fallen ließ.

Luis beugte sich vor und verschränkte die Hände. »Weil ...« Er hielt inne – ein Schimmer leuchtete in den braunen Augen auf. »Weil es so still ist.« Er suchte nach Worten. »Die anderen Bilder erscheinen mir so überladen. Stellen so pompös die Macht der Monarchie dar. Und dann ist da dieses ungeheuer schlichte Gemälde. So wunderschön ...« Er brach ab.

»Das Bild gehört einem privaten Sammler aus San Francisco«, sagte ich. »Wenn ihr beide mit den ersten Recherchen fertig seid, versuche ich etwas zu arrangieren, damit ihr es euch dort ansehen könnt.«

Ihre Augen glänzten; ich kreuzte insgeheim die Finger und hoffte, daß Charles Howland zu den Sammlern gehörte, die ihre Besitztümer gern zeigten und nicht aus Sicherheitsgründen versteckten.

»Und was habt ihr für eure neue dicke David-Akte entdeckt?«

»Dies hier zum Beispiel.« Luis reichte mir einen Artikel, der sich mit dem Howland-Gemälde befaßte. Der Artikel war 1918 veröffentlicht worden, und der Autor bezeichnete das Werk als eines der erfolgreichsten Portraits von David.

»Dieser Typ ...«, warf Regina ein.

»Du meinst den Autor?«

»Ja, den Typen.«

Ich verdrehte die Augen.

»DER AUTOR«, sagte sie feierlich. »Der Autor meint, das Gemälde ist ›ein Meisterstück von Davids reifem Stil, und es enthüllt in jedem Detail die kraftvolle Macht der Linie, die ihn zum herausragendsten Zeichner seiner Zeit machte‹.« Sie legte eine Pause ein und sah mich an. »Glauben Sie das auch? Oder ist es übertrieben?«

»Ich denke nicht, daß es übertrieben ist«, erwiderte ich, »aber es wäre nützlich, wenn wir herausfinden würden, ob es noch andere Werke von David gibt, die diese neue romantische Einstellung zum Sujet offenbaren. Prüft das bitte nach, während ich den Artikel aufmerksamer lese.«

»Was Sie auch damit tun«, warnte Regina und schüttelte energisch ihre Locken, »verlieren Sie das Blatt nicht. Es gehört zu den alten Zeitschriften von der Uni, die man eigentlich nicht kopieren darf, weil sie schon zu brüchig sind.«

»Wieso erzählst du mir so was?« stöhnte ich. »Jetzt bin ich Mitwisserin und genauso wie du an einem Regelverstoß beteiligt.«

»Idioten«, platzte Regina heraus. »Die Regeln in dieser Uni sind schlimmer als in der Highschool.«

Ich beschloß, das Thema zu wechseln, bevor noch mehr Geständnisse aufkamen. »Ich will gar nichts mehr hören.

Paßt nur auf, daß ihr keine Probleme bekommt. Macht eure Arbeit hier, wo euch Miriam im Auge behalten kann, und ich sehe zu, was ich tun kann, um euch Zugang zu dem Gemälde zu verschaffen.«

»Cool.«

»Apropos David – es gibt keine Informationen in Michaels Dateien oder in dem, was noch davon übrig ist, was uns irgend etwas über die Herkunft des *Portrait von Napoleon* verrät. Nichts, über die Zeitspanne zwischen dem Datum, an dem es in Auftrag gegeben wurde, und 1945, als der Louvre das Werk in Besitz nahm.«

»Wir haben uns etwas zu diesem Bild überlegt«, warf Regina ein und blätterte ein paar Karteikarten durch. »Sie haben uns doch einmal gesagt, daß die Bilder Symbole der verschiedenen Aspekte von Napoleons Macht enthalen.« Ich nickte. »Wir haben eine Menge über Napoleons Regierungszeit gelesen und meinen, daß das Schwert, das über dem Manuskript des *Code Napoléon* hängt, wichtig ist. Richtig?«

»Richtig.«

»Wir denken, das Schwert symbolisiert Napoleons Macht auf dem Schlachtfeld, wo er sozusagen seine politische Macht absichert. Und der *Code* ist das Symbol dafür, daß er für das Volk arbeitet und Gesetze für die Menschen macht. Können wir das bei der Beschreibung des Gemäldes verwenden?«

»Gute Arbeit«, lobte ich. »Die Schlußfolgerung ist korrekt, und ihr habt recht: Davids Arrangements sind bedeutsam für die Aussage des Bildes. Aber zu allererst müssen wir herausfinden, wo sich das Gemälde vor 1945 befunden hat.«

»Wir haben nachgesehen«, meldete sich Luis zu Wort. »Aber die Bücher, die uns bisher untergekommen sind, geben nur das Datum 1945 an, an dem es in die Sammlung des Louvre aufgenommen worden ist.«

»Die beiden haben Stunden über Verkaufskatalogen gebrütet«, sagte Miriam, die sich zu uns gesellte und meinen Studenten beifällig zunickte. »Ich habe ihnen Boimes Geschichte der französischen Salons gegeben, damit sie nachsehen, ob das Gemälde dort besprochen wurde. Leider ist das nicht der Fall.« Sie runzelte die Stirn. »Mir ist gerade etwas eingefallen«, fuhr sie fort. »Michael kam kurz vor seiner Abreise nach Paris im letzten Monat in die Bibliothek. Er wollte Informationen über die amerikanische Kommission zum Schutz und Rettung der künstlerischen und historischen Monumente in Kriegsgebieten haben.«

»Warum?« rief ich.

»Unglücklicherweise hatte ich damals sehr viel zu tun. Wir haben uns um Gelder aus der Getty-Stiftung bemüht und mußten eine Bestandsaufnahme machen – die Zeit saß mir im Nacken. Ich habe den publizierten Bericht der Kommission herausgesucht und ein oder zwei Bücher für Michael bereit gelegt, aber ich hatte keine Gelegenheit, ihn zu fragen, warum er das alles braucht. Erst jetzt, als Luis erwähnte, daß das Gemälde 1945 in den Louvre kam, erinnerte ich mich wieder an Michaels Anfrage.«

»Und du meinst, die Anfrage hatte etwas mit diesem Bild zu tun?« fragte ich.

»Die Kommission wurde nach dem Zweiten Weltkrieg gebildet und sollte dafür sorgen, daß die von den Nazis beschlagnahmten Kunstwerke an die rechtmäßigen Besitzer zurückgehen. Wann immer ein Bild oder eine Skulptur ohne Besitznachweis für die Jahre 1945 oder 1946 ist, ziehen wir zumindest in Erwägung, daß das Werk von der amerikanischen Armee aufgefunden wurde.«

Fragmente der europäischen Geschichte gingen mir durch den Kopf; Namen und Daten, aber das alles ergab kein komplettes Bild. »Waren Göring oder Goebbels fanatische Kunstsammler?«

»Beide. Göring häufte enorme Kunstschätze an, aber Hitler selbst, der gescheiterte Kunststudent, ersann einen

Plan, wie das meiste des westlichen Kulturerbes ins Dritte Reich geschafft werden konnte. Die Werke wurden in Verstecken in ganz Deutschland und den Gebieten gehortet, die unter Hitlers Herrschaft standen – in Schlössern, Banktresoren, alten Minenschächten, Klostergewölben und Luftschutzkellern. Millionen Kunstgegenstände wurden in Frankreich und anderswo konfisziert. Man wartete sozusagen darauf, daß Albert Speer ein angemessenes Gebäude für die ungeheuren Schätze baute.«

»Ich verstehe immer noch nicht, was das mit Michaels Recherchen zu tun hat«, sagte ich, »aber ich erinnere mich, daß wahre Meisterwerke der Kunstgeschichte wie zum Beispiel Michelangelos *Madonna mit Kind* und Teile des Genter Altars in Salzbergwerken in Österreich versteckt waren.«

»In Altaussee«, warf Luis unvermittelt ein. »Das war das berühmteste Versteck.«

»Alfred Rosenberg hat die meisten Kunstwerke dorthin geschafft, auch die schönsten Objekte aus der Wiener Staatssammlung«, fügte Miriam stirnrunzelnd hinzu. »Die Salzdepots hielten die Feuchtigkeit auch aus den tiefsten Stollen fern, deshalb waren sie als Lager für Gemälde bestens geeignet. Anderswo hätten die Bilder großen Schaden durch Schimmel nehmen können.«

»Nehmen wir mal an, Davids *Portrait von Napoleon in seinem Arbeitszimmer* befand sich vor dem Krieg in Privatbesitz«, sagte ich nachdenklich. »Und es wurde von den Nazis beschlagnahmt und nach Altaussee gebracht – wie kommt es dann von dort in den Louvre?

»Theoretisch wurde nach dem Krieg alles den rechtmäßigen Besitzern zurückgegeben.« Miriam schlug einen großen Lederband auf und deutete auf Fotografien von Güterwaggons, die große Holzkisten und eingewickelte Skulpturen geladen hatten. »Einige Privatsammlungen wie die der Rothschilds in Paris und Wien und die Mannheimer Sammlung in Holland wurde vollständig aufgefunden.

Was mit den Werken geschah, deren Besitzer verstorben oder nicht auffindbar waren, weiß ich nicht.«

»Manche landeten in staatlichen Sammlungen, zum Beispiel im Louvre und im kunsthistorischen Museum in Wien. Andere Kunstgegenstände blieben für immer verschollen.«

»Das Auffinden der Kriegsbeutestücke«, sagte ich, »war Thema vieler Spionagethriller und Abenteuerfilme, aber mir erscheint es eher unwahrscheinlich, daß deswegen der Kurator des Kunstmuseums in San Francisco ermordet wurde. Möglicherweise hat Michael nur versucht, die Lücke in den Herkunfts und Besitznachweisen zu füllen.«

»Kunstwerke tauchten an den eigenartigsten Plätzen wieder auf. Und man schrieb ihnen seltsame Geschichten zu.« Miriam tippte mit dem Finger auf die Titelseite eines Magazins, das auf dem Tisch neben ihr lag. Dort war in Farbe eine Büste aus dem achtzehnten Jahrhundert abgebildet. »Du würdest staunen, wenn du wüßtest, wie oft im Krieg abhanden gekommene Kunstwerke sogar heute noch bei Versteigerungen angeboten werden. Vielleicht war Michael auf einer Spur und versuchte den Verbleib des Gemäldes in den Kriegsjahren aufzuklären.« Miriam nahm das Magazin an sich und stand auf. »Ich überlasse es euch dreien, die Einzelheiten herauszufinden.«

»Seht doch mal in den Berichten der Kommission nach, ob dort Davids Bild erwähnt ist«, sagte ich zu den Studenten. »Ich muß noch etwas mit Miriam besprechen und einen Happen essen, ehe die Trauerfeier beginnt.«

Ich folgte der Bibliothekarin zu ihrem Schreibtisch. »Ein Platz für alles, und alles an seinem Platz?« fragte ich, als ich eine Stapel Zeitschriften von dem Stuhl neben ihrem Schreibtisch räumte.

»Hat prima funktioniert, solange uns die Stadt jedes Jahr Geld für neue Lagermöglichkeiten zur Verfügung gestellt hat. Jetzt ist der Platz knapp, aber es ist offenbar wichtiger, das bißchen Geld, das noch da ist, für Bücher und Kataloge auszugeben als für Regale.« Miriam sah mich an, und ihr Ausdruck wurde sanfter. »Es tut mir schrecklich leid wegen Michael, aber ich bin froh, daß du seine Arbeit übernommen hast. Wie kann ich dir helfen?«

Ich deutete auf meine Studenten. »Geh ihnen ein bißchen zur Hand, wenn du kannst. Ich fürchte, die Bestände der Universitätsbibliothek reichen für diese Art von Nachforschungen nicht aus.«

Ich seufzte und fühlte mich ausgelaugt. Der Gedanke an die Trauerfeier für Michael deprimierte mich. »Du bist der erste Mensch in diesem Haus, dem Michaels Tod wirklich etwas ausmacht«, sagte ich. »Alle andern scheinen furchtbar auf der Hut zu sein.«

»Vergiß nicht, wir befinden uns in einer Art Übergangsstadium. In einer kleinen Einrichtung wie dieser hängt die Macht über Budgets und Ressorts immer von persönlichen Beziehungen ab.« Miriam senkte die Stimme. »Die Politik hier ist wichtiger, als du vielleicht denkst.«

»Apropos – wie sind Susan und Monica mit Michael zurecht gekommen?«

»Susan und Michael schienen keine Probleme gehabt zu haben. Aber ich dachte immer, daß Monica ihn haßt. Sobald Michael eine riesige Geldsumme für ›Das Zeitalter Napoleons‹ zugesprochen bekam und Klaus begriff, wieviel Gewinn er aus dieser Ausstellung ziehen konnte, war Michael so was wie ein Goldjunge für ihn.«

Da war es wieder – Adam hatte Michael genauso genannt. Bei Miriam klang der Begriff »Goldjunge« jedoch nicht so haßerfüllt und neidisch wie bei Adam.

»Natürlich hat Michael die Anerkennung des Direktors verdient, aber die anderen Mitarbeiter wurden plötzlich aus ihren bequemen alten Gleisen aufgescheucht.«

»Ich verstehe«, behauptete ich, obwohl ich mir dessen keineswegs sicher war, »und dann veruchte Klaus, die Wogen zu glätten, indem er Michael zum Chefkurator machte und Monica und Adam mehr Verantwortung in der Verwaltung übertrug.«

»So ungefähr.« Miriam kramte in den Papieren auf ihrem Schreibtisch und beförderte ein Blatt mit einer Art graphischen Darstellung aus schwarzen Linien und Kurven zutage. »Es macht sich ganz gut auf dem Papier, aber zumindest für Michael sah es so aus, als ob alles andere hinter seiner Ausstellung zurückstehen müßte. Er nahm an, daß er als Chefkurator entscheiden konnte, welches Programm die Abteilungen Drucke und Zeichnungen sowie Bildung aufnehmen sollten, um seine Ausstellung zu ergänzen.«

Ich pfiff leise durch die Zähne. »Das muß Monica und Adam ziemlich sauer aufgestoßen sein.«

»Sagen wir mal, es entstand wachsender Unmut. Und ich denke, der Zorn kochte richtig hoch, als Michael mit einer Liste von Wissenschaftlern, die er zu einem Symposium über die Ausstellung einladen wollte, aus Paris zurückkam und Pläne vorlegte, Zeichnungen aus dem Louvre zu entleihen, um eine Begleitausstellung zu organisieren. Laut JoEllen endete die Sitzung der Mitarbeiter mit einem lautstarken Streit zwischen Michael und Adam, bis Michael schließlich wutentbrannt aus dem Büro stürmte.«

Diese letzte Information widersprach Klaus' Bericht vom Dienstagmorgen – er hatte von Querulanten gesprochen, die sich gegen die geplanten Erweiterungsbauten ausgesprochen und ihn mit Telefonaten bombardiert hatten. Ich grübelte noch immer über diese widersprüchlichen Angaben nach, als ich von der Bibliothek in die Cafeteria ging.

Es war kurz nach eins. Die Terrassentüren standen offen, und die Mittagswärme flutete herein. Ich entfloh dem Geschirrgeklapper und den Frauen, die an den runden Tischen vor ihren Salaten saßen, und ging mit meinem Tablett zu einem Ecktisch, der halb hinter einer Palme versteckt war. Ich zog die neueste Ausgabe der *Art Review* aus der Tasche, legte sie vor mir auf den Tisch und blätterte so lange, bis ich den Artikel fand, der die Veröffentlichung eine Buches über Monets Kreis in Giverny ankündigte. Lilly Spender wurde nicht namentlich erwähnt, aber ich stellte mir vor, wie sie still und beinahe unbemerkt im Kreise der Künstler und ihrer Anhänger saß und zusammen mit ihnen in der gelben Küche des Meisters japanischen Tee trank oder neben ihm in dem berühmten Garten an einer Staffelei stand und malte.

Ich aß die Zitronencreme und überlegte dabei, ob ich heute schon mit meinem Buch fertig wäre, wenn mir nicht Michaels Projekt und Lisas Rechnungen dazwischengekommen wären. Ich mußte eingestehen, daß es mir gelungen war, immer wieder Vorwände zu finden, um die harte Arbeit, ein Buch zu schreiben, vor mir herschieben zu können – und das, obwohl ich darauf geeicht war, mich selbst als Wissenschaftlerin zu sehen, zu deren Profession es gehörte, die Ergebnisse ihrer Forschungen zu veröffentlichen. Statt dessen hatte ich ein immer größeres Interesse an den Irrwegen entwickelt, die seltene und wertvolle Kunstobjekte in der realen Welt gingen.

Ich war immer überzeugt gewesen, daß ich Lilly eines Tages aus ihrem derzeitigen Status als Fußnote in Monets Lebensgeschichte befreien würde, aber meine Gedanken und Schlußfolgerungen waren nie so weit gediehen, daß sie gedruckt werden konnten. Und jetzt mußte ich an Michaels Katalog denken.

Nur ein wenig redaktionelle Arbeit, hatte Klaus gesagt. Aber mich verfolgten bei der Arbeit Bilder von Michael, wie er während des Studiums gewesen war, und dann sah ich wieder seinen toten Körper auf dem Arbeitstisch und einen leeren leuchtenden Computerbildschirm neben ihm.

KAPITEL ELF

Fünf Minuten vor zwei verließ ich die Cafeteria und ging in den Westflügel des Museums. Als ich mich den Türen näherte, die zu dem kleinen Auditorium führten, sah ich, daß sich Klaus und Charles Howland rechts und links vom Eingang postiert hatten. Castor und Pollux, dachte ich. Beide trugen dunkle Anzüge und Clubkrawatten: Geld plus Geschmack ist gleich kulturelle Macht. Sie kreierten eine gewollte Begräbnisatmosphäre und entsprachen unerschütterlich dem Verhalten der düster gekleideten Neuankömmlinge, die stehen blieben, um sie zu begrüßen. Klaus nickte, als ich auf sie zuging, und hielt wieder meine Hand einen Moment zu lange fest.

»Ist alles in Ordnung?« erkundigte er sich. »Der Lieutenant hat mir von dem Überfall berichtet.«

»Ich bin mit dem Schrecken davongekommen. Zum Glück hat man mir nichts gestohlen, was von irgendeinem Wert wäre.«

»Sie müssen vorsichtig sein. San Francico ist ein gefährliches Pflaster.«

»Vielleicht nicht so gefährlich wie das Museum.«

Klaus ließ meine Hand los, als wäre sie plötzlich zu heiß, und wandte sich mit einem Stirnrunzeln ab. Ich sah, wie er seine tröstende Hand einer Frau hinter mir entgegenstreckte, die zweifelsohne in freundlicherer Stimmung war als ich.

»Was war das mit dem Überfall?« Charles Howland gab sich sehr besorgt, als ich ihm erzählte, was pasiert war. »Wie schrecklich für Sie! Wirklich Pech, daß so etwas passiert, wenn Sie gerade ein so anspruchsvolles Projekt übernommen haben, das uns eine wissenschaftliche Publikation und die neue Ausstellung ermöglicht.«

»Ich glaube kaum, daß es Pech oder Zufall war«, erwiderte ich und sah ihm dabei unverwandt in die Augen. Sie waren blaßblau und ausdruckslos wie sein Gesicht. »Die Sache hatte zumindest ein Gutes«, fuhr ich leise fort. »Ich bin jetzt entschlossener denn je, in Erfahrung zu bringen, was Michael in Paris getan hat. Und warum er so aufgeregt war, als er zurückkehrte.«

»Ich freue mich schon darauf, mehr über Michaels Arbeit zu hören«, erwiderte Charles höflich.

Ich spürte, wie jemand leicht meinen Arm berührte, und drehte mich um. Miriam stand neben mir und sagte: »Komm, setz dich zu mir.« Sie hatte ihre bunte Batik-Tunika von vorhin gegen eine schlichte schwarze Jacke und eine Kette mit Navajo-Silberperlen ausgetauscht. Im Saal war gedämpftes Licht. Einige Scheinwerfer beleuchteten große Steintröge mit gigantischen Arrangements mit Lilien, Nelken und Eukalyptusblättern, die zu beiden Seiten der kleinen Bühne standen. Ein Kranz aus Lorbeer, Eukalyptus und Lilien hing über dem Holzpult und verströmte seinen Duft. Wir fanden zwei freie Stühle ziemlich weit vorn. Gedämpfte Stimmen und leises Murmeln unterstrich den Ernst dieser Zusammenkunft. Ich beobachtete, wie Liz Howland und Ilse Burger zu beiden Seiten von Klaus in der ersten Reihe Platz nahmen. Hinter ihnen saß Patrick Maguire, flankiert von Susan und Monica. Andere Förderer und Mitarbeiter waren im ganzen Raum verteilt.

Um Punkt zwei Uhr stieg Klaus die Stufen zur Bühne hinauf und bedeutete den Zuhörern mit einer Geste, sich zu erheben. Irgendwo hinter mir ertönten die ersten Klänge von Mozarts *Requiem*. Es war eine von Michaels Lieblingsaufnahmen. Ich spürte, wie sich ein Kloß in meiner Kehle bildete. Miriam tupfte sich die Augen mit einem zerknitterten Taschentuch ab. Die Musik verklang, und

Klaus begann mit seiner Ansprache. Seine Bemerkungen paßten perfekt zu der befangenen, ehrfurchtsvollen Stimmung, die durch das gedämpfte Licht und den extravaganten Blumenschmuck hervorgerufen wurde. Er gedachte der Verdienste des Verstorbenen und schien besonderen Wert auf ästhetische Formulierungen zu legen, als wollte er seine Zuhörer daran erinnern, daß wir, nach allem, was gesagt und getan worden war, dennoch im Dienste der schönen Künste standen. Er zollte Michael Lob und Anerkennung und erwähnte, daß er selbst die wissenschaftlichsten Diskussionen durch gewagte Anekdoten zu beleben imstande gewesen war. Die Trauernden ließen ein verhaltenes Lachen hören.

Als Klaus endete, schritt Charles Howland aufs Podium und verlieh seiner Anerkennung für Michaels Bildung, seine Ausdauer und seine bahnbrechenden Recherchen für die bevorstehende Ausstellung Ausdruck. Bahnbrechend, wiederholte ich in Gedanken. Das, was ich bis jetzt in Michaels Dateien und Papieren gefunden hatte, erschien mir erstaunlich wenig bahnbrechend. Zumindest die Version, die mir zur Verfügung stand. Ich nahm mir vor, Charles zu fragen, was genau er damit meinte, und richtete meine Aufmerksamkeit auf die Anwesenden. Monica saß kerzengerade hinter Ilse Burger, deren Kopf leicht nach vorn geneigt war – auf dem langen Hals sah er aus wie eine Tulpenblüte, die dringend Wasser brauchte. Patrick Maguire hatte mit besitzergreifender Lässigkeit den Arm um Susans Schulter gelegt.

Miriam stieß mich an, als Charles zum Ende kam. Wir sahen zu, wie Adam aufstand und auf die Bühne ging. Er war sichtlich nervös, schob sich die Haare aus der Stirn und fingerte unbeholfen mit den Karteikarten herum, auf denen er sich offenbar notiert hatte, was er sagen wollte. Aber dann verkündete er nur, daß Michael ein feiner Kerl gewesen war, mit dem man gut zusammenarbeiten konnte. Als nächstes stand ein grauhaariger Mann in schwarzem

Anzug und einem grellweißen Hemd auf, der als Pfarrer der St. John's Presbyterian Church vorgestellt wurde, und stimmte ein paar nichtssagende Gebete an. Es folgte noch ein Musikstück, dann war die Trauerfeier zu Ende. Gerade rechtzeitig, schoß es mir durch den Kopf, sonst wäre noch etwas Unvorhergesehenes passiert.

Miriam dachte offenbar ähnlich wie ich. »Gräßlich«, flüsterte sie mir ins Ohr. »Alle hier sehen aus wie einbalsamiert. Ich hätte gute Lust, aufzuspringen und die Marseillaise zu singen.«

»Es ist bestimmt geschmackvoll«, raunte ich. »Er könnte genausogut beim Überqueren einer Straße von einem Auto getötet worden sein.« Vielleicht bildete ich mir das nur ein – sicherlich war ich seit den Ereignissen der letzten Woche überempfindlich –, aber es herrschte eindeutig eine frostige Atmosphäre im Raum. Ich sah mich um und fragte mich zum hundertsten Mal, wer mit einer scharfen Waffe in Michaels Büro gegangen sein könnte. Und warum?

Als das Musikstück verklungen war, ging Klaus wieder aufs Podium und lud alle versammelten ein, noch zu bleiben und einen Kaffee in der Lobby zu trinken. »Aber zuerst möchte ich noch einige wenige Dinge bekanntgeben«, sagte er und hob die Hand, um dem Rascheln und Raunen der Trauergemeinde, die sich zum Gehen bereit machte, Einhalt zu gebieten. »Dies ist ein trauriger Anlaß«, begann er ernst, »wir trauern um einen geschätzten Kollegen. Aber es ist auch eine Gelegenheit, das Versprechen zu wiederholen, daß wir weitermachen und die Verpflichtungen erfüllen werden, die wir Michael Harrison gegenüber haben.«

Er machte eine Pause und gestattete sich, den Blick kurz auf den Personen ruhen zu lassen, die in der ersten Reihe saßen. Als er fortfuhr, war seine Stimme leise, kaum noch hörbar. Es war ein effektiver Kunstgriff, ein einstudiertes Mittel, um den Eindruck zu erwecken, daß er eine vertrauliche Unterhaltung führte, obwohl er eine große Zuhörerschaft ansprach. Meine Gedanken schweiften ab, während er ausführlich und bedächtig eine Reihe von Anmerkungen machte, um den Anwesenden zu versichern, daß sich nichts ändern würde und die finanziellen Investitionen in das Museum so sicher waren wie zuvor. Vielleicht verdiente Klaus mehr Verständnis. Früher war die Arbeit in einem Museum ein Zweig der Wissenschaft. Heute mußte der Leiter eines Museums das Geschick eines Finanzplaners, eines Direktors und eines Kunstexperten mitbringen. Und zu all dem konnte ein Hauch von altem Geld oder dem Charme der alten Welt nicht schaden. Immer mehr Museumsdirektoren sind schon nach fünf Jahren ausgebrannt, die sie hauptsächlich damit zugebracht haben, Geld aufzutreiben. Ich hörte, daß mein Name fiel und ich als neue Herausgeberin von Michaels Katalog genannt wurde. Ich nickte höflich, und mein Gesicht fühlte sich ganz starr an, als ich den Köpfen, die sich nach mir umdrehten, zulächelte.

»Um Kontinuität und eine reibungslose Fortsetzung unseres Ausstellungsprogramms zu gewährleisten, das, wie Sie alle wissen, schon für Jahre vorausgeplant ist …« Klaus hielt inne, als wäre er unterbrochen worden, und warf einen Blick in die Runde, bevor er den Faden wieder aufnahm. »Ich habe Adam Heyman, der mit dem Verstorbenen eng zusammengearbeitet hat, gebeten, die Position des Chefkurators interimistisch einzunehmen.«

Höflicher Applaus brandete auf, als Adam sich mit hochrotem Gesicht erhob. Die Menschen lächelten und nickten. Sie waren beruhigt, daß die Macht so glatt in andere Hände fiel, egal unter welchen Umständen.

Mir schoß das Blut ins Gesicht. »Ich fasse es nicht«, zischte ich Miriam zu, als mir die möglichen Auswirkungen von Adams plötzlicher Beförderung auf meine eigene Arbeit an dem Ausstellungskatalog durch den Kopf gingen.

»Ich kann mich darauf verlassen, daß Sie alle Adam unterstützen, das weiß ich«, fuhr Klaus mit feierlichem Nachdruck fort. »Ich brauche niemanden daran zu erinnern, daß die *Französische Malerei aus dem Zeitalter Napoleons* jetzt nicht nur unsere einzige Achtungsbezeugung Michael gegenüber ist, sondern auch der Beginn einer neuen Ära in der Geschichte des Museum of Art in San Francisco. Michael hat das Unternehmen ins Leben gerufen und viel dazu beigetragen, ihm Gestalt zu verleihen; nun ist es an uns, es in dem Sinne zu vollenden, in dem es begonnen wurde.«

»Als nächstes bittet er noch die Förderer in Michaels Namen, ihre Spenden sofort zu überweisen«, flüsterte Miriam.

»Lieber Gott! Ein Mord als Anlaß zu Spendenaufrufen! Und dabei ist es nicht einmal mehr ›Michaels Ausstellung‹.«

»Wir können uns darauf freuen, daß Adam jetzt nicht mehr so unausstehlich ist.«

»Unausstehlich – das könnte ich noch tolerieren. Was mir Sorgen macht, ist, daß er jetzt für die Ausstellung verantwortlich ist. Er kann sich einmischen und nach Herzens Lust alles umkrempeln. Ganz zu schweigen von seinem Kumpel Patrick Maguire.«

Die Menschen um uns standen auf, begrüßten Freunde und bewegten sich langsam auf den Ausgang zu. Mit einemmal wünschte ich, daß ich mich niemals um die Arbeit an dem Katalog bemüht hätte. »Etwas für Michael zu tun, ist eine Sache, für Adam zu arbeiten eine ganz andere!« raunte ich Miriam zu.

Miriam erhob sich, um ihre Assistentin vorbeizulassen. »Ich glaube nicht, daß du viel mit ihm zu tun haben wirst«, sagte sie, sah mich aber besorgt an. »Du hast selbst gesagt, daß die Arbeit fast fertig ist und nur noch die Dokumentationen zu den beiden David-Gemälden unvollständig sind.«

»Hoffen wir, daß diese Arbeit nicht umsonst war«, erwiderte ich und dachte dabei an Klaus' Anspielung auf die namentlich nicht genannten Vorstandsmitglieder, denen es lieber wäre, Michaels Ausstellung abzusagen.

In der kleinen Lobby standen die Trauergäste beisammen und plauderten leise. Ich goß mir auch einen Kaffee ein und rührte einen Löffel Zucker hinein, in der Hoffnung, daß er meine Stimmung hob. Ich hörte meinen Namen und drehte mich um. Vor mir stand Klaus, der mit Charles und Liz Howland sprach. Liz hatte sich in das für den Anlaß erforderliche schwarze Kleid gewandet und den Effekt verdorben, indem sie sich mit einem Gewirr von klobigem Modeschmuck behängt hatte. Etwas an der Art, wie sie dastand, mit den Füßen auseinander und den Zehenspitzen nach außen, ließ sie größer erscheinen als die beiden Männer, die sie aber in Wahrheit überragten.

»Ich habe Charles und Liz gerade erzählt, was wir wegen des Katalogs entschieden haben«, sagte Klaus, als ich auf die Gruppe zuging.

»Liz und Michael waren enge Freunde«, erklärte Charles aalglatt. »Sie sind immer zusammen in die Oper gegangen, wenn ich zuviel zu tun hatte. Stimmt's, mein Liebes?«

Sie antwortete nicht, und es entstand eine unangenehme Pause. »Michael liebte die Oper«, sagte ich schließlich. »Ich hatte auf die Gelegenheit gehofft, mit Ihnen beiden sprechen zu können. Einer meiner besten Studenten von der Universität arbeitet an der Dokumentation über Ihr David-Gemälde. Ich wollte Sie bitten, zu erlauben, daß er es sich einmal ansieht – selbstverständlich in Begleitung.«

»Unser Bild ansehen?« Liz' tiefe Stimme schlug über mir wie eine Welle zusammen und gab mir das Gefühl, gefragt zu haben, ob jemand in ihr Haus laufen und unter alle Betten spähen darf dürfte. »Warum, um Himmels willen, sollten wir das tun?«

Ich brauchte eine Minute, um zu begreifen, daß Liz Howland darauf keine Antwort erwartete. Daß sie gar keine richtige Frage gestellt, sondern lediglich eine rhetorische Bemerkung gemacht hatte, die diese Konversation beenden sollte. Ich war aber nicht bereit, mich so schnell geschlagen zu geben, und suchte nach einer Erwiderung, die meinen Studenten die Möglichkeit offenließ, eines der Bilder zu sehen, über das sie Nachforschungen anstellten.

»Studenten, die die Kunst, die sie studieren, meistens nur als Reproduktionen in Büchern sehen, brauchen hin und wieder die Erfahrung, an wirklichen Objekten zu arbeiten«, sagte ich und sah Charles dabei an, weil ich hoffte, daß er mehr Verständnis zeigen würde.

Zu meiner Überraschung ergriff Klaus meine Partei. »Charlotte hat recht.« Sein Lächeln konnte Liz nicht umstimmen; sie sah mich nach wie vor an, als hätte ich gedroht, heilige Barrieren zu stürmen. »Studenten in europäischen Universitäten besuchen die verschiedensten Sammlungen und betreiben ihre Studien immer an Originalen. Das ist die einzige Möglichkeit, den Blick zu schulen.«

»Welche Recherchen betreibt Ihr Student genau?« erkundigte sich Charles in scharfem Ton. Ich beobachtete, wie er sich mit einer Hand über das Haar strich, die ein Siegelring mit dem Wappen der Stanford University zierte. Diese Frage legte den Schluß nahe, daß Klaus mit den Erläuterungen über meinen neuen Aufgabenbereich noch nicht sehr weit gediehen war.

Ich erklärte in aller Kürze, wie es mit den Arbeiten an Michaels Katalog stand. »Ich habe mich gefragt«, setzte ich hinzu, ohne den Blick von seinem Gesicht zu wenden, »wieso Michael die Einträge für Ihr Gemälde nicht komplettiert hat. Es wäre nur logisch gewesen, wenn er gerade mit diesem Bild angefangen hätte, weil es sich bereits in San Francisco befindet.«

»Genauso logisch wäre, wenn er es sich bis zuletzt aufgehoben hätte«, entgegnete Charles ruhig, während er seine leere Kaffeetasse exakt in die Mitte des Silbertabletts stellte, das ihm einer der Museumsmitarbeiter hinhielt. »An unserem Bild ist nichts Geheimnisvolles. Es ist seit 1927 im Besitz meiner Familie. Mein Vater hat es bei einer Auktion in Paris gekauft, und seither hat es unser Haus nicht mehr verlassen. Es ist ein großartiges Beispiel für Davids reiferen Stil in der Portraitkunst. Und es ist viel zu wertvoll, um es in der ganzen Welt von Ausstellung zu Ausstellung zu schicken. Habe ich nicht recht, meine Liebe?«

Liz Howland nahm kaum zur Kenntnis, daß ihr Mann sie angesprochen hatte; ihre Aufmerksamkeit galt einer Frau, die gerade die Lobby durchquerte. Sie war in verschiedene Lagen handgefärbte Seidenstoffe gehüllt. »Wenn man so was mag«, sagte sie unfreundlich. »Natürlich ist es längst nicht so wertvoll wie die Manets meines Vaters.« Sie sah einen nach dem anderen an, als wollte sie uns verbieten, ihr zu widersprechen.

Es klang fast wie eine Drohung. Ich musterte sie eingehend; sie war zweifellos eine Frau, die voraussetzte, daß ihre Ansichten als Tatsachen akzeptiert wurden. »Wir bekommen im Jahr mindestens sechs Anfragen wegen des Gemäldes«, fügte sie hinzu, als niemand sonst das Wort ergriff. »Wenn wir jeden hereinließen, der darum bittet, es sich ansehen zu dürfen, dann könnten wir bald einmal in der Woche eine offizielle Führung durch unser Haus veranstalten.«

»Sogar der Louvre bat darum, sich das Bild ausleihen zu dürfen«, erzählte Charles stolz. »Für die große David-Ausstellung im Jahr 1966. Vielleicht hätte ich es damals nach Paris schicken sollen.« Er sah Liz an, als sehnte er sich nach ihrer Zustimmung; soweit ich es beurteilen konnte, hatte sie nicht vor, ihm den Wunsch zu erfüllen. »Aber man hängt so sehr an einem solchen Schatz. Und man hört so schreckliche Geschichten von Kunstwerken, die beim Transport Schaden genommen haben.«

Noch eine Minute, dachte ich mürrisch, und die Howlands fangen an zu weinen bei der Vorstellung, daß sie sich von ihrer Sammlung trennen müßten, die ihnen so sehr am Herzen lag wie ein geliebtes Kind.

»Nein«, schloß Charles nach einer erhabenen Pause, »ich habe diesmal nur zugestimmt, das Gemälde auszuleihen, weil ich große Bewunderung für das hege, was unser neuer Direktor in San Francisco erreichen möchte. Und weil Michael ein wahrer Wissenschaftler war, ein vertrauenswürdiger Mann.«

Plötzlich fiel mir etwas ein. »War Michael bei Ihnen, um das Gemälde zu studieren?« fragte ich. »Hat er mit Ihnen über den aktuellen Stand der kunsthistorischen Forschung diskutiert?«

»Er war vor ein paar Monaten bei uns; wir haben bei einem Drink über die Ausleihe gesprochen. Und wir trafen eine Vereinbarung, daß er nach seiner Rückkehr aus Paris noch einmal kommen sollte, um die Urkunden und Dokumente abzuholen. Sein Tod ist eine Tragödie. Er war so jung, so brillant.«

Klaus pflichtete ihm bei und setzte beschwichtigend hinzu: »Sie brauchen keine Angst zu haben, Charles. Wir alle hier werden darauf achten, daß Ihr Bild gut behandelt wird. Und natürlich kann Charlottes Student es sich ganz genau ansehen, solange es im Museum hängt.«

Ich starrte Klaus fassungslos an. »Selbstverständlich wird Luis das Werk während der Ausstellung studieren«, sagte ich mit gepreßter Stimme. Ich war wütend, weil er mir in den Rücken gefallen war. »Aber ich fürchte, er wird es schon vorher sehen müssen, um eine treffende Beschreibung des Bildes für den Katalog zu verfassen. Wenn er sich nur an Reproduktionen halten kann, wird er wichtige Aspekte wie Farbgebung und Pinselführung nicht angemessen beurteilen können.«

»Luis?« Liz sprach den Namen aus, als müßte sie sich in einer fremden Sprache verständlich machen.

»Luis ist einer meiner besten Studenten. Ich setze mich dafür ein, daß er ein weiterführendes Studium betreibt und ein großzügiges Stipendium bekommt«, fügte ich betont hinzu.

»Ich bin sicher, daß er sehr tüchtig ist.« Klaus' Worte klangen wie eine Warnung, aber ich beschloß, sie zu ignorieren.

»Die Frage ist nicht, wo sich das Gemälde seit 1927 befunden hat, sondern wo es vorher war«, versetzte ich hitzig. »Die Hinweise in der Literatur sind sehr spärlich und vage, vielleicht weil die Wissenschaftler keine Gelegenheit hatten, das Bild in Ausstellungen zu sehen.«

Charles räusperte sich. »Ich glaube nicht, daß das Gemälde jemals das Haus der Familie verlassen hat, die es von David nach der Ausstellung im Salon 1801 gekauft hat. Ich werde Kopien von den Zertifikaten und Schriftstücken machen, die mein Vater zusammen mit dem Bild bekommen hat. Und natürlich haben wir es von einem Experten fotografieren lassen. Ich stelle Ihnen einen Abzug zur Verfügung, dann haben sie die beste Reproduktion, nach der Sie das Bild beschreiben können. Klaus wird Ihnen das Material für Ihren Studenten geben.«

»Und jetzt«, warf Klaus ein, »sollten wir mit Adam ein paar Worte über die neue Ausstellung für die Drucke und Zeichnungen wechseln.« Damit war die Unterhaltung über Charles' Gemälde beendet. Fürs erste.

»Rufen Sie mich an, wenn Sie Fragen haben.« Charles lächelte verbindlich, als sie sich zu dem langen Tisch begaben, an dem Patrick und Adam in ein Gespräch vertieft standen.

»Es ist, als stünde man vor dem undurchdringlichen Schild, das Reagan im Weltall installieren wollte, um Raketen abzuwehren«, beschwerte ich mich, als sich Miriam zu mir gesellte. »Ich frage mich, ob sie nur mit mir so umspringen oder ob Charles und Liz Michael auch behandelt haben, als wäre er eine Hilfskraft. Aber ich werde dafür sorgen, daß Luis dieses Bild noch vor der Ausstellung sieht, und wenn es das letzte ist, was ich tue.«

Miriam hatten den Blick auf Liz' Rücken geheftet. »Es ist eigenartig«, sagte sie, »aber Michael und Liz waren bis vor kurzem recht eng befreundet. Ich habe sie regelmäßig in der Oper und im Konzert gesehen. Ich glaube, er hat sie auch hin und wieder zu Parties begleitet. Aber die letzten Male, wenn ich sie zusammen gesehen habe, schien mir die Atmosphäre zwischen den beiden verdammt eisig gewesen zu sein.«

»Kann du sagen, wann genau sich das Verhältnis geändert hat?«

Miriam spitzte die Lippen und dachte nach. »Leider nein. Irgendwann in den letzten sechs Monaten, würde ich sagen.«

Seit Stevens Tod, dachte ich und überlegte, was die Freundschaft abgekühlt haben könnte. Wenn es überhaupt jemals eine echte Freundschaft gewesen war. Ehe ich näher auf diesen Punkt eingehen konnte, marschierte Patrick Maguire in unsere Richtung. Das kampflustig vorgeschobene Kinn verriet, in welcher Stimmung er sich befand. Susan, die wegen ihres engen Rocks zu kleineren Schritten gezwungen war, hatte große Mühe, an seiner Seite zu bleiben.

»Also«, begann er, als er vor mir haltmachte, »wie ich sehe, verfolgt Klaus weiterhin diesen lächerlichen Plan, Hunderttausende von Dollars auszugeben, nur um nichtssagende Bilder aus Europa hierher zu verfrachten und einen Katalog zu publizieren, den nicht mehr als fünfzig Leute auf der ganzen Welt lesen werden.«

»Bisher«, gab ich ärgerlich zurück, »ist dies, soweit ich es mitbekommen habe, eine der wenigen Entscheidungen in diesem Haus, die aus künstlerischen Erwägungen getroffen wurde und nicht aus finanziellen Gründen oder weil sich jemand persönlich bereichern will. Was, wenn ich das hinzufügen darf, auch die eigentliche Bestimmung eines Museums ist.«

Patrick errötete vor Zorn und deutete mit dem Zeigefinger in meine Richtung. »Eine Politik wie diese ist die Ursache dafür, daß die Hälfte der Museen in diesem Land nicht genügend Geld auftreiben können, um ihren Laden länger als drei Tage in der Woche offen zu halten.«

»Und Sie glauben, wenn man historische Ausstellungen bleiben läßt und dafür zeitgenössische Kunst zeigt, von der noch kein Mensch weiß, ob sie von Bedeutung ist oder nicht, kann man Museen vor dem Ruin retten? Mich würde wirklich interesieren, was für eine Rolle ein Kunsthändler wie Frank Spurling bei den Planungen des Museums spielt, seit Sie hier sind.«

»Frank hat ein verdammt gutes Auge. Er ist der Mann, der das Museum am besten beraten kann. Und er lebt nicht in dem Wahn, daß nur alte Schinken von Wert sind.«

»Er ist ein Kunsthändler«, wiederholte ich, »und kein Wissenschaftler, der nur kein Interesse an alter Kunst hat. Da erhebt sich nicht nur die Frage, wie das Museum den freien Markt beeinflußt, sondern es besteht auch das Problem, daß das Komitee für Neuanschaffungen Gefahr läuft, seine Glaubwürdigkeit zu verlieren. Denken Sie an das Dalì-Fiasko von letztem Jahr.«

Patrick starrte mich mit zusammengekniffenen Augen an. »Sie wissen nicht, wovon Sie reden«, stieß er hervor.

»Ich weiß, daß Ermittlungen gegen Frank Spurling im Gange waren, weil er sogenannte ›Originaldrucke‹ in ›limitierter‹ Auflage verkauft hat. Es stellte sich heraus, daß sie nichts weiter waren als fotomechanische Reproduktionen auf vorher signierten Bögen. Es waren Tausende signierte Bögen«, betonte ich, »und alle warteten nur darauf, in einen Kopierapparat gesteckt zu werden. Außerdem wurde im vergangenen Jahr gegen ihn ermittelt, weil er versuchte, einen Botero zu verkaufen, der von zwei Dieben mit Verbindungen nach Kolumbien in Mexiko gestohlen worden war. Er ist nicht gerade der geachtetste Kunsthändler in San Francisco.« Ich bemerkte, daß Klaus auf uns zueilte. Aber das konnte mich nicht aufhalten. »Hat Michael Ihre Unterhaltung mit Frank Spurling im letzten Frühling im Slim's mitangehört? War er Ihnen im Weg, weil er abzuwenden versuchte, daß Sie die Geschäfte des Museums in Spurlings Hände legen wollten? Haben Sie ihn umgebracht, um Ihre eigenen finanziellen Transaktionen zu retten?«

»Sie sind ein Miststück«, zischte Patrick. Vor Wut schien seine Atmung außer Kontrolle zu geraten. Susan legte beschwichtigend eine Hand auf seinen Arm, aber er schüttelte sie gewaltsam ab. »An Ihrer Stelle würde ich mich nicht in Dinge einmischen, von denen Sie nichts verstehen«, knurrte er.

»Aber, aber«, rief Klaus und trat zwischen uns. »Was gibt es für Probleme?«

»Ich habe Patrick lediglich gefragt, warum das Museum plötzlich Geschäfte mit einem Mann wie Frank Spurling macht«, antwortete ich.

Patrick wich einen Schritt zurück und funkelte mich zornig an.

»Das Museum hat gute Verbindungen zu sehr vielen Galeristen«, erklärte Klaus ungerührt. »Ganz zu schweigen von Auktionshäusern und privaten Sammlern.«

»Das einzig Kluge, was Sie getan haben, war, Adam Heyman zum Chefkurator zu machen«, grollte Patrick. »Vielleicht können wir jetzt das Museum wieder auf Vordermann bringen.«

»Es ist eine *Interimslösung*«, rief ich ihm ins Gedächtnis. Klaus bedachte mich mit einem eisigen Blick, legte Patrick den Arm um die Schultern und dirigierte ihn zu Charles Howland. »Kommen Sie, gratulieren Sie Charles dafür, daß der Commodore's Cup im St. Francis Yachtclub geblieben ist«, empfahl er Patrick wie ein guter Onkel.

Ich sah den beiden schweigend nach. Jetzt war ich dran, die Fäuste zu ballen.

KAPITEL ZWÖLF

Die verstohlenen Blicke und abgewandten Gesichter verrieten mir, daß mein Wortwechsel mit Patrick nicht unbemerkt geblieben war. Ich setzte ein angemessen freundliches Lächeln auf und ging zu Monica und Ilse Burger, die sich abseits der kleinen Gesellschaft hielten. Nur Ilse machte sich die Mühe, mein Lächeln zu erwidern, Monica gönnte mir lediglich einen kühlen, abschätzenden Blick, der ebenso zu ihrer äußeren Erscheinung zu gehören schien wie die maßgefertigten Kostüme und Seidenblusen. »Es ist eine Ehre mit einem so brillanten Mann wie Klaus zusammenarbeiten zu dürfen«, hörte ich sie sagen, als ich näher kam. Ilse beeindruckte dieses Lob offenbar kein bißchen; sie blickte nur immer wieder zu der Gruppe, die sich um Klaus geschart hatte.

»Ich bin überzeugt, Ilse ist nicht im mindesten an den Details des Museumsbetriebs interessiert«, warf ich ein. »Wahrscheinlich hört sie an einem einzigen Abend so viel Klatsch über das Museum, daß sie für einen Monat genug von all dem hat.«

Diese kleine Niedertracht reichte aus, um Monica zu vertreiben. Sie eilte zu Klaus und Patrick, und ich suchte nach einer Möglichkeit, mit Ilse ins Gespräch zu kommen. Ich war noch immer erbost nach der Begegnung mit Patrick, aber es gelang mir, mich teilnahmsvoll nach dem Befinden von Ilses beiden Kindern zu erkundigen. Die ganze Familie lebe sehr gern in San Francisco, versicherte sie mir, ohne mich anzusehen. Sie hatte offenbar mehr Interesse an Liz Howland als an mir. Nach ein paar Minuten, in denen sie mir von Ballettunterricht, Turnstunden,

Jugendorchester und einer zweisprachigen Schule erzählte, war ich beinahe erleichtert, als sich Adam näherte.

»Na«, sagte er mit einem wichtigtuerischen Lächeln. »Wie's aussieht, werden wir beide zusammenarbeiten. Wie geht es mit dem Katalog voran?«

»Bestens«, versetzte ich knapp. »Es sind nur noch ein paar Einzelheiten zu überprüfen.«

»Ich beglückwünsche Sie zu Ihrer Beförderung«, sagte Ilse so leise, daß ich Mühe hatte, sie zu verstehen.

»Danke«, erwiderte Adam selbstgefällig. »Leider kommt sie gerade zu einer Zeit, in der schwere Entscheidungen über Einsparungen getroffen werden müssen.«

Ich spitzte die Ohren. »Was für Einsparungen?«

»Oh, das betrifft nicht das Bauvorhaben – zum Glück«, erklärte Adam betont heiter, als gäbe es nur ein kleines Wölkchen an einem ansonsten strahlendblauen Himmel. »Oder den Katalog. Diese Bereiche sind fest geplant. Aber die Stadt hat uns die Förderung aus den Steuergeldern wieder einmal gekürzt. Und nach Michaels Tod und wegen der enormen Kosten ziehen wir in Erwägung, das Ausmaß der Ausstellung ein wenig zu begrenzen. Natürlich ohne ihre historische Bedeutung zu gefährden«, setzte er hinzu.

Ich starrte ihn sprachlos an.

»Ist Ihnen nie in den Sinn gekommen, daß es nach Michaels Tod, wirklich keinen Grund mehr gibt, eine Ausstellung dieser Größenordnung zu organisieren?« fragte er und wich meinem Blick dabei aus. »Etwas Kleineres erfüllt den Zweck ebensogut.«

»Und was wollen Sie weglassen?« erkundigte ich mich aufgebracht. »Die Ausstellung wurde jahrelang geplant und vorbereitet, die Gelder stehen bereit, die Verträge für die Leihgaben sind unterzeichnet. Warum, zum Teufel, wollen Sie das alles über den Haufen werfen?« Ich sah Ilse hilflos an. »Bestimmt hat Klaus einen solchen Gedanken nie in Betracht gezogen, nicht wahr?«

Ilse zuckte zusammen, als hätte man sie mit einer Nadel gestochen. »Ich ... ich weiß es wirklich nicht«, stammelte sie. »Ich glaube, Patrick Maguire hat vorgeschlagen, die Ausstellung ganz aus dem Programm zu nehmen. Und Klaus meinte wohl, dies sei ein annehmbarer Kompromiß.«

»Ich hätte mir denken können, daß das auf Patricks Mist gewachsen ist. Nun, noch hat er die Leitung dieser Institution nicht übernommen«, sagte ich wütend.

»Ruhig Blut. Es war ja nur ein Gedanke.« Adam schaute zur Decke, als suchte er nach Beistand von oben. »Klaus war nicht bereit, das Unternehmen in diesem Stadium abzublasen. Aber was macht das schon für einen Unterschied, ob ein paar Werke mehr oder weniger gezeigt werden?«

»Welche Werke stehen zur Disposition?« fragte ich in schneidendem Tonfall.

»Ein oder zwei Bilder aus Europa«, erwiderte Adam und fuhr mit den Fingern in seinen Kragen, als wäre er plötzlich zu eng geworden. »Diejenigen, deren Schiffstransport am kostspieligsten ist. Alles andere bleibt, wie geplant – auch der Essay für den Katalog.«

Ich überlegte einen Moment. »Sie meinen doch nicht das David-Portrait von Napoleon aus dem Louvre?«

»Darüber wurde diskutiert. Immerhin ist es das teuerste Werk in dieser Ausstellung, was die Versicherung und die Sicherheitsmaßnahmen betrifft. Der Louvre verlangt, daß man es nur hinter kugelsicherem Glas zeigt, und wir müssen fünf Millionen Dollar hinterlegen. Das erscheint kaum gerechtfertigt für ein einziges Bild.«

»Dieses Gemälde ist das Kernstück der gesamten Ausstellung«, erwiderte ich düster. »Und Sie können Klaus sagen, daß ich nicht aufgeben werde, bis ich herausgefunden habe, wo sich dieses Werk in den Jahren vor 1945 befunden hat.« Ich schlug einen vertraulichen Ton an. »Hören Sie, Adam, vergessen Sie die Ausstellung bitte für einen

Augenblick. Wissen Sie, warum Michael den Vortrag, den er eigentlich am Dienstag nach dem Dinner halten wollte, verworfen und in letzter Minute durch einen anderen ersetzt hat?«

Adam wurde bei diesem Themenwechsel ein wenig lockerer. »Ich habe keine Ahnung«, sagte er. »Es kam bei der Sitzung der Mitarbeiter zu einem kleinen Streit zwischen Klaus und Michael. Michael war wütend. Er beschuldigte Klaus, ihm irgend etwas über die Geschichte des Napoleon-Portraits verschwiegen zu haben, und sagte, er hätte erst bis nach Paris fahren müssen, um eine Information zu bekommen, die Klaus ihm in fünf Minuten hätte geben können.«

»Was für eine Information?«

»Das weiß ich nicht. Aber hinterher meinte Klaus, es wäre absurd, so ein Theater um ein einziges Bild zu machen. Und der Zweck dieser Ausstellung sei lediglich, dem amerikanischen Betrachter Einblick zu geben, welche Rolle die Malerei im napoleonischen Zeitalter gespielt hat, und nicht eine Monographie über ein Einzelwerk zu schreiben.«

»Und nach dieser Auseinandersetzung schlug Klaus allen Ernstes vor, das Gemälde aus der Ausstellung zu nehmen?«

»Aber nein.« Adam schüttelte vehement den Kopf. »Das kam erst sehr viel später zur Sprache.«

»Sie glauben nicht, daß dieser Wortwechsel Klaus dazu gebracht hat, in Michaels Büro zu gehen und die Computerdaten zu löschen?« Ein lautes Stöhnen neben mir wies mich darauf hin, daß ich Ilses Anwesenheit ganz vergessen hatte.

Adam warf mir einen warnenden Blick zu. »Ich wäre an Ihrer Stelle vorsichtiger und würde nicht mit unhaltbaren Beschuldigungen um mich werfen«, sagte er. »Immerhin war es Monica, nicht Klaus, die gesehen wurde, wie sie am Abend des Mordes Michaels Büro verließ.« Nach dieser

Eröffnung drehte er sich auf dem Absatz um und stürmte zu Klaus und Patrick.

»Tut mir leid«, sagte ich zu Ilse. »Es scheint nur eine Unmenge loser Enden um Michaels Tod zu geben. Und jeder Tag wirft neue Fragen auf – viele davon haben mit seinen Recherchen für die neue Ausstellung zu tun. Da fällt mir ein, daß ich Klaus eigentlich fragen wollte, wo er während des Zweiten Weltkriegs war.«

Ilses Reaktion bestürzte mich. Die Farbe wich aus ihrem ohnehin schon blassen Gesicht, und sie sah aus, als würde sie gleich in Ohnmacht fallen.

»Bitte«, sagte ich und faßte hastig nach ihrem Arm. »Ich wollte Sie nicht erschrecken. Es geht nur um ein Gemälde, über das Michael vor seinem Tod Nachforschungen angestellt hat. Die Herkunftsangaben haben mich auf den Gedanken gebracht, daß es nach dem Krieg aus irgendeinem geheimen Lager geborgen wurde, und ich dachte, Klaus könnte mir mit näheren Angaben weiterhelfen. Er war nach dem Krieg in Wien, nicht wahr?«

»Es ist schon gut«, erwiderte sie. Sie straffte die Schultern und gewann etwas von ihrer Haltung zurück. »Ich habe Klaus erst 1980 kennengelernt. Ich weiß, daß er während des Krieges in Wien zur Schule gegangen ist und studiert hat. 1943, als er achtzehn wurde, hat man ihn zur Wehrmacht eingezogen. zwei Jahre war er bei der Infanterie an der Ostfront.«

Je länger sie redete, um so sicherer wurde ihre Stimme, und ihre Wangen bekamen wieder ein bißchen Farbe. »Nach dem Krieg im Jahr 1945 nahm er das Studium der Kunstgeschichte wieder auf. Dann ging er nach Florenz, um über die Zeichnungen in der Galerie der Uffizien zu arbeiten. Danach war er in Rom und in der Herziana-Bibliothek.« Sie zuckte mit den mageren Schultern. »Den Rest kennen Sie. Er kam von der Albertina in Wien nach San Francisco.«

Ihr Blick suchte die Gruppe um ihren Mann, und ich

spürte, daß ihr meine Frage mehr Angst eingejagt hatte, als sie zugeben wollte.

Die meisten Mitarbeiter hielten sich noch bei dem Empfang auf, und im Bürotrakt herrschte die dumpfe Leblosigkeit, die man sonst nur von langen Wochenenden und Feiertagen kennt. Ich schloß die Tür zu Michaels Büro auf und betrachtete feindselig den Computer. Ich hegte nach wie vor den Verdacht, daß er Geheimnisse in seinem riesigen elektronischen Kerker versteckte, den ich nur wegen meiner Unwissenheit nicht aufspüren konnte. Der Schreibtischstuhl gab ein protestierendes Ächzen von sich, als ich mich setzte. Alles war zu still, viel zu still. Meine Nerven waren zum Zerreißen gespannt. Ich sprang auf die Füße, stieß die Tür zu und ließ den Riegel zuschnappen, ehe ich mich wieder niederließ und mich vorbeugte, um die Schublade mit den Aktenordnern zu öffnen. Die Lade rollte lautlos auf, und ich saß vor einer Hängeregistratur mit Schnellheftern, die alle ordentlich mit Michaels gestochener Handschrift beschriftet waren. Ich ließ einen Finger über die Ordner gleiten. Die meisten enthielten Memos über Budgetveränderungen und Besprechungen, Entwürfe für zukünftige Vorhaben und Ausstellungsprogramme sowie Berichte über verwaltungstechnische Einzelheiten. Ich suchte nach Notizen, die Michael bei seiner letzten Reise gemacht und später in den Computer übertragen haben könnte.

Ich wollte die Suche schon aufgeben, als mir auffiel, daß in der letzten Ordnertasche eine zweite steckte, die nicht beschriftet war. Ich öffnete den neutralen Hefter und sah ein getipptes Schriftstück. Es waren zwei mit einer Büroklammer zusammengeheftete Seiten. Als ich sie auf den Schreibtisch legte, entdeckte ich, daß es Adam Heymans Lebenslauf war. Er sah aus wie die zahllosen anderen, die ich im Laufe der Jahre gelesen hatte: eine stichwortartige Zusammenfassung eines Berufslebens mit der Auflistung von Universitätskursen, Seminaren und Abschlußprüfungen, Daten und Angaben über frühere Arbeitsplätze. Unter »Ausbildung« hatte Adam ein Baccalaureus Artium am Kenyon College und einen Doktortitel in Kunstgeschichte von der Universität von Iowa aufgeführt. Jemand hatte den letzten Eintrag mit dicker schwarzer Tinte unterstrichen. Ein großes Fragezeichen stand am Rand. Michaels Anmerkung? Hatten Adams Zeugnisse Fragen aufgeworfen? Ich versuchte, mich zu erinnern, was mir Michael über ihn erzählt hatte, aber mir fiel nichts Konkretes ein. Schließlich verstaute ich die beiden Seiten wieder dort, wo ich sie gefunden hatte, schloß die Bürotür auf und wählte Monicas Nummer.

»Ich bin hier in Michaels Büro«, sagte ich, als sie sich meldete. »Können Sie herüberkommen? Es gibt etwas, das ich Sie fragen möchte.«

»Was?« erkundigte sie sich leise und argwöhnisch.

»Das kann ich Ihnen nicht übers Telefon sagen.«

»Gut, ich bin in fünf Minuten da. Ich stelle nur noch schnell die Liste für die öffentlichen Vorträge des nächsten Monats fertig zusammen.«

Sie brauchte keine fünf Minuten. »Was gibt's?« fragte sie ungeduldig.

»Was haben Sie in der Mordnacht in Michaels Büro gesucht?« Aufmerksam schaute ich sie an.

Sie holte tief Luft. »Wer hat Ihnen davon erzählt? Adam?«

Ich zuckte mit den Schultern. »Stimmt es?« hakte ich nach, dann beugte ich mich vor, nahm die unmarkierte Akte aus der Schublade und legte sie auf den Tisch. »Sie haben behauptet, daß Sie in Ihrem Büro gewesen seien, um Ihr Make-up aufzufrischen.«

»Das habe ich auch getan«, stieß sie hervor. »Danach kam ich hierher, um Michael daran zu erinnern, daß er den französischen Konsul nicht vergessen soll, wenn er sich bei denen bedankt, die ihn bei der Arbeit am Katalog unterstützt haben. Er war nicht hier«, fügte sie hinzu und warf einen neugierigen Blick auf die Akte.

»Das hier haben Sie nicht zufällig gesucht?« Ich nahm Adams Lebenslauf heraus und hielt ihn hoch.

Eine Weile herrschte Schweigen. Irgendwo im Park spielte eine Band einen Sousa-Marsch, aber die Klänge waren durch die dicken Glasscheiben kaum zu hören.

»Ich glaube, Michael ärgerte sich darüber, daß Adam die Aufgaben eines Kurator übertragen bekommen hatte. Er hielt Adam nicht für qualifiziert genug und war bereit, alle Karten aufzudecken. Hat Klaus Sie gebeten, Michaels Anschuldigungen nachzugehen?« Ich stellte nur Vermutungen an, aber Monica *war* am Abend des Mordes in Michaels Büro gewesen, und ich war überzeugt, daß sie etwas gesucht hatte. »Ich will wissen, warum Sie am Dienstagabend hier waren und was während der Besprechung in Klaus' Büro am Tag nach Michaels Ankunft aus Paris vorgefallen ist. Wenn Sie mir nicht davon erzählen möchten, werde ich mit Marconi darüber sprechen.«

Der Hinweis auf den Detective bereitete Monica sichtlich Unbehagen. Ich wartete schweigend und beobachtete ihr Gesicht, als sie die Unterlippe zwischen die perlweißen Zähne nahm und nervös darauf kaute. Nach einer Weile seufzte sie und sagte: »Klaus hat mich gebeten, Michaels Behauptung auf den Grund zu gehen, Adam hätte, was seine Ausbildung betrifft, gelogen. Klaus und Michael hatten eine Auseinandersetzung wegen der Gemälde für die Ausstellung. Michael sagte, wenn Klaus versuchen würde, das Portrait von Napoleon aus der Planung zu nehmen, würde er auch das Bild der Howlands nicht nehmen.«

Ich sah sie überrascht an. »Wirklich?« In meinem Kopf drehte sich alles. »Aber warum?«

»Das hat er nicht gesagt; er erklärte nur, daß er das später mit Klaus ausführlich besprechen würde.«

»Das muß Klaus gefallen haben.«

»Klaus wollte nichts davon hören«, erwiderte Monica affektiert. »Er erinnerte Michael daran, daß Charles Howland Vorstandsvorsitzender ist und drei Millionen Dollar für die Umbauten bereitgestellt hat.« Sie legte eine Kunstpause ein. »Klaus sagte, Charles Howland könnte einen gottverdammten ausgestopften Hirschkopf an die Wand hängen, wenn er wollte. Und dann wies er Michael an, diese Angelegenheit Charles Howland gegenüber nicht zu erwähnen.«

»Aber Klaus wollte nicht wissen, warum Michael den Vorschlag machte, das Howland-Gemälde wegzulassen?«

»Klaus sagte, daß er kein Wort mehr davon hören wollte. Das Ganze war für ihn erledigt.«

Für mich machten diese Angriffe und Drohungen wegen der David-Gemälde nicht den geringsten Sinn. Hatte Klaus oder Charles Michael daran gehindert, seinen Vortrag zu halten? Oder ein ganz anderer? »Was ist mit Patrick?« fragte ich nach einer Weile.

»Patrick ist ein Idiot«, gab Monica gereizt zurück. »Michael erzählte mir, daß Patrick Frank Spurling im Slim's Fotos von den mexikanischen Gemälden gezeigt hat, die, wie sich herausstellte, gestohlen waren. Als er die beiden danach befragte, erklärte Frank, Patrick habe in Erwägung gezogen, die Bilder zu kaufen und dem Museum zu stiften. Michael machte Patrick klar, er würde persönlich dafür sorgen, daß das Museum niemals Geschäfte mit der Spurling-Galerie machen würde.« Sie hielt inne, um Atem zu schöpfen, dann fuhr sie hastig fort: »Patrick haßte Michael. Seit dem Mord schmieden Adam und Patrick Pläne, wie sie das Komitee für Neuanschaffungen übernehmen können.«

»Der, der die Neuanschaffungen kontrolliert, bestimmt die Zukunft?«

»So ungefähr.« Ich spürte, daß Monica hin und hergerissen war zwischen ihrer Loyalität Klaus gegenüber und ihrer Abneigung gegen Patrick.

»Wieso hatte Michael Adams Lebenslauf in seinen Akten?« wechselte ich das Thema.

Sie betrachtete das Ende ihres Seidenschals und wich so meinem Blick aus. »Weil Klaus wollte, daß jede Abteilung des Museums etwas zu der Ausstellung beisteuert«, erklärte sie schließlich. »Er hat Adam gebeten, politische Drucke und Zeichnungen aus dem achtzehnten Jahrhundert für eine kleine Ausstellung zusammenzustellen, die gleichzeitig mit der großen eröffnet werden soll. Meine Abteilung bereitet ein Symposium vor.«

»Und?« drängte ich.

»Michael war strikt dagegen, daß Adam eine gleichlaufende Ausstellung organisiert. Er meinte, Adam hätte keine Ausbildung in europäischer Kunst und nie gelernt, wie man eine Kunstausstellung zusammenstellt.«

Ich stieß einen langen Pfiff aus. »Das hat Adam bestimmt auf die Palme gebracht.«

»Adam war fuchsteufelswild. Klaus war nach der Besprechung sehr beunruhigt. Er bat mich, herauszufinden, was Michael gemeint haben könnte. Ich habe versucht, etwas aus Michael herauszubekommen, doch der meinte nur, daß Klaus alle Informationen, die er brauchte, zu gegebener Zeit erhalten würde. Deshalb war ich in Michaels Büro.« Monica wirkte beschämt, und ihre Wangen waren gerötet. Sie sprach es nicht aus, aber ich sah ihrer schuldbewußten Miene an, daß sie Klaus und nicht Adam zuliebe in Michaels Büro herumgeschnüffelt hatte.

»Am Abend des Dinners hat Michael mit Charles Howland im Innenhof gesprochen, das habe ich gesehen«, berichtete sie weiter. »Ich machte mich aus dem Staub und ging hierher. Aber die Schubladen habe ich nicht durchsucht«, setzte sie trotzig hinzu.

»Sagen Sie mir, was Sie in diesem Büro gesehen haben?«

Monica nahm einen grünen Briefbeschwerer in Form einer ägyptischen Katze vom Schreibtisch und drehte ihn langsam in der Hand, als wollte sie mit Hilfe eines Zaubers Erinnerungen wachrufen. »Der Computer war eingeschaltet«, sagte sie nachdenklich, »so als ob Michael in aller Eile hinausgelaufen wäre und vergessen hätte, ihn auszumachen. Neben dem Computer standen zwei runde Diakästen, und darauf lag ein Schnellhefter.«

»War etwas in dem Hefter?«

»Das weiß ich nicht. Ich hatte furchtbar Angst, daß mich jemand hier erwischen könnte, und bin schnell wieder gegangen. Es sah alles so aus, als würde Michael bald zurückkommen und vor seinem Vortrag die Dias und die Notizen holen.«

Eine Stunde später blieb ich auf dem Weg nach North Beach vor der kleinen Bibliothek in der Columbus Avenue stehen und blätterte die begrenzten Bestände von bibliographischen Handbüchern für Museumsangestellte durch. Wie erwartet, tauchte Klaus Burgers Name sehr häufig auf, aber die Einträge verrieten mir kaum mehr über sein Leben als das, was Ilse mir bereits kurz umrissen hatte. Zudem waren die Titel der Ausstellungen, die er organisiert hatte, und der Kataloge, die er verfaßt hatte, aufgelistet.

Klaus war in Graz geboren, las ich in einem *Who's Who*, und hatte die Universität in Wien besucht. 1943 wurde er zum Heer eingezogen und diente zwei Jahre an der Ostfront. Nach dem eigentlichen Studienabschluß bildete er sich am Warburg Institute in London und an der Herziana in Rom weiter. Danach hatte er eine ganze Reihe vorschiedener Posten bei Museen inne und arbeitete sich kontinuierlich vom Kurator für Drucke und Zeichnungen zu einer Stellung mit mehr verwaltungstechnischen Aufgaben im Albertina Museum in Wien nach oben.

Das Buch, in dem ich die Daten nachschlug, war 1992 veröffentlich worden, also in dem Jahr, in dem Klaus seine neue Stellung in San Francisco angenommen hatte. Auf den ersten Blick war an seiner Karriere nichts ungewöhnlich. Wie die meisten seiner Kollegen war er als Kurator die

Leiter Sprosse für Sprosse hinaufgestiegen und hatte sie schließlich verlassen, um die administrative Herausforderung eines Museumsdirektorposten anzunehmen. Das einzige, was ihn von der jüngeren Generation amerikanischen Museumsdirektoren unterschied, war, daß ihm die Abkürzung M.B.A. (Master of Business Administration) hinter seinem Namen fehlte. Und er schien, zumindest oberflächlich besehen, ebenso an der Wissenschaft als auch daran interessiert zu sein, das Museum nach einem Unternehmensmodell zu leiten, das derzeit in Mode war.

In einem anderen mehrbändigen Nachschlagewerk, das eine Liste der in Arbeit befindlichen und fertiggestellten Dissertationen anführte, konnte ich den Namen Adam Heyman nicht finden. Ich ging zurück bis ins Jahr 1980 und legte den Band dann weg. Adam kam mir nicht vor wie ein Wunderknabe, der vor seinem fünfundzwanzigsten Lebensjahr das Studium absolviert und sich mit einer Doktorarbeit in der Hand ins Arbeitsleben gestürzt hatte. Ungeachtete seines Babygesichts mußte er jetzt Anfang Vierzig sein. Ich warf einen kurzen Blick in *Who's Who in Amercan Art*. Zwischen Heiliger und Heymont stand kein Name. In einem Handbuch über amerikanische Museen und ihre Mitarbeiter war er als Angestellter des San Francisco Museum aufgeführt, aber seine Stellung und sein Aufgabenbereich wurden nicht genauer bestimmt.

Meine Nachforschungen ergaben ansonsten nichts Interessantes mehr, und ich fuhr nach Hause zu meinen Büchern und Katalogen, in der Hoffnung, mehr über die Herkunft und früheren Besitzer der David-Gemälde zu erfahren und dabei Hinweise auf die Gründe zu finden, die Michael so unvermittelt zu der Drohung veranlaßt hatten, das Howland-Gemälde aus der Ausstellung zu nehmen. Und zu ergründen, wieso das Portrait von Napoleon zum Zankapfel für Klaus und Michael geworden war. Mir schien, daß jetzt von mehreren Seiten Druck ausgeübt wurde, die Ausstellung entweder ganz abzusagen oder zumindest zu verkleinern. Außerdem mußte ich, nach allem, was ich mittlerweile wußte, in Betracht ziehen, daß Michael Adam wegen falscher Angaben in seinem Lebenslauf und wegen des falschen Doktortitels erpreßt hatte. Sollte das der Fall gewesen sein, gab es Aspekte in Michaels Charakter, die mir nicht bekannt gewesen waren.

KAPITEL DREIZEHN

Als ich am nächsten Morgen zur Universität kam, hatte ich den festen Entschluß gefaßt, die noch bestehenden Fragen um Davids *Portrait von Napoleon in seinem Arbeitszimmer* restlos zu klären. Im Flur der kunsthistorischen Fakultät wäre ich beinahe über Luis gestolpert. Er hockte vor meiner Tür auf dem Boden und betrachtete eine antike ägyptische Inschrift. Als er mich sah, stand er schwerfällig auf und klopfte den Staub aus seiner Chino-Hose.

»Kommen Sie, ich halte Ihre Sachen«, bot er an, als ich in meiner Tasche nach dem Schlüssel kramte.

»Tut mir leid, daß ich zu spät bin. Wartest du schon lange?«

Sein Lächeln verriet, daß er mir alles verzieh. »Ich hätte lange gewartet«, sagte er lachend, »aber ich habe heute fast eine Stunde bis hierher gebraucht. Ich habe meine Notizen geordnet und vervollständigt, während ich wartete.«

Er folgte mir in mein Büro und wartete, bis ich die Papiere auf meinem Schreibtisch weggeräumt hatte.

»Ich habe mich gestern bei der Arbeit krank gemeldet und den Tag in der Bibliothek in Berkeley verbracht.«

»Sehr tüchtig, aber hast du keine Angst um deinen Job?«

Sein Lächeln verblaßte. »Manchmal wünsche ich mir sogar, daß sie mich feuern. Mein Vater würde niemals zulassen, daß ich kündige. Je mehr ich arbeite, um so zufriedener ist er mit mir, aber so kann ich das, was ich für die Uni tun muß, nicht leisten. Hören Sie«, sagte er und sah mich an. »Ich glaube, ich habe etwas über das David-Gemälde herausgefunden.«

»Erzähl.« Ich stieß die Bürotür zu, in dem vergeblichen Versuch, den Lärm auszuschließen, den die Studenten auf den Korridoren verursachten.

»Miriam hat mich auf die Idee gebracht«, sagte er, beugte sich auf dem Stuhl vor und stützte die gespreizten Hände auf die Knie. »Sie hat mir erklärt, wie man Auktionskataloge benützt, und mir geraten, zu überprüfen, ob das Bild von der jungen Frau irgendwann verkauft wurde, bevor die Auktion stattfand, bei der die Howlands es ersteigert haben.«

»Und?«

»Und es wurde verkauft«, verkündete er mit einem leicht triumphierenden Unterton. »Das Gemälde gehörte bis 1900 der Sammlung der Familie der jungen Frau an, die Modell gesessen hat. Dann ging es an einen Herrn Rosenmeier in Wien, und der hat es 1927 verkauft. Und jetzt raten Sie mal.« Er holte ein ramponiertes Notizbuch aus seinem Rucksack und blätterte ungeduldig die Seiten durch.

Ich ignorierte das vorsichtige Klopfen an der Tür und sah Lus erwartungsvoll an. »Was?« fragte ich neugierig.

»Dieser Rosenmeier hat noch etliche andere französische Bilder bei derselben Auktion verkauft, zusammen mit einer großen Sammlung französischer Stiche aus dem achtzehnten Jahrhundert.« Er sah mich fragend an. »Hilft uns der Name des früheren Sammlers weiter? Miriam meinte, es wäre wichtig.«

»Das stimmt. Gute Arbeit, Luis. Soviel mir bekannt ist, bist du der erste, der den Namen des früheren Besitzers ausfindig gemacht hat. Normalerweise werden Informationen dieser Art bei den veröffentlichten Herkunftsnachweisen des Gemäldes angegeben. Aber da weder die Howlands noch der frühere Besitzer das Bild jemals für eine Ausstellung zur Verfügung gestellt haben, ist die Dokumentation bis heute unvollständig geblieben. Charles Howland kennt vermutlich den Namen des Vorbesitzers, aber soweit ich weiß, hatte er nicht vor, diese Information weiterzugeben.«

»Was soll ich als nächstes tun?«

»Du meinst, an deinem nächsten freien Tag?«

Er lächelte verschwörerisch. »Vielleicht bin ich in dieser Woche noch einmal krank. Nur einen halben Tag am Freitag.«

»Die nächste Aufgabe für uns beide ist folgende: Wir müssen versuchen, mehr über die Familie Rosenmeier aus Wien herauszufinden. Wenn sie im Besitz von französischen Bildern und Stichen waren, müssen sie wohlhabend gewesen sein. Also stehen die Chancen gut, daß der Name bekannt ist. Ich werde im Museum Nachforschungen anstellen; du siehst in Nachschlagewerken über das Kulturleben von Wien im späten neunzehnten und frühen zwanzigsten Jahrhundert nach. Arbeite die Register durch, ob der Name irgendwo auftaucht.«

Ich bedeutete Luis, sitzen zu bleiben, als ich den Telefonhörer abnahm und die Nummer des Museums wählte. Eine gelangweilte Telefonistin stellte mich zum Büro des Direktors durch. Klaus' ebenfalls gelangweilte Sekretäin informierte mich, daß Mr. Burger eine Besprechung mit den Mitarbeitern habe und später zurückrufen würde.

Ich schickte Luis mit ein paar zusätzlichen Instruktionen in die Bibliothek und wandte mich anderen Aufgaben zu. Am Nachmittag meldete sich Klaus bei mir. Er klang ungehalten. Ich stellte meine Frage, und er erwiderte: Ja, die Rosenmeiers seien vor dem Krieg bekannte Kunstsammler in Wien gewesen.

»Und jetzt?« erkundigte ich mich und hielt den Atem an.

Es entstand ein längeres Schweigen. »Eine traurige Geschichte. Kein Familienmitglied hat den Krieg überlebt. Sie waren Juden und sind, soweit ich weiß, 1943 in Dachau umgekommen.«

»Und die Sammlung?«

»Da bin ich mir nicht sicher. Ich glaube, sie wurde vor

dem Krieg verkauft. Ich selbst bin seit Jahren nicht mehr auf den Namen Rosenmeier gestoßen.«

»War Michael bekannt, daß das Bild der Rosenmeier-Sammlung angehörte, bevor die Howlands es erworben haben?«

»Woher soll ich das wissen?«

»Wieso hat Michael am Tag vor seiner Ermordung vorgeschlagen, das Gemälde aus der Ausstellung zu nehmen?«

»Ich habe nicht die leiseste Ahnung«, erwiderte Klaus eisig. »Es war wohl nur eine unüberlegte Bemerkung. Das beste, was Sie tun können«, setzte er streng hinzu, »ist, das zu veröffentlichen, was Michael zusammengetragen hat. Kümmern Sie sich nicht um offene Fragen – Sie sind ohnehin nicht in der Position, sie noch vor Redaktionsschluß klären zu können. Das wichtigste ist, daß die Leute die Bilder sehen und ihre kulturelle und ästhetische Bedeutung verstehen. Es ist nicht unsere Aufgabe, die Geschichte neu zu schreiben.«

Ich begreife sehr wohl, wann mich jemand herablassend zurechtweist. »Und ich dachte immer, gerade das wäre unsere Aufgabe«, gab ich ärgerlich zurück. »Es gibt sogar eine Bezeichnung dafür: Überarbeitung und Revision der früher veröffentlichten Dokumentationen.«

»Ich habe Sie zwar mit dieser Aufgabe betraut«, versetzte Klaus überheblich, »aber bestimmt nicht, um Ihnen endlose und unnötige Fragen zu beantworten.«

»Und als ich die Aufgabe übernommen habe«, sagte ich so gelassen, wie es mir möglich war, »hat mir niemand erklärt, daß ich als Abschreiberin und brave Mitläuferin engagiert wurde.« Eins zu Null für mich, dachte ich, als ich den Hörer auf die Gabel knallte. Nach meinem Verständnis entband uns all das Gerede von Schönheit und kulturellem Wert nicht von der Verpflichtung, Antworten auf offene Fragen nach der Motivation, nach dem wirklichen Leben und nach geschichtlichen Daten zu suchen. Die

Lücken konnten nicht mit ein paar abstrakten Begriffen wie Wahrheit und Ästhetik überbrückt werden. Und ich hatte nicht die Absicht, meine Recherchen über die Bilder und ihre Besitzer fallenzulassen. Besonders jetzt nicht, da Klaus mir sozusagen befohlen hatte, nicht weiter zu forschen.

Klaus' Informationen bestätigten, was Luis aus den Ausstellungskatalogen erfahren hatte. Jetzt blieb nur noch herauszufinden, was die Rosenmeiers dazu bewogen hatte, ihre Kunstwerke zu verkaufen. Meiner Erfahrung nach, ist es ungewöhnlich, eine komplette Sammlung zu veräußern, es sei denn, eine Familie steht kurz vor dem finanziellen Ruin. Und wenn eine derart vermögende Familie, wie sie die Rosenmeiers offenbar gewesen war, vom Bankrott bedroht worden war, dann hatten sicherlich die Zeitungen davon berichtet. Ich dachte ohne große Begeisterung daran, daß mir wohl nichts anderes übrigblieb, als über auf Microfilme übertragenen Zeitungsartikeln aus mehreren Jahren zu brüten. Ich konnte die deutsche Sprache bestenfalls bruchstückweise lesen. Und von Microfilmen bekam ich Kopfschmerzen. Vielleicht konnte Luis etwas Neues in Erfahrung bringen.

Ich hörte den Anrufbeantworter ab, bevor ich mein Büro verließ. Zwei Nachrichten. »Hi, Mom. Hab's schon zu Hause probiert und dachte, du bist vielleicht im Büro.« Das war Lisa, die mir eröffnete, daß sie Thanksgiving zusammen mit ihrer Zimmergenossin in Boston verbringen wollte. Die zweite Nachricht jedoch vertrieb meine trüben Gedanken, Thanksgiving allein in meinen vier Wänden hocken zu müssen.

»Hallo, Liebes. Ich bin in der Stadt. Auf der Durchreise nach New York von den hintersten Winkeln in den tibetanischen Grenzgebieten.« Das war Nigel Greenway, ein Nachrichtenjournalist, mit dem ich vor zehn Jahren eine intensive Zwei-Wochen-Affäre auf einer griechischen Insel gehabt hatte. Das idyllische Intermezzo hatte natürlich kein zufriedenstellendes Ende gehabt, aber wir hatten seither eine Freundschaft entwickelt, die Bestand zu haben schien, solange keiner von uns beiden Kontinuität einforderte.

»Ich bleibe ein, zwei Tage hier, um mir ein paar archivierte Nachrichtenfotos aus den vierziger Jahren anzusehen, die wir vielleicht in einer neuen Dokumentation verwenden können«, fuhr er fort. »Meine Crew ist nach London geflogen, aber mich findest du in der Bibliothek des Asien-Instituts. Wenn du in der Stadt bist und nicht zuviel zu tun hast ...«

Ich trank den Rest meines kalten Kaffees aus, während ich mir die Nachricht zu Ende anhörte: »Ich führe dich heute abend zum Essen aus. Ist Lisa daheim?«

Diese Frage war ein Code, mit dem er sich erkundigte, ob bei mir ein Bett frei war. Wenigstens setzte er nicht voraus, daß er meines mit mir teilen würde, obwohl er noch nie eine Einladung dazu ausgeschlagen hatte. Auf diese eigenartige Weise schwankte unsere Beziehung zwischen freundschaftlicher Leidenschaft und leidenschaftlicher Kameraderie hin und her. Mit einemmal konnte ich es nicht mehr erwarten, ihn zu sehen.

»Ruf mich in der Bibliothek an«, beendete er seine Mitteilung.

Ich kam seiner Aufforderung nach und setzte mich ans Telefon. Selbst nach dem wenig aufregenden gemeinsamen Wochenende in Paris im letzten Sommer freute ich mich auf das Wiedersehen.

»Ich hole nur noch meinen Kram aus unserem Büro, dann komme ich zu dir. Ist dir sieben Uhr recht?« Es lag etwas Beruhigendes in Nigels Stimme, auch wenn ich wußte, daß er den zuverlässigen, kompetenten Tonfall im Londoner Sender kultiviert hatte, um die Welt glauben zu machen, daß alles, wenn es auch nicht durch und durch gut war, doch in fähigen Händen lag.

Nigel kam um halb acht; er sah nicht mehr ganz wach aus.

»Die Zeitumstellung macht mir noch zu schaffen«, bemerkte er und ließ gähnend seinen ramponierten Seesack fallen, dann schlang er seine langen Arme um mich und drückte mich fest an sich. »Du hast nicht vielleicht einen Whisky?«

»Tut mir leid. Wir sind hier in Kalifornien. Roten oder weißen Wein. Ich hatte bis vor kurzem noch den Whisky, der von deinem letzten Besuch übriggeblieben war. Aber ich hab' ihn in der Nacht nach dem Mord an Michael ausgetrunken.«

»Mord?« Die Besorgnis in seinem Blick trieb mich gefährlich nahe zu dem Punkt, an dem ich bereute, ein Single-Dasein zu führen.

»Später«, versprach ich, als ich ihm ein Glas Cabernet in die Hand drückte. »Sag mir zuerst, wie es dir geht.«

Nigel hielt das Glas ins Licht und betrachtete skeptisch den roten Schimmer. »Wenigstens ist er nicht durchsichtig. Ich traue keinem Wein, durch den ich hindurchschauen kann.«

Er sank auf einen Sessel und streckte die langen Beine von sich, dann erzählte er von seiner Reise nach Nepal. »Erstaunliche Leute, diese Buddhisten«, schloß er. »Alle sind felsenfest davon überzeugt, daß das Exil für sie bald zu Ende ist. Ausharren und hinnehmen, was auf einen zukommt. Und was ist mit dir?« fragte er, füllte sein Glas noch einmal auf und zerwühlte im Vorbeigehen meine Haare. »Du siehst anders aus.«

»Wie anders?« Sein prüfender Blick machte mich unsicher, und ich fragte mich, wie viele graue Haare seit unserem letzten Zusammensein dazugekommen waren. »Es ist nur das Alter«, sagte ich, aber wehe, er hätte dem zugestimmt.

Er selbst machte, wenn keinen älteren, so doch einen erschöpfteren Eindruck als beim letztenmal. Das feine Gespinst von Lachfältchen um die Augen war ausgeprägter, die tiefen Furchen an den Mundwinkeln erschienen mir dunkler, als würden sie einen Schatten werfen. Flugzeugmeilen und unregelmäßige Mahlzeiten hatten Spuren an der fülliger werdenden Taille hinterlassen.

Als könnte er meine Gedanken lesen, sagte er: »Ich bin nicht sicher, wie lange ich dieses Journalistenleben noch aushalte. Manchmal möchte ich einfach nur nach Hause in mein Cottage und im Garten herumwerkeln. Aber statt dessen verbringe ich offenbar immer mehr Zeit in düsteren Bars in den entlegensten Nestern ehemaliger Kolonien oder zukünftiger Waffenmärkte.« Er klang niedergeschlagen; das war kein Tonfall, den ich von Nigel gewohnt war.

»Bestimmt haben nicht die Tibeter dieses Gefühl in dir wachgerufen, oder?«

Er starrte trübsinnig in sein Glas, ehe er antwortete. »Nein, es waren nicht die Buddhisten. Ich war im letzten Monat in Tschetschenien und habe über den sogenannten Friedensprozeß berichtet. Es war schlimmer als alles, was ich vor dreißig Jahren in Vietnam gesehen habe.«

Ich ging zu ihm und legte meine Arme um ihn. »Möchtest du darüber reden?«

»Eigentlich nicht.« Er seufzte. »Ich will es vergessen.«

»Dann sag mir, wieso ich anders aussehe.«

»Ich weiß nicht. Es ist nur so ein Gefühl. Du erscheinst mir irgendwie konzentrierter. Früher dachte ich immer, daß du dich mit fünfzehn verschiedenen Dingen gleichzeitig beschäftigst. Du hast dir Gedanken um Lisa gemacht, um deine Arbeit und darum, ob du wieder ins akademische Leben eintreten sollst.«

Ich nahm einen viel zu großen Schluck Wein; Nigels Beobachtungen trafen unangenehm ins Schwarze. »Lisa ist im College und scheint bestens allein zurechtzukommen. Und ich arbeite an einem neuen Projekt.«

Nachdem ich ihm von dem Mord an Michael und den Begleitumständen ins Bild gesetzt hatte, war es Zeit, zum Essen zu gehen. Das Restaurant, in dem ich einen Tisch für uns reserviert hatte, war teurer als die Kneipen, die ich normalerweise besuchte. Ich hatte mich für dieses entschieden, weil ich die Erinnerung an unsere miserable Mahlzeit in Paris auslöschen wollte. Eines der größten Vergnügen in San Francisco, erzählte ich Nigel, als wir uns durch die schmalen Straßen den Telegraph Hill hinunterwanden, sind seine Restaurants.

»Ein bißchen hochgestochen, was?« murmelte Nigel, als uns ein Kellner in gestärktem Schwarz und Weiß die Mäntel abnahm.

»Pseudoetruskisch«, sagte ich und sah mir die Ziegelwände und die Bündel getrockneten Weizens an, die von den rohbehauenen Holzbalken hingen. Mir gefiel das auch nicht unbedingt, aber es war immerhin besser als die staubigen Weinreben aus Plastik und die Tropfkerzen in den mit Bast umhüllten Chiantiflaschen, die man in meinem Viertel noch viel zu oft zu sehen bekam. »Keine Angst, das Essen ist wesentlich interessanter als die Einrichtung.«

Ich verriet Nigel nicht, daß ich eine gewisse Vorliebe für dieses Restaurant hegte. Als es aufmachte, war es ein Treffpunkt für Kunststudenten gewesen, weil es hier billige Spaghetti und herben Rotwein gab. Seinerzeit bot die Küche niedrigsten italienischen Standard, aber das Ambiente war reinste San Franciso-Boheme gewesen – Dutzende von mehr oder weniger kaputten verschiedenen Holzstühlen hingen von der Decke. Das Gebot der neuen kulinarischen Welt hatte den besonderen Charme hinweggefegt und durch industriellen Schick ersetzt. Mir fehlte die ursprüngliche Dekoration, aber nicht die ehemaligen Kochkünste.

Ein eifriger junger Kellner schüttelte die gestärkten Servietten aus, die die Größe einen Badetuchs hatten, und legte sie uns auf den Schoß, dann deponierte er schwungvoll goldbraun gebackene Weißbrotstangen und kaltgepreßtes Öl, das die Farbe grüner Oliven hatte, vor uns auf den Tisch. Nigel lehnte sich zufrieden zurück – jetzt hatte er sein ersehntes großes Glas mit Scotch in Reichweite – und knüpfte an unser vorheriges Gespräch an.

»Es macht eigentlich keinen Sinn, daß der Assistent eines Kurators den Kurator umbringt, nur weil der ihm ein bißchen auf die Zehen getreten ist, oder?« fragte er. »Oder weil aufgeflogen ist, daß er in seinem Lebenslauf geflunkert hat. Das Risiko, das der Assistent mit einem Mord eingeht, ist weit größer als die Gefahr, als Betrüger entlarvt zu werden. Vielleicht hat er gewußt, daß er der nächste Kandidat für den besseren Job ist. Oder war das nicht abzusehen?« Er nahm einen großen Schluck Whisky und behielt ihn genüßlich eine Weile im Mund.

»Nach allem, was man hört, konnte Adam Michael nicht ausstehen. Er ist ein eigenartiger Typ – ehrgeizig, aber andererseits ist er nicht bereit, den Preis dafür zu bezahlen, daß er nach oben kommt. Verstehst du, was ich meine?«

»Ich glaube. Er will alles erreichen, aber sich nicht anstrengen. Dafür schmiert er den Vorgesetzten Honig ums Maul, füttert ihre Egos und so weiter, ja?«

»So in etwa.« Ich zerbrach einen knusprige Brotstange und tunkte ein Ende in die Schale mit Olivenöl, während ich versuchte zusammenzufassen, was ich Adam gegenüber empfand. »Ich glaube, seine Ambitionen entspringen zum Teil der Phantasie, und darüber ist er sich irgendwie im klaren, deshalb will er, daß ein anderer die harte Arbeit für ihn erledigt.«

Nigel zog die Augenbrauen hoch. »Jemand wie Patrick Maguire? Seine Motive erscheinen mir ziemlich durchsichtig.« Er stellte sein Glas ab. »Du vermutest eher, daß dieser Mord etwas mit der Gegenwart zu tun hat und nicht mit Michaels Vergangenheit, habe ich recht? Es macht dir doch nichts aus, daß ich Michael sage, wenn ich von ihm spreche, auch wenn ich ihn nie kennengelernt habe?«

»Meine Studenten nennen ihn auch Michael, und sie kannten ihn auch nicht persönlich, zudem gehören sie einer anderen Generation an.«

»Die kalifornische Illusion von Vertrautheit.« Nigel nahm die Speisekarte und blinzelte in dem trüben Licht.

Es dauerte eine Weile, bis wir die Getränke bestellt und unser Menü ausgewählt hatten. Nigel erkundigte sich beharrlich und mit einer Süffisanz, die nur durch sein makelloses Oxford English kaschiert wurde, nach der Herkunft verschiedener Ingredienzien. Ich lehnte mich zurück und genoß den Wortwechsel, der mich vorübergehend von meinen ständig um Michael kreisenden Gedanken ablenkte. Nigels Fragen brachten den Kellner ganz durcheinander.

»Vielleicht weiß er nicht, wo die Himbeeren, die sie für die Himbeer-Vinaigrette verwendet haben, gewachsen sind«, sagte ich, nachdem der arme Teufel schließlich die Speisekarten eingesammelt und die Flucht ergriffen hatte.

»Ein Grund mehr, nicht allzu ausführlich darauf einzugehen«, erwiderte Nigel fröhlich. »Was wolltest du vorhin über Michaels Vergangenheit sagen?«

»Nur, daß ich versucht bin, den Mord mit seinem Privatleben in Zusammenhang zu bringen, aber ein Homosexueller in Kalifornien wird heutzutage kaum mehr mit Erpressung oder Bloßstellung bedroht. Und Michael lebte in den letzten fünf Jahren in einer sehr stabilen Beziehung.«

»Besteht die Möglichkeit, daß er irgendwann einmal politisch engagiert war? Beinahe jede Woche steht etwas über einen jungen Moralapostel und Republikaner, der den Wert der Familie über alles stellt, in der *Washington Post*.«

»Ein verheirateter Mann zum Beispiel?« Ich konnte es mir kaum vorstellen, aber ich merkte, daß Nigels Instinkte für eine Story wach geworden waren. Er hörte auf, mit dem Finger die Eiswürfel in seinem Glas umzurühren, und sah mich eindringlich an. »Michael war immer sehr auf seine Arbeit konzentriert. Die meisten seiner Freunde hatten etwas mit Museen oder Kunstgeschichte zu tun. Und er verabscheute die Politik, er konnte nicht einmal viel mit der Schwulenbewegung anfangen. Aber selbst wenn es etwas in Michaels Vergangenheit gab, was zu dem Mord geführt hat, dann erklärt das noch lange nicht den Überfall auf mich. Oder die gelöschten und manipulierten Computerdateien.« Ich schnupperte an dem gemischten Salat mit Knoblauch. »Ich habe das Gefühl, daß mehr als nur eine Person im Dunkeln herumschleicht und nach etwas sucht, was Michael im Verlauf seiner Recherchen herausgefunden haben könnte. Aber ich habe nicht die Möglichkeit, das zu beweisen.«

»Erzähl mir alles«, forderte Nigel mich auf.

Als ich ihn aufs laufende gebracht hatte, waren wir bei *Capellini* mit Krabben, frischen Pilzen und noch mehr Knoblauch angelangt.

»Ich kann mir vorstellen, daß dir eine Frau die Tasche gestohlen hat, aber ich kann mir nicht vorstellen, daß eine Frau einen Mann von Michaels Größe mit einem Stilett oder Eisspieß ersticht. Es ist einfach zu riskant.«

Wir waren fertig mit dem Essen, und der Kellner räumte die Teller ab und stellte dampfende Espressotassen und kleine Grappagläser auf den Tisch. »Ich wünschte, ich wüßte mehr über Klaus und das, was er gemacht hat, bevor er nach San Francisco kam«, sagte ich. Ich spielte mit einem kleinen Stück Zitronenschale und ließ es in die Espressotasse fallen. »Alle biographischen Quellen erwähnen, daß er nach dem Kriegsdienst sein Studium in Wien beendet hat und dann nach Italien ging, um sich weiterzubilden, aber über die Kriegsjahre gibt es keine Informationen. Und seine Frau sah mich an, als wäre sie einem Gespenst begegnet, als ich sie fragte, wo er sich in der fraglichen Zeit aufgehalten hat.«

»Ich denke«, sagte Nigel leise, »wenn es um einen Museumsdirektor geht, dessen Verbleib während des Krieges unklar ist und der in Wien gelebt hat, um ein Gemälde, das ehemals einem privaten Wiener Sammler gehörte, und um ein anderes, das im Louvre gelandet ist und möglicherweise vorher in einer Salzmine gelegen hat, und um einen Kurator, der aus Paris zurückkam und sich benahm, als wären ihm alle Höllenhunde auf den Fersen, dann findet man am ehesten die Antworten in Wien oder Paris.«

»Wien!« Ich stellte meine Tasse so abrupt ab, daß ein paar Tropfen von dem schwarzen Kaffee überschwappten.

»Warum nicht? Es ist bald Thanksgiving. Die Flugtickets sind im Augenblick nicht allzu teuer, und du hast dich darüber beklagt, daß Lisa andere Pläne hat. Das Museum bezahlt dir gutes Geld dafür, daß du diese Recherchen beendest.« Für Nigel, der ständig in der Weltgeschichte herumgondelte, war ein kurzer Sprung von San Francisco nach Wien Alltag.

»Aber mit dem Geld will ich Lisa unterstützen und meine Reise nach Paris im nächsten Sommer finanzieren. Ich möchte es nicht für eine verrückte Reise um den halben Erdball ausgeben, die mir höchstwahrscheinlich keine nützlichen Erkenntnisse einbringen wird. Immerhin hat Michael ziemlich viel Zeit in Europa verbracht, um Nachforschungen anzustellen und mit Museumsleuten über die Gemälde zu sprechen.«

»Da war Michael noch am Leben, und er hat entweder andere Fragen gestellt, oder jemand hat dafür gesorgt, daß die Antworten, die er erhalten hat, verschwinden. Warum sagst du Klaus Burger nicht klipp und klar, daß du die Arbeit an dem Katalog nicht fertigstellen kannst, ohne nach Paris und Wien zu fahren, und daß du das Museum deshalb bitten mußt, dir das Flugticket zu bezahlen?«

Diese Logik raubte mir den Atem, obwohl mir die Möglichkeit, daß Klaus mir die Kosten für eine Europareise erstatten würde, ebenso undenkbar erschien wie die, daß ich Michael wieder zum Leben erwecken konnte.

»Jedenfalls«, fuhr Nigel fort, während ich ihn fassungslos anstarrte, »habe ich einen Freund in Wien, einen französischen Journalisten, der für ein Buch über die Beziehungen zwischen den österreichischen und deutschen

Armeen während des Krieges recherchiert. Er könnte dir möglicherweise helfen.«

An diesem Punkt der Unterhaltung wußte ich, daß Nigel recht hatte, daß ich Napoleons Spur nach Wien verfolgen und darauf hoffen mußte, dort Antworten auf Fragen zu finden, die mich mit jedem Tag mehr beschäftigten.

Während Nigel die Rechnung bezahlte, kämpfte ich mit einer neuen Erkenntnis. Zum erstenmal kam mir in vollem Umfang zu Bewußtsein, daß die Fertigstellung von Michaels Arbeit mehr geworden war als nur eine Art Huldigung an das, was ihm am meisten am Herzen gelegen hatte. Plötzlich war es mir gleichgültig, was aus dem Katalog oder der Ausstellung wurde. Ich wußte nur, daß ich nicht eher ruhen würde, bis der Mord an Michael restlos aufgeklärt war.

KAPITEL VIERZEHN

Eine knappe Woche war seit dem Abendessen mit Nigel vergangen. Er hatte drei Tage bei mir verbracht, hatte die meiste Zeit im Archiv des Asien-Instituts gesessen und war dann nach London geflogen. Es fehlte mir, ihn am Abend über den Laptop gebeugt am Eßtisch oder in meinem Lieblingssessel vorzufinden, wenn ich nach Hause kam. Fast immer stand ein halbvolles Glas Scotch mit Wasser in seiner Nähe und hinterließ feuchte Ringe auf Zeitungen und Taschenbüchern.

Solange der Globetrotter Nigel bei mir war, das Reisebüro anrief und einen Flug nach Wien für mich buchte, erschien mir das alles als die normalste Sache der Welt. Aber als ich die zusammengefalteten Tickets und Papiere in der Hand hielt und die Unmassen von Reisenden, die ihr Gepäck schleppten in der Lufthansa-Longe erblickte, fragte ich mich, ob ich eigentlich verrückt geworden war.

Ich hatte Nigels Rat beherzigt, nachdem er bei dem Dinner so großzügig mit dem Wein umgegangen war, und es so eingerichtet, daß ich Klaus eines Morgens vor Öffnung des Museums in einem der Ausstellungsräume direkt in die Arme lief.

»Ich fliege nächste Woche nach Wien«, sagte ich möglichst beiläufig und so, als würde ich so was jeden Monat machen. »Es gibt, was die David-Gemälde betrifft, immer noch ein paar Punkte, die vor der Ausstellung und der Drucklegung des Katalogs geklärt werden müssen. Und«, fügte ich im, wie ich hoffte, munteren Tonfall einer weltgewandten Wissenschaftlerin hinzu: »Ich brauche noch zusätzliches Material für mein Buch über Lilly Spender.

Ich dachte, ich könnte mich bei einem Zwischenstop auf dem Weg nach Hause ein bißchen im neuen Archiv des Marmatton Museums umschauen. Vielleicht wurden mittlerweile mehr der Dokumente katalogisiert, die Monets letzte Jahre erhellen.«

Klaus sah mich entsetzt an wie jemand, der auf unangenehme Art an einen längst vergessenen Namen aus seiner Vergangenheit erinnert wurde. »Mir scheint das ein fruchtloses Unterfangen zu sein«, erwiderte er kühl. »Immerhin hat Michael Monate in Europa verbracht, als er mit der Arbeit an der Ausstellung begann.« Das Wort »Monate« lastete mit dem Gewicht einer unausgesprochenen Bedeutung zwischen uns. Wenn Michael Monate gebraucht hatte, was konnte ich dann schon in ein paar Tagen erreichen? Ich sah, wie sich sein Gesicht vor Unmut verfinsterte, und wußte, daß ich von ihm keinerlei Unterstützung zu erwarten hatte. »Michael war sehr zufrieden mit dem Ergebnis seiner Recherchen«, setzte Klaus mit Nachdruck hinzu.

»Das weiß ich«, entgegnete ich ruhig. »Ich weiß auch, daß Michael sehr gründlich und gewissenhaft war ...«

»Sogar akribisch«, fiel mir Klaus ins Wort. »Sie könnten sich ein Beispiel an ihm nehmen und seine größere Erfahrung auf diesem Gebiet berücksichtigen.« Er funkelte mich böse an. Der legendäre europäische Charme hatte sich in Luft aufgelöst.

Entschlossen, meinen Standpunkt zu behaupten, brachte ich das Wesentliche zur Sprache. »Es deutet alles darauf hin, daß Davids *Napoleon in seinem Arbeitszimmer* zu den Werken gehörte, die die Nazis während der Kriegsjahre beschlagnahmt haben und in Altaussee versteckt hielten. In Michaels Notizen findet sich keine Anmerkung dazu, wo sich das Bild vor 1945 befunden hat, aber im Louvre ist die Wahrheit sicherlich bekannt. Und ich habe Grund zu der Annahme, daß uns die Geschichte des Gemäldes auf die Spur von Michaels Mörder führt.«

Ich bereute diese Worte, sobald ich sie ausgesprochen hatte, aber es war zu spät. Die Zornesröte schoß Klaus ins Gesicht. Er versuchte nicht einmal, vor mir zu verbergen, daß er um Selbstbeherrschung ringen mußte.

»Dieses David-Gemälde ist seit 1945 im Besitz des Louvre«, sagte er mit erhobener Stimme. »Seine Authentizität steht außer Frage. Und wenn Michael irgendwelche schwerwiegende Zweifel an Herkunft oder Echtheit des Bildes gehegt hätte, dann hätte er mit mir darüber gesprochen. Ich habe Sie eingestellt, damit Sie Michaels Arbeit an dem Katalog vervollständigen« – die Betonung lag auf Michaels Namen –, »nicht damit Sie sich in der Weltgeschichte herumtreiben und eine blödsinnige Nazi-Jagd veranstalten.«

Er drehte sich um und marschierte zu dem uniformierten Museumswärter, der am Eingang zu den Ausstellungsräumen stand. »Wir brauchen genaue Zahlen – die Besucher dieser Räume müssen jeden Tag genau gezählt werden.« Die Worte dröhnten drohend von den kahlen Wänden wider; es war, als wäre ich plötzlich unsichtbar geworden. Aber wenn er darauf spekulierte, daß ich mich aus dem Staub machen würde, solange er anderweitig beschäftigt war, hatte er sich getäuscht.

»Sie waren während des Krieges noch nicht einmal auf der Welt«, klagte er mich an, als er mit steifen Schritten wieder auf mich zukam. Auch diese Bemerkung ist ein Fehler, dachte ich und rührte mich nicht vom Fleck. »Und zweifellos haben Sie Ihr Wissen aus dieser Zeit nur von Hollywood-Filmen. Wie all Ihre Landsleute haben Sie den Krieg zu einem Hollywood-Epos romantisiert.«

»Ich wurde angestellt, um Recherchen zu betreiben, und genau das habe ich auch vor. Ich werde diese Aufgabe so gut erledigen, wie es meine Fähigkeiten und meine Ausbildung zulassen.« Wir starrten uns an, und ich sah den glühenden Ärger in seinen Augen. Dahinter entdeckte ich noch etwas … Angst? Ehe ich mir sicher sein konnte, zuckte er mit den Achseln und wandte sich ab. Doch fast noch in derselben Sekunde schwang er wieder zu mir herum. »Sie können in Ihrer Freizeit tun und lassen, was Sie wollen, aber unterstehen Sie sich, das Museum *in irgendeiner Weise* in Ihre Tätigkeiten hineinzuziehen. Sie sind keine ständige Mitarbeiterin. Manchmal wünschte ich, ich hätte nicht gezögert und die ganze Sache abgeblasen, wie Patrick vorgeschlagen hat.«

»Warum haben Sie es nicht getan?«

»Das verstehen Sie nicht!« Die Wut drohte endgültig die Oberhand zu gewinnen. »Das Museum *braucht* diese Ausstellung. Ohne sie werden wir niemals die internationale Aufmerksamkeit auf uns ziehen, die wir erlangen müssen, wenn wir unsere Ziele erreichen wollen. Das Museum würde sich weitere hundert Jahre im alten Trott dahinschleppen. Als provinzielle Hinterwäldler-Sehenswürdigkeit. Wie der Rest von San Francisco!« Er schnippte mit den Fingern. »Nur Postkartenansichten ohne jede Substanz. Keine Glaubwürdigkeit für den Rest der Welt.«

Ich verkniff mir eine Erwiderung. Es schien gar keinen Zweck zu haben, ihn um die finanzielle Unterstützung des Museums für die Reise anzugehen. Plötzlich kam mir das Gespräch mit Nigel wie eine Version der romantischen Phantasien vor, die Klaus mir unterstellt hatte.

Als ich mir in der unpersönlichen Abflughalle die Szene mit Klaus wieder ins Gedächtnis rief, kam mir in den Sinn, daß die Erwähnung der Kriegsjahre und der Hinweis auf die Möglichkeit, das Bild könnte von den Nazis beschlagnahmt worden sein, Klaus so aus der Fassung gebracht hatten. Während ich einen grauhaarigen Mann beobachtete, der seine Gepäckstücke, die um seine Füße verstreut waren, immer wieder durchzählte, dachte ich, Klaus hätte mir ja auch von sich aus erzählen können, welche Folgen der österreichische Anschluß an Deutschland auf die Wiener Kunstsammlungen gehabt hatte. Und auf Wiener Sammler. Jacob Rosenmeier war Jude gewesen. Und trotz

Klaus' Dementi mußte er, als großer Kunstsammler in den zwanziger und dreißiger Jahren bei Museen und Galerien bekannt gewesen sein. Wieso hatte mir Klaus nichts über die Zeit gesagt?

Die Frau, die neben mir im Flugzeug nach Wien saß, wollte mir alles über ihre Enkelkinder erzählen. Ich bewunderte ein paar Fotos und war dankbar, daß mich noch nicht dasselbe Schicksal wie sie ereilt hatte. Ein gelegentlicher Babysitter zu werden und eine Beziehung mit Feiertagsbesuchen und Ferngesprächen zu führen mochte vielleicht eine ganz hübsche Vorstellung sein, aber ich hoffte doch, daß sich Lisa noch einiges vorgenommen hatten, bevor sie sich endgültig niederließ. Ein paar Minuten meines begeisterten Geplauders über die Vorzüge der Brown University erschöpfte meine Reisegefährtin. Schweigen senkte sich über uns, sobald ich einen Margaret Atwood-Roman aus der Tasche zog und es mir damit gemütlich machte, um auf den Wagen mit den Getränken zu warten.

Es war Jahre her, seit ich in Wien gewesen war. Ich erinnerte mich an den Sommer, den ich im Jahr meines Abschlusses dort verbracht hatte, an das verzweifelte Büffeln für den Deutschkurs, der als Ersatz diente für die Prüfung, durch die ich in New York gerasselt war. Ich erinnerte mich auch an Barockkirchen, die aussahen wie Zuckerbäckerei mit Bergen von geschlagener Sahne, an extravagante Rokokko-Paläste und an Trambahnen, die vollgestopft waren mit Frauen in Trachtenkostümen und Filzhüten. Nie konnte ich die Menschen mit der Architektur oder dem Essen dort in Einklang bringen.

Was ich aus der Luft sah, als der Airbus eine Warteschleife fliegen mußte, ließ darauf schließen, daß sich in den letzten Jahren nicht viel geändert hatte. Die Kirchen waren noch da, auch die Trambahnen. Die Landschaft darum herum hatte sich in Dunst gehüllt. Ich war noch immer müde, und der Anblick der freudigen Abholer, die hinter den Glastüren der Ankunftshalle standen und winkten, heiterte mich auch nicht auf. Ich war zu erschöpft, um mich mit den Fahrplänen für den preiswerten Bus- und Bahn-Service zu befassen, und entschied mich deshalb für ein ziemlich teures Taxi.

Vor meiner Abreise aus San Francisco hatte ich einen Kollegen in New York angerufen und ihn gebeten, mir einen Kunsthistoriker in Wien zu nennen, der auf die französische Malerei des achtzehnten Jahrhunderts spezialisiert war. Als das Taxi das Flughafengelände hinter sich ließ und nach Norden in Richtung botanischer Garten fuhr, holte ich mein Notizbuch hervor. Françoise Brocard, las ich, Schweizerin und ehemals Forscherin am Louvre in Paris. Jetzt war sie im Kuratorium des Kunsthistorischen Museums. Ich würde sie vom Hotel aus anrufen.

Als ich mein Gepäck in dem winzigen Zimmer des Hotels, das sich fast neben der Karlskirche befand, abstellte und erfreut das dicke Daunenplumeau auf dem Bett betrachtete, merkte ich, daß ein Frühstück überfällig war. Es war kurz vor zehn, als ich mich in ein kleines Kaffeehaus in der Innenstadt setzte.

Das Café sah aus wie hundert andere in Wien. Der runde Marmortisch bot kaum genug Platz für die Schale mit Schlagobers, der zu dem schwarzen, starken Kaffee in den dicken Porzellantassen mit dunkelblauem Monogramm des Hausherrn serviert wurde. Dazu gab es runde, krosse Brötchen. Ich trank rundum zufrieden meinen Wiener Kaffee und nahm die Passanten, die an dem großen Fenster vorbeihasteten, kaum wahr. San Francisco, das Museum, Michaels Tod – das alles schien unendlich weit weg zu sein und verschwamm im sanften europäischen Licht.

Ich bestellte noch einen Kaffee, dann stieg ich vorsichtig die steile, gewundene Treppe zu den Toiletten und den Telefonen hinunter. Nachdem ich die mir fremden Münzen sortiert hatte, tätigte ich zwei Anrufe. Zuerst sprach ich mit Nigels Freund Pierre Jouffroy.

»Ah ja«, meldete er sich erfreut. »Nigel hat mir gesagt, daß Sie in dieser Woche nach Wien kommen. Sie rufen gerade rechtzeitig an – ich wollte im Moment die Wohnung verlassen und ins Heeresgeschichtliche Museum gehen.«

»Tut mir leid, ich habe nicht verstanden«, sagte ich. Mein Deutsch war ein wenig eingerostet.

»Ins *Museum of Military Historie*. In der Nähe des Schweizer Garten. Wissen Sie, wo der Südbahnhof ist?«

Ich spielte mit den Münzen, die ich ordentlich auf dem Telefonapparat aufgestapelt hatte, und versuchte, mir die Geographie der Stadt ins Gedächtnis zu rufen. »Ich denke schon. Ich wollte Sie nicht von Ihrer Arbeit in den Archiven abhalten, aber Nigel meinte, Sie könnten mir einige Informationen geben, die mir bei meinen Recherchen weiterhelfen. Ich weiß nicht, wieviel er Ihnen erzählt hat, aber ich versuche der Geschichte eines Gemäldes nachzuspüren, das 1945 im Louvre aufgetaucht ist. Und ich könnte mir vorstellen, daß es sich unter den Kunstgegenständen befand, die nach dem Krieg in Altaussee entdeckt wurden.«

»Kriegsbeute«, sagte er ein wenig ungeduldig, als wäre Kunst nur eine Ablenkung von den wirklich wichtigen historischen Abläufen. »Erstaunlich, daß immer noch solche Dinge plötzlich irgendwo auftauchen. Hat Nigel Ihnen von meinem Projekt erzählt? Es hat nicht das geringste mit Kunst zu tun.«

In dem engen Flur hinter mir, der zu den Toiletten führte, zündete sich ein junger Mann eine Zigarette an. Beißender Qualm umwehte mich und stieg mir in die Nase. »Ich brauche außerdem noch Informationen über einen in Österreich gebürtigen Kunsthistoriker, der jetzt in San Francisco arbeitet. Es ist möglich, daß er mehr über dieses Bild weiß, als er preisgibt.« Ich holte tief Luft.

Meine Geschichte klang in einer fremden Sprache noch weniger überzeugend.

»Ah, das ist mehr mein Fall. Mein Buch befaßt sich mit heutigen österreichischen Beamten und Regierungsangestellten, die sich über die Kriegsjahre ausschweigen und vertuschen, was sie selbst in dieser Zeit gemacht haben. Nach dem Anschluß kam das österreichische Heer unter deutsches Kommando, und junge Österreicher wurden zur deutschen Wehrmacht eingezogen. Können Sie einen Moment warten, bitte?«

Ich lauschte dem Redeschwall im Hintergrund und beäugte skeptisch meinen immer kleiner werdenden Stapel Münzen. »Entschuldigung«, sagte Pierre in den Hörer, »die Concierge hat mir nur gerade ein paar Nachrichten überbracht. Wenn Sie mir sagen können, wer genau diese Person ist, über die Sie mehr erfahren möchten, sehe ich in meinen Akten nach. Vielleicht können wir uns später treffen. Wenn es Ihnen nichts ausmacht, zum Museum oder in die Nähe zu kommen, kann ich meine Disketten und den Laptop mitbringen.«

»Das wäre wunderbar.«

Er lachte. »Ich schulde Nigel einen Gefallen.«

Und jetzte schulde ich ihm einen, dachte ich, als mir plötzlich klarwurde, daß der Zugang zu Pierres Dateien, die mir Nigel als so umfangreich beschrieben hatte, daß sie unter anderen Journalisten aus aller Welt als legendär und unerschöpflich galten, eine ungeheure Gelegenheit für mich war. Pierre schien Nigel wirklich zu mögen; er sprach seinen Namen in einem sanfteren Ton aus.

»Wahrscheinlich schulde ich Nigel viele Gefallen«, fuhr er fort. »Wir waren zusammen in Vietnam während des Krieges. Er hat für mich das, was bei Einsatzbesprechungen gesagt wurde, übersetzt. Das Problem war nicht so sehr das Englisch, sondern viel eher das, wie soll ich es ausdrücken, das Pentagon-Chinesisch.«

»Sie meinen Euphemismen wie ›friendly fire‹ stehen

noch nicht wie *le picnic* und *le weekend* im französischen Lexikon?«

»*Quel dommage!* Diderot würde in seinem Grab rotieren.«

Plötzlich war ich bereit, neue Herausforderungen anzunehmen. Pierre legte auf, nachdem er mir den Weg zu dem Kaffeehaus in der Nähe des Archivs beschrieben hatte, in dem er arbeitete.

Als nächstes wählte ich die Nummer des Kunstistorischen Museums und wurde zügig zur Abteilung für Gemälde durchgestellt. Madame Brocard kam an den Apparat und überschüttete mich mit einem atemlosen Redeschwall. Ich hatte die größte Mühe, ihr zu folgen, überhörte dabei ganze Sätze, und dennoch beruhigte mich die Warmherzigkeit, mit der sie mir kondolierte. Sie sei *desolée* gewesen, als sie von Michaels Tod erfahren hatte, versicherte sie mir. Ein so junger und brillanter Mann. Ich erklärte ihr, daß ich den Katalog für Michael fertigstellte – während des Fluges hatte ich den Entschluß gefaßt, das Museum nur dann zu erwähnen, wenn es mir absolut notwendig erschien – und daß ich hoffte, sie würde mir einige Hinweise geben, die mir bei den Recherchen über Davids *Portrait von Napoleon in seinem Arbeitszimmer* auf die Sprünge helfen könnten. Sie beteuerte mir, daß sie ganz zu meiner Verfügung stünde; wir verabredeten uns für zwei Uhr, dann war das Gespräch beendet.

Ich ging wieder hinauf und bestellte ein Omelette. Das Café füllte sich. Frauen mittleren Alters zogen ihre Wollmäntel aus, stellten die prall gefüllten Einkaufstüten ab und ließen sich erleichtert auf den Stühlen nieder. Die jüngeren Kaffeehausbesucher trugen übergroße Motorradjacken und dicke Stiefel aus Leder. Fast alle rauchten; Stimmengemurmel erhob sich in dem blauen Dunst und wurde vom Klappern des Geschirrs und Bestecks untermalt. Mein Omelette war locker und mit frischen Kräutern gewürzt, der dazugehörige Salat mit geriebenem Rettich gemischt. Ich trank ein Glas herben Weißwein und schwelgte in Nostalgie.

Nachdem ich mich auf diese angenehme Weise gestärkt hatte, beschloß ich, zu Fuß zum Kunsthistorischen Museum zu gehen. Der Himmel hatte sich bezogen. Ich schlenderte über die vom Herbstlaub bronze gefärbten Bürgersteige und bewunderte die großen dunklen Kastanienbäume vor den monumentalen Gebäuden. Ich kam an gepflegten Gärten und kleinen Parks vorbei, die sich wie eine gewundene grüne Zone durch die Innenstadt zogen. Das waren die Oasen, in denen ich vor Jahren im Sommer mit meinen Deutschbüchern Zuflucht gesucht hatte. Damals mußte ich endlose Deklinationen und unregelmäßige Verben auswendig lernen, und nach dem Nachmittagsunterricht ging ich mit anderen Auslandsstudenten in die Parks, in denen kleine Kinder spielten und müde Mütter über ihnen wachten. An den Abenden machten wir Ausflüge in den Wienerwald und in die Weindörfer, besuchten Open-Air-Konzerte und unternahmen Bootsfahrten auf der Donau.

Als ich das kupferne Kuppeldach des Kunsthistorischen Museums am Maria-Theresia-Platz sah, kam ich wieder in die Gegenwart zurück. Ich betrat das Gebäude, stieg die große Treppe zur Hauptgalerie hinauf und blieb hin und wieder stehen, um das riesige Fresko *Apotheose der Renaissance* an der Decke zu betrachten. Eine Stunde wanderte ich durch die Bildergalerien im ersten Stock und staunte über den erlesenen Geschmack der Habsburger und ihre Vorliebe für holländische Malerei. Mein Weg durch die Räume führte mich unweigerlich zu den Breughels. Endlich stand ich vor den bezaubernden Winterlandschaften und überließ mich den magischen Kräften der Bilder, die mich durch einen Zeittunnel in eine andere Welt entführten.

Mit Mühe riß ich mich von den Gemälden los und fand schließlich, nachdem ich einige Male in einen falschen

Korridor gebogen war, den Flügel mit den Büros der Museumsangestellten. Ich mußte noch eine Treppe hinaufgehen, die dunkler und bescheidener war als der Hauptaufgang, dann stand ich vor einer dicken Holztür. Als ich über die Schwelle trat, hatte ich das Gefühl, vom siebzehnten Jahrhundert direkt ins zwanzigste überzuwechseln. Ein Teppichboden dämpfte die Schritte, und die schweren Vorhänge, die halb vor die hohen Bogenfenster gezogen waren, reduzierten das Tageslicht. Diese Beleuchtung war ideal, um Kunstwerke auszustellen. Ich warf einen Blick auf die Auswahl der Landschaften – italienische möglicherweise – und nannte der Empfangsdame meinen Namen.

Auf der anderen Seite des Raums schwang kraftvoll eine Tür auf. Ich wußte sofort, daß nur die Frau, mit der ich vorhin am Telefon gesprochen hatte, so energisch sein konnte. Alles an Madame Brocard, vom schwarzen, streng zurückgekämmten und in einem straffen Knoten zusammengefaßten Haar bis zu den langen, dünnen Händen, die sie mir entgegenstreckte, als ich auf sie zuging, strahlte Tatkraft aus, die sie nur mühsam im Zaum halten konnte.

»Wir alle sind so erschüttert«, sagte sie und umklammerte meine Hände mit ihren, »besonders meine Kollegen in Paris. Wir haben Michael *verehrt.*« Geschickt aufgelegtes Make-up unterstrich die porzellanartige Färbung ihres ovalen Gesichts. Françoise Brocard trug ein perfekt sitzendes schwarzes Wollkostüm und besaß die Eleganz der französischen Frauen eines gewissen Alters, die Normalsterbliche wie mich daneben verwelken ließen.

Worte perlten in stetigem Strom über ihre Lippen, als sie mich zu einem Büro führte. »Ehrlich, meine Liebe«, sagte Madame Brocard, »ich bin *enchantée*, jemanden vom San Francisco Museum kennenzulernen.« Ich beschloß, sie lieber nicht über meinen fragwürdigen Status in dieser Institution ins Bild zu setzen. Falls sie mein Zögern bemerkte, ließ sie sich jedenfalls nichts anmerken. »Ich war sehr besorgt und habe mich oft gefragt, was jetzt aus Michaels Ausstellung wird«, fuhr sie fort. »Wußten Sie, daß ich ihm bei den Verhandlungen wegen der Ausleihe des Napoleon-Gemäldes geholfen habe, bevor ich den Louvre verließ, um hier zu arbeiten?«

»Nein.« Es war mir peinlich, das eingestehen zu müssen. Ich setzte sie in aller Kürze in Kenntnis, wie weit die Arbeit an dem Katalog gediehen war.

»Sagen Sie mir«, forderte sie mich auf und musterte mein Gesicht mit nervtötender Konzentration, »warum hat die Polizei noch nicht herausgefunden, wer Michael umgebracht hat?«

»Sie scheinen bisher noch kein Motiv für den Mord gefunden zu haben. Kein Mensch weiß, wieso Michael ermordet wurde, und bisher sieht es so aus, daß zur fraglichen Zeit nur Mitarbeiter des Museums und ein oder zwei Förderer Zugang zu seinem Büro hatten – es sei denn natürlich, jemand konnte sich ungesehen am Sicherheitspersonal vorbeischleichen. Niemand hat angeblich etwas Verdächtiges gesehen.«

Madame Brocard zuckte mit den Schultern. »Morde werden aus Liebe oder des Geldes wegen begangen.«

»Genau das ist das Problem«, sagte ich. »Liebe und Geld schienen in letzter Zeit in Michaels Leben keine große Rolle gespielt zu haben. Er war nicht verliebt und hatte, soweit ich weiß, keine finanziellen Schwierigkeiten. Sein Gehalt hätte vielleicht nicht eine große Familie ernährt, aber für einen einzelnen Mann war es sicherlich ausreichend.«

»Die Museumswelt ist eigenartig.« Madame Brocard rückte ihren Stuhl so zurecht, daß wir beide schräg zum Schreibtisch saßen. Unsere Knie berührten sich beinahe. Ihre Beine steckten in hauchdünnen schwarzen Strümpfen, die für den kalifornischen Lebensstil gänzlich ungeeignet gewesen wären.

»Ich kenne diese Museumswelt sehr gut«, erklärte sie

mit erhobener Stimme. »Ich habe fast fünfzehn Jahre in Nationalmuseen in Paris gearbeitet, ehe ich die Einladung nach Wien angenommen und mich bereit erklärt habe, die Katalogisierung der französischen Gemälde aus dem achtzehnten Jahrhundert vorzunehmen. Es ist keine große Sammlung, aber es sind einige erlesene Stücke dabei. Ich muß sie Ihnen später zeigen.« Sie schüttelte den Kopf, und für einen Moment wirkte sie sehr nachdenklich, dann musterte sie wieder mein Gesicht mit scharfem Blick. »Wenn etwas so Schlimmes in dieser Welt passiert, dann meistens nur, weil jemand zu gierig geworden ist.«

»Was meinen Sie damit?«

»Michael war ein wahrer Gelehrter und Wissenschaftler, und deswegen haben wir ihn alle geliebt. Aber die Welt, in der er arbeitete, ist voll von blasierten Menschen mit übertriebenem Ehrgeiz. In der Geschichte der Künste spielen machtvolle Eigeninteressen die Hauptrolle – angefangen von den Medicis bis zu den Königen von Frankreich hatten alle nur ihr eigenes Wohl im Sinn. Nicht wahr?«

»Ja, natürlich. Aber Michaels Ausstellung hat keine Mächtigen im Museum bedroht.«

»Ah, das können Sie nie mit Sicherheit sagen, meine Liebe.« Sie tippte mit einem dünnen, goldberingten Finger auf mein Knie. »Wie gut kennen Sie zum Beispiel Ihren Direktor – Michaels Boß, wie Sie in Amerika sagen würden? Den großen Klaus Burger?«

Ich war überrascht über ihren frostigen Ton. Bis zu diesem Punkt hatte sie nur Interesse an Michael und seiner Arbeit gezeigt, »Na ja«, begann ich zögerlich. »Ich kann nicht behaupten, daß ich ihn gut kenne. Seine Ambitionen für das Museum in San Francisco haben viele Debatten in der Stadt ausgelöst, aber gerade wegen dieser Ambitionen kommt es mir eher unwahrscheinlich vor, daß er einen Mord an der einzigen Person begehen würde, die ihm und seiner Institution wirklich zu internationalem Ruf hätte verhelfen können. Ich kann mir ganz bestimmt nicht vorstellen, daß Klaus selbst stundenlang in der Bibliothek brütet, um eine Ausstellung solchen Ausmaßes zusammenzustellen. Er brauchte jemanden wie Michael.«

Ich verstummte, um darüber nachzudenken, was ich gerade gesagt hatte, und überlegte, wieso ich rationale Argumente zu Klaus' Verteidigung hervorbrachte, für einen Mann, der meiner Ansicht nach nichts getan hatte, um Fürsprecher zu verdienen.

»Eines müssen Sie wissen«, sagte Madame Brocard entschieden. »Als Klaus stellvertretender Direktor in der Albertina war, kursierten eine Menge Gerüchte über Zeichnungen und Sammlungen von Zeichnungen, die auf den offenen Markt kommen sollten, aber irgendwie landeten gerade diese Werke immer in der Albertina, bevor sie bei einer Auktion angeboten wurden.«

»Aber«, wandte ich ein, »die Museen aus aller Welt wetteifern um den Besitz weniger Werke alter Meister. Bestimmt ist es nichs Ungewöhnliches, wenn Kuratoren und Museumsdirektoren mit den Besitzern direkt handelseinig werden und die Bilder gar nicht erst zu einer Versteigerung kommen lassen.«

»Selbstverständlich nicht. Das Seltsame in diesem Fall war nur, daß fast alle in Frage kommenden Werke aus österreichischen Sammlungen stammten, die während des Krieges verschollen waren und erst Jahre später wieder zum Vorschein kamen.«

»Wollen Sie damit andeuten, daß Klaus möglicherweise über den Verbleib der Kunstgegenstände, die im Krieg verschwunden sind, Bescheid wußte? Daß er später dieses Wissen zu seinem Vorteil genutzt hat?« Dieser Gedanke schien mir weit hergeholt, obwohl der Verdacht, den ich selbst gegen Klaus Burger hegte, nicht weniger unglaublich war.

»Ich weiß es nicht.« Madame Bocard zuckte mit den Schultern und faltete die Hände auf dem Schoß. »Klaus Burger war im Zweiten Weltkrieg noch sehr jung. Soviel ich weiß, studierte er damals. Niemand weiß, woher er seine Kenntnisse bezogen hat, aber es kam vielen – nicht nur mir – so vor, als hätte er Informationen, die anderen in der Branche gänzlich unbekannt waren.«

»Sie mögen ihn nicht, oder?«

Ich fürchtete, daß ich ihr mit dieser Frage zu nahe trat, aber nach einem langen nachdenklichen Blick erwiderte sie schlicht: »Nein, wenn auch nicht nur aus dem Grund, über den wir gerade sprechen. Es gibt noch heute viele Menschen in Europa, die es vorziehen, über das Vergangene Stillschweigen zu bewahren. Und beileibe nicht alle haben Anlaß, etwas zu vertuschen.« Sie hob abwehrend eine Hand, als ich etwas einwerfen wollte. »Nein, was ich an Klaus in Wahrheit nicht mag, ist, daß er glaubt, die Frauen würden nur zu seinem Vergnügen existieren. Um seine Wünsche zu erfüllen und ihm zu dienen, wenn Sie so wollen.« Sie schürzte die Lippen und dachte einen Augenblick nach. »Nein, auch das ist nicht ganz richtig«, bekannte sie schließlich. »Das Problem ist, daß er von Frauen nur nimmt, aber ihnen nichts gibt.«

Eine Weile herrschte Schweigen. Zum erstenmal seit ich hier saß, schien Madame Brocard nach den passenden Worten zu suchen. Ich trank den Rest meines Kaffees aus, als sie sagte: »Ihre unerwartete Ankunft in Wien ist eigenartig, wissen Sie.«

»Eigenartig?«

»Ich habe seit Monaten nicht mehr an Klaus Burger gedacht, genaugenommen nicht mehr, seit mich Michael vor einem Jahr in Paris besucht hat. Aber« sie senkte vertraulich die Stimme –, »erst gestern mußte ich wie aus heiterem Himmel an den Tag denken, an dem er uns eröffnete, daß er ein Angebot aus San Francisco angenommen hat. ›Eine Pionierarbeit‹, nannte er es, und ich fragte mich, warum er das alte, angenehme Wien gegen den amerikanischen Westen eintauschte.« Ihre Stimme nahm wieder den normalen energischen Ton an, und sie richtete sich auf ihrem Stuhl auf. »Aber wer weiß schon, warum ein anderer diese oder jene Entscheidung trifft?«

»Ich bin eigentlich hier, um Ihnen ein paar Fragen über das Napoleon-Portrait aus dem Louvre zu stellen«, sagte ich und widmete meine Aufmerksamkeit wieder Michaels Nachforschungen. »Können Sie mir sagen, ob das Bild tatsächlich von Altaussee in den Louvre kam?«

»Hundertprozentig. Es wurde dem Louvre 1945 übergeben, als auch andere Werke, die von der amerikanischen Kommission aufgefunden worden waren, an alte oder neue Besitzer gingen. Es war eines von mehreren Gemälden aus einer Privatsammlung, die Hermann Göring beschlagnahmt hatte. Nach dem Krieg war es unmöglich, ihre früheren Besitzer ausfindig zu machen, deshalb wurden die Bilder auf verschiedene große, öffentlich zugängliche Sammlungen aufgeteilt. Die französische Regierung war besonders erpicht darauf, *dieses* Gemälde in ihren Besitz zu bringen, da es für Frankreich von großer historischer Bedeutung ist.«

»Wissen Sie zufällig, wo das Bild vor dem Krieg war?« fragte ich, während ich mir notierte, was ich eben gehört hatte.

»Natürlich. Es war hier in Wien. In der Sammlung von Jacob und Anna Rosenmeier in der Landstraße.«

»Jacob und Anna Rosenmeier?« Ich starrte sie ungläubig an.

»Jacob Rosenmeier besaß vor dem Krieg eine der bedeutendsten Sammlungen in Wien. Das wußten Sie sicher, oder?«

Ich erklärte ihr, daß mich nicht der Name Rosenmeier in Erstaunen versetzte, sondern die Tatsache, daß ich ihn nirgendwo in Michaels Notizen oder Dateien gefunden hatte. »Zudem gehörte noch ein anderes David-Gemälde zur Rosenmeier-Sammlung, ein Bild, das sich jetzt in Privatbesitz in San Francisco befindet und ebenfalls in Michaels Ausstellung gezeigt wird. In meinen Augen sind das zu viele Übereinstimmungen – das kann kein Zufall sein. Und noch seltsamer kommt mir vor, daß Michael nicht auf diese Informationen gestoßen sein soll. Sie sind doch in den Akten des Louvre zu finden?«

»Ganz bestimmt. Und Michael hat einige Tage über diesen Akten gesessen.«

»Aber es steht absolut *nichts* davon in seinen Aufzeichnungen; er gibt lediglich das Datum an, an dem das Napoleon-Portrait als Neuanschaffung im Louvre aufgeführt wurde.« Und dann erzählte ich ihr von den fehlenden Computerdateien in San Francisco.

Ich beobachtete, wie sie während meines Berichts nachdenklich die Lippen schürzte. Sie machte einen sehr beunruhigten Eindruck. »Das ist unmöglich«, erklärte sie schließlich. »Natürlich wußte Michael von der Rosenmeier-Sammlung, und daß das Bild auf Umwegen von dort in den Louvre gekommen ist.« Ihre Stimme klang anders als vorher – so als würde sie eine Frage stellen.

Ich machte mir meine eigenen Gedanken. Ich kannte Michaels Liebe zum Detail und mußte daher annehmen, daß Madame Brocard recht hatte. Aber weshalb hatte Klaus die Rosenmeiers als unbedeutende Sammler abgetan? Konnte es wirklich reiner Zufall sein, daß Michael ausgerechnet die Dokumentation der beiden Bilder, die ursprünglich aus ein und derselben Privatsammlung stammten, nicht fertiggestellt hatte?

KAPITEL FÜNFZEHN

Ich ging den inneren Ring entlang, der das barocke Zentrum der Stadt umschließt, und war so in Gedanken, daß ich weder das Klingeln der Trambahn noch die anderen Fußgänger richtig wahrnahm. Meine erste Schlußfolgerung war, daß Klaus mehr über Michaels Recherchen und das Napoleon-Portrait gewußt haben mußte, als er zugab. Als Student der Kunstgeschichte im Wien der Nachkriegszeit, war er gewiß über die Werke informiert, die die amerikanische Kommission in den Verstecken der Nazis aufgefunden hatte. Immerhin hatte er, wenn auch unwillig, eingestanden, daß ihm die Rosenmeiers als Kunstsammler bekannt gewesen waren. Und er hatte jeden Versuch meinerseits abgeblockt, mehr über diese Jahre in Erfahrung zu bringen. Aber wieviel und was er sonst noch geheimhielt, wußte ich nicht.

Madame Brocards Bemerkungen hatten mir klargemacht, wie wenig ich über seine Vergangenheit wußte. Seine Ankunft in San Francisco war mit großem Presserummel begrüßt worden, aber die Journalisten hatten hauptsächlich seinen kosmopolitischen Hintergrund und seine internationalen Verbindungen gerühmt. Trotz seines Alters war in den Artikeln über ihn mehr von der Zukunft als von der Vergangenheit die Rede gewesen. Alles diente dazu, Zuversicht zu verbreiten, denn die Leser sahen Kalifornien immer noch als Tor zur »Welt von morgen« an, auch wenn dieses »Morgen« mit schwindelerregendem Tempo näherrückte und sich ganz anders gestaltete, als man es sich vorgestellt hatte.

An Klaus' Vorgänger dachte ich nur mit Widerwillen

zurück; zu seiner Zeit herrschte im Museum völliger Stillstand – die Ausstellungen hatten nie etwas Neues erbracht, die Anschaffungen bewegten sich im Mittelmaß, die Förderer waren gefangen zwischen Selbstzufriedenheit und Unsicherheit, weil ihnen bewußt war, daß ihre Institution kulturell gänzlich unbedeutend war. Daher war es keine große Überraschung, daß Klaus mit seiner Vitalität, seinem Weitblick und der verführerischen Baritonstimme wie ein strahlender Held willkommen geheißen wurde. Die Lokalzeitungen veröffentlichten Fotos von ihm in seinem Büro an den Schreibtisch gelehnt, eine Schlachtszene war hinter seinem Kopf zu sehen. Es gab auch noch andere Bilder. Eines zeigte seine junge Frau und die beiden Töchter in fotogenen Rüschenkleidchen und weißen Strümpfen, wie sie anmutig auf einem Sofa posierten. Auf einem anderen konnte man das Paar in Abendkleidung vor der Wiener Oper bewundern.

Es war nicht so, daß Klaus' frühere Ausstellungen in der Albertina bei diesen Lobeshymnen nicht beachtet und diskutiert worden waren. Man schrieb darüber, aber die vergangenen Leistungen dienten lediglich als Fußnote zu einer neu gewobenen Legende um San Franciscos glühende Sehnsucht, das Attribut »provinziell« endlich loszuwerden. Von Anfang an hatte Klaus offenbar unsere Schizophrenie, was die Kultur betraf, erkannt und verstanden, daß man sich nicht im klaren war, ob man sich dazu bekennen wollte oder nicht. Die Vokabel »Weltklasse« kam ihm in den ersten Monaten seiner Amtszeit immer häufiger über die Lippen.

Meine Gedanken beschäftigten sich auch mit Michael. Der Michael, den ich geglaubt hatte zu kennen – ein Ästhet und Wissenschaftler, der von der Liebe zur Kunst angetrieben wurde –, war augenscheinlich ein vielschichtigerer Charakter, als ich bereit war, mir einzugestehen. Jahrelang hatte ich mir eingeredet, in Michael einen Freund zu haben, dessen Verehrung für die Kunst nicht von Habgier und dem Kommerz der Museumswelt getrübt war. Oder von blindem Ehrgeiz und egoistischem Karrierestreben. Ich war immer der Überzeugung gewesen, daß Michael über all dem stand. Jetzt allerdings waren mir Zweifel gekommen. War der Streit zwischen Michael und Klaus entstanden, weil Michael den Namen Rosenmeier im Katalog des Louvre gefunden hatte? War Rosenmeier der Grund für die gelöschten Dateien? Ein unerfreulicher Verdacht brach sich Bahn. War es möglich, daß Michael Klaus erpreßt hatte?

Diese Überlegungen nahmen mich so gefangen, daß ich fast einen ganzen Block zu weit ging und die Straßenkreuzung übersah, die mir Pierre bei seiner Wegbeschreibung genannt hatte. Vor dem Hotel Imperial kehrte ich um und blieb einen Augenblick stehen, um die elegante Fassade zu betrachten, dann bog ich in die Straße ein, die zum Karlsplatz und seiner berühmten Barockkirche führte. Ich näherte mich dem Gebäude und sah das Spiegelbild der verzierten runden Säulen mit den spiralförmigen Friesen, auf denen Szenen aus dem Leben des heiligen Karl Borromäus, dem Schutzpatron des Hauses, auf der glatten Wasseroberfläche des Brunnens davor. Bis zu meiner Verabredung mit Pierre blieb mir noch eine halbe Stunde Zeit, und ich schlenderte durch das Kirchenschiff, um über göttliche Gerechtigkeit nachzudenken.

Das Café, das Pierre als Treffpunkt vorgechlagen hatte, befand sich in einer Seitenstraße etwa hundert Meter vom Platz entfernt. An einer Wand des L-förmigen Raums befanden sich Nischen mit hölzernen Bänken und Tischen, gegenüber war eine Bar mit kleineren Tischen davor. Es war noch zu früh für den Abendbetrieb, so wirkte die Bar beinahe verlassen. Eine Serviererin in Rüschenbluse und Dirndl nahm meine Bestellung auf und kam mit einem großen Glas Bier wieder. Schaum tropfte auf den Bierdeckel. Ich nahm eine Zeitung und überflog die Überschriften. Allmählich machte mir der Jetlag zu schaffen, und die fremdartigen Worte tanzten vor meinen Augen. Ich fragte mich, ob mein Deutsch oder Französisch noch für ein weiteres Gespräch reichte.

Pierre kam wenige Minuten später. Er wirkte gehetzt und schwang eine große lederne Aktentasche hin und her. Über seinem Arm lag ein zerknitterter Trenchcoat. Pierre war ziemlich groß für einen Franzosen, hatte eine schmale Adlernase und braunes, glattes Haar, das er in die fliehende Stirn gekämmt hatte. Am Kopf standen ein paar Büschel ab, als hätte er mit nervösen Fingern daran gezupft. Sein Gesicht war zu lang und schmal, um als gutaussehend durchzugehen, aber er machte einen ausgesprochen intelligenten Eindruck.

»Tut mir entsetzlich leid«, sagte er und streckte mir eine Hand hin. »Gerade als ich gehen wollte, brachten sie mir ein Buch, das ich schon seit Tagen suche.« Er setzte sich mir gegenüber an den Tisch in der Nische, rollte die aufgekrempelten Ärmel seines blauen Baumwollhemdes herunter und fingerte an den Manschetten herum, um die Knöpfe zuzumachen.

»Was haben Sie heute den ganzen Tag getrieben?« Er gab der Serviererin ein Zeichen, ihm dasselbe zu bringen, was ich hatte, indem er auf mein Glas deutete. »Was wäre Ihnen lieber – sollen wir französisch oder englisch sprechen? Mir macht beides und auch deutsch keine Schwierigkeiten.«

Ich seufzte, dachte an meine eigenen Mühen, Französisch und Deutsch zumindest so weit zu lernen, daß ich meine Recherchen in fremdsprachigen Archiven betreiben konnte, aber für eine intellektuelle Diskussion würde es wohl nicht reichen. »Englisch oder französisch«, erwiderte ich mutig und war erleichtert, als er sich für Englisch entschied.

Er nahm einen kleinen Computer aus der schwarzen Tasche und stellte Pappschachteln mit Disketten in ordentlichen Reihen auf den Tisch. »Ich kann hier drin nach jedem Namen suchen, den Sie mir nennen.«

»Das ist alles ein Buch?« erkundigte ich mich und sah die vielen Schachteln an, als ihm die Serviererin sein Bier brachte. Sie sagte etwas in breitem Wienerisch zu ihm. Es klang wie eine Beschwerde, aber die Schlüsselworte waren mir unverständlich.

»Sie macht mich darauf aufmerksam, daß an diesen Tischen bald das Abendessen serviert wird«, erklärte er auf meinen fragenden Blick hin. »Erstaunlich, was?« Er wedelte mit der Hand über die Schachteln. »Ich könnte mit dem Material, das auf den Disketten gespeichert ist, zehn Bücher schreiben. Früher habe ich in Paris an meinem Buch gearbeitet, aber jetzt ist ein Baby in der Wohnung. Und wir haben nur ein Schlafzimmer. Ich habe mich daran gewöhnt, mein Werk mit mir herumzuschleppen wie ein Kamel seine Last. Es gelang ihm, gleichzeitig zufrieden und scheu auszusehen. Die Falten in seinem Gesicht wurden weicher, wenn er redete, aber eine Hand fuhr unaufhörlich durch das Haar und kreierte immer neue abstehende Büschel. Er schüttelte eine Gitanes aus einem Päckchen und bot sie mir an.

Ich lehnte ab, und er steckte sich die Zigarette in den Mundwinkel, ehe er ein Streichholz anriß. »So«, sagte er und inhalierte den Rauch mit Genuß, »erzählen Sie mir mehr über Ihr Projekt.«

Ich brachte ihn auf den aktuellen Stand und erzählte ihm, was ich bei meinem Besuch im Kunsthistorischen Museum in Erfahrung gebracht hatte.

»Sie wissen ja«, sagte er, als ich geendet hatte, »daß sich meine Recherchen hier mit österreichischen Kollaborateuren und den späteren Versuchen, alles zu vertuschen, befassen. Um jeden Fall zu dokumentieren, mußte ich die Namen von unzähligen Personen sammeln, die zur selben Zeit am selben Ort gewesen waren.« Das lange Aschestück an der Zigarette, die er jetzt mit der hohlen Handfläche abschirmte, drohte herunterzufallen, und die Serviererin kam und stellte einen schweren Porzellanaschenbecher auf den Tisch.

»Nach dem Krieg«, fuhr Pierre fort, nachdem er die Asche endlich abgestreift hatte, »war die Lage in Österreich ganz anders als in Frankreich. Bei uns waren plötzlich alle heroische Mitglieder der Resistance und hatten täglich ihr Leben riskiert, um den Deutschen zu schaden. Tatsächlich wissen wir, daß die Besatzungsmacht in beiden Ländern von der stillschweigenden, wenn nicht gar offenen Kooperation vieler Leute abhängig war. Sowohl innerhalb als auch außerhalb von Vichy und der Nazi-Regierung.«

»Wie sind Sie darauf gekommen, dieses Buch anzufangen?« wollte ich wissen. Der Qualm, der sich hartnäckig in der Nische hielt, und der Jetlag verursachten mir leichte Schwindelgefühle.

»Ich hab' eine Story über einen hohen Beamten im NATO-Quartier in Paris geschrieben, einen Wiener Diplomaten, der jahrelang steif und fest behauptet hatte, er hätte die Kriegszeit in einem Büro in Graz verbracht. Nachdem der Artikel erschienen war, nahm ein Mann Kontakt zu mir auf und bot mir überzeugende Beweise dafür an, daß dieser Diplomat in Wirklichkeit die meiste Zeit Oberaufseher bei den Judentransporten von den Dörfern an der ungarischen Grenze in die Konzentrationslager gewesen war. Sie wissen, wie das ist.« Pierre zuckte mit den Achseln und drückte die Zigarette aus. »Eines führte zum anderen. Ich hatte Gelegenheit, nach Jerusalem zu fahren, um über ein Treffen von Golda Meir mit dem amerikanischen Vorsitzenden des Komitees der Sowjetjuden zu berichten. Während meines Aufenthaltes dort führte man mich in die Yad Vashem-Bibliothek und zu den Archiven der *Jerusalem Post*. Und nach und nach entdeckte ich immer mehr Widersprüche in den Berichten, die ich las.« Pierre brach ab, um sich eine neue Zigarette anzuzünden und der Serviererin zu signalisieren, daß er noch ein Bier wollte. Ich legte die Hand über mein Glas, als sie mich ansah.

»Ich stellte Nachforschungen über die Planung und Ausführung von Vergeltungsmorden nach dem Kozara-Massaker an und befand mich ziemlich schnell knietief in Unterlagen über Fälle von Österreichern, die in den entscheidenden Jahren nicht dort waren, wo sie hinterher gewesen sein wollten. Und jetzt habe ich dieses Archiv, von dem Nigel Ihnen erzählt hat. Die meisten Informationen stammen aus Archiven der Vereinigten Staaten und etlichen europäischen Ländern. Wußten Sie, daß es in San Francisco eine sehr umfangreiche Holocaust-Bibliothek gibt?«

Ich mußte gestehen, daß mir das neu war, obwohl diese Bibliothek, wie sich herausstellte, nicht weit von der Universität entfernt war. »Der Weltjudenkongreß hat meine Arbeit großzügig unterstützt«, setzte Pierre hinzu, »aber bald werde ich wieder einen Fulltimejob als Journalist übernehmen müssen, und dann habe ich nicht mehr viel Zeit, in der Vergangenheit herumzuwühlen.«

Ich hätte gern gewußt, ob seine Familie jüdisch war, aber die Frage erschien mir zu persönlich. »Ich bin aus zwei Gründen an Ihrer Arbeit interessiert«, sagte ich statt dessen. »Erstens suche ich Informationen über ein Wiener Ehepaar, Anna und Jacob Rosenmeier – sie wurden von den Nazis festgenommen und kamen vor 1945 ums Leben. Außerdem möchte ich soviel wie möglich über die Kriegsjahre eines österreichischen Kunsthistorikers erfahren. Sein Name ist Klaus Burger. Er war in den späten dreißiger und frühen vierziger Jahren Student an der Universität in Wien.«

Ich gab das wenige, was ich über Klaus' Vergangenheit wußte, an Pierre weiter. Noch ehe ich fertig war, suchte er eine der Diskettenschachteln aus. »Ich weiß, daß es nicht so aussieht«, meinte er und deutete mit einer Handbewegung auf den Tisch, »aber ich bin wirklich ziemlich organisiert. Eines der Dinge, die der Computer am besten kann, ist, Querverbindungen herzustellen und Verweise auf andere Informationen zu geben.«

Er steckte eine Diskette in den Schlitz und nahm eine andere aus der Schachtel. Alle waren mit verschiedenfarbigen Schildchen beklebt. Die Farben waren offenbar so etwas wie ein Code. Ich beobachtete Pierres flinke Finger, während er die Dateien durchsah – in jeder Schachtel mußten Hunderte von Namen gespeichert sein.

»Hier, sehen Sie sich das an.« Er drehte den Computer so, daß ich auf den Bildschirm sehen konnte. »Wenn Sie auf diese Taste drücken, können Sie den Text weiterlaufen lassen.«

Es dauerte eine Weile, bis sich meine Augen an den grellen Bildschirmhintergrund gewöhnt hatten. Inmitten einer langen Liste entdeckte ich Anna und Jacob Rosenmeiers Namen. Hier, erläuterte Pierre, waren in alphabetischer Reihenfolge prominente Wiener Juden aufgeführt, die 1941 in Dachau umgebracht worden waren. Die Rosenmeiers waren im Herbst 1938 im Zuge der zweiten Verhaftungswelle nach der berüchtigten Kristallnacht inhaftiert worden. Ich war einen Moment lang nicht imstande, etwas zu sagen. Der Inhalt dieser Liste war kaum etwas, was mich überraschte, dennoch hatte es etwas Endgültiges, Absolutes an sich, den Namen Rosenmeier zwischen all den unzähligen anderen zu sehen, die nicht überlebt hatten.

»Ich kann Ihnen einen Ausdruck zukommen lassen, wenn Sie wollen«, bot Pierre an. Er lehnte sich zurück und trank einen großen Schluck Bier. Er war stolz auf sein elektronisches Karteiensystem wie ein frischgebackener Vater, der sein Kind zum erstenmal auf der Babystation sieht. »Lassen Sie mich noch was nachschlagen.«

Er tippte eine Weile, ohne etwas zu sagen.

»Was suchen Sie?«

»Vielleicht ist es nichts«, erwiderte er, »aber sehen Sie das hier ganz unten? Da ist ein Querverweis. Vielleicht auf andere Mitglieder der Familie.«

Er nahm eine Diskette aus einer anderen Box, diesmal

eine schwarz gekennzeichnete, und zeigte mir dann den Namen einer Nichte der Rosenmeiers. »Hier«, verkündete er zufrieden, »der Beweis, daß mein System funktioniert.« Er behielt beim Reden die Zigarette im Mundwinkel. »Frau Schiller, Alserstraße 48«, las er laut vor. »Sie wäre vielleicht einen Besuch wert. Möglicherweise kann sie Ihnen nähere Angaben über die Familie machen.«

»Oder über ihre Kunstsammlung.«

»Und jetzt«, sagte er, während er die langen Arme über den Kopf streckte, »fühlen wir diesem Klaus Burger ein wenig auf den Zahn.«

Doch über Klaus Burger schwiegen sich die Disketten aus.

Als Pierre seine Suche beendet und die Listen gecheckt hatte, war es draußen schon ziemlich dunkel geworden. Die Serviererin lauerte ungeduldig neben unserer Nische, und meine Müdigkeit, die von der Erregung, als der Name der Rosenmeiers auf dem Bildschirm auftauchte, wie weggeblasen gewesen war, kehrte zurück. Ich verabschiedete mich von Pierre und versprach, Grüße und Nachrichten an Nigel in London zu übermitteln, dann schwankte ich zu dem Taxistand an der Straßenecke. Während sich der Fahrer mit dem Innenstadtverkehr plagte und beteuerte, daß San Francisco neben Paris die Stadt war, die man unbedingt gesehen haben mußte, überlegte ich, was ich als nächstes tun sollte.

Im Hotel suchte ich die Telefonnummer von Frau Schiller heraus und wählte. Sie war zu Hause und sehr freundlich. Ich vereinbarte mit ihr ein Treffen für elf Uhr am nächsten Morgen. Jetzt war es kurz vor sechs. Eine kurze Dusche konnte meine Lebensgeister auch nicht wiederbeleben, und die Vorstellung an einen Abend allein im Hotelzimmer, war mehr als nur deprimierend. Mir kam der Gedanke, das zu tun, was ich vor Jahren in meinem Wiener Sommmer hin und wieder gemacht hatte – mich im Prater zu vergnügen. Es war zwar kalt, aber nicht regnerisch, und die Aussicht auf viele fröhliche Menschen war verlockend. Ich streifte einen dicken Rollkragenpullover über und zog Stiefel an, dann machte ich mich auf die Suche nach einem Taxi.

Ich bat den Chauffeur, mich in der Nähe der Hauptallee abzusetzen, dann ging ich zu Fuß weiter und stellte mir vor, im Wien des *fin de siècle* zu sein und mich all den Frauen mit knöchellangen Kleidern und spitzenverzierten Sonnenschirmen bei ihrem Spaziergang unter den alten Kastanienbäumen anzuschließen. Das Schauspiel der biedermeierlichen Wienerinnen, die im Prater promenierten, verblaßte vor meinen Augen und machte einer zeitgenössischen Realität Platz. Die Menschen schlenderten tatsächlich zu mehreren herum, aber sie trugen Loden statt Seide. Und sie schrien vergnügt, während sie Arm in Arm in langen Reihen gingen; Verliebte küßten sich unter den weitausladenden Zweigen der Kastanien; Kinder tollten herum und schwangen ihre Luftballons und Papierfähnchen. Ganz Wien schien sich einen letzten fröhlichen Abend vor dem Wintereinbruch zu gönnen. Meine Stimmung erhellte sich; das war das Wien meiner Vergangenheit, eine Stadt voller sinnlicher Vergnügungen und Zweideutigkeiten.

Ich stellte mich vor einem Imbißstand an und bekam eine dicke Scheibe Schweinebraten mit Sauerkraut, dann suchte ich mir einen Platz zwischen einigen ausgelassenen Nachtschwärmern an einem der langen Holztische. Elektrische Heizsonnen waren auf hohen Pfosten montiert und schickten warme Strahlen auf uns nieder. Das frisch gezapfte Bier mit überquellendem Schaum leuchtete unter dem schwankenden gelben Licht, das die kreuz und quer in den Bäumen hängenden Ketten von Glühbirnen verströmten. Es fiel mir nicht schwer, mich dem Zauber einer Nacht zu ergeben, und vielleicht beschloß ich deshalb, so müde, wie ich war, den Abend im Prater noch etwas zu verlängern.

Als ich meine Mahlzeit beendete, war es fast neun Uhr. Glocken schrillten und Hupen ertönten, um auf Karussells und Geisterbahnen aufmerksam zu machen. Vor mir lag eine Welt, die ständig in Bewegung und voller sich drehender und wild blinkender Lichter war. In der Mitte all dessen stand das Riesenrad, das etwa sechzig Meter in die Höhe ragte.

Der Wunsch, die Stadt von oben zu sehen und sich dabei majestätisch vor dem Nachthimmel zu drehen, war unwiderstehlich. Natürlich stach ich als einsamer Single unter all den fröhlichen Gruppen und Pärchen heraus, aber das Erlebnis war mir diese kleine Unannehmlichkeit wert. Ich reihte mich in die Warteschlange ein und wurde bald in eine Gondel zwischen zwei Liebespaare gequetscht. Auf beiden Seiten wurde viel gelacht und gescherzt. Die Gondel schwankte bedächtig vor und zurück. Meine Nachbarn lachten unentwegt, aber ich konzentrierte mich auf die Aussicht unter mir. Ich war wie hypnotisiert von den Farbmustern und den Lichtflecken inmitten des Dunkels, und es dauerte eine ganze Weile, bis mir ein einziger weißer Fixpunkt in all dem Treiben auffiel. Ein bleiches, unbewegtes Geicht, das unverwandt zu mir heraufstarrte.

Ich konnte lediglich graue Haare, die von einem Schimmer gelben Lichts umgeben waren, breite Wangenknochen und einen kräftigen Körper ausmachen, der aus dieser Perspektive ziemlich klein wirkte, so daß es schien, als würde nur ein Kopf auf breiten Schultern sitzen. Ich glaubte, Klaus Burger zu erkennen, und der Schreck machte mich ganz benommen. Ich verrenkte mir den Hals, um richtig sehen zu können, als die Gondel schwankte und sich höher in die Lüfte erhob. Die Gestalt unten hatte sich nicht vom Fleck gerührt. Plötzlich bekam ich Beklemmungen. Kalte Schweißperlen traten mir auf die Stirn. Ich hatte keinen Grund, mich vor Klaus zu fürchten – das redete ich mir zumindest ein. Aber warum war er hier und verfolgte mich? Falls ich tatsächlich Klaus da unten in den wenigen Sekunden vor der Bewegung des Rades gesehen hatte.

Die Fahrt war der reinste Alptraum. Meine Reisegefährten kuschelten sich aneinander, ich kauerte in der Mitte und wußte, daß ich sicher war, solange ich mich in der Luft befand, dennoch war ich wie erstarrt vor Angst und Hilflosigkeit. Das Riesenrad zog unbeirrt und stetig seinen Kreis, und in mir kämpfte der gesunde Menschenverstand mit dem Verfolgungswahn, der mich zu verschlingen drohte. Allmählich gerieten die Gestalten und Gesichter der Menge unterhalb des Rades wieder in mein Sichtfeld – der kräftige, grauhaarige Mann war nicht mehr zu sehen.

Ich stolperte aus der Gondel und wäre fast gefallen, wenn mich der Helfer beim Ausstieg nicht festgehalten hätte. »Vorsicht«, sagte er auf deutsch, »es ist noch in Bewegung, auch wenn es nicht so aussieht.« Meine Begleiter riefen laute Grüße, die ich nicht verstand, und wankten Arm in Arm weiter zur nächsten Vergnügung. Ich atmete ein paarmal tief durch, ging mit raschen Schritten weiter und achtete dabei darauf, immer im Licht und in der Nähe anderer Menchen zu bleiben. Ich warf verstohlene Blicke über die Schulter, entdeckte jedoch nirgendwo ein bekanntes Gesicht. Die Taxifahrt zurück zum Hotel verlief vollkommen ereignislos. Die schmiedeeisernen Straßenlaternen zu beiden Seiten des Eingangs hießen mich willkommen, als ich in die Lobby huschte.

»Misses Whyte. Würden Sie bitte einen Moment warten«, sagte der Portier in akzentfreiem Englisch, aber mit der Satzstellung der deutschen Sprache, bei der das Verb immer am Ende steht. Er schob eine Holztür über der Rezeption auf und beugte sich vor.

»Für Sie hat während Ihrer Abwesenheit jemand angerufen.«

»Ein Anruf? Von wem?« Ich hatte Frau Schiller gesagt, wo ich abgestiegen war, aber ansonsten wußte kein Mensch, in welchem Hotel ich wohnte.

Der Portier zuckte mit den Schultern und polierte seine Brille mit einem benutzten Taschentuch. »Ein Mann. Er hat keinen Namen hinterlassen.«

»Wollte er sich noch einmal melden?«

»Ich weiß nicht, gnädige Frau.«

Als ich in mein Zimmer ging, klangen mir noch die Worte des Portiers in den Ohren, und ich suchte alles ab, um herauszufinden, ob jemand hier gewesen war – nichts. Trotzdem wurde ich das Gefühl nicht mehr los, verfolgt und beobachtet zu werden. Mein Zimmer befand sich im ersten Stock über dem Hoteleingang. Ich prüfte mehrmals, ob das große Fenster auch wirklich verchlossen war, dann schlüpfte ich unter das dicke Daunenplumeau. Selbst die weiche, warme Decke konnte nicht die Kälte vertreiben, die mir in die Knochen gekrochen war. Ich verbrachte eine ruhelose Nacht, träumte von verschlossenen Räumen und davon, daß ich ziellos umherrannte.

KAPITEL SECHZEHN

Seltsam, wie schwer es ist, einen Gedanken loszuwerden, der sich einmal im Gehirn festgesetzt hat. Trotz all meiner Bemühungen, mir einzureden, daß der Mann im Prater unmöglich Klaus Burger gewesen sein konnte, verfolgte mich Klaus' Gesicht bis in meine Träume. Als ich ziemlich spät und wie gerädert erwachte, beschäftigte ein anderes Wien meine Gedanken – eine Stadt mit heimlichen Zusammenkünften, Intrigen des Kalten Krieges, als Entführung an der Tagesordnung gewesen war und sich Ost und West in einem unheilvollen Tanz von Annäherung und Rückzug begegneten. Diese Stadt hatte so gut wie nichts mehr mit den bourgeoisen Vergnügungen zu tun, die mir am Tag zuvor so vorherrschend erschienen waren.

Ich frühstückte allein an einem kleinen Tisch vor einem mit Spitzenvorhängen geschmückten Fenster, das sich zu einem schmalen Balkon hin öffnete. Hinter dem Geländer waren ein paar kahle Bäume zu sehen. Ich rührte gerade einen Löffel Schlagsahne in meine zweite Tasse Kaffee, als das Telefon klingelte.

»Hallo.« Die näselnde Stimme des Portiers. »Ein Ferngespräch, gnä' Frau. Einen Moment, bitte.«

Die nächste Stimme, die ich hörte, war Nigels volltönender Bariton, der durch statische Geräusche verzerrt wurde. Ich stieß einen langen Seufzer der Erleichterung aus.

»Nigel? Bist du es?«

»Ganz schön mühsam, dich aufzuspüren. Wo, zum Teufel, steckst du die ganze Zeit?«

Ich setzte mich aufs Bett. »Hast du gestern schon einmal angerufen?«

»Pierre hat versucht, dich zu finden. Er rief gestern abend bei mir an, um dir ausrichten zu lassen, daß er weitere Informationen aufgetrieben hat und sie dir geben will, bevor du diese Frau triffst, deren Namen er dir genannt hat.«

»Ich hab' vollkommen vergessen, ihm mein Hotel zu nennen«, sagte ich – ein wirklich törichtes Versäumnis.

»Zum Glück war das Hotel auf der Postkarte abgebildet, die du mir noch von San Francisco aus geschickt hast. Gut, daß die Reisebüros nicht mit Werbematerial geizen und ich meine Papiere in Ordnung halte, sonst hätte ich dich als vermißt gemeldet.«

Ich lachte befreit und schwang meine Füße aufs Bett, so daß ich mein Notizbuch auf den Knien balancieren konnte. »Was hat Pierre in Erfahrung gebracht?«

»Toll, seine Datensammlung, was?« Nigel war in Plauderlaune.

»Ich explodiere gleich, wenn du mir nicht sofort sagst, was los ist«, beschwerte ich mich.

»Du hattest recht. Euer Museumsdirektor hat tatsächlich eine Vergangenheit, die zu seinem Besten im verborgenen bleiben sollte. Die Sache hat Pierre nicht in Ruhe gelassen, und als er seine Disketten noch einmal gründlich durchging, hat er einen Hinweis auf einen Leutnant K. Burger gefunden. Er wird in zwei Berichten als Verantwortlicher für die Transporte Inhaftierter von Sarajevo nach Auschwitz im Jahr 1943 genannt. Ein Jahr später war er in Italien, als 853 Juden nach Birkenau deportiert wurden; zwei Drittel von ihnen wurden gleich nach ihrer Ankunft vergast.«

»Kriegsverbrechen?« fragte ich mit heiserer Stimme. Der Gedanke, daß jemand seinen Mitmenschen beibrachte, die Kultur zu schätzen, und selbst bereit war, Menschen in den sicheren Tod zu schicken, war grauenvoll.

»Keine Ahnung.« Ein kleiner Vogel hüpfte auf das Balkongeländer und legte den Kopf schief, als er durch das offene Fenster die Krümel auf dem Tisch entdeckte. Die Verlockung war so nah und doch mit unendlichen Gefahren verbunden. »Laut Pierre war dieser Burger ein ziemlich kleines Licht in der Kommandokette, an deren Spitze ein gewisser Hauptmann Loehring stand. Deshalb taucht sein Name auch nicht in den großen Listen auf, die Pierre zusammengestellt hat. Dieser Burger agierte als Dolmetscher zwischen den deutschen und italienischen Generälen und diente eine Zeitlang als Quartiermeister und im Nachrichtendienst der deutschen Wehrmacht.«

Der Vogel wurde mutiger, hüpfte auf den Tisch und wie der Blitz auf meinen leeren Teller. Eine ruckhafte Bewegung von mir verscheuchte ihn, aber er hatte einen großen Krümel fest im Schnabel, als er aus dem Fenster floh.

»Offenbar«, fuhr Nigel fort, »wurden alle, vom Obersten bis zum Niedrigsten, der Kriegsverbrechen beschuldigt. Loehring wurde der Prozeß gemacht, aber es gab nicht genügend Beweise, daß Burger persönlich an den Greueltaten beteiligt war, und deshalb konnte man ihn nicht vor Gericht bringen. Das alles kannst du von Pierre genauer erfahren, wenn du ihn heute im Museum aufsuchst. Der springende Punkt ist«, setzte Nigel düster hinzu, »daß dieser Klaus Burger 'ne Menge Gründe hat, seine Vergangenheit zu verschweigen. Jeder Verdacht, daß dich deine Nachforschungen auf diese Spur bringen, könnte ihn aufscheuchen.«

Das gute Frühstück und der Sonnenschein trugen nur wenig dazu bei, meine trübe Stimmung vom gestrigen Abend zu vertreiben. Ich war noch eine Stunde nach dem Telefonat mit Nigel ziemlich nervös, als ich mich auf den Weg zur Universität machte. Den Taxifahrer konnte ich mit Mühe davon abbringen, mir die Stadt zu zeigen. Er grummelte und schimpfte noch, als er mich am Ende der Alserstraße absetzte.

Die Reihe moderner Apartmentblocks waren historisch von keinerlei Bedeutung. Kein architektonisches Detail lockerte die anonyme Betonfassade auf, deren einzige Zierde kleine Balkons waren. Der auffallende Kontrast der unterschiedlichen Stile in dieser Straße deutete darauf hin, daß hier nach dem Krieg enorme Wiederaufbauarbeit geleistet worden war.

Kleine Läden säumten die Straße: Metzgereien, in deren Schaufenster Würste hingen, Bäcker und Gemüsehändler, die ihre Ware in kleinen Ständen auf dem Gehsteig zeigten. Bäume waren so gut wie keine zu sehen, dafür waren die Bürgersteige sauber und belebt.

Als ich den Eingang der Alserstraße 48 erreichte, hatte die Sonnenwärme die feuchte Kälte, die alles durchdrungen hatte, ein wenig gemildert. Ich schob ein schwarzes Eisentor auf und trat ins Foyer. Hier, wo kein Licht von draußen Zugang hatte, war es kühler. Es kam mir vor, als wäre ich in einen Weinkeller gelangt. Ich fand Frau Schillers Klingelschild neben der langen Reihe der Briefkästen. Viele dieser Schildchen waren mit Schreibmaschine beschriftet, aber ihres bestand aus dickem weißen Karton und trug eine ordentliche Handschrift. Die körperlose Stimme, die durch die Sprechanlage klang, wies mich an, in den zweiten Stock hinaufzugehen. Die Wohnungstür schwang sofort auf, als hätte Frau Schiller dahinter gelauert und genau berechnet, wie lange ich bis zu ihr brauchen würde.

»Guten Morgen, Frau Doktor. Treten Sie ein. Geben Sie mir Ihren Mantel.«

Sie war offensichtlich aufgeregt und ein wenig zittrig, als ich meinen Trenchcoat auszog und den Wollschal in einen Ärmel stopfte, bevor ich ihr beides überreichte. Sie führte mich ins Wohnzimmer. Ein Heizstrahler glühte in der trüben Beleuchtung, und auf dem Teakholztisch standen Tassen und Teller mit Plätzchen bereit.

»Darf ich Ihnen einen Kaffee anbieten? Oder hätten Sie lieber einen Tee?«

»Kaffee, bitte.« Ich streckte meine Hände dem Heizstrahler entgegen, als sie geschäftig in die Küche eilte. Ich schaute mich um und sah noch mehr Teakholzmöbel – anscheinend war das die österreichische Version dessen, was in San Francisco als »skaninavische Moderne« bekannt war. Der Raum hatte sich etwas von dem anonymen Flair des Gebäudes erhalten, aber er war behaglich, und die Strenge wurde durch persönliche Kleinigkeiten aufgelockert, zu denen auch einige gerahmte Zeichnungen an der Wand gehörten.

»Es ist eine nette Wohnung«, sagte ich, als Frau Schiller zurückkam.

»Mir genügt sie jetzt, seit mein Mann verstorben ist«, sagte sie und stellte eine weiße Porzellankanne auf den Tisch. »Er war Linguistikprofessor an der Universität. Nach seinem Tod habe ich all seine Schriften und Bücher der Universität gestiftet. Ich hatte keinen Grund, sie zu behalten, da wir keine Kinder haben, die sie erben könnten.« Sie sah sich um und schien zufrieden mit der Schlichtheit ihrer Umgebung zu sein. »Wir bewohnten hier im Haus eine größere Wohnung. Und Karl – das war mein Mann – hatte ein Arbeitszimmer zu Hause und eines in dem Institut, in dem er arbeitete. Ich bin froh, daß ich jetzt weniger Zimmer habe. Wenn ich verreise, sperre ich einfach die Tür ab und bitte meine Nachbarin, meine Blumen zu gießen.«

»Ich bin ein bißchen in der Gegend herumgelaufen«, erzählte ich, als ich die Tasse mit dem schwarzen Kaffee entgegennahm, »und habe mir die Gebäude angesehen. Dieses Viertel scheint im Krieg stark beschädigt worden zu sein.«

»O ja. Die Bombardierungen im Jahr 1944. Aber meine Familie war zu dieser Zeit längst nicht mehr in Wien.« Sie setzte sich mit der Kaffeetasse in der Hand und biß in einen mit Creme gefüllten Keks. Ich betrachtete sie, ohne etwas zu sagen. Sie war Ende Sechzig; wahrscheinlich war sie nie auf herkömmliche Art hübsch gewesen, aber sie hatte ein Gesicht, das Lebendigkeit ausstrahlte und große, tiefliegende Augen, die sorgfältig geschminkt waren. Mir gefiel ihre ungekünstelte Sprechweise.

»Kannten Sie Jacob und Anna Rosenmeier gut?«

Sie nahm einen Schluck von dem Kaffee, und ich sah, wie sich Schmerz auf ihrem Gesicht abzeichnete, als sie an die Vergangenheit zurückdachte. »Anna war die ältere Schwester meiner Mutter. Wir haben sie oft besucht, als ich noch ein Kind war. Sie lebten in einem viel größeren, vornehmeren Stil als wir. Mein Vater, der in die Familie geheiratet hatte, kam aus bescheideneren Verhältnissen. Ich erinnere mich noch an ihr Haus in der Nähe vom Schloß Belvedere – es war nicht gerade ein Palast, aber mir kam es damals so vor mit all den Spiegeln in vergoldeten Rahmen und den Marmortreppen. Genusogut ist mir noch das Haus bei Baden im Gedächtnis, in dem wir jeden Sommer ungefähr einen Monat verbrachten.«

Sie verstummte und reichte mir den Teller mit den Plätzchen. Nach einer Weile seufzte sie und sagte: »Onkel Jacob war ein freundlicher Mann, ein richtiger Herr. Sein Hobby war, klassische Texte zu studieren. Ja – einmal hat er mir klargemacht, welche Unterschiede es zwischen der lateinischen und der griechischen Version der *Odyssee* gibt, aber ich war natürlich noch zu jung, um seine Liebe für diese alten Bücher zu verstehen.«

»Er muß eine erstklassige Kunstsammlung besessen haben«, warf ich ein. »Meine Studenten von der Universität haben über einige Werke gearbeitet, die sich einmal in seinem Besitz befanden.«

»Seine Familie hat viele Jahre französische Kunst gesammelt. Er hat etliche Bilder geerbt, aber ich glaube, er kaufte selbst auch einige Zeichnungen aus dem achtzehnten Jahrhundert. Tut mir leid«, entschuldigte sie sich, »als Kind war ich mehr an den Hunden und den Ponies im Stall interessiert als an den Gemälden, die an den Wänden hingen.«

»Das erscheint mir vollkommen normal. Soweit ich weiß, hat Jacob einen Teil seiner Sammlung 1927 verkauft. Genaugenommen kam eines seiner David-Gemälde, das *Portrait einer jungen Frau*, so nach San Francisco.«

»Ich weiß, daß Jacob dieses Bild von David gehörte, aber ich war noch sehr klein, als es verkauft wurde. Sie haben immer behauptet, die junge Frau auf dem Gemälde würde wie meine Mutter aussehen. Deshalb hing es in Jacobs Arbeitszimmer und nicht im Salon. Wissen Sie über die österreichische Geschichte in diesem Jahrhundert Bescheid?« fragte sie und machte sich dabei an dem Tablett zu schaffen, auf dem sie den Kaffee hereingebracht hatte.

»Nicht so gut, wie ich sollte, fürchte ich. Aber ich weiß, daß Österreich nach dem Ersten Weltkrieg fast all seine Gebiete und die wirtschaftliche Macht verloren hat.«

»Ja«, bestätigte sie und nickte. »Und das Land hatte große Illusionen, oder vielleicht sollte ich sagen: *Rosenmeier und Sohn*, wie die Bank der Familie hieß, war nicht allein in dem Glauben, daß neuer wirtschaftlicher Wohlstand aus dem Schutt entstehen und Wien das Zentrum des Aufschwungs sein würde. Jacob war ein gutaussehender, kultivierter, weltoffener Mann. Ich sehe ihn noch vor mir, wie er umgeben von seinen Büchern und Briefmarken in der Bibliothek saß. Sein Haar schimmerte silbrig im Licht der Lampe, der goldene Rand seiner Brille funkelte. Seine Augen waren braun und freundlich.« Frau Schiller nestelte an der Serviette auf ihrem Schoß herum. »Sein Haus war immer voller Gäste. Schriftsteller. Musiker. Sie gaben Konzerte vor dem Abendessen. Wie gut ich mich noch an die Tortur erinnern kann, ganz still auf den kleinen goldenen Stühlen sitzen zu müssen, die bei jeder auch noch so kleinen Bewegung geknarrt und geächzt hätten. Tatsache ist«, fuhr sie fort, »daß Jacob kein besonders guter Geschäftsmann war. Und er wurde in den Jahre nach dem Ersten Weltkrieg schlecht beraten.«

»In den Jahren der Arbeitslosigkeit und der Unruhen?«

»Ja. Auf die Banken wurde großer Druck ausgeübt – sie sollten mehr Geld verleihen, um der Industrie auf die Sprünge zu helfen. Die Alternative war eine Art Wirtschaftsunion mit Deutschland. Jacob war schon in den Zwanzigern kein Freund der Deutschen. Sie können sich vorstellen, was geschehen ist.«

»Ich könnte mir denken, daß die Bank enorme Summen verloren hat und sich Jacob deshalb gezwungen sah, Werke aus seiner Kunstsammlung zu verkaufen.«

»1927 mußte die Familie sogar ihren Landsitz und die dazugehörigen Ländereien veräußern – und noch mehr Kunstwerke. Trotzdem« – Frau Schiller lächelte zum erstenmal – »blieb das Haus in Wien so etwas wie eine Heimstätte für Kunst und Kultur. An den Sonntagen fanden nach wie vor Kammerkonzerte im Salon statt, und ich mußte gestärkte Schürzen und Haarschleifen tragen, die immer verrutschten. Das Leben ging weiter.«

»Bis 1938«, sagte ich leise.

»Bis 1938«, wiederholte sie und hielt inne. Ich bedauerte, daß ich sie wieder an diese schreckliche Zeit erinnern mußte. Die Falten an ihren Mundwinkeln vertieften sich, wenn sie sprach, daran erkannte ich, wie schwer es ihr fiel, sich damit auseinanderzusetzen.

»Gleich nach dem Anschluß an Deutschland wurden viele wohlhabende Juden mit ihren Familien festgenommen und eingesperrt. Mein Vater und zwei meiner Onkel wurden weggebracht. Jacob geschah nichts – offenbar hatte er einige Beziehungen zur Regierung. Die Häuser anderer Familienmitglieder wurden beschlagnahmt. Mein Vater wurde wieder freigelassen, hatte jedoch den Befehl, unverzüglich außer Landes zu gehen. Wir flohen zusammen mit einer Tante und einem Onkel zuerst nach Holland und später in die Schweiz. Anfangs gestatteten die Deutschen den Juden die Emigration. Alles war gut, solange man sie nur so schnell wie möglich loswurde. Ein anderer Onkel wurde mit seiner Frau und den Kindern in ein Lager nach Deutschland geschickt. Wir haben sie nie wiedergesehen. Mein Vater flehte Jacob an, sich uns anzuschließen, doch Jacob wollte seine Bank nicht im Stich lassen, und Anna wäre ohne Jacob niemals irgendwohin gegangen.«

»Offenbar glaubte er, daß ihn seine Position vor den Nazis schützte.«

»Die Nazis waren Tiere. Bestien!« Erregt sprang Frau Schiller auf und hantierte an dem Heizstrahler herum. Ich hörte Kinderstimmen auf der Straße. Wahrscheinlich ist bald Mittagessenszeit, dachte ich. Ich schaute jedoch nicht auf die Uhr, um das Gespräch nicht zu unterbrechen.

»Es tut mir leid, daß ich nach all den Jahren diese furchtbaren Erinnerungen wachrufe«, sagte ich, als sich Frau Schiller wieder auf den Stuhl sinken ließ. Tränen schwammen in ihren Augen.

»Es ist wichtig, daß man diese Geschichte immer wieder erzählt«, sagte sie. »Jacob hielt durch, solange er konnte. Oder vielleicht sollte ich eher sagen: Er weigerte sich, die Realitäten zur Kenntnis zu nehmen. Aber 1942 wurden er, Anna und die Kinder, meine Cousins, festgenommen und mit anderen Wiener Bürgern nach Dachau deportiert. Sie kamen nie mehr zurück. Die deutschen Soldaten konfiszierten Jacobs Kunstwerke. Und seine Briefmarkensammlung, die ebenfalls sehr wertvoll war. Das Haus. Die Bank. Alles war weg. Für immer.« Jetzt strömten die Tränen ungehindert über ihre Wangen.

Ich drückte ihre Hand, die auf dem Tisch lag. »Habe ich Ihnen genug erzählt?« fragte sie.

»Mehr als genug. Ich habe nur noch eine Frage. Kennen Sie zufällig das *Portrait von Napoleon in seinem Arbeitszimmer*, das sich ebenfalls in Jacobs Besitz befunden hat?«

»O ja!« Frau Schiller lächelte. »Das Bild hing über der Treppe. Meine Cousins sagten immer, Napoleon würde sich an den Flohbissen kratzen. Jedesmal, wenn wir die geschwungene Treppe hinauf oder hinuntergingen, bogen wir uns vor Lachen. Das hat unsere Eltern beinahe in den Wahnsinn getrieben. Es waren immer Leute unten in der Halle, und egal, wie sehr uns Anna oder meine Mutter auch ermahnten, wir waren nie imstande, uns den Gästen artig zu nähern.«

Ich sah sie an. Ihr Gesicht hatte wieder ein wenig Farbe bekommen. »Die Nazis haben dieses Bild mit allem anderen mitgenommen. Nach dem Krieg hörten wir, daß man es im Austausch gegen viele Zeichnungen, deren ursprüngliche Besitzer man nicht ausfindig machen konnte, an die Franzosen zurückgegeben hat.« Sie deutete mit dem Kinn auf die gerahmten Bilder an der Wand. »Ich habe noch ein paar dieser Zeichnungen. Und mein Onkel in Paris besitzt eine sehr schöne Sammlung. Allerdings glaube ich, daß viele Werke aus Jacobs Besitz nie mehr aufgefunden wurden.«

Ich berichtete ich, daß der Napoleon aus den Salzminen in Altaussee gerettet worden war. Sie lachte und meinte, sie sei den amerikanischen Soldaten und ihren Helfern beim Widerstand äußerst dankbar. Sie hatten die Mine abgesichert, nachdem der fanatische August Eigruber, der unter allen Umständen verhindern wollte, daß die Kunstwerke in die Hände der näherrückenden Alliierten fielen, Kisten mit Sprengstoff hineingeschmuggelt hatte. »Er war so nah dran«, sagte sie und zeigte mit Daumen und Zeigefinger den Abstand von einem Zentimeter an. »So nah war er dran, die größten Kunstwerke der Welt zu zerstören.«

Der Gedanke an Davids *Napoleon* rief Frau Schiller wieder in Erinnerung, daß besonders dieses Bild der Stolz ihres Onkels gewesen war. »Wissen Sie«, sagte sie, »die Professoren aus der Universität brachten ihre Studenten in Jacobs Haus, damit sie das Gemälde studieren konnten. Es hieß, dieses Portrait sei das schönste Werk Davids in ganz Wien.«

»Entsinnen Sie sich, ob Sie jemals einem Kunsthistoriker namens Burger begegnet sind? Klaus Burger?« erkundigte ich mich, obwohl mir bewußt war, daß Frau Schiller, die damals noch ein Kind gewesen war, keinen Grund gehabt hatte, sich die Namen irgendwelcher Leute, die ihrer Familie nicht nahe standen, zu merken. Wieder bereitete sie mir eine Überraschung.

»Sie meinen den Mann, der bis vor kurzem Direktor der Albertina war?« Frau Schiller spießte das letzte Plätzchen, das noch auf ihrem Teller war, auf die Gabel, und schob es im Kreis herum.

»Ja.« Ich hielt den Atem an.

»Ich weiß die Namen der Studenten nicht mehr, die damals ins Haus kamen«, sagte sie schließlich, »obschon ich oft gesehen habe, wie sie zusammen mit Onkel Jacob im Salon Kaffee getrunken haben. Alle waren sehr zuvorkommend und höflich.«

Es wäre wirklich zuviel verlangt, dachte ich. Ich kann nicht darauf hoffen, daß sie sich nach sechzig Jahren ausgerechnet noch an Klaus Burger erinnert.

»Nein«, fuhr sie traurig fort. »Dieser eine Mann ist mir aus einem ganz anderen Grund im Gedächtnis geblieben. Mein angeheirateter Onkel, Jacobs Bruder, hat das Konzentrationslager überlebt und ist nach Israel ausgewandert – er kennt diesen Burger.«

Die Tränen flossen erneut, und sie tupfte sie mit einem Taschentuch mit Spitzenrand weg. »Er war vor ein paar Jahren bei mir zu Besuch und entdeckte eines Tages in der Zeitung ein Bild von Burger und seiner Frau in der Wiener Oper. Er erzählte mir, daß er den Mann in Onkel Jacobs Haus gesehen hätte und später noch einmal. Burger hatte die Aufsicht, als Gefangene in Sarajevo in einen Zug verfrachtet wurden.«

Es war schon nach zwölf Uhr, als ich die Alserstraße 48 verließ. Ich hatte Frau Schiller meine Telefonnummer dagelassen, für den Fall, daß ihr noch etwas einfiele, erwartete aber nicht, je wieder von ihr zu hören. Sie war mit einer Geschichte belastet, an der sie nie hatte mitgestalten können. Ich dachte an ihre stille Wohnung, die mir in ihrer Ordnung und Eintönigkeit doch einen deprimierenden Eindruck machte. Ich zog das Tor hinter mir zu und atmete ein paarmal tief durch. Es war eine Wohltat für mich, frische Luft schöpfen und diese Wohnung, die so belastet durch die Tragödien der Vergangenheit war, hinter mir lassen zu können. Ich beschloß, ein Stück mit der Tram in Richtung Innerer Ring zu fahren und dann durch den alten Teil der Stadt zu Fuß zu gehen. Nach dem Mittagessen wollte ich mir die Bilder im Belvedere Palast ansehen.

Die Straßen wurden belebter, je näher ich dem Stadtzentrum kam. Vor mir ragte der spitze Turm des Stephansdoms auf. Als ich den Platz überquerte, nahm ich kaum das Stimmengewirr der Touristen wahr, weil mir immer noch die unterschiedlichsten Bilder im Kopf herumschwirrten: Jacob Rosenmeier, der sich über seine Briefmarken beugte, die Qual in Frau Schillers Gesicht, als sie von Dachau sprach, Klaus Burgers wütende Aufforderung, mich nicht in die Angelegenheiten des Museums einzumischen. Ich überlegte, ob ich in den Dom gehen sollte, entschied mich jedoch dagegen, da ich fürchtete, unter all den Touristen keine Ruhe zu finden.

Es war mir noch zu früh, ins Hotel zurückzugehen, und die Aussicht auf einen weiteren Abend allein deprimierte mich. Vor mir stand eine Reihe von Ausflugsbussen. Vor den gähnenden Bustüren standen Schilder, die in mehreren Sprachen die Ziele verkündeten. Plötzlich brandeten Stimmen auf, als die Reiseführer ihre Touren anpriesen, und ich wurde von meinen Überlegungen abgelenkt. Ich sah verwirrt auf und entdeckte Klaus Burger auf der anderen Seite der Straße.

Wie betäubt blieb ich stehen und starrte ihn an. Diesmal war kein Irrtum möglich. Er hatte mich gesehen, winkte und gab heftig mit einer Hand Zeichen, daß ich auf ihn warten sollte. Nigels Warnung und das, was ich vor ein paar Momenten von Frau Schiller gehört hatte, dröhnten in meinem Kopf.

Ich ignorierte Klaus' Gesten, wirbelte herum und hoffte in der Menge, die auf den Dom zustrebte, untertauchen zu können. Beinahe sofort, als ich über den großen Platz vor dem Dom lief, wurde mir klar, daß es Klaus keinerlei Schwierigkeiten bereiten würde, mich einzuholen. Aus den Augenwinkeln nahm ich ein Schild wahr, auf dem eine Tour nach Klosterneuburg angepriesen wurde. In dem außerhalb von Wien gelegenen Chorherrenstift befand sich, wie ich wußte, der berühmte romanische Altar von Nicolas von Verdun.

»Wieviel kostet die Fahrt?« Ich kramte nach meiner Brieftasche, während ich mich gleichzeitig nach Klaus umdrehte. Er stand immer noch auf der anderen Seite der Straße, aber gleich würde die Ampel wechseln.

»Hundert Schillinge, gnädige Frau«, sagte der Reiseführer, ein stämmiger Bursche mit blondem Haar und der roten Gesichtsfarbe eines starken Biertrinkers. »Wir fahren auch in die nahen Berge. Drei Stops für den Preis von einem.« Er zwinkerte mir verschwörerisch zu. »Viel Zeit zum Einkaufen, aber Sie müssen sich beeilen, der Bus fährt sofort los.«

Ich drückte ihm das Geld in die ausgestreckte Hand, schnappte mir die Fahrkarte, die er mir hinhielt, und wäre beinahe die Stufen hinaufgefallen, als ich in den Bus stürmte. Ich kämpfte mich mit gesenktem Kopf und abgewandtem Gesicht durch den schmalen Mittelgang und spähte dabei verstohlen auf die Straße. Die Autos standen vor der Ampel, und die Fußgänger hasteten von einer Straßenseite zur anderen. Von Klaus war keine Spur mehr zu sehen. Ich ließ mich auf einen Sitz fallen und atmete erleichtert auf, als ich hörte, wie sich die Türen schlossen. Der Reiseführer am vorderen Eingang nahm das Mikrophon zur Hand, und der Bus rollte los.

Plötzlich hämmerte jemand auf die Seite des Busses ein,

auf der ich saß. Der Bus hatte getönte Scheiben. Ich warf einen Blick seitlich nach hinten und starrte Klaus direkt in die Augen. Seine Haare standen nach allen Seiten lockig vom Kopf ab, sein Gesicht war verzerrt, als er brüllte, um gehört zu werden. Doch kein Geräusch von draußen drang herein.

Der Reiseführer hatte mit seiner auswendig gelernten Rede begonnen, und die Zuhörer lachten über seine Witze. Ich rutschte ein Stück tiefer auf dem Sitz, als das Hämmern nicht aufhörte. Ein paar Leute in meiner Nähe spähten argwöhnisch zu mir, aber mittlerweile rollte der Bus bereits auf die Kreuzung zu. Das Klopfen verstummte. Ich seufzte befreit auf und gab mir Mühe, das Zittern meiner Hände zu unterdrücken, als wir nach Norden abbogen.

KAPITEL SIEBZEHN

Vielleicht hätte mir die Busfahrt durch Heiligenstadt und Grinzing gefallen, aber die Begegnung mit Klaus hatte mir einen zu großen Schrecken eingejagt. Erst allmählich wurde mir bewußt, daß ich nur deshalb in Panik geflohen war, weil ich Klaus verdächtigte, Michaels Mörder zu sein. Aber ich hatte keinen Beweis dafür, und ich konnte mit keinem überzeugenden Motiv aufwarten.

Während ich über meine Erlebnisse in Wien nachdachte, kam mir in den Sinn, daß Klaus' Anwesenheit in der Stadt während meines Besuches auch ein Zufall sein könnte, ich fand jedoch keine Erklärung dafür, daß er auf dem Stephansplatz herumspaziert war. Er war zwar nicht weit entfernt von den größten Kunstmuseen, doch gleichzeitig auch *das* Touristenmekka von Wien und nicht unbedingt der Ort, an dem man ein Zusammentreffen mit einem Kollegen erwartete, der geschäftlich in der Stadt zu tun hatte. Die Erinnerung an sein verzerrtes Gesicht am Busfenster jagte mir einen eisigen Schauer über den Rücken. Wenn der Bus ein Zufluchtsort für mich war, dann bot er mir nur vorübergehend Sicherheit. Ich bezweifelte keinen Augenblick, daß Klaus wieder auftauchen würde, ehe ich die Stadtgrenze von Wien hinter mir gelassen hatte. Die Frage war nur, wie ich mich vor einem Zusammentreffen schützen konnte.

Eine knappe Stunde später schlüpfte ich in einem Pulk von Touristen aus dem Bus und ging mit ihnen zu der Klosterkirche aus dem zwölften Jahrhundert, die den berühmten Verduner Altar beherbergt. Singles können sich in einer Gruppe nur schwer verstecken. So verunsichert und nervös, wie ich war, mußte ich meinen Mitreisenden wie eine Exzentrikerin vorgekommen sein, die sich in paranoider Raserei umschaute. Ich erntete einige erstaunte Blicke, aber niemand wechselte ein Wort mit mir, als wir über den mit Kopfsteinen gepflasterten Hof zu dem Portal trabten.

Als ich im Kirchenschiff stand, sah ich unverwandt auf die Bilder hinter dem reichverzierten goldenen Gitter. Ich spürte die Kälte im Inneren der Kirche und wußte, daß es hier keine Fluchtmöglichkeiten gab. Meine Gefährten waren weniger an Nikolaus von Verduns Heiligen als an dem derzeitigen Marktwert des Goldes am Altar interessiert.

Als wir wieder im Bus saßen, stellten die beiden Amerikanerinnen hinter mir Überlegungen an, wie viele Eheringe man wohl einschmelzen müßte, um eine so große Fläche mit Gold zu überziehen.

»Fünfhundert«, schätzte eine.

»O Doris«, widersprach die Freundin. »Du hattest noch nie auch nur einen blassen Schimmer, was die Dinge wert sind. Du warst zu lange mit diesem schrecklichen Mann verheiratet. Ich bin jetzt sieben Jahre allein nach Daniels Tod, und ich kann dir sagen, daß man *mindestens* tausend Ringe brauchen würde.«

Ich starrte aus dem großen Fenster und suchte die Straße nach anderen Fahrzeugen ab. Wir fuhren durch eine ländliche Gegend auf dunkel bewaldete Hügel zu. Ich fragte mich, was unser nächstes Ziel sein würde. Bis jetzt war wenigstens kein Auto zu sehen, das uns folgte. Ich hatte aufgehört, die Straßenschilder zu lesen, nachdem mein Blick auf den Namen Klosterneuburg gefallen war.

Ohne Vorwarnung bremste der Busfahrer scharf ab und bog auf einen großen Parkplatz ab. Ein langes Holzhaus mit steilem Dach über dunklen Wänden kam in Sicht. Der Reiseführer plauderte über das gesunde Klima und schien begeisterter von der reinen Luft zu sein als von den Augustiner Chorherren, die das Kloster gegründet hatten; die

Passagiere erhoben sich und sammelten ihre Habseligkeiten zusammen.

»Hier gibt es Erfrischungen und Möglichkeiten zum Einkaufen. Das Café befindet sich rechts im Haus, der Souvenir- und Kunstgewerbeladen liegt gleich links.« Der Tourleiter stieg aus und half den älteren Ausflüglern die steilen Stufen hinunter. Ich betrachtete das, was mir wie eine zu groß geratene Berghütte aussah, und die Gegend – eine schönes Plätzchen, an dem die Wiener an den Sommerwochenenden Picknicks veranstalten konnten. Heute war es zu kalt für ein Picknick, und außer unserer kleinen Gesellschaft schien kein anderer Gast hier zu sein. Der Reiseführer stand vor der Bustür, während er letzte Empfehlungen und Anweisungen gab. »Vorsicht, der Bus fährt um *Punkt* drei Uhr wieder nach Wien ab.« Er hielt einen Arm hoch und deutete auf seine Digitaluhr. »Uhrenvergleich, meine Herrschafen!«

Die anderen lachten, dann schwärmten sie aus und machten wohlwollende Scherze über die österreichische Pünktlichkeit, über Züge, die genau nach Fahrplan fuhren, und über den gesegneten Appetit der Österreicher. Sie waren liebenswert, diese Touristen. Ich konnte mir vorstellen, wie sie zu Hause in breitem Amerikanisch bei Diaabenden Anekdoten zum Besten gaben, wobei sie die gutturalen Laute des Reiseleiters nachmachten und ihren Gästen deutsches Bier und Brezeln kredenzten.

Ich hatte nicht den geringsten Grund, meine Zeit in einer österreichischen Berghütte verbringen zu wollen, aber ich war wenigstens allein. Ich schlenderte hinter den anderen her und fand mich in einem rustikalen Raum wieder, in den kaum Tageslicht einfiel. Auf der Rückseite des Gebäudes befand sich eine lange, mit Natursteinen geflieste und von einer hüfthohen Mauerbrüstung umrandete Terrasse. Die meisten unserer Gruppe machten den »Kunstgewerbeladen« unsicher; durch die offene Tür sah ich, wie sie bestickte Schürzen und Küchentücher befühlten.

Ich ging ins Café, nahm ein Plastiktablett und bestellte Kaffee und Gebäck an der Theke. Der Kaffee war schwarz und dampfend heiß und wurde mit der hier üblichen geschlagenen Sahne serviert. Nach kurzer Überlegung nahm ich noch einen Cognac und trug das Tablett zu einem runden Tisch neben der Terrassenmauer.

Hier draußen sah ich, daß die Hütte auf einer bewaldeten Anhöhe stand, deren Hang fast kerzengerade abfiel. Die Luft war herrlich und ließ bereits die Kälte des nahenden Winters spüren. Ein Segelflieger glitt über mich hinweg, schwebte einen Moment wie ein großer Vogel, der nach Beute Ausschau hält, dann schwenkte er in Richtung Tal ab. Abgesehen von ein paar Hartgesottenen, die über der Brüstung lehnten und den Abhang hinunterschauten, war die Terrasse menschenleer. Die Schlagsahne fiel in dem heißen Kaffee in sich zusammen, und ich legte meine Hände um die Porzellantasse. Die Wärme beruhigte mich, und ich trank erst einen Schluck Kaffee, dann von dem Cognac. Als mich die Hitze durchströmte, entspannte ich mich und achtete nicht mehr auf das Kommen und Gehen der anderen.

»Charlotte!«

Ich erkannte die Baritonstimme sofort und sprang auf, als Klaus Burgers Hand mein Handgelenk wie ein Schraubstock umklammerte.

»Warten Sie«, herrschte er mich an, als ich einen Satz zurück machte. »Hören Sie mir doch zu, Sie Närrin.« Er faßte nach meinem anderen Arm, und ich warf mich auf die andere Seite, um von dem Tisch wegzukommen. Ich versuchte zu schreien, aber die kalte Luft schien meine Lunge zu lähmen. Aus den Augenwinkeln sah ich, daß ein paar Leute, die am anderen Ende der Terrasse standen, neugierig zu uns herüberschauten, dann wandten sie sich ab. Wir mußten ausgesehen haben wie ein Liebespaar, das sich ein wenig balgte.

Klaus hielt mich immer noch fest. »Sie brauchen sich

nicht gegen mich zu wehren«, keuchte er – auch er war sich bewußt, daß wir beobachtet wurden. »Ich tue Ihnen nichts. Wir müssen miteinander reden, und zwar sofort.« Ich hörte auf, mich gegen ihn zu wehren, und er ließ im Gegenzug meine Hände los und bückte sich, um den Stuhl aufzustellen, den ich bei meinem Fluchtversuch umgeworfen hatte. »Setzen Sie sich.«

»Wieso sind Sie hier?« fragte ich und schob mir mit zittrigen Fingern eine Haarsträhne aus dem Gesicht.

»Hier in diesem Lokal bin ich, weil ich Ihnen nachgefahren bin. Nach Wien bin ich gekommen, weil ich hoffte, die Verantwortlichen der Albertina überreden zu können, die Ausstellung der Zeichnungen aus dem Italien des sechzehnten Jahrhunderts nach San Francisco zu schicken, sobald sie in Den Haag geschlossen wird. Heute morgen begegnete ich auf meinem Weg zum Büro des Direktors zufällig Françoise Brocard. Sie hat mir erzählt, daß Sie bei ihr waren.«

Er starrte in die Ferne, und es entstand ein unbehagliches Schweigen. »Sie hat mir auch erzählt, daß Sie Fragen über Rosenmeier gestellt haben«, setzte er schließlich aufgebracht hinzu. »Sie versuchen, mir den Mord an Michael anzuhängen!«

»Warum haben Sie behauptet, Rosenmeier sei ein unbedeutender Kunstliebhaber gewesen, obwohl er vor dem Krieg im Besitz einer der größten Sammlungen von französischer Malerei in Wien war?«

Klaus wich dieser Frage aus. »Ich will wissen, was Sie über Rosenmeier in Erfahrung gebracht haben«, brüllte er.

»Ich habe erfahren, daß Jacob Rosenmeier beide David-Gemälde besessen hat, die für Michaels Ausstellung vorgesehen sind. Und daß viele seiner anderen Kunstwerke während des Krieges verschwunden sind. Aber vermutlich wissen Sie darüber Bescheid, oder? Und auch über Michaels Mörder.«

Er zuckte zusammen und rückte seine Krawatte zurecht. Der Haarflaum auf seinem Handrücken war so grau wie sein Kopf. Ich zitterte leicht – ob mich die kalte Brise, die über die Terrasse wehte, oder die Nervenanspannung zum Schaudern brachten, hätte ich nicht sagen können. Klaus' Gesicht sah voller aus, als ich es in Erinnerung hatte, beinahe aufgedunsen mit schweren Tränensäcken unter den Augen.

»Ich hole Ihnen noch einen Kaffee«, sagte er. »Und einen Cognac, wenn Sie wollen. Es ist höchste Zeit, daß wir uns ausführlich unterhalten.« Seine Stimme klang freundlich, war aber ein wenig heiser.

Ich betrachtete seinen breiten Rücken, als er durch die Tür zum Café verschwand, und überlegte, ob ich mich aus dem Staub machen und in den Bus steigen sollte, wo ich mich in der Gesellschaft anderer sicher fühlen konnte. Doch jetzt, da ich ihm von Angesicht zu Angesicht gegenübergestanden hatte, erschien mir meine Angst irrational. Vielleicht ist die Realität nie so bedrohlich, wie wir es uns in unserer Phantasie ausmalen. Möglicherweise fühlte ich mich aber auch nur nicht mehr so verfolgt und hilflos wie noch vor einer Stunde. Falls er den ganzen Weg hier heraufgekommen war, um mir etwas anzutun, sagte ich mir, dann wäre er jetzt nicht gegangen und hätte mich bestimmt nicht auch nur einen Moment aus den Augen gelassen.

Klaus kam nach wenigen Minuten mit einem Tablett zurück, auf dem zwei Tassen Kaffee und zwei große Cognacschwenker standen.

»Prosit«, sagte er, hielt seinen Schwenker hoch und trank ihn mit einem einzigen Schluck aus.

Ich nahm mein Glas in die Hand – weniger um seinen Toast zu erwidern, als viel eher um mir meine Skepsis zu bewahren, denn noch hatte ich keine Ahnung welche Version der Ereignisse er mir erzählen würde.

»Ich bin mit dem Taxi gekommen«, sagte er und verzog unmutig das Gescht, dann lehnte er sich zurück. Offenbar hatte er sich ein wenig beruhigt, seit ich nichts mehr unternahm, um vor ihm davonzulaufen. »Abgesehen von allem anderen kosten Sie mich Geld. Aber ich kann nicht zulassen, daß Sie die Zukunft des Museums mit Ihren Verdächtigungen und Fragen aufs Spiel setzen. Deshalb werden wir reden und Ihre Phantasien von der Wirklichkeit trennen.«

Ich zog die Augenbrauen hoch. Als Eröffnung, die mich in die Defensive drängen sollte, war das brillant. »Also gut«, sagte ich entschlossen und erwiderte seinen Blick. »Aber Sie sollten von vornherein wissen, daß sich ein paar von meinen ›Phantasien‹, wie Sie es nennen, durch Gespräche mit Françoise Brocard und Rosenmeiers Nichte als Wirklichkeit bestätigt haben. Es ist eine Sache, daß Sie ständig beteuern, Sie hätten nichts mit dem Mord an Michael zu tun. Aber daß Sie jede Antwort auf Fragen, die sich auf die Vergangenheit und auf Wien beziehen, verweigern, steht auf einem ganz anderen Blatt. Ich muß wissen, wie Sie zu Michaels Arbeit standen. Und warum Sie sich darüber ausgeschwiegen haben, daß Ihnen die Herkunft von Davids Napoleon-Portrait bekannt ist. Sie wußten selbstverständlich, daß es früher einer Wiener Privatsammlung angehört hat, die im Krieg beschlagnahmt wurde.«

Meine Worte schienen ihm einen gehörigen Schrecken einzujagen. Ein Muskel an seiner Wange zuckte, als er sein Glas sorgsam auf dem Tablett abstellte. Trotz des eisigen Windes war er aschfahl im Gesicht.

»Ich weiß, daß Sie am Morgen vor dem Mord Streit mit Michael im Museum hatten«, sagte ich, um das Schweigen zu unterbrechen. »Worum ging es dabei?«

Klaus seufzte und schob mit einem Finger das Glas so weit, bis es die Kaffeetasse fast berührte »Michael kam zwei Tage vor dem Mord aus Europa zurück. Bei der Mitarbeiterbesprechung am nächsten Morgen war er ungeheuer aufgeregt. In Frankreich hatte er die ausstehenden

Verträge für die Leihgaben unter Dach und Fach gebracht und alles, was noch für die Ausstellung nötig war, erledigt.« Klaus machte eine Pause; zwei Kinder rannten an uns vorbei zur Brüstung, ihre schrillen Stimmen übertönten die Ermahnungen der Erwachsenen, die ihnen langsamer folgten.

»Und dann?« drängte ich.

»In Paris brachte er während seiner Nachforschungen in Erfahrung, daß das Gemälde vor dem Krieg in Jacob Rosenmeiers Besitz gewesen war. Er wußte, daß die Rosenmeiers bedeutende Sammler der französischen Malerei aus dem achtzehnten und neunzehnten Jahrhundert waren, und er dachte, ich hätte etwas über die Geschichte der Rosenmeiers und der Bilder wissen müssen.«

Der Wind fegte durch den Fichtenwald, und ich schauderte.

»Ich habe ihn gebeten«, fuhr Klaus fort, »den Namen der Rosenmeiers nicht im Katalog zu erwähnen.«

»Warum?«

Klaus machte keine Anstalten weiterzusprechen, sondern starrte nur trübsinnig in seine Tasse, in der die Sahne träge auf dem schwarzen Kaffee schwamm. Dann warf er mir einen Blick zu, der um Verständnis bat.

»Wie soll ich Ihnen, einer Amerikanerin, die noch dazu einer ganz anderen Generation angehört, das erklären?« begann er schwerfällig. »Sie fällen wie Michael nur ein absolutes Urteil, obwohl Sie nichts wissen. Rein gar nichts!« Er schlug mit der flachen Hand auf den Tisch, so daß die Tassen klapperten. Schweißperlen glänzten auf seiner Stirn.

Als er wieder das Wort ergriff, war seine Stimme so leise, daß ich mich vorbeugen mußte, um ihn zu verstehen. »Ich habe mein Studium im Jahr 1941 an der Wiener Universität begonnen, und ich hatte schon vorher meine Liebe für die italienische Kunst entdeckt. Meine Familie hatte etwas Geld, und sie schickten mich schon seit meinem vierzehnten Lebensjahr jeden Sommer nach Italien, damit ich die Sprache lernte. Damals begegnete ich Jacob Rosenmeier zum erstenmal. Er und mein Vater waren flüchtig miteinander bekannt, und Jacob entwickelte Interesse für mich und meine Ausbildung. Er lud mich in sein Haus in Wien ein, zeigte mir seine Sammlung und drängte mich dazu, über ein Studium der Kunstgeschichte nachzudenken.«

Ich zog den Pullover fester um meine Schultern und versuchte zu verbergen, wie kalt mir geworden war. Ich wollte nichts unternehmen, was Klaus' Redefluß unterbrochen hätte. Er hielt nur kurz inne, als der Kellner das Geschirr am Nebentisch abräumte. Als Klaus seine Erzählung wieder aufnahm, runzelte er die Stirn. »Meine Eltern waren gebildete Leute, die gern in die Oper und in Konzerte gingen, aber sie hatten kein besonderes Interesse an der bildenden Kunst. Erst Jacob machte mich mit den Schönheiten der Malerei bekannt. Und dann, kaum zwei Jahre später, war Jacob weg. Kein Mensch sagte mir, wohin er gekommen oder warum er fortgebracht worden war.«

Ich rührte noch einen Löffel Rahm in meinen Kaffeerest. Ich brauchte keine Fragen zu stellen. Nachdem er einmal angefangen hatte, quälte sich Klaus mit grimmiger Entschlossenheit durch seine Geschichte. »Als ich mein Studium begann, sympathisierte die Wiener Universität mit den Nazis. Wie gesagt, es war das Jahr 1941, und der Krieg tobte heftig. Die Deutschen kämpften an verschiedenen Fronten, und das Gemetzel in Rußland war fürchterlich. Ich wußte, daß man mich bald einziehen würde und daß es für mich vermutlich den Tod bedeutete, wenn man mich nach Rußland schickte. Können Sie das verstehen? Ich war siebzehn Jahre alt und wollte nicht in irgendeinem gottverlassenen Schützengraben sterben. Ich wollte leben und mich für den Rest meines Daseins mit den Schätzen der italienischen Renaissance umgeben.«

Der Reiseleiter, der auf uns zustürmte, unterbrach

Klaus. Der blonde Bursche war hochrot im Gesicht und fuchtelte schon von weitem heftig mit den Armen. »Meine Dame«, rief er und deutete auf seine Uhr. »Sie haben nicht auf die Zeit geachtet. Es ist schon fast fünf nach drei!«

Ich starrte ihn an und begriff im ersten Moment nicht, was ihn so aufgebracht haben könnte.

»Sie haben nicht auf die Uhr geschaut«, klagte er mich an. »Sie sind zu spät dran.«

»Bitte«, sagte ich, »bitte, gehen Sie.«

»Aber Sie müssen zum Bus. Sie hätten schon um drei Uhr einsteigen müssen«, setzte er hinzu.

»Ich fahre später nach Wien zurück. Mit dem Taxi oder sonst irgendwie.«

Der Reiseleiter straffte den Rücken, sah mich mißbilligend an und marschierte in Richtung Parkplatz davon.

»Tut mir leid«, murmelte ich. Klaus war auf seinem Stuhl in sich zusammengesunken, das Kinn ruhte auf seiner Brust, und es schien fast, als hätte er nichts von dem Wortwechsel mit dem blonden Österreicher mitbekommen. »Also, Sie wußten, daß man sie an die Front nach Rußland schicken würde?«

Er seufzte und hob den Kopf. »Einen Tag, nachdem ich meinen Stellungsbefehl erhalten hatte, sprach mich einer meiner Professoren an. Er wußte über meine Sprachkenntnisse Bescheid. Ich hatte Französisch in der Schule gelernt, und mein Italienisch war nach drei Sommerferien im Land auch ziemlich gut. Der Professor meinte, er könne durch einen Bekannten erreichen, daß man mich nach Sarajevo schickt. Sie brauchten dort Männer, die Italienisch konnten und mit der italienischen Kommandozentrale Verbindung halten sollten.«

Mit Verzweiflung in der Stimme berichtete er von den Ereignissen des Jahres 1942, als sich die Deutschen den italienischen und ostbosnischen Truppen anschlossen, um die Serben zu vertreiben. »Woher hätte man das wissen sollen?« rief er einmal aus. »Woher hätten wir wissen sollen, wie groß das Ausmaß der Greueltaten war? Achtzigtausend Menschen wurden getötet, hingerichtet oder in Konzentrationslager deportiert. Ja, ich war dort. Aber ich war siebzehn Jahre alt. Siebzehn Jahre«, wiederholte er flüsternd. »Ich war dort, aber nur als Dolmetscher. Ich habe meine Tage in einem Büro verbracht. Ja, es sind grauenvolle Dinge geschehen. Und heute kennen wir den ganzen Umfang des Schreckens«, fügte er hinzu. Sein Gesicht war aschfahl geworden. »Doch damals war ich noch ein halbes Kind, das nur die Befehle befolgte und schnell wieder zurück nach Wien wollte, um Kunstgeschichte zu studieren und die Meisterwerke der großen Künstler kennenzulernen.«

Ich hegte nicht den geringsten Zweifel, daß Klaus' Entsetzen bei der Erinnerung an das Geschehene echt war. Ich versuchte, ihn mir als blutjungen Soldaten vorzustellen, doch das Bild der tränenüberströmten Frau Schiller drängte sich immer wieder in mein Bewußtsein. Und dann war da noch der Gedanke an Pierres Behauptung, daß der junge Leutnant Burger Schriftstücke unterzeichnet hatte.

»Und danach?« Ich zwang mich, möglichst sachlich zu klingen, obwohl mich Klaus' Geschichte angerührt hatte.

»Nach dem Krieg durfte ich wieder zur Universität und meinen Abschluß in Kunstgeschichte machen«, fuhr Klaus mit einem Seufzen fort. »Den Rest wissen Sie. Einer meiner Vorgesetzten kam wegen Kriegsverbrechen vor Gericht. Ich selbst war nur einen Schritt davon entfernt, identifiziert und ebenfalls angeklagt zu werden. Als ich in späteren Jahren immer mehr Erfolg hatte und in der Öffentlichkeit bekannter wurde, lebte ich in ständiger Angst, daß mich jemand wiedererkennen und der Mittäterschaft beschuldigen könnte. Ich fürchtete, daß alles, wofür ich so hart gearbeitet hatte, zerstört werden würde – schließlich ist die Kultur das einzige, was wir der Brutalität der animalischen Natur entgegensetzen können.«

»Jemand hat Sie wiedererkannt.« Ich erzählte ihm von

meiner Unterhaltung mit Frau Schiller. Zumindest diesen einen Tag hatte Klaus nicht »im Büro verbracht«.

Er zuckte mit den Schultern, als spielte das jetzt keine Rolle mehr. »Ich wollte Europa verlassen, weil hier die Vergangenheit ständig vor der eigenen Haustür lauert«, erklärte er schließlich. »Ja, ich wollte irgendwo leben, wo ich frei von Erinnerungen war. Als mir ein Posten in Kalifornien angeboten wurde, sagte ich mir, daß sich dort kein Mensch dafür interessiert, was früher war. Dort, dachte ich, bin ich weit weg, und die Vergangenheit hat nicht das geringste mehr zu bedeuten.« Er wischte sich mit der zerknüllten Serviette den Schweiß von der Stirn. »Ich brauche noch was zu trinken.«

Ich war halb erfroren und deprimiert und wartete, bis Klaus zurückkehrte. »Ich wußte die ganze Zeit«, sagte er, als er sich schwer auf den Stuhl fallen ließ, »daß die Amerikaner die größten Moralisten der Welt sind, sobald es um den Zweiten Weltkrieg geht; sie mußten ja nicht all das Schreckliche miterleben. Und sie sind felsenfest überzeugt, daß sie solche Dinge in ihrem Land niemals zulassen würden.« Ich hörte einen verächtlichen Unterton heraus und fragte mich, ob er vielleicht sogar recht mit dieser Ansicht hatte.

»Als Michael in unser Museum kam, hatten wir einen Mitarbeiter gewonnen, der imstande war, große Ausstellungen zu organisieren und das Haus aus der provinziellen Selbstzufriedenheit herauszureißen. Doch als er mir erzählte, daß er nach Europa reisen und Recherchen betreiben wollte, war mir sofort klar, daß die alten Geschichten wiederauferstehen würden und daß ich Gefahr lief, alles zu verlieren, was ich in San Francisco aufgebaut hatte. Ich hatte Angst vor dem Namen Rosenmeier und davor, daß man mich mit der Familie, die im Krieg umgekommen war, in Zusammenhang bringen könnte.« Er versank in düsteres Schweigen. Ein Habicht zog seine Kreise über uns. Schließlich sagte Klaus: »Und deshalb habe ich Michael gebeten, einen Namen aus dem Katalog herauszulassen. Einen einzigen Namen.«

»Und was meinte Michael dazu?« erkundigte ich mich, obwohl ich die Antwort bereits wußte.

»Er nahm genau die Position ein, die Sie von ihm erwartet hätten. ›Ich kann die Wahrheit nicht unterschlagen‹ und so weiter. Ich zweifle nicht daran, daß Sie selbst unter diesen Umständen ebenso reagiert hätten.« Er gestattete sich ein mattes Lächeln. »Wahrscheinlich hätte ich das früher auch getan.«

»Michael weigerte sich die Geschichte der Bilder zu verfälschen, und Sie haben ihn deswegen umgebracht.«

Klaus zuckte wütend zu mir herum. »Ich habe Ihnen gerade erklärt, welche Schuld ich auf mich geladen habe, aber der Mord an Michael gehört nicht dazu.«

»Sie hatten ein Motiv und die Gelegenheit.«

»Glauben Sie allen Ernstes ...« er beugte sich mit vor Wut hochrotem Gesicht über den Tisch, »... daß ich jahrzehntelang in Angst vor der Entdeckung zugebracht und mich davor gefürchtet habe, daß mich jemand mit Rosenmeier in Verbindung bringt, nur um dann alles mit einem Mord aufs Spiel zu setzen?«

Ich wußte selbst nicht mehr, was ich denken sollte. Ich zitterte vor Kälte und hatte Kopfschmerzen nach allem, was ich von Klaus gehört hatte. Mir schien es, als hätte er mir zwei Geschichten erzählt – die eine des jungen Soldaten im Balkan und die andere des Studenten in Wien. Aber Jacob Rosenmeier war bereits tot, als Klaus Burger nach Sarajevo kam. Und Klaus schwieg sich über die Jahre nach dem Krieg hartnäckig aus. Ich wußte jetzt, daß Michael eine Bedrohung für Klaus gewesen war. Aber wenn Klaus Michael wirklich nicht getötet hatte – wer dann?

»Hier, Sie frieren ja.« Klaus zog seinen Wollmantel aus, den er über dem Jackett trug, und legte ihn mir über die Schultern. Ich verschränkte die Arme vor der Brust. Der Wollstoff war rauh, aber behaglich. Die Dämmerung war hereingebrochen, so daß ich Klaus vor mir kaum noch erkennen konnte. Seine Stimme schien aus der Dunkelheit zu dringen.

Eine letzte Frage fiel mir noch ein. »Warum ist Madame Brocard überzeugt, daß Sie mehr als jeder andere über die Kunstwerke wissen, die im Krieg verschwunden sind? Sie sagte, Ihnen sei während Ihrer Zeit an der Albertina immer schon vor allen anderen bekannt gewesen, wann eines dieser Werke wiederauftauchen würde.«

Klaus wurde verlegen und verschränkte die Arme vor der Brust. »Ich weiß gar nicht, warum ich mich überhaupt mit Ihnen über all das unterhalte«, erwiderte er abwehrend. »Françoise Brocard ist eine Klatschbase. Hinter dieser Sache steckt gar nichts Geheimnisvolles. Ich habe einen Cousin, der etwas älter als ich ist. Er studierte an der Konsularakademie in Wien und wurde nach dem Krieg Diplomat. Seine große Leidenschaft ist das Werk Altdorfers. Damals gehörte Altdorfer zu den Künstlern, auf die Goebbels sein besonderes Augenmerk gerichtet hatte. Goebbels eignete sich einige seiner schönsten Arbeiten für seine Privatvilla an. Mein Cousin wollte sein möglichstes tun, um die noch vorhanden Drucke und Zeichnungen von Altdorfer aufzuspüren. Diesem Ziel widmete er seine gesamte Freizeit, und er nutzte alle diplomatischen Kontakte. Es kann niemanden überraschen, daß er bei seinen Nachforschungen auch auf Informationen stieß, wo sich Werke anderer Künstler befanden. Manchmal gab er diese Informationen an mich weiter, wenn er dachte, daß die Albertina Interesse an den Arbeiten haben könnte.« Klaus sprang auf. »Ich brauche noch etwas zu trinken«, sagte er. »Und außerdem ist es hier draußen eiskalt. Gehen wir hinein und setzen uns an die Bar.«

Er steuerte die Tür an, und ich folgte ihm. »Cognac?« fragte er mich. Ich dachte an die beiden Drinks, die ich bereits getrunken hatte, aber mein vor Kälte zitternder Körper traf die Entscheidung für mich. Ich nickte. Mein Gesicht glühte in der warmen Stube, nachdem es so lange dem schneidenden Wind draußen ausgesetzt gewesen war. Als der Cognac serviert wurde, schob Klaus ein paar österreichische Geldscheine über die blank polierte Bar und drückte mir eines der Gläser in die Hand. Wir ignorierten beide, daß das Personal Anstalten machte, das Lokal zu schließen. Ich nippte bedächtig an meinem Glas, der schwere Mantel lastete immer noch auf meinen Schultern.

»Wer ist Ihrer Meinung nach Michaels Mörder?« fragte ich.

»Ich weiß es nicht.« Klaus schwieg nachdenklich, und mir erschien es, als würden mehrere Minuten verstreichen, obwohl es vermutlich nur ein paar Sekunden waren. »Ich denke, daß Michael von jemandem, der nichts mit dem Museum zu tun hat, umgebracht wurde«, behauptete er, und genau das war der Augenblick, in dem ich aufhörte, ihm zu glauben.

Der Argwohn war mir vom Gesicht abzulesen, denn Klaus redete nicht mehr weiter und trank seinen Cognac aus.

Wir teilten uns ein Taxi nach Wien und schwiegen fast die ganze Zeit. Als ich vor meinem Hotel ausstieg, sagte Klaus zum Abschied nur: »Ich habe ihn nicht getötet.«

KAPITEL ACHTZEHN

Am folgenden Morgen hatte ich immer noch keine feste Meinung, ob Klaus schuldig oder unschuldig war. Der Schmerz, der ihm bei seinem Bericht über seine Vergangenheit ins Gesicht geschrieben gestanden hatte, hatte mich bewegt, aber es war mir unmöglich, die losen Enden zu meiner Zufriedenheit zusammenzuknüpfen. Ich wußte nicht einmal, ob ich ihm glauben sollte, daß er eine »Geschäftsreise« nach Wien gemacht hatte. Mir erschien es äußerst unwahrscheinlich, daß sich unsere Wege durch Zufall gekreuzt hatten. Michael hatte etwas in Paris erfahren, was ihn offensichtlich erschüttert hatte, aber wenn es nur darum gegangen wäre, daß Klaus Informationen zurückhielt, dann wäre Wut und nicht Angst die einzig denkbare Reaktion gewesen. Ich verstand nach wie vor nicht, warum Michael seinen Vortrag in letzter Minute umgeschrieben hatte. Und ich rätselte noch herum, wem er davon erzählt haben könnte. Klaus behauptete, nichts von dem Vortrag gewußt zu haben.

Ich dachte noch immer über Michaels Vortrag nach, als Frau Schiller anrief.

Sie sei nach unserem Treffen, sagte sie, sehr aufgewühlt gewesen. Deshalb habe sie nach den wenigen Papieren von Jacob Rosenmeier gesucht, die nach dem Krieg in ihren Besitz übergegangen waren. Sie entschuldigte sich fast bei mir, weil sie meine Zeit noch einmal in Anspruch nahm.

»Ich habe einige Dinge durchgesehen, nachdem Sie gestern weggegangen waren«, erklärte sie. »Besonders die beiden Ordner mit Jacobs Papieren.«

»Haben Sie etwas gefunden?«

»Es gibt eine Akte, die sich mit dem Gemälde befaßt, über das wir gestern gesprochen haben – mit dem Portrait von Napoleon.« Ich kramte nach einem Block und einem Stift, während sie fortfuhr: »Ich habe es wieder richtig vor mir gesehen, wie es dort über der Treppe hing«, sagte sie traurig. »Und ich erinnerte mich daran, wie stolz Jacob war, wenn er es seinen Gästen zeigte. Die Akte enthält lediglich ein paar Briefe, die Jacob wegen dieses Bildes von verschiedenen Leuten erhalten hat. Einige dieser Briefe stammen von Museen, andere von Kunsthändlern, die anfragen, ob er einen Verkauf in Betracht zieht.«

Ich hörte aufmerksam zu, aber mir kam an all dem beim besten Willen nichts ungewöhnlich vor.

»Ganz am Ende«, setzte sie atemlos hinzu, »war noch ein Brief von einem Kunsthändler aus Paris.« Sie nannte den Namen des Mannes. Er war ein bekannter Sachverständiger für die Malerei des achtzehnten Jahrhunderts.

»Er hatte Jacob mehrere Male in Wien besucht und äußerte sich anerkennend über Jacobs Vorhaben, das Gemälde nach seinem Tod dem Kunsthistorischen Museum zu vermachen. Offenbar hatten sie darüber bei einem ihrer Zusammentreffen gesprochen. Aber dann – und das ist das Eigenartige – schreibt er, daß Jacob ganz recht daran getan hätte, das andere Bild von der jungen Frau verkauft zu haben, weil er jetzt fast überzeugt sei, daß David es *nicht* gemalt hat.«

»Das ist wirklich eigenartig«, sagte ich verblüfft. »Und mehr steht nicht in dem Brief? Er schreibt nicht, woher er das weiß?«

Ich hörte Papier rascheln und wartete ungeduldig. »Er schreibt«, begann Frau Schiller. »›Ich weiß, wie sehr Sie dieses Bild geliebt haben, mein Freund, und daß Ihnen der Verlust schwer zu schaffen gemacht hat. Aber Sie sollten wissen, daß es mit ziemlicher Wahrscheinlichkeit nicht Davids Werk ist. Sie haben also ein wunderschönes Bild verloren, aber kein Meisterwerk.‹ Hier macht er einen Absatz. ›Wir leben in düsteren Zeiten, und ich freue mich schon auf unsere nächstes Beisammensein. Bis dahin, mein Freund, möge Gott Sie behüten.‹ Damit endet der Brief.«

Ich stieß einen langen Seufzer aus. »Ist es möglich, daß Jacob diesen Brief den Studenten gezeigt hat, die er vor dem Krieg in seinem Haus empfangen hat?« fragte ich. Im Geiste sah ich Jacob Rosenmeier mit seinem Protégé vor mir, dem jungen Klaus Burger, mit dem er die Liebe zur Malerei teilte. Ich konnte mir gut vorstellen, daß er dem jungen Studenten ein paar Fragen stellte – »Was unterscheidet ein Werk des Meisters von dem seiner Imitatoren?« Oder etwas in der Art. Aber welche Antworten hatte er wohl erhalten?

Klaus tauchte nicht wieder auf. Ich flog am Nachmittag weiter nach Paris. Die nächsten Tage pendelte ich zwischen dem Bois de Boulogne, in dem sich das Marmatton Museum mit der Schriften und Dokumentensammlung über Monets letzte Jahre befand, und der Abteilung für Drucke und Zeichnungen in der Bibliothèque Nationale hin und her. Im Museum herrschte eine feierliche, beinahe begräbnishafte Atmosphäre, und ich war froh, mit meinen Karteikarten entkommen zu können, auf denen ich mir Notizen über die Tage gemacht hatte, in denen Monet und Lilly Spender Seite an Seite in Giverny gemalt hatten. Das Wetter war zu kalt und trüb für einen Besuch in dem sagenhaften Garten, und nicht einmal die neuen Hinweise auf Lillys Kampf, den impressionistischen Pinselstrich zu erlernen, konnten mich davon abbringen, unaufhörlich an Michael und den Mord zu denken.

Giverny stand im Sommer auf dem Programm. Vorher mußte ich mich erst noch mit einem französischen Meisterwerk aus dem achtzehnten Jahrhundert herumschlagen, bei dem zu befürchten stand, daß es unter falschen Vorzeichen bekannt geworden war. Ich war so sicher gewesen, daß Michaels Tod mit dem unklaren Aufenthaltsort von Davids *Portrait von Napoleon in seinem Abeitszimmer* während des Krieges in Zusammenhang stand, daß ich das zweite David-Gemälde, das heute in San Francisco hing, vollkommen außer Acht gelassen hatte.

Es war nicht mehr nachzuvollziehen, ob Michael ebenfalls auf die fragwürdige Herkunft des Bildes aufmerksam geworden war, aber jetzt wußte ich wenigstens, daß meine Reise nicht vergeblich gewesen war. Klaus' Geschichte hatte mir vor Augen geführt, welche Legenden wir um unser Dasein weben und wie wir Entscheidungen treffen, doch mir war auch klargeworden, daß der Michael, den ich zu kennen geglaubt hatte, ebenso ein Produkt meiner Phantasie gewesen war wie die persönliche Vergangenheit für Klaus. Der Michael, mit dem andere zu tun gehabt hatten, war nicht der Ausbund an Tugend, den ich in ihm gesehen hatte.

Die Herkunft des berühmten *Portraits von Napoleon in seinem Arbeitszimmer* und sein Weg vom Atelier des Künstlers in Paris zu einem Wiener Kunstsammler und von einem österreichischen Salzbergwerk zu seinem rechtmäßigen Platz in Frankreich waren mittlerweile gesichert. Hier mußten der Dokumentation im Katalog nur noch ein paar Einträge angefügt werden. Klaus hatte es mir überlassen zu entscheiden, ob Rosenmeier erwähnt werden sollte oder nicht. Vielleicht spielte das inzwischen keine Rolle mehr, denn kein Mensch in Kalifornien würde dem Beachtung schenken. Ich führte eine Reihe von Telefonaten von Paris aus und meldete mich auch noch einmal bei Madame Brocard in Wien, erfuhr jedoch nichts Neues, aber Frau Schiller versprach, mir eine Kopie des Briefes an Jacob Rosenmeier nach San Francisco zu schicken.

Der Terminal in San Francisco kam mir wie ein internationaler Bazar vor. Die Flugzeuge aus den verschiedensten Winkeln der Erde landeten beinahe gleichzeitig. Reisende aus aller Herren Länder liefen wild durcheinander. Ich holte mein Gepäck vom Fließband und flüchtete in ein schmuddeliges Taxi. Die Stadt mit ihren Hügeln, dem tiefblauen Wasser und den pastellfarbenen Wohnhäusern verschwamm vor meinen Augen. Ich atmete die würzige Salzluft und war froh, zu Hause zu sein.

Der vertraute Geruch nach Zitronenöl und Kaffee empfing mich vor Mrs. Domandis Tür, als ich die steile Treppe zum obersten Stock hinaufstieg. Ein Stapel Zeitungen lag zusammen mit einer mit schwarzem Filzstift geschriebenen Mitteilung vor meiner Wohnung. »Willkommen daheim, Schätzchen«, las ich. Candys krakelige Handschrift war nicht zu verkennen. »Was hältst du davon???« Ich öffnete die Tür mit einer Hand und schüttelte die oberste Zeitung mit der anderen auf.

EHRGEIZIGES KUNSTPROJEKT
WIRFT MILLIONENGEWINNE AB

las ich.

GALERIEBESITZER VERHAFTET.
ERMITTLUNGEN GEGEN PROMINENTEN
RECHTSANWALT EINGELEITET.

Der *Chronicle* liebt Skandale, in die Bürger der Stadt verwickelt sind, und dieser Skandal verdiente dicke, schwarze Schlagzeilen. Das Foto darunter zeigte Frank Spurling, der den Kopf ungeschickt von den Kameras wegdrehte und in Handschellen abgeführt wurde. Ich ließ mich auf dem Fußboden vor meiner Wohnungstür nieder und breitete die Zeitung auf meinem Schoß aus. Die Katzen umkreisten mich und beschwerten sich lautstark darüber, daß ich sie zuerst allein gelassen hatte und sie jetzt auch noch mit Mißachtung strafte. Ich hörte, wie Candys Tür ins Schloß fiel, und gleich darauf polterten Schritte die Treppe herauf.

Frank Spurling, Besitzer der renommierten Spurling-Galerie in der Grant Street 225, wurde am Freitag von der Polizei verhaftet. Er wird verdächtigt, mit Verkäufen von Kunstwerken aus Mexiko betrügerische Geschäfte getätigt und Steuerhinterziehung begangen zu haben.

»Wie findet du das?« erkundigte sich Candy, als sie sich neben mir niederließ und Antonius auf den Schoß nahm.

»Ich sehe nicht gut genug«, murmelte ich und blinzelte zu der trüben Funzel im Treppenhaus, mit der uns Mrs. Domandi ständig ermahnte, Strom zu sparen. Ich gab meine Bemühungen auf, nahm die Zeitungen mit in die Wohnung und legte sie auf den Tisch. Candy folgte mir gemählich und trug Antonius wie eine Federboa. In dem Artikel stand, daß Frank Spurling wegen Betrugs und falsch gestellter Rechnungen beim Verkauf von Gemälden verhaftet worden war. Im gleichen Atemzug mit ihm wurde ein Mann aus Monterey namens Marcus Delong genannt. Delong tätigte Investitionen in Kunstgegenstände und Immobilien und stand in dem Verdacht, Verbindung zum kolumbianischen Drogenkartell zu haben. Angeblich hatte die Polizei herausgefunden, daß durch Spurlings Galerie enorme Geldbeträge zu einer Scheinfirma auf den Bahamas transferiert wurden, und Delong galt als Boß dieser Firma. Ich war keineswegs überrascht, als ich las, daß auch gegen Patrick Maguire, der sowohl Spurling als auch Delong juristisch vertrat, ermittelt wurde.

»Ich hab' vergessen, dir die Nachmittagszeitung mitzubringen«, entschuldigte sich Candy, die mir über die Schulter spähte. »Da steht mehr über Maguire drin – er soll Unterschriften auf Papieren gefälscht haben, die diese Firma betreffen. Und noch etwas – das wird dir gefallen«, setzte sie hinzu, als Cleopatra mit hocherhobenem Schwanz über Frank Spurlings Foto stolzierte. »Delong war drauf und dran, dem Museum fünf Bilder zu schenken und sich dadurch eine Menge Steuern zu ersparen. Genau wie du gesagt hast.«

»Das ist die amerikanische Art. Wenn Reagan die Kühe von seiner Ranch in Santa Barbara als Unkosten von der Steuer abziehen konnte, warum sollte Delong dann nicht diese Gemälde abschreiben?«

»Und warum macht man mir ständig die Hölle heiß wegen der Trinkgelder im Club?«

»Dich kann man leichter festnageln als den Präsidenten«, erwiderte ich, ohne den Blick von der Zeitung zu wenden. »Wie ist die Polizei an diesen Delong herangekommen?«

»Wahrscheinlich hast du dem Lieutenant einen Floh in Ohr gesetzt, als du mit ihm über Spurling gesprochen hast.«

»Er und die anderen Cops scheinen aber kaum auf das geachtet zu haben, was ich sonst noch gesagt habe«, jammerte ich und schob Cleopatra von der Zeitung, um weiterblättern zu können.

»Als das alles anfing, stand auch etwas in der Zeitung, aber das habe ich leider nicht für dich aufgehoben«, bedauerte Candy. »Es ging um einen Lastwagen voll mit billigen mexikanischen Keramikwaren, der an der Grenze aufgehalten wurde. Die Polizei suchte nach Drogen und fand einen falschen Boden auf der Ladefläche, aber darunter waren nur Kisten mit Gemälden versteckt. Der Fahrer hat gesungen wie ein Vögelchen.« Der entrüstete Unterton erinnerte mich an Sammy und seine Misere. »Er hat den Bullen erzählt, daß er Anweisungen bekommen hätte, die Ladung zu einem Lagerhaus im Süden von San Francisco zu bringen und sich seinen Lohn in der Stadt abzuholen.«

»In der Galerie?«

»Nein. In Maguires Büro.«

»Sie haben sich nicht einmal die Mühe gemacht, einen Umschlag mit Geld unter den Apparat in einer Telefonzelle festzukleben oder so was.« Ich war ehrlich schockiert – die Kerle waren so arrogant gewesen, die Sache ganz offen abzuwickeln, und zudem gehörte schon eine große Portion Dummheit dazu, eine Spur zu hinterlassen, die geradewegs in Maguires Büro führte.

Als hätte Candy meine Gedanken gelesen, sagte sie: »Sogar Sammy weiß, daß ein Mittelsmann niemals die Namen derer kennen darf, die bei einer Operation das Sagen haben.«

»Du hast mit Sammy gesprochen?«

»Klar. Ich wollte herausfinden, ob Delong ein Lieferant ist, damit ich dir mehr erzählen kann, sobald du zurück bist.«

»Ausgezeichnet.« Ich umarmte sie. »Und ist er einer?«

»O ja. Sammy hat nur Gerüchte gehört, aber davon reichlich. Die betreffen auch«, fügte sie mit einem forschenden Blick auf mich hinzu, »diesen Kurator vom Museum.«

»Adam Heyman?«

»Ja, er lungerte wieder im Kunstinstitut herum. Einer der Studenten erzählte mir, daß dieser Adam Kokain mit auf die Parties bringt. Er dealt nicht«, beteuerte sie, »sondern sorgt nur für Entspannung.«

»Aber er muß es auch irgendwoher bekommen. Kokain ist ein teures Hobby, und Museumskuratoren sind notorisch unterbezahlt.«

Ich öffnete den Reißverschluß meiner Reisetasche und beförderte ein in Papier gewickeltes Päckchen zutage.

»Was ist das?«

»Für dich«, sagte ich. »Weil du dich um meine Katzen gekümmert hast.«

Candy riß das Papier ab und warf es auf den Boden; die Katzen stürzten sich freudig auf das neue Spielzeug. Einen Moment war es ganz still. »O Mann!« Candy schlang den weichen Paisley-Schal um ihre Schultern und drehte sich im Kreis. Die langen Fransen wirbelten herum, und die

Katzen gaben ihr Spiel auf und starrten wie hypnotisiert auf den Schal. »Ein wunderschöner Schal! Wo hast du ihn her?«

»Vom Flohmarkt. Dort war ich an meinem letzten Tag in Paris.« Ich stellte die Flasche mit dem Lavendel-Duftwasser auf den Tisch, die ich für Mrs. Domandi mitgebracht hatte, und bewunderte Candy mit dem neuen Schal. Es war nicht zu übersehen, daß sie sich über das Geschenk freute.

»Ich nehme an, du willst auspacken. Ich habe die Katzen heute morgen gefüttert. Antonius hat dein Usambaraveilchen gefressen und sich auf deinem Bett übergeben, aber ich habe alles sofort saubergemacht«, fügte sie lächelnd hinzu. »Komm doch später runter und erzähl mir von deiner Reise.«

Ich versprach ihr, sie nachher zu besuchen. Candy wikkelte den Schal noch fester um sich, als sie kurz darauf ging. Ich machte mich auf den Weg zu Mrs. Domandi, um meine Post zu holen und das Duftwasser abzuliefern, das sie, wie ich genau wußte, wegstellen und für besondere Gelegenheiten, die nie kamen, aufheben würde.

Ich war hin und hergerissen zwischen dem Wunsch, ein Nickerchen zu machen, und der Lust auf einen Cappuccino im Cafè Roma und beschloß, dem Anrufbeantworter die Entscheidung zu überlassen. Die ersten drei Anrufe waren Routine; ich notierte mir Telefonnummern und Zeiten, zu denen die Anrufer bestimmt zu Hause zu erreichen waren.

Der vierte Anruf warf all meine Pläne für den Rest des Tages über den Haufen.

KAPITEL NEUNZEHN

Als ich Luis' atemlose Stimme hörte und er sich entschuldigte, weil er mich zu Hause anrief, wußte ich sofort, daß etwas Ungewöhnliches vorgefallen war. Ich drückte auf den Rückspulknopf, dann wählte ich die Nummer, die er mir angegeben hatte. Eine warme, melodische Frauenstimme meldete sich: *»¡Hola!«*

»¡Hola!« gab ich zurück, und damit waren meine Spanischkenntnisse erschöpft. »Luis?«

»Si.«

Ich hörte die Frau etwas rufen. Einen Augenblick später meldete sich Luis: »Charlotte? Tut mir leid, daß ich Sie zu Hause belästigt habe. Sie sind bestimmt müde von der Reise, aber ich mußte Sie so bald wie möglich sprechen.«

»Es macht mir wirklich nichts aus. Was ist los?«

»David hat 1801 gar nicht im Salon ausgestellt!«

»Was meinst du damit? Erzähl mir ganz langsam alles von Anfang an.« Ist das die erste Antwort auf die Fragen, die Frau Schillers Brief aufgeworfen hat? fragte ich mich. Aber darüber konnte ich mir später Gedanken machen.

»Es ist ungeheuerlich«, sagte Luis und stotterte dabei fast vor Aufregung. »Wegen des Feiertags in der letzten Woche war ich eine ganze Weile nicht mehr in der Bibliothek. Und erst gestern machte ich mich wieder daran, weitere Nachforschungen über die Herkunft des Bildes anzustellen. Miriam hat mir bei einigen französischen Schriftstücken geholfen.«

»Nett von ihr.«

»Ja. Jedenfalls zeigte ich ihr die beiden Kupferstiche, die 1801 vom Salon gemacht wurden und die ausgestellten Bilder an der Wand zeigen.«

»Und?« drängte ich.

»Und sie sagte mir genau das, was Sie uns schon über die Art und Weise erklärt haben, wie Kunsthistoriker bestimmen, welche Gemälde in welcher Ausstellung hingen: daß sie nach zeitgenössischen Drucken oder Stichen von dieser Ausstellung suchen. Das habe ich auch getan. Ich durchforstete die Quellen nach ähnlichen Bildern wie dem, das Sie uns im Seminar gezeigt haben und auf dem eine Wand mit einem Gemälde neben und über dem anderen und Menschen davor zu sehen war.«

Luis machte eine kurze Pause, um Luft zu holen, und ich dachte an die Dias, die ich den Studenten vom Salon von 1801 gezeigt hatte. Das Bild, an dem Luis arbeitete, war auf diesen Dias deutlich zu sehen. Es hing auf halber Höhe der Wand.

»Miriam hat mir vorgeschlagen, die Zeitungsberichte über den Salon durchzulesen und nachzusehen, ob das Gemälde dort besprochen wurde. Ich fing mit dem Pariser *Art Journal* und der *Gazette des Beaux-Arts* an. Die lagen nämlich in der Bibliothek vor.«

»Was hast du gefunden?« Ich wußte, daß er jede Minute auskostete und möglichst alle Einzelheiten von seiner großen Entdeckung erzählen wollte.

»In einem Artikel im *Art Journal* wurde ein wundervolles Gemälde von einer jungen Frau erwähnt, das im Salon ausgestellt worden war. Aber als ich zum Ende des Artikels kam, fielen mir zwei kurze Mitteilungen auf der nächsten Seite auf. Ich hätte sie beinahe übersehen«, setzte er in verwundertem Ton hinzu. »Eine davon verkündete, daß sich David entschieden habe, in diesem Jahr keines seiner Werke im Salon auszustellen und seine Bilder statt dessen in seinem Atelier zu zeigen.« Der letzte Satz klang wie eine Frage.

»Ja«, versicherte ich rasch, »vielleicht hat er genau das getan. Gute Arbeit, Luis.«

»Ich weiß«, erwiderte er stolz und vergaß für einen Moment seine übliche Bescheidenheit.

Ich hatte mir, als ich ihm zuhörte, einige Notizen gemacht.

»Miriam meinte, ich solle nachsehen, ob ich in den Veröffentlichungen Informationen über Davids Atelier finde. Ich ging in die öffentliche Bibliothek und ließ mir die Mikrofilme geben. Es hat mich den ganzen Tag gekostet, sie durchzugehen. Aber zu guter Letzt stieß ich auf einen kleinen Artikel, in dem darüber berichtet wurde, daß Monsieur Jacques-Louis David seine neuen Bilder geladenen Freunden in seinem Atelier zeigte. Reicht das aus, um es für die Dokumentation zu benutzen?«

»Das denke ich schon«, sagte ich. »Du hast wirklich ausgezeichnete Arbeit geleistet. Hast du begriffen, was das bedeutet?«

»Ja«, antwortete er wie beiläufig, aber es gelang ihm dennoch nicht, seine Begeisterung zu verbergen. »Das bedeutet, daß das Bild, wenn es wirklich 1801 im Salon an der Wand hing, gar nicht von David stammt.«

»Ganz recht.« Die Ungeheuerlichkeit von Luis' Entdeckung vertrieb meine Müdigkeit. »Hast du heute nachmittag schon etwas vor? Wenn nicht, könnten wir zusammen nach Berkeley in die Bibliothek fahren und nachsehen, ob wir noch mehr finden.«

»Großartig. Das wollte ich ohnehin tun, aber ich hielt es für besser, erst mit Ihnen zu sprechen. Können wir gleich losfahren? Ist es nicht unglaublich, daß das Gemälde vielleicht gar nicht von David stand? Und alle Kunsthistoriker gehen davon aus, daß er es gemalt hat! Warum hat niemand auf die Mitteilung geachtet, daß er ausgerechnet in dem Jahr nicht ausgestellt hat?«

»Deine erste Frage kann ich nur bejahen. Was alles andere betrifft ...« Ich suchte nach den passenden Worten –

schließlich wollte ich seine Illusion, daß die wissenschaftliche Arbeit unfehlbar ist, nicht zerstören. »Selbst die besten Wissenschaftler übersehen hin und wieder etwas. Wir müssen nur noch ein paar Einzelheiten auf den Grund gehen und überlegen, was diese neue Erkenntnis für unsere Ausstellung bedeutet. Und für den Katalog.« Und für Charles Howland, dachte ich im stillen, für den Mann, der glaubte, einen echten David zu besitzen. »Ich hole dich in zwanzig Minuten ab«, sagte ich.

Nachdem Luis mich gebeten hatte, ihn an der Sixteenth Street neben der alten Missionskirche aufzulesen, legte ich auf. Ich würde mich mit dichtem Nachmittagsverkehr abfinden müssen, aber von dem Viertel aus, in dem Luis wohnte, kam man rasch zur Bay Bridge, und mit etwas Glück konnten wir Berkeley in einer halben Stunde erreichen.

Es herrschte tatsächlich viel Verkehr, und ich hatte Zeit genug, über Howlands Bild nachzudenken, als ich langsam durch die Stadt rollte. Hatte Michael herausgefunden, daß das Gemälde nicht von David stammt? Wußte Klaus davon?

Und wenn David das *Portrait einer jungen Frau* nicht selbst gemalt hatte, wer dann? Wem, außer Charles Howland könnte es schaden, wenn das Werk einem anderen Künstler zugeschrieben wurde?

Die Fahrt dauerte meinem Gefühl nach Ewigkeiten, in Wirklichkeit konnten jedoch nicht sehr viel mehr als zwanzig Minuten vergangen sein, bis ich die Palmen, die die Dolores Street säumten, und die Türme der modernen Kirche entdeckte, die die spanische Missionskirche überragten. Ich bremste ab, und Luis eilte zwischen zwei Bussen auf die Fahrbahn und schwenkte seinen Nylonrucksack durch die Luft, als er auf meinen Wagen zulief.

Nach dem grauen, kalten Licht in Wien und Paris kam mir die Sonne in San Francisco fast mediteran vor.

»Ich fühle mich, als wären wir unterwegs zu einem Abenteuer«, sagte ich zu Luis.

Er verrenkte sich den Hals, um die Reihe der Öltanker, die in der Mitte der Bucht darauf warteten, ausgepumpt zu werden, zu betrachten – ein malerisches Bild für einige, andere hingegen sahen so was als drohende Umweltkatastrophe an.

»Ich verlasse nur sehr selten die Stadt«, erklärte Luis fröhlich. »Meistens muß ich arbeiten, oder ich bin in der Uni. Was machen wir als erstes?«

»Wir stellen den Wagen auf der Nordseite des Campus ab und gehen in die Hauptbibliothek. Mit meiner Karte haben wir Zugang zu der Abteilung, zu der nur Kunsthistoriker Zutritt haben.«

Ausnahmsweise hatte ich keine Schwierigkeiten, einen Parkplatz zu finden, und wir begaben uns geradewegs zu der Abteilung mit den kunsthistorischen Werken und Schriften. Ich belegte einen Tisch in der Nähe der Sektion mit den Büchern über französische Malerei, Luis packte seinen Rucksack aus und ordnete seine Unterlagen in Stapeln auf der zerkratzten Tischplatte an. Die Turmuhr auf dem Campus schlug drei.

»Hier«, sagte Luis und schob ein Stück Papier über den Tisch. »Das ist eine Kopie von dem Kupferstich, der die Gemälde im Salon von 1801 zeigt.« Selbst auf der schlechten Reproduktion war Charles Howlands Gemälde eindeutig zu erkennen.

»Man sollte meinen, daß David im Jahre 1801 bereits so berühmt war, daß man seine Bilder in Augenhöhe aufgehängt hätte«, bemerkte ich. Das *Portrait der jungen Frau* hing etwa in der Mitte zwischen dem Boden und der sehr hohen, gewölbten Decke.

»Es ist ungefähr in der Mitte«, meinte Luis mit einem bewundernden Blick auf das Bild. »Einige andere hängen fast an der schräg geneigten Decke. Man müßte sich auf den Boden legen, um sie richtig zu sehen.«

Was den Standort bei Ausstellungen betraf, mußten sich die französischen Maler aus dem achtzehnten und neunzehnten Jahrhundert erst beweisen – erst wenn sie sich einen Namen gemacht hatten, erachtete man ihre Werke für würdig, in Blickhöhe zu hängen. Junge, umstrittene oder weibliche Künstler bekamen nur Ausstellungsflächen an der Decke.

Während sich Luis auf die Suche nach Katalogen machte, las ich die Kopien durch, die er von den Zeitungsartikeln über den Salon gemacht hatte. Da war auch die kurze Notiz, daß David im Jahr 1801 die Ausstellung im Salon boykottiert hatte. Ich stöberte in den Regalen und kam mit einem Arm voll ledergebundener Kunstmagazine von 1801 zurück. Das spröde braune Papier fiel beinahe auseinander, als ich vorsichtig in ihnen blätterte, um nach Kritiken und Besprechungen zu suchen.

Luis fand eine Veröffentlichung, in der alle Werke registriert waren, die 1801 in den Salon gelangt waren, und wir unternahmen den Versuch, die Gemälde den Beschreibungen zuzuordnen. Unglücklicherweise waren die meisten Angaben so vage, daß sie auf mehr als nur ein Bild gepaßt hätten. Der Begriff »Portrait einer jungen Frau« fiel oft, aber wir konnten nicht ergründen, ob Howlands Bild ursprünglich schon diesen Titel gehabt hatte.

Eine Stunde später war ich mit den Bildbesprechungen durch, hatte jedoch nichts erfahren, was mir Luis nicht schon vorher erzählt hatte. Davids Name tauchte nirgendwo auf.

»Okay«, sagte ich und schob mir mit staubigen Fingern die Haare aus dem Gesicht, »wenn David das Bild nicht gemalt hat – wer ist dann der Künstler? Der Stil ist sehr ähnlich, deshalb ist es kein Wunder, daß man das Werk zweihundert Jahre lang fälschlicherweise David zugeordnet hat. Wir sollten mit seinen Schülern anfangen.«

Ich nannte Luis eine ganze Reihe von Künstlern, die als Schüler von David bekannt waren und 1801 im Salon ausgestellt hatten. Zu dieser Zeit war David schon ein anerkannter Lehrer, und unter seinen Schülern befanden sich einige Maler der nächsten Generation, die zu Ruhm gelangt waren: Gros, Girodet und Gérard hatten technisch brillante Werke in dem klassizistischen Stil geschaffen, der durch ihren Meister berühmt geworden war. Ich wußte auch, daß David seiner Zeit weit voraus gewesen war und auch eine ganze Reihe junger Frauen unterrichtet hatte, die später zu bescheidenem Erfolg gelangt waren. Ebenso klar war mir, daß die Kunsthistoriker, die Frauen ohne Hemmungen als minderwertige Künstler bezeichneten, nur allzu bereit waren, ihre guten Werke den bekannteren männlichen Kollegen zuzuschreiben, mit denen sie zu Lebzeiten in Verbindung gestanden hatten. Die *oeuvres* von Rodin, Hals und Tintoretto, um nur einige zu nennen, wurden durch Arbeiten von Camille Claudel, Judith Leyster und Marietta Robusti vergrößert, das wußte heute jeder. Daran dachte ich, als ich für Luis noch eine Liste von weiblichen Namen zusammenstellte.

»Was haben wir bis jetzt?« fragte ich, als Luis einige Zeit über den Schriften gebrütet hatte.

Luis zog seine Notizen zu Rate. »Gemälde von Gros und Girodet hingen im Salon. Auch welche von Marie Benoist, Constance Davin-Mirvault und Violette Mercier. Nach diesem albernen Katalog kann man aber unmöglich feststellen, welche Bilder genau sie ausgestellt haben«, beklagte er sich. »Marie Benoist ... drei Bilder. Das hilft uns nicht weiter.«

»Die Dokumentatoren haben, als sie den Katalog anfertigten, nicht daran gedacht, daß sich Leute im zwanzigsten Jahrhundert Gedanken über die Zuordnung der Werke machen würden. Ich glaube, daß die Organisatoren mit 1900 Exponaten bei dieser einen Ausstellung vollkommen überfordert waren. Da ist noch ein Hinweis.« Ich schob ihm einen Band von *L'Art* zu. »Vorsicht mit den brüchigen Seiten. Siehst du das hier?«

Dort stand, daß Gérard vier Gemälde nach der offiziellen Eröffnung der Ausstellung abgeliefert hatte. »Soll das heißen, daß vier seiner Gemälde gezeigt wurden, die nicht einmal in dem Katalog erfaßt worden sind?« rief Luis entrüstet. »Wie sollen wir dann jemals herausfinden, ob dieses eine von ihm stammt oder nicht?«

»Erst suchen wir in Ausstellungskatalogen, Monographien und Berichten über Reproduktionen von den Arbeiten der Künstler, die in den ersten zwei, drei Jahren des neunzehnten Jahrhunderts im Salon ausgestellt haben. Die Tatsache, daß diese Maler und Malerinnen 1801 alle am Anfang ihres Schaffens standen, dürfte das weite Feld ein wenig eingrenzen.«

Ich sah Luis an, daß kunstgeschichtliche Nachforschungen allmählich ihren Reiz für ihn verloren. Er verdrehte die Augen. »Damit haben wir mindestens eine Woche zu tun.«

»Dann laß uns prüfen, welche Werke von Benoist, Davin-Mirvault und Mercier reproduziert wurden.«

Der Stapel von Bücher und Magazinen vor uns war beträchtlich angewachsen, als Luis, der die Kataloge von den Sammlungen in kleinen französischen Museen durcharbeitete, einen Triumphschrei ausstieß.

Im ersten Augenblick begriff ich nicht, was ihn so begeisterte. Auf dem Schwarzweiß-Bild, das er mir zeigte, war eine Frau mittleren Alters abgebildet, die auf einem Empire-Sessel posierte. Schwarze Locken umrahmten ihr Gesicht, das tief ausgeschnittene Seidenkleid war unter dem Busen mit einem Band gerafft.

»Die Füße«, rief Luis. »Sehen Sie sich die Füße genau an!«

Einer der in spitzen Satinschuhen steckende Fuß stand etwas vor dem anderen, und der Rist war leicht gewölbt. Die Pose stimmte haargenau mit der der jungen Frau von Howlands Gemälde überein.

»Es könnte eine Modeerscheinung sein«, warnte ich. »Eine Stellung, die andere Künstler zu der Zeit auch bevorzugten. Wer hat das gemalt?«

»Violette Mercier. Das ist der Katalog des Museums der schönen Künste von Bordeaux. Hier.« Er deutete auf einen kleinen Absatz neben der Reproduktion.

»Violette Mercier«, las ich. »*Portrait von Madame Natalie Rochebrun*, ca. 1800. Mademoselle Mercier wurde in Paris geboren und lernte bei Wille, David und Gérard. Sie erhielt 1788 den Prix d'Encouragement und 1817 die Goldmedaille des Musée Royal. Zwischen 1797 und 1817 stellte sie oft im Salon aus und war auf Portraits und Genre-Szenen spezialisiert.« Es folgte eine Liste ihrer bekannteren Werke, die sich größtenteils in Provinzmuseen befanden, und die Anmerkung, daß Violette Mercier aus ungeklärten Gründen nach 1817 keine Bilder mehr in der Öffentlichkeit gezeigt hatte.

Luis hatte mich die ganze Zeit nicht aus den Augen gelassen. »Und jetzt?« wollte er wissen.

»Jetzt sehen wir, wie viele ähnliche Portraits von sitzenden Frauen wir finden«, schlug ich vor. Die weitere Suche in Katalogen und Büchern ergab nichts – wir stießen auf kein drittes Bild mit vergleichbarem Sujet. Während Luis mit Büchern hin und herlief, zog ich bibliographische Werke zu Rate und forschte nach, ob etwas über Violette Merciers Werk veröffentlicht worden war. Ihr Name wurde im Zuammenhang mit ihrem bekanntesten Bild, *Eine junge Frau, die vom Unwetter überrascht wurde* (1817), in verschiedenen Büchern erwähnt, aber meistens wurde in den Eintragungen das wiederholt, was schon im Katalog des Museums von Bordeaux stand.

Als die interne Sprechanlage zum Leben erwachte und eine Stimme verkündete, daß die Bibliothek in einer Viertelstunde schließen würde, entschieden wir, obwohl unsere Recherchen keineswegs erschöpfend gewesen waren, daß die Künstler, die mit Violette Mercier bekannt und meistens auch Schüler von David gewesen waren, nicht ihre Vorliebe für die Pose und Fußstellung ihrer Modelle geteilt hatten. Das sei ein Indiz, kein Beweis, rief ich Luis ins Gedächtnis und erhob mich. Einen kurzen Moment drehte sich alles um mich. Erschöpfung oder Jetlag, nahm ich an. Es war kurz vor sechs Uhr, also drei Uhr nachts in Paris, und mein kurzes Nickerchen im Flugzeug war so lange her, daß ich das Gefühl hatte, in einem anderen Leben zum letztenmal geschlafen zu haben.

»Essen wir noch eine Pizza?« fragte ich Luis, nachdem er die Bücher in dem Metallwagen deponiert hatte, damit sie später von den Bibliothekarinnen wieder in die Regale geräumt werden konnten. Mein Angebot gefiel ihm offensichtlich.

Wir verließen die Bibliothek, gingen in freundschaftlichem Schweigen die Telegraph Avenue hinunter und begutachteten die Schmuckstücke und Batikkleidung, die an den Straßenständen feilgeboten wurden. Nachdem wir die belebteste Gegend hinter uns hatten, sahen wir uns die Auslagen in den Buchläden an und fanden schließlich eine Pizzeria.

Während wir auf unsere Pizza warteten, unterhielten wir uns über das, was wir bis jetzt herausgefunden hatten. Außerdem berichtete ich, was ich in Paris und Wien in Erfahrung gebracht hatte, und ließ nur Klaus' persönliche Geschichte aus. Luis wurde hellhörig, als ich von dem Brief erzählte, den mir Frau Schiller vorgelesen hatte.

»Wie können wir jemals sichergehen, ob das Bild wirklich von Violette Mercier ist?«

»Solange uns keine Dokumentation vorliegt, werden wir es wohl nie mit Gewißheit sagen können. Aber wir können ziemlich sicher sein, daß es kein David ist. Und nach unserem derzeitigen Erkenntnisstand ist Violette Mercier die wahrscheinlichste Urheberin des Werkes. Gleich morgen rufe ich das Museum in Bordeaux an und bestelle ein Farbdia von dem anderen Gemälde und Kopien von allem, was sie über Violette Mercier haben. Wenn sie das Dia per Expreß schicken, haben wir es in wenigen Tagen. Dann werden wir es mit dem Bild vergleichen, das sich hier in San Francisco befindet.«

»Was für Konsequenzen hat es, wenn das Bild der Howlands kein David ist?« fragte Luis besorgt.

Ich überlegte einen Moment, ehe ich antwortete: »Die erste Konsequenz ist, daß das Gemälde plötzlich weniger wert ist. Vermutlich sogar sehr viel weniger.« Ich hatte die Auktionspreise in letzter Zeit nicht verfolgt, aber mir fielen einige qualitativ ähnlich gute von Frauen gemalte Bilder ein, die kürzlich zu einem Preis zwischen dreißigtausend und hunderttausend Dollar verkauft worden waren. Was die echten Davids betraf – sie kamen gar nicht erst auf den Markt. Die meisten waren im Besitz von Museen. Aber *falls* ein guter David verkäuflich wäre, würde er sicherlich zu astronomischen Summen gehandelt werden. Ein Van Gogh wurde in New York vor zehn Jahren für fünfundvierzig Millionen Dollar ersteigert. Die Preise für Bilder aus dem achtzehnten Jahrhundert waren vielleicht niedriger, aber solange es Käufer wie diesen Marcus Delong gab, die Gelegenheiten brauchten, illegal erworbenes Geld in andere Werte umzusetzen, war der Kunstmarkt eine Goldgrube.

»Wir müssen Charles Howland mitteilen, was wir herausgefunden haben«, machte ich Luis klar. »Aber offen gesagt, habe ich keine Ahnung, wie er darauf reagieren wird.« Das entsprach nicht ganz der Wahrheit. Nach meinem kurzen Gespräch mit ihm im Museum, konnte ich mir nur zu gut vorstellen, wie er diese neue Information aufnahm. Und Klaus Burger – na ja, ich wollte lieber nicht über seine Reaktion nachdenken.

KAPITEL ZWANZIG

Das Dia von Violette Merciers *Portrait von Madame Natalie Rocheburn* kam zwei Tage später an. Ich kritzelte meine Unterschrift auf den Luftfrachtbrief und verdrängte den Gedanken daran, wie teuer es war, ein Foto per Expreß von einem Kontinent zum anderen zu verschicken. Ich lief mit dem Umschlag in der Hand in mein Arbeitszimmer hinauf. Es dauerte eine Weile, bis ich das Dia auf dem Leuchttisch plaziert hatte. Als ich auf den Schalter drückte und die Leuchtröhren flackernd unter der Milchglasscheibe aufflammten, erstrahlte Madame Rochburn in leuchtenden Farben. Sie war matronenhafter als die junge Frau auf Charles Howlands »David«, eine Frau mit schwellenden Brüsten, die sich gegen den seidigen Stoff des Kleides drängten und nicht von weichem Musselin verhüllt wurden wie bei dem Mädchen. Ansonsten hätte Madame Rochburn die ältere Schwester oder eine weltgewandte, erfahrene Cousine von Howlands junger Frau sein können.

Die zeitgenössische Mode könnte für die Ähnlichkeit der Pose und der Komposition verantwortlich sein, sagte ich mir, aber die Verwendung einer zweiten Lichtquelle, so daß die Figur sowohl von hinten als auch von vorn beleuchtet wurde, war etwas, was ich auf keinem von Davids Bildern gesehen hatte. Wie Luis bereits bemerkt hatte, war die Fußstellung auf beiden Bildern identisch.

Ich besah mir das Dia mit der Lupe, betrachtete die Finger und den Schatten im Mundwinkel und wünschte, ich hätte das Original vor mir. Schlüssig zu beweisen, daß das Bild in Howlands Haus von Violette Mercier und nicht von David stammte, war letztendlich die Aufgabe eines Sachverständigen, der wußte, auf welche Nuancen und Einzelheiten man achten mußte. Ich hatte so etwas nie gelernt. Dennoch reichte allein der Verdacht, daß ein David zugeschriebenes Bild gar nicht von ihm, sondern von einer seiner Schülerinnen gemalt worden war, um es dem Museum unmöglich zu machen, es als »echten David« auszustellen. Oft waren Museen besonders schwerfällig, wenn es galt, eine einmal getroffene Zuschreibung zu revidieren, selbst wenn die Wissenschaft überzeugende Beweise vorlegte. Ich konnte ihnen das nicht verübeln. Es war keineswegs amüsant zuzusehen, wie der Wert eines Kunstwerkes von einer Sekunde zur andere beträchtlich schrumpfte.

Sobald ich mich selbst davon überzeugt hatte, daß das Bild von Violette Mercier sehr viele Ähnlichkeiten mit »Davids« junger Frau aufwies, rief ich Charles Howland in seinem Büro an. Er reagierte auf die Ankündigung, daß meine Studenten und ich neue Informationen über sein Gemälde ausgegraben hätten, mit bemerkenswert wenig Enthusiasmus.

»Was genau haben Sie gefunden?« fragte er.

»Ich würde es vorziehen, das in einem persönlichen Gespräch zu erörtern. Ich habe hier ein Farbdia und einige Dokumente, die ich Ihnen gern zeigen würde.«

»Vielleicht kommen Sie auf einen Drink zu uns. Um sechs Uhr?« Noch immer hatte sich sein gleichmütiger Tonfall nicht verändert.

»Gut. Ich hoffe, es macht Ihnen nichts aus, wenn ich meine beiden Studenten mitbringe, die mich bei der Arbeit unterstützt haben.«

Er schwieg eine Weile, und ich mußte an Liz Howlands herablassenden Bemerkungen bei Michaels Trauerfeier denken. Erst jetzt wurde mir richtig bewußt, daß ich Charles Howland nicht allein gegenübertreten wollte.

»Ganz und gar nicht«, sagte er schließlich höflich und

gab mir eine Adresse in Pacific Heights an. Sein Haus lag offenbar nicht weit weg von der Privatschule, die ich einmal wegen meiner Tochter aufgesucht hatte. Der Unterricht in dieser Schule hätte die Hälfte meines monatlichen Einkommens verschlungen.

Die feuchten Abdrücke meiner Finger waren noch auf dem Hörer zu sehen, als ich auflegte. Das Telefon klingelte, ehe der letzte Fleck ganz verschwunden war, und ich hatte noch mit den Schmetterlingen zu kämpfen, die in meinem Bauch flatterten. Miriams fröhliche Stimme beruhigte mich ein wenig. »Willkommen daheim. Wie war's in Wien? Hier ist inzwischen die Hölle los.« Sie ließ mir kaum Zeit für eine Antwort.

»Ich habe die Zeitungen gelesen. Gibt's was Neues?«

»Nur, daß der Staatsanwalt jetzt auch hinter Patrick her ist – wegen Behinderung der Justiz und einiger anderer Vergehen. Angeblich hat er Gelder von Spurlings Galerie zu Delongs Anwalt geschleust. Kein Mensch weiß genau, wie er das gemacht hat, aber der Anwalt ist offenbar ein Freund von Patrick.«

»Wenn das stimmt«, sagte ich nachdenklich, »dann kommt Patrick vor Gericht, weil er seinen Mandanten nicht nur vertreten hat, sondern auch an seinen verbrecherischen Handlungen beteiligt war. Er kann von Glück sagen, wenn er nicht ins Gefängnis wandert.«

»Susan ist außer sich. Sie tut mir ehrlich leid«, fügte Miriam hinzu. »Was ich von Patrick nicht gerade behaupten kann. Seit Klaus ihn in den Vorstand aufgenommen hat, führt er sich auf, als würde ihm das ganze Museum gehören.«

Michaels Postkarte lehnte noch immer an der leeren Keksdose, wo ich sie am Tag des Mordes hingestellt hatte. Ich betrachtete den grinsenden Wasserspeier und überlegte, ob die kühle Steinfassade gotischer Kathedralen auch politische Intrigen, Mord und Habgier kaschierten.

»Könnte Michael gewußt haben, daß Patrick und Frank

Spurling das Museum und die Steuerabschreibungen bei Spenden und Geschenken an die Kunstsammlung benutzten, um Typen wie diesen Delong zu ködern und ihn zu ermutigen, Geld mit Investitionen in Kunst zu waschen?«

»Keine Ahnung«, erwiderte Miriam gedankenvoll. »Aber ich weiß, daß Michael gegen Patricks Pläne, eine Abteilung mit zeitgenössischer Kunst einzurichten, gekämpft hat. Er kam vor ein paar Monaten ziemlich aufgeregt in die Bibliothek und erzählte mir, er hätte Klaus klargemacht, daß es in der Stadt nicht genügend Leute gebe, die auf dem Markt der zeitgenössischen Kunst in vorderster Reihe mitspielten und das Museum bei dem Versuch, eine erstklassige moderne Sammlung aufzubauen, unterstützen könnten. Und daß wir Gefahr liefen, uns zu verzetteln und mit minderwertigem Zeug zu belasten.«

»Und Michael war Patricks einziger Gegner, oder?«

»Michael und Charles. Oh, es gab noch ein paar Förderer, die über Patricks Dreistigkeit und ungestüme Vorgehensweise entsetzt waren. Aber sie hatten nicht den Mut für einen offenen Konflikt.«

»Ich habe bemerkt«, meinte ich, »daß es gar keine Rolle spielt, wie sehr sich die Förderer des Museums gegenseitig verabscheuen. Wenn Gefahr droht, schließen sie die Reihen wie die Schweizer Garde im Vatikan. Übrigens, Miriam, ich wollte dich um einen Gefallen bitten, falls du ein bißchen Zeit erübrigen kannst.«

»Ganz leicht. Ich bin ganz allein hier, und der Museumsbetrieb ist im Moment wie gelähmt. Erst Michael. Jetzt Patrick. Klaus hat sich in sein Büro zurückgezogen, seit er aus Europa zurück ist.«

»Könntest du ein paar neuere Versteigerungskataloge von New York oder London für mich durchsehen? Ich würde gern wissen, ob Bilder von Davids weiblichen Schülern in den letzten fünf Jahren im Handel waren, und wenn ja, welche Preise erzielt wurden.« Ich nannte ihr die

Namen und wartete, bis sie sich alle aufgeschrieben hatte. »Und wenn es dir nicht zuviel wird«, fügte ich hinzu, als wäre mir das gerade erst eingefallen, »könntest du vielleicht auch herausfinden, was heute ein David-Portrait von einer Einzelperson bringen würde.«

Miriam versprach, sich sofort an die Arbeit zu machen, und legte auf. Ich hinterließ Nachrichten für Regina und Luis und widmete mich wieder meiner Arbeit. Als das Telefon eine Stunde später wieder klingelte, war ich froh, von den Vorbereitungen für meine Vorlesung am nächsten Tag abgelenkt zu werden.

»Es war keine große Aufgabe«, verkündete Miriam heiter. »Innerhalb der letzten zehn Jahre kamen zwei Gemälde von Violette Mercier zu Sotheby's. Eines, eine einzelne Figur, wurde für 36000 Dollar versteigert. Das andere, eine historische Komposition, brachte 52000 Dollar ein. Du hast nicht erwähnt, ob du auch das Anfangsgebot brauchst.«

Ich dachte über die Preise nach, die alle Auktionshäuser in ihren Listen als Mindestgebote angaben. Wenn die Bieter nicht darauf eingingen, wurden die Verkaufsobjekte vom Markt genommen. »Nein«, sagte ich, »die brauche ich nicht. Was ist mit einem David?«

»Schwer zu sagen. Seine Werke werden selten angeboten. Fast alle gehören irgendeinem Museum. Nur ein paar Zeichnungen von ihm wurden kürzlich verkauft, aber das hilft dir bestimmt nicht weiter, oder? Das einzige, was ich gefunden habe, war folgendes: 1982 wurde ein von ihm gemaltes Portrait, das allerdings in sehr schlechtem Zustand war, für 900000 Dollar verkauft. Die Bilder aus dem achtzehnten Jahrhundert werden nicht so hoch gehandelt wie die Werke der Moderne, aber ich schätze, ein gutes Portrait mit Expertise würde schon einige Millionen bringen, auch wenn es nicht eines der ganz berühmten Bilder ist. Und die großen historischen Werke wechseln bestimmt für sehr viel mehr den Besitzer.«

Ich bedankte mich und versicherte Miriam, daß ich im Moment keine weiteren Informationen benötigte, dann legte ich auf. Zwischen etwas 40000 Dollar und ein paar Millionen Dollar lag ein beträchtlicher Unterschied. Und das für ein und dasselbe Gemälde, nur weil David als einer der großen Meister akzeptiert war und Violette Mercier eine Frau war und als seine Schülerin galt.

Als ich um halb sechs auf den Parkplatz der Fakultät fuhr, stand kaum noch ein Auto da. Luis und Regina warteten bereits. Ich winkte, und sie schlenderten herüber. Luis trug seine übliche Kleidung: ordentlich gebügelte, khakifarbene Chinos und ein weißes Hemd; Regina hatte sich in verschiedene Lagen von schwarzer und weißer Baumwolle gewandet, fast alles war übergroß und wurde von einer angegrauten Leinenjacke, an der etliche Messingnieten fehlten, halb verdeckt. Dazu hatte sie sich ein rotweißes Tuch um den Kopf gebunden und im Nacken verknotet. Ihre schwarze Haarmähne quoll unter dem Tuch hervor und flutete über die kräftigen Schultern.

»Ich hab' ihr gesagt, daß sie einen Rock anziehen soll«, beschwerte sich Luis.

»Wozu?« Regina warf den Kopf zurück. »Wir fahren doch nur zu einem alten Geldsack.«

»Hört auf damit«, sagte ich. »Es ist vollkommen egal, wie ihr angezogen seid. Die Howlands lassen sich von Leuten wie uns ohnehin nicht beeindrucken.« Besonders nicht, nachdem sie sich unsere Botschaft angehört haben, dachte ich und betete im stillen, daß uns gute Manieren helfen würden, das unangenehme Gespräch durchzustehen.

»Laßt mich nachher das Reden übernehmen, ja?« sagte ich, als ich in die Washington Street einbog. »Immerhin überbringen wir keine guten Neuigkeiten. Und für euch ist es das Wichtigste, einen Blick auf das Gemälde zu werfen, damit ihr seht, woran ihr in diesem Semester gearbeitet habt.«

Das Haus der Howlands sah aus wie einer der Bauten, die einst eine ganze Schar wohlhabender Florentiner Prälaten beherbergt hatten. Rhododendren standen in dichten Reihen rechts und links vom Eingang vor dem Haus, dazwischen und auf den gepflegten Rasenflächen sah man große Keramiktröge mit üppig blühenden Geranien und englischem Efeu. Ich musterte forschend die hölzerne Eingangstür mit den Eisenbeschlägen und dem Türklopfer, der die Form eines sehr großen Hufeisens hatte.

»Groß«, stellte Luis mit gewissem Respekt fest. Protzig war das Wort, das mir als erstes in den Sinn gekommen war, aber das ist eben der Unterschied zwischen Zwanzig- und Vierzigjährigen. Luis und Regina standen reglos hinter mir, als ich auf den Klingelknopf drückte. Ein Vordach schirmte die Veranda und den Eingang ab, darunter war es dunkel und so kühl, daß mich fröstelte.

Ein Dienstmädchen in schwarzem Kleid und gestärkter weißer Schürze öffnete die Tür. Sie führte uns in eine mit schwarzem und weißem Marmor ausgestattete Halle und durch einen Bogendurchgang in einen großen Salon. Der Raum war geschmackvoll mit orientalischen Teppichen und Marmortischen eingerichtet. Ledersofas drängten sich zusammen, als suchten sie die Wärme in der Nähe eines Artgenossen. Die Stühle wirkten zierlich und zerbrechlich. Meine Mutter hatte mich stets ermahnt, mich niemals auf solche Stühle zu setzen.

Charles Howland stand vor einem imposanten Kamin, der den Eindruck erweckte, als wäre er noch nie benutzt worden. An den hellgrauen Wänden hingen Bilder, die jeden Mitarbeiter eines kleinen Museums vor Neid hätten erblassen lassen. Ich erhaschte einen kurzen Blick auf das *Portrait einer jungen Frau* in einem schweren Goldrahmen. Es wurde von einer kleinen Lampe beleuchtet, die am oberen Rand des Rahmens befestigt war. Regina und Luis schienen von der Größe und der Einrichtung des Raums überwältigt zu sein und hefteten sich an meine Fersen wie kleine Hündchen. Schüchtern traten sie vor, um Charles Howland die Hand zu geben, als ich sie vorstellte.

»Sie kennen ja Adam Heyman.« Charles deutete auf einen großen Ohrensessel, der auf der anderen Seite des Kamins stand. Erst jetzt nahm ich wahr, daß dort jemand halb verborgen hinter den ausladenden Lehnen saß. Adam nickte uns knapp zu, machte jedoch keinerlei Anstalten aufzustehen.

»Was möchten Sie trinken?« Auf dem Kaminsims hinter Charles stand ein Glas mit einer bernsteinfarbenen Flüssigkeit.

»Scotch«, entgegnete ich entschlossen. »Hallo, Adam. Was führt Sie hierher?«

»Ich habe ihn gebeten, sich zu uns zu gesellen. Eis?« meinte Charles. Er reichte mir ein Kristallglas, als sich Adam langsam erhob. »Wir haben über Michaels Ausstellung gesprochen.«

Ich bedachte die beiden Männer mit einem, wie ich hoffte, selbstbewußten Lächeln, und Charles wandte sich an die beiden Studenten, um sie zu fragen, was sie zu trinken haben wollten. Luis entschied sich für eine Cola. »Einen Weißwein«, hörte ich Regina sagen.

Die beiden begaben sich schließlich zu Davids *Portrait einer jungen Frau* und betrachteten es ehrfürchtig. Selbst von meinem Standpunkt am anderen Ende des Raums aus, konnte ich erkennen, daß es ein wunderschönes Gemälde mit sanften, melancholischen Farben war, die den ganzen Raum in eine mystische Aura zu hüllen schienen.

Charles bot mir mit einer wortlosen Geste einen Platz auf der Couch neben dem Kamin an und nahm sein Glas in die Hand. Das Dienstmädchen kam herein und servierte die Drinks auf einem silbernen Tablett. Nichts bis auf das leichte Zittern meiner Hände deutete darauf hin, daß dies etwas anderes war als ein gesellschaftliches Beisammensein. Ich kramte unbeholfen in meiner Aktentasche nach dem Schnellhefter mit den Kopien, meinen Notizen und dem MercierDia.

Luis und Regina ließen sich zufrieden, nachdem sie das echte Kunstwerk zu Gesicht bekommen hatten, am anderen Ende des Sofas nieder. Ich bedachte sie mit einem Lächeln und sagte: »Bei den Recherchen, die Luis und Regina in diesem Semester durchgeführt haben, ist der interessante Hinweis aufgetaucht, daß David 1801 im Salon nicht ausgestellt hat.« Ich reichte Charles den Kupferstich vom Salon von 1801. »Hier, Sie sehen, daß Ihr Bild an der Wand hängt. Es kann also gar kein David sein.«

Ich beobachtete ihn, während er den Stich studierte. Sein Gesicht war vollkommen ausdruckslos. Das war nicht gerade eine subtile Einleitung, aber es gab, wie es schien, ohnehin keine unverfängliche, lockere Möglichkeit, das unerfreuliche Thema anzuschneiden.

»Lächerlich«, schnaubte Adam, ehe er aufstand, um über Charles' Schulter hinweg den Stich in Augenschein zu nehmen. »Natürlich ist es ein David. Das Bild ist seit vielen Jahren im Besitz von Charles' Familie.«

Howland trank einen großen Schluck. »Wissen Sie«, sagte er schließlich, »obwohl Davids Name in besagtem Jahr nicht auf der Liste der Aussteller steht, herrscht allgemein Übereinstimmung, daß er sein Bild nach der offiziellen Eröffnung im Salon aufgehängt hat. *Nachdem* er es zunächst in seinem Atelier gezeigt hatte«, fügte er hinzu und legte den Stich beiseite, als hätte er nicht die geringste Bedeutung.

Ich trank von meinem Scotch. »Soweit ich weiß«, sagte ich, »stammt dieses Argument von François Bevenard, und zwar in der Biographie über David, die er 1956 veröffentlicht hat. Und diese Behauptung zweifelte Anthony Blunt in einer Rezension des Buches heftig an.«

»Eine Meinungsverschiedenheit. Vollkommen verständlich.« Charles rückte einen anderen Ohrensessel vor den Kamin, nahm Platz und schlug die Beine übereinander. So, wie er sich benahm, hätten wir uns genausogut über die Apfelpreise nach der diesjährigen Ernte unterhalten können. »Blunt untermauerte die Angaben in der Chronologie, die Courtauld herausbrachte, als *Die Versammlung des Nationalkonvents* in die Sammlung kam«, erklärte er leichthin.

»Und François Bevenard stützte die Behauptung der Morelli-Familie, daß der *Tod des Adonis*, der im Salon ausgestellt war und den die Morellis erwarben, ein Werk Davids ist. Doch das Problem ist«, setzte ich hinzu, bevor er etwas sagen konnte, »daß vor fünf Jahren Dokumente auftauchten, die eindeutig beweisen, daß Pierre Jouffroi den *Tod des Adonis* gemalt hat.« Zum Glück hat mir Michael eine komplette Dokumentation von Davids *oeuvre* hinterlassen, dachte ich. Luis und Regina sahen mich beeindruckt an.

»Ich verstehe nicht«, mischte sich Adam ein, »wieso Sie Charles mit diesem Unsinn belästigen. Das Gemälde gehört seit 1927 seiner Familie. Sie haben es bei einer Auktion als ausgewiesenen David ersteigert. Und es ist eines der wichtigsten Exponate in Michaels Ausstellung.«

Dieser Hinweis darauf, daß ich Michaels Arbeit untergrub, war ein Schlag unter die Gürtellinie. »Die Tatsache bleibt bestehen ...« Ich hatte die größte Mühe, meine Stimme unter Kontrolle zu halten, »... daß das Gemälde bestenfalls zweifelhafter *Provenienz* ist. Luis und Regina haben eindeutig belegt, daß David im fraglichen Jahr *nicht* im Salon ausgestellt hat. Und wenn dieses Bild dort an der Wand hing – was Doucets Stich beweist –, dann hat David es nicht gemalt.«

Luis und Regina strahlten.

»Dies ist keine wissenschaftliche Arbeit für Studenten, die noch nicht einmal einen Abschluß haben«, bemerkte Adam und bedachte Regina mit einem vernichtenden Blick. »Und derartige Recherchen können diese Kinder ganz bestimmt nicht in einer mittelmäßig ausgestatteten

Universitätsbibliothek anstellen. Jedenfalls sollte Ihnen klar sein, daß es bei vielen Gemälden keine komplette Dokumentation über die Herkunft gibt. Und die Echtheit dieses Bildes wurde immerhin beglaubigt.«

»Moment.« Regina richtete sich auf und funkelte Adam böse an. Er ignorierte sie, aber ich beobachtete, wie er nervös an seinem Krawattenknoten herumfingerte.

Reginas Augen erinnerten mich an einen Begriff, den ein Astrophysiker einmal benutzt hatte, als er über subatomare Partikel sprach. »Kalte, dunkle Materie«, hatte er gesagt, und die Beschreibung paßte in diesem Moment genau auf die junge Frau neben mir. Ich legte ihr mahnend die Hand aufs Knie.

»Einige der Nachforschungen wurden tatsächlich in der Universität von Kalifornien durchgeführt, die trotz der Etatkürzungen eine bestens bestückte Bibliothek besitzt. Die noch verbleibenden offenen Fragen konnte ich letzte Woche im Louvre klären.«

Als ich den Louvre erwähnte, sprang Charles auf. »Noch etwas zu trinken, Adam?« Sein Tonfall verriet, wie sehr es ihm widerstrebte, daß zwei vernünftige Männer zum Äußersten getrieben wurden. Er ging mit steifen Schritten zu einer Anrichte am anderen Ende des Raums und kam mit einer Flasche Scotch und einer Flasche Wein zurück. Er goß mit ruhiger Hand Whisky in mein Glas. Hätte ich mir diese Menge zu Gemüte geführt, wäre ich nicht mehr imstande gewesen, mich verständlich zu äußern, wenn ich nicht sofort ins Koma gefallen wäre.

»Eines der Dinge, die Luis und Regina entdeckt haben«, fuhr ich im Plauderton fort, »ist die bemerkenswerte Ähnlichkeit zwischen Ihrem Bild und den anderen Werken von Violette Mercier, einer Schülerin Davids, die in der Tat 1801 im Salon ausgestellt hat.«

Ich schlug den Schnellhefter auf, der auf meinem Schoß lag, nahm das Dia heraus und reichte es Charles. »Das ist ein anderes Portrait von ihr. Es befindet sich im Museum von Bordeaux. Wie Sie sehen, nimmt die dargestellte Person dieselbe Pose ein wie Ihre junge Frau, und auch die Farbgebung scheint sehr ähnlich zu sein. Und hier sind noch zwei Schwarz-Weiß-Reproduktionen von anderen ihrer Arbeiten.«

Charles stand auf und ging zum Fenster. Er hielt das Dia ins Licht und studierte es schweigend. Vor dem Fenster waren weiße Segel in der fernen silbrigen Bucht zu sehen. Kaltes Licht drang durch die Nebelfetzen und überzog das Wasser mit einem schimmernden Grauton. Charles ließ sich Zeit, dann durchquerte er das Zimmer und gab das Dia an Adam weiter.

»Ich hege nicht den geringsten Zweifel, daß das ein Werk von Violette Mercier ist. Sie war übrigens die beste von Davids Schülerinnen«, stellte er aalglatt fest. »Aber die Ähnlichkeiten zwischen diesem Portrait und meinem David können ohne weiteres damit erklärt werden, daß sie sich bemühte, seinen Stil und seine Technik nachzuahmen.«

»Bestenfalls eine Imitation seiner Malweise«, führte Adam fachmännisch aus. »Doch das beweist letzten Endes nur Davids Genialität. Violette Mercier ist keineswegs die einzige seiner Schülerinnen und Schüler, die Details seines äußerst erfolgreichen Stils übernommen hat. Sehen Sie sich die Pinselführung an – zumindest das, was auf diesem Dia zu erkennen ist.« Er hielt das Dia hoch, schürzte die Lippen und kniff die Augen leicht zusammen. »Reiner David. Eine ausgezeichnete Imitation der Malweise des Meisters.«

Ich hörte mir seine Litanei über die qualitativen Unterschiede zwischen den Werken des Meisters und denen seiner Studenten an. Eine andere Bemerkung, die Adam vor Reginas Ausbruch gemacht hatte, spukte mir im Kopf herum, aber als eine Stimme von der Tür ertönte, entglitt sie wieder meinem Gedächtnis.

»Ist das hier eine Art Seminar?« erkundigte sich Liz

Howland mit ihrer näselnden Stimme. Der kühle Tonfall paßte perfekt zu den neutralen Farben ihres Seidenkostüms. Eine Goldkette zierte ihr gebräuntes Dekolleté, und übergroße Ohrringe glitzerten unter ihrem gefärbten Haar. Regina und Luis starrten sie fasziniert an wie Rehe, die im Scheinwerferlicht eines Autos standen. Liz kam näher und blieb neben Charles stehen.

KAPITEL EINUNDZWANZIG

Charles und Adam sprangen auf, meine Studenten und ich folgten gemächlicher ihrem Beispiel. Charles nahm die Vorstellung mit einer vagen Geste in meine Richtung vor, aber Liz hatte nur Augen für die Anrichte mit den Drinks. Während Charles ihr ein Glas Wein einschenkte, schweiften meine Gedanken zurück zu dem, was wir vorhin gesprochen hatten. Adam hatte irgend etwas von sich gegeben – etwas darüber, daß die Echtheit des Bildes beglaubigt worden war.

»Was sagten Sie vorhin über die Beglaubigung des Gemäldes?« fragte ich, als sich Liz auf dem Ledersofa neben dem meinen niedergelassen hatte.

»Bei den Vorbereitungen zu der Ausstellung«, warf Charles hastig ein, »habe ich mir ein Echtheitszertifikat ausstellen und das Werk beglaubigen lassen. Wir mußten das ohnehin wegen der Versicherung tun.«

»Wer hat das Bild beglaubigt?« wollte ich wissen.

Liz beugte sich vor und runzelte die Stirn, als wäre eine solche Frage ungehörig.

Charles wurde sichtlich verlegen. »Klaus«, erwiderte er knapp. »Ich habe ein vom Notar beurkundetes Schriftstück von ihm, das selbstverständlich auch von Sotheby's beglaubigt wurde, als sie den Wert des Bildes veranschlagten.«

Dieses Eingeständnis schockierte mich. »Aber das widerspricht allen ethischen Grundsätzen«, rief ich empört. »Zumindest ist es ein Interessenskonflikt«, setzte ich gemäßigter hinzu – zu spät, um Charles zu besänftigen, der mich mit unverhohlener Feindseligkeit musterte.

»Eine und eine halbe Milllion, das hast du doch gesagt, oder?« Liz klang gelangweilt, als ginge es hier um einen Sack Kartoffeln.

»¡Madre de dios!« stieß Luis hervor. Charles warf seiner Frau einen warnenden Blick zu.

»Das erscheint mir im Lichte der heutigen Auktionspreise für vergleichbare Werke aus dem achtzehnten Jahrhundert angemessen«, sagte ich. »Aber nur, wenn es ein echter David ist. Und nur wenn es von einem neutralen Experten geschätzt wurde.«

»Was meinen Sie mit ›wenn‹?« Liz Howlands Frage schwebte über uns wie eine Bedrohung.

»Charlotte hat uns eine vollkommen abwegige Theorie aufgetischt – sie meint, daß das Bild nicht von David ist, sondern von einer seiner Schülerinnen.« Charles sagte das so, als könnte nur eine Idiotin auf so eine absurde Idee kommen.

»Aber das ist unmöglich!«

»Du darfst Charlottes Phantastereien nicht allzu ernst nehmen, meine Liebe«, sagte Charles und zwang sich zu einem Lächeln. Er wollte Liz beruhigen, hatte jedoch keinen Erfolg. Sie stand auf und wirbelte zu mir herum – eine furchteinflößende Erscheinung unter den besten Umständen, aber wenn sie wütend war, brodelte sie wie ein Vulkan.

»Sie müssen augenblicklich mit diesem Unsinn aufhören.« Dunkle Röte kroch vom Hals über ihr Gesicht und verunstaltete die Sonnenbräune mit häßlichen Flekken. »Charles' Familie besitzt dieses Bild seit Jahrzehnten, und Klaus hat sich um die nötigen Formalitäten gekümmert.«

Ich sah von Liz zu Charles und kam mir vor, als wäre ich mitten in einen heftigen Sorgerechtsstreit geraten. Nur ging es in diesem Fall nicht um ein Kind, sondern um ein Gemälde. Ich bemerkte, daß Charles beschwichtigende Gesten machte, aber die Blicke aller hatten sich auf Liz geheftet. Und nichts konnte sie mehr aufhalten.

»Sie sind genauso schlimm wie dieser niederträchtige Michael Harrison. Er kam hierher und versuchte Charles weiszumachen, daß das Portrait kein echter David sei. Undankbarer Mistkerl! Und das, nachdem Charles sich einverstanden erklärt hatte, das Werk für die Ausstellung auszuleihen, *und* all die Spenden für die Erweiterung des Museums gesammelt hatte.«

Ein deartiger Verrat überstieg offensichtlich Liz' Vorstellungskraft. Sie wandte sich mit einem flammenden Blick Charles zu. »Ich habe genug davon, daß man sich in unsere Angelegenheiten einmischt. Es war schon ärgerlich, als sich dieser Kurator so aufgespielt hat, aber jetzt belästigt uns auch noch irgendeine lächerliche Feministin mit diesem Unsinn von Künstler*innen*. Und als ob das nicht genug wäre«, rief sie in Luis' und Reginas Richtung, »müssen wir uns auch noch mit ungewaschenen Hippies aus Haight-Ashbury herumschlagen.«

Diese Feststellung war so weit von der Wahrheit entfernt, daß ich beinahe lachen mußte, aber Regina hatte jeden Humor verloren. »Sie sind ein Miststück«, zischte sie und funkelte Liz böse an. »Niemand aus meiner Familie – oder aus Luis' – hat jemals in Haight-Ashbury gelebt. Meine Mutter ist genau wie Sie aus San Francisco. Und Charlotte ist bestimmt kein Hippy; sie ist eine großartige Lehrerin. Wir sind vielleicht nicht so reich wie Sie, aber wir arbeiten, und wir sind keine Snobs. Komm. Luis, wir verschwinden von hier.«

Luis stand auf und sah mich kläglich an. *»Komm!«* wiederholte Regina noch lauter.

Ich nickte ihnen zu. »Wartet draußen auf mich.«

»Und Sie meinen, daß Sie hier allein sicher sind?« Regina gab nicht so schnell auf.

»Geht«, sagte ich lächelnd. »Ich komme in einer Minute nach.«

Mit hocherhobenem Haupt marschierte Regina an den Howlands vorbei und strafte Liz mit Mißachtung. Die

Hausherrin stand mit verschränkten Armen da und sah aus, als hätte sie gerade ein impertinentes Dienstmädchen des Hauses verwiesen. Luis zögerte und warf mir einen besorgten, ratlosen Blick zu. Ich nickte wieder.

»Hören Sie«, sagte ich ruhig, als sich die Tür hinter den beiden geschlossen hatte. »Ich bin nicht hier, um mit Ihnen zu streiten, ob Violette Mercier dieses Bild gemalt hat oder nicht. Dafür bin ich nicht die geeignete Person. Meine einzige Sorge ist, daß es genügend dokumentierte Hinweise gibt, um ernsthafte Zweifel daran zu haben, daß es ein David ist.«

Liz nahm ihr Glas vom Tisch. Ich fuhr eilends fort, um einer Unterbrechung zuvorzukommen: »Da im Katalog diese neuen wissenschaftlichen Erkenntnisse erwähnt werden *müssen*, würde ich Ihnen dringend raten, das Gemälde von der Ausstellung zurückzuziehen, und es von einer neutralen Stelle neu bewerten zu lassen.« Ich versuchte, das Wort »neutral« besonders hervorzuheben. Ich bin auf juristischem Gebiet nicht sonderlich bewandert, aber selbst mir war klar, daß es äußerst fragwürdig war, wenn der Direktor eines Museums ein Bild für echt erklärte und seinen Wert festsetzte – ein Bild, das sich im Besitz des größten Förderers des Museums befand.

»Vielleicht haben Sie recht«, räumte Charles Howland mit der offenkundigen Absicht ein, mich versöhnlich zu stimmen. Und mich, wie ich glaubte, so schnell wie möglich loszuwerden. Er gab mir wortlos das Dia zurück.

Ich stand auf und steckte den Schnellhefter in meine Aktentasche zurück. »Im Grunde«, sagte ich. »ist es doch gar nicht so wichtig, ob das Gemälde von David oder Violette Mercier ist – sie lieben das Bild, und das ist die Hauptsache. Solange Sie nicht vorhaben, es zu verkaufen, bleibt es für Sie dasselbe Kunstwerk und ein unentbehrliches Stück der Howland-Sammlung«, setzte ich hinzu, während ich mich zu der Wand, an der die Bilder hingen, umdrehte.

Liz erklärte mit frostigem Ton, daß die besten Werke der Sammlung ihrer Familie und nicht der von Charles gehörten. Ihre Worte hallten schwach von den Wänden wider, als mein Blick auf ein mir allzu bekanntes Gemälde fiel.

Ich erstarrte. Die Szene war mir so vertraut wie die Aussicht von meiner Wohnung: Auf der Leinwand waren ein halb untergegangenes Holzboot, ein See mit Seerosen, eine üppig wuchernde Glyzinie zu sehen – und all das war in das flimmernde Licht eines Sommernachmittags getaucht. Es war eines von Lilly Spenders bekanntesten Werken; sie hatte es in ihrem letzten Sommer in Giverny gemalt.

Ich ging wie eine Schlafwandlerin näher heran. Das ist schlicht und einfach nicht möglich, dachte ich verstört. Das Bild gehört zur Sammlung des Marmatton Museums. Ich hatte es noch vor einer Woche mit eigenen Augen dort gesehen. Ich blieb vor der Leinwand stehen und sah die schwarze Signtur in der unteren Ecke: das bekannte schwungvolle M und das O, das durch eine gezackte Linie mit dem T verbunden war. Monet. Monet, nicht Spender. Der verlorengegangene Monet, der in der Literatur über Lilly Spender erwähnt wurde. Lilly Spender und Monet hatten einige gleiche Werke geschaffen, als sie Seite an Seite arbeiteten, und dies hier war eines von ihnen. Ich spähte zu den Howlands. Sie beobachteten mich mit versteinerten Mienen; Adam, der hinter ihnen stand, schaute von einem zum anderen, als würde er ein Tennismatch verfolgen.

»Entschuldigung, daß ich Sie gestört habe«, sagte ich höflich. In meinem Kopf blitzten widerstreitende Eindrücke und Gedanken auf wie in einem Kaleidoskop. »Ich lasse Sie jetzt allein.«. Frostiges Schweigen schlug mir entgegen, als ich mich auf die Tür zubewegte. Wenn Blicke töten könnten, dachte ich. Sogar das Dienstmädchen, das mich hinausbegleitete, musterte mich mit unbewegtem Gesicht. Als die Haustür hinter mir ins Schloß fiel, war ich erleichtert, als hätte man mir eine Zentnerlast von den Schultern genommen.

Ich blieb auf der Veranda stehen. Der zweite Scotch und der unerwartete Anblick eines Lilly Spender-Gemäldes, das gar kein Spender war, hatten mir beinahe die Sinne geraubt. Ich schüttelte den Kopf und wankte unsicher zu meinem Wagen. Regina und Luis sahen mir eingeschüchtert entgegen, als ich näher kam.

»Tut mir leid«, sagte Regina, »Ich wollte mich nicht von dieser Hexe auf die Palme bringen lassen. Wahrscheinlich sind Sie jetzt stinksauer auf mich.« Beim letzten Satz schwang Trotz mit.

»Mach dir keine Gedanken deswegen.« Ich legte Regina den Arm um die Schultern und drückte sie kurz an mich. »Liz Howland bringt jeden gegen sich auf, wenn sie es darauf anlegt.«

»Hey«, sagte Regina und musterte mein Gesicht. »Sind Sie okay? Was ist da drin passiert?«

»Das weiß ich selbst nicht so genau.« Ich erzählte ihnen, wie erschüttert ich gewesen war, weil ich den Monet für einen Spender gehalten hatte, aber meine beiden Studenten interessierten sich hauptsächlich für den Mercier, so machte meine Geschichte wenig Eindruck auf sie.

»Was haltet ihr von dem Gemälde?« fragte ich, als sie ins Auto einstiegen.

»Es ist großartig«, sagte Luis verträumt. »Warum kümmert sich überhaupt jemand darum, wer es gemalt hat? Es ist dasselbe Bild, ob es nun von David oder von Violette Mercier geschaffen wurde.«

»Das stimmt. Aber ein Mercier ist sehr viel weniger wert als ein David.«

Ich nannte ihnen die Auktionspreise, die Miriam für mich herausgefunden hatte.

»Aber wieso kann ein und dasselbe Bild entweder 35 000 oder zwei Millionen Dollar wert sein?« fragte Regina fassungslos.

Ich hielt einen kunsthistorischen Vortrag über den eigentlichen Wert eines Werkes – also über die Material und Arbeitskosten eines Künstlers – und den Geldbetrag, den jemand für das Kunstwerk zu zahlen bereit ist. »Dabei«, schloß ich, als ich auf den Marina Boulevard einbog, über den wir zum Golden Gate Park kamen, »spielen der Ruhm des Malers, die geschichtliche Periode, das Sujet und die Tatsache, daß es als Meisterwerk angesehen wird, eine große Rolle. Ein Gemälde erzielt nur so hohe Preise, wenn allgemein angenommen wird, daß es von einem Genie wie David geschaffen wurde. All diese Faktoren zusammengenommen machen ein Werk in den Augen der Welt wertvoll.«

»Sie meinen, es ist nur etwas wert, wenn es einzigartig ist und von David gemalt wurde?«

»So ungefähr.«

»Verrückt«, rief Regina. »Das ist ja fast so, als würde man behaupten, ein Suspensorium ist besonders kostbar, nur weil es seinen Körper berührt hat.«

Nichts, was ich sagte, brachte sie aus dem Gleichgewicht.

»Jedenfalls war es toll, das Original zu sehen«, meinte Luis versonnen, als ich die beiden vor dem Haupteingang zum Campus absetzte, »und das nicht einmal in einem Museum.«

Ich winkte ihnen nach, als sie in Richtung Bibliothek schlenderten, dann machte ich mich auf den Weg nach North Beach. Mit etwas Glück fand ich Candy im Cafè Roma.

Das Cafè Roma war überfüllt. Unter verblaßten Fresken, auf denen liebreizende Putten und Blumengirlanden dargestellt waren, zischte die Espressomaschine. Geschirr klapperte, und das wogende Stimmengewirr wurde gelegentlich von lautem Gelächter übertönt. Die Kellner mußten sich schreiend verständlich machen. Von Candy war nichts zu sehen. »Sie ist auf dem Weg zur Kunstakademie«, brüllte mir Gino zu, der hinter der Theke stand. »Versuchen Sie's im Mario's.«

Ich winkte, um ihm zu zeigen, daß ich verstanden hatte, und drängte mich an einer Gruppe von Männern vorbei, die über Football-Ergebnisse diskutierten. Ich fuhr nach Norden, die Columbus Avenue entlang zur Greenwich Street und zu Mario's Bohemian Cigar Store. Das Mario's gehört auch zu Candys Stammkneipen, ein Relikt aus den Tagen, in denen Beat-Poeten und italienische Fischer Geschichten in den Bars und Cafés an der Columbus Avenue erzählten. Heute waren aus den meisten Bars Bistros geworden, Poeten gab es längst keine mehr, und was von der Fischereiflotte noch übrig war, diente den Touristen als Hintergrund für die Erinnerungsfotos von Fisherman's Wharf.

Im Gegensatz zum Cafè Roma war das Mario's ziemlich still. Candy saß allein an einem kleinen runden Tisch und las in einem Computer-Handbuch, während sie eingelegte Peperoni und Oliven aß.

»Hey«, rief sie und musterte mich besorgt, »du siehst aus, als wären alle Höllenhunde hinter dir her.«

»Es ist noch schlimmer«, erwiderte ich und sagte dem Kellner, daß er mir ein Glas Wein bringen sollte, dann berichtete ich Candy von dem Besuch bei den Howlands. »Je mehr ich in Erfahrung bringe«, jammerte ich, »um so überzeugter bin ich, daß ich nur an der Spitze eines Eisbergs kratze. Ich bin dort gewesen, um Charles zu sagen, daß sein ›David‹ gar kein David ist. Und als nächstes starre ich auf ein Gemälde von Monet, das seit Jahren als verschollen gilt.«

Candy schob ein Stück Brot durch die ölige Marinade auf ihrem Teller, steckte es in den Mund und kaute nachdenklich.

»Ich *weiß*, daß Charles Howland schon vorher den Verdacht hatte, daß sein Portrait kein echter David ist. Wieso hätte er sonst Klaus um ein Zertifikat bitten sollen? Und dann erklärt Liz auch noch, daß Michael bereits mit ihnen über die fragwürdige Zuschreibung gesprochen hat. Und wenn der Monet wirklich ein Monet ist, dann besteht Anlaß zu der Vermutung, daß er gestohlen oder zumindest illegal erworben wurde.«

»Wer sonst würde das Gemälde wiedererkennen?« fragte Candy.

»Keine Ahnung«, sagte ich. »Wenn es ein anderes Bild von Monet wäre, würde ich mir wahrscheinlich gar keine Gedanken darüber machen. Mir ist es nur wegen meiner Nachforschungen über Lilly Spender aufgefallen. Ein auf Monet spezialisierter Sachverständiger müßte es kennen, genau wie die Leute vom Marmatton Museum. Soweit ich weiß, beschäftigt sich derzeit sonst niemand mit Lilly Spender.«

Ich überlegte, ob Michael das Bild erkannt hatte, und dachte an das Gespräch zurück, das ich mit den Howlands im Museum geführt hatte. Liz hatte gesagt, daß sich Charles stets geweigert habe, das *Portrait der jungen Frau* an Galerien oder Museen auszuleihen, weil er sich nicht gern für längere Zeit von ihm trennen würde. War das der einzige Grund? Oder wollte Charles vermeiden, daß Kunsthistoriker auf seine Schätze aufmerksam wurden? Hielt er mich für so naiv und unwissend, daß er mir nicht zutraute, den Monet als eines der verloren geglaubten Werke des Meisters zu identifizieren?

Ich tunkte ein Stück Brot in den herben Burgunder, den Mario als Hauswein ausschenkte, und aß es mit Genuß. Candy schob den leeren Teller beiseite. »Du glaubst, das Bild hat irgend etwas mit den Leuten zu tun, mit denen du in Wien gesprochen hast?«

»Was?« Ich starrte sie erstaunt an, und gleichzeitig gingen mir hundert verschiedene Möglichkeiten durch den Kopf. Jacob Rosenmeier hatte vor dem Krieg noch andere französische Gemälde in seiner Sammlung, soviel wußte

ich von Frau Schiller. Und nicht alle diese Werke waren nach dem Krieg wiederaufgetaucht. Besaß Charles noch andere Werke aus der ehemaligen Rosenmeier-Sammlung? Werke, die er nicht legal erstanden hatte?

Bevor ich die Gedanken zu Ende bringen konnte, kam Adam zur Tür herein. Er hatte den blauen Blazer gegen einen grauen Pullover mit V-Ausschnitt ausgetauscht, der unter all den Sweatshirts und Lederjacken im Mario's fehl am Platze wirkte. Ich nahm an, er hatte sich für North Beach leger angezogen. Als er uns entdeckte, spielte er den Überraschten, aber ich vermutete, daß er auf der Suche nach Candy gewesen war.

»Also«, begrüßte er mich mit einem höhnischen Grinsen, »Sie waren wirklich der Knüller der Party. Haben Sie es sich zur Gewohnheit gemacht, die Gastgeber vor den Kopf zu stoßen?«

»So wie ich das sehe, haben die Gastgeber eine Menge zu erklären.« Ich rückte einen Stuhl zurecht. »Setzen Sie sich und erzählen Sie mir, warum Liz Howland ihren ›Freund‹ Michael plötzlich so verabscheuungswürdig gefunden hat. Ich glaube, Candy kennen Sie schon, oder?«

Adam schenkte Candy ein freundliches Lächeln. Sie hatte ja auch niemanden beleidigt. »Sie *waren* befreundet«, sagte er und schnippte mit den Fingern, um den Kellner auf sich aufmerksam zu machen. Er erntete ein entrüstetes Schnauben. »Die Betonung liegt auf ›waren‹.« Der Kellner knallte ein Glas so heftig auf den Tisch, daß der rote Wein überschwappte. »Liz und Michael waren eine Weile ziemlich viel zusammen«, führte Adam aus, während er den Rotwein auf dem Tisch mit einer verknitterten Serviette wegwischte. »Michael hat Liz oft in die Oper begleitet. Und manchmal ging er auch mit ihr auf Partys, wenn Charles zu tun hatte.«

»Was ist passiert?«

»Das Übliche. Er hat mir anvertraut, daß er Probleme mit Liz hätte. Daß sie sich zu sehr daran gewöhnt hätte, ihm ihr Herz auszuschütten. So geht es schwulen Männern hin und wieder, schätze ich.« Ein herablassendes Lächeln huschte über sein Gesicht. Er konnte kaum verhehlen, daß er sich Homosexuellen überlegen fühlte. »Dann wollte sie mehr von ihm.«

»Mehr?«

»Sex. Sie wollte den ganzen Kuchen.«

Ich fand diese Bemerkung ausgesprochen anstößig.

»Na, prima«, sagte Candy, »noch eine, die Schwule bekehren will.«

»Und Michael hat sich ihren Annäherungsversuche widersetzt«, sagte ich nachdenklich. Ob Candy recht hatte? Oder war Liz nur auf der Suche nach der ewigen Jugend im kalifornischen Stil? »Aber Liz wußte doch, daß Michael schwul war, oder?«

»Manche Frauen glauben, daß Geld sie dazu berechtigt, sich alles zu verschaffen, was sie sich wünschen. Reichtum ist angeblich unwiderstehlich. Und Liz sieht nicht schlecht aus.«

Armer Michael. Es war ihm bestimmt nicht schwergefallen, Liz ein Freund zu sein, bis sich die Tonart änderte. »Und Liz wurde plötzlich seine Gegnerin.« Das war eher eine Feststellung als eine Frage.

Adam lehnte sich zurück und kippte den Stuhl nach hinten, so daß er nur noch auf zwei dünnen Holzbeinen stand. Er macht sich für den *coup de grâce* bereit, dachte ich. »Liz kam zu dem Schluß, daß Patricks Ideen, wie das Museum geführt werden soll, vielversprechender sein könnten als die von Michael und Charles.«

»Das ist es also«, sagte ich bitter. »Das erklärt, warum sich Michael wegen seiner Ausstellung so in die Ecke gedrängt fühlte. Aber mir ist nach wie vor nicht klar, was ihm in Paris widerfahren ist und was ihn dazu veranlaßt hat, seinen Vortrag komplett umzuschreiben, sobald er wieder zu Hause war. Wer wußte, daß er über etwas anderes sprechen wollte?«

Adam schürzte die Lippen, und sein Blick wanderte über Candy. »Und wie geht es dem Supermodell in dieser Woche?« Offenbar wollte er unbedingt das Thema wechseln.

»Ich möchte wissen, was mit Michaels Vortrag war«, wies ich ihn streng zurecht.

Adam zuckte mit den Schultern. »Ich ging am Morgen vor der Party in Michaels Büro, um ihm zu sagen, daß Patrick mit ihm darüber diskutieren wollte, ob Frank Spurling zum nächsten Treffen des Förderkreises eingeladen werden sollte. Michael war dabei, seinen neuen Vortrag zu schreiben und meinte, das könnte man auch nach der Party besprechen.«

»Und Sie haben Patrick von dem neuen Vortrag erzählt. Wem sonst noch?«

»Niemandem«, entgegnete Adam mürrisch. Ich wartete und sah ihn unverwandt an. »Na ja, wahrscheinlich habe ich es Charles gegenüber erwähnt. Er kam ins Museum, um mit Michael zu reden. Ich sagte ihm, daß Michael arbeitet und nicht gestört werden will.« Er überlegte eine Weile und entschied offenbar, daß er genug gesagt hatte. »Ich muß los; ich habe eine Verabredung in der Kunstakademie. Kommst du mit?« fragte er Candy.

Sie runzelte die Stirn. Ich sah ihr an, daß sie etwas beschäftigte. »Ich komme später nach.«

Er tätschelte ihre Schulter, warf drei Dollar auf den Tisch und schlenderte zur Tür.

»Da ist etwas, was ich dir erzählen muß«, begann Candy, sobald er weg war. Die Verlegenheit stand ihr ins Gesicht geschrieben, und ich ahnte, was sie mir zu sagen hatte. »Es ist nichts passiert«, verteidigte sie sich. »Aber wir haben einige Zeit miteinander verbracht. Ich weiß, daß Adam ein Verlierer ist, aber er war so einsam.«

Ich nickte – verständnisvoll, wie ich hoffte. Ich war selbst auch schon in ähnlichen Situationen gewesen.

»Wir haben an einem Abend, während du weg warst,

ziemlich lange geredet. Es war der Tag, an dem Spurling verhaftet wurde, und Adam war ehrlich aufgeregt und ganz durcheinander.«

»Mit gutem Grund. Er hat diesen Mistkerl unterstützt.«

»Ja, ich weiß. Er hat mir erzählt, daß Patrick Maguire ihm und seiner Frau wirklich geholfen hat. Sie wollte Jura studieren, hatte aber zu schlechte Zeugnisnoten, um an der Uni angenommen zu werden.«

»Ah, so ist das«, sagte ich. Endlich ging mir ein Licht auf.

»Patrick Maguire hat in Hastings ein paar Fäden gezogen, und sie wurde zum Studium zugelassen. Danach fühlte sich ihm Adam verpflichtet.«

Jetzt kannte ich zumindest den Grund für die freundschaftliche Beziehung zwischen Adam und Patrick. Ich lächelte. »Jetzt sag bloß nicht, du hast dich in Adam verknallt. In dem Fall würde ich mich nämlich auf Sammys Seite stellen.«

»Den Tag möchte ich erleben.« Ein kurzes Lächeln zuckte über ihr Gesicht, doch ihre Miene verdüsterte sich sofort wieder. »Hör mal«, sagte sie. »Du steckst in Schwierigkeiten. Du weißt vielleicht noch nicht alles, aber du weißt genug über diese Leute.«

Da mußte ich ihr recht geben, und diese Erkenntnis beunruhigte mich selbst.

»Wohin gehst du jetzt?« erkundigte sie sich.

Es war halb acht und zu spät, Marconi im Revier aufzusuchen. »Nach Hause«, flüsterte ich, »und gleich morgen früh zur Polizei.«

Sie schüttelte vehement den Kopf. »Kommt gar nicht in Frage. In deiner Wohnung sitzt du in der Falle. Hier!« Sie drückte mir ihre Schlüssel in die Hand, die zusammen mit einem laminierten Foto von Jason, einer weißen Hasenpfote und einem winzigen Schweizer Messer an einem großen silbernen Ring hingen. »Übernachte heute bei mir. Du kannst den Futon haben, auf dem Jason immer schläft.« Als ich protestierte, fügte sie hinzu: »Du gehst heute auf gar keinen Fall in deine Wohnung. Bei mir sind die Fenster vergittert, und ich habe Sicherheitsschlösser. Deine blöde Küchentür, für die du dir übrigens schon längst ein Gitter hättest anschaffen müssen, führt direkt zum Dach.«

Das stimmte; das Gitter für die Küche stand schon seit Jahren auf meiner Einkaufsliste, aber bisher war ich noch nicht dazu gekommen, eines zu bestellen.

»Jeder Idiot kann über die Feuerleiter problemlos übers Dach in deine Küche kommen. Und wenn jemand die Eingangstür im Nachbarhaus aufmacht, ist es sogar noch leichter. Sammy meinte, ein Fünfjähriger könnte bei dir einbrechen.«

Ich verfluchte Sammy im stillen, obwohl mir klar war, wie er recht hatte. Daß Candys Apartment abgesichert war wie eine Festung, war auf seine Paranoia zurückzuführen. »Sammy hätte da bestimmt keine Bedenken«, versetzte ich und steckte die Schlüssel in meine Tasche. Candy hätte mir keine Ruhe gelassen, wenn ich ihr nicht hoch und heilig versprochen hätte, bei ihr zu übernachten und wachzubleiben, bis sie um Mitternacht nach Hause kam.

KAPITEL ZWEIUNDZWANZIG

In dieser Nacht versuchte jemand, Candys Handtasche zu stehlen, als sie nach einer langen Sitzung als Modell nach Hause ging. Candys Überlebensinstinkt war nach Jahren im Umgang mit der Halbwelt so geschärft, daß sie stets wachsam und auf alles vorbereitet durch die Straßen ging. Als sich ein Fremder, der in einem dunklen Hauseingang gelauert hatte, auf sie stürzte, umklammerte sie ihre Tasche mit beiden Händen und schrie laut um Hilfe. Der Möchtegern-Dieb ergriff die Flucht und rannte über die Columbus Avenue, während ein paar mehr oder weniger betrunkene Passanten sich an seine Fersen hefteten. Die Jagd war wild und laut, aber zu guter Letzt hängte der Dieb die Verfolger in dem wirren Netz von Chinatowns Gassen ab.

Candy kam keuchend, zerzaust und schäumend vor Zorn zu Haus an.

»Bist du okay? Ich rufe die Polizei«, sagte ich, nachdem ich mich überzeugt hatte, daß sie unverletzt geblieben war.

»Machst du Witze?« Sie sah mich entsetzt an und ließ sich auf die alte Chaiselonge, ihr Lieblingsmöbel, fallen. »Untersteh dich – ich will nichts mit den Cops zu tun haben. Wir haben dem Hurensohn auch so einen ganz schönen Schrecken eingejagt. Verdammt, jetzt habe ich mir noch einen Nagel abgebrochen.«

Sie starrte mißmutig auf den abgebrochenen Fingernagel, während ich nachdenklich auf dem Futon hockte, den ich in eine Zimmerecke gezerrt hatte. Um mich verstreut lagen Teile meines unfertigen Manuskripts über Lilly Spender und Notizen für Michaels Katalog. Ich war überzeugt, daß ich, wenn ich nur die richtigen Elemente zusammenbrachte, am Ende das fehlende Puzzlestück, das zur Lösung des Rätsels um David führte, in den Händen halten würde. Bis jetzt hatten sich meine Hoffnungen nicht erfüllt. Und nun war Candy meinetwegen in Gefahr geraten.

»Er hatte eine dunkle Jacke und einen Schal an«, sagte sie. »Vielleicht war es ein Anorak.«

Ich fragte mich, ob sie selbst begriff, was sie da andeutete. Ein Blick in ihr Gesicht verriet mir, daß sie es sehr wohl wußte. »Ja«, bestätigte sie. »Wahrscheinlich war es derselbe Mistkerl wie bei dir. Und wenn ich diesen Bastard jemals zwischen die Finger kriege, wird er bestimmt die Straßen für eine sehr lange Zeit nicht mehr unsicher machen.«

Mir wurde kalt, und ich fühlte mich sogar in Candys Wohnung verletzlich und angreifbar. Wenn sie nur ein wenig langsamer reagiert hätte, dann besäße der Mörder jetzt die Schlüssel zu unserem Haus. »Wie hat er dich erkannt? Woher wußte er, wo er dich finden konnte?« fragte ich.

»Vielleicht von dem Typen, der uns im Mario's einen Besuch abgestattet hat?« mutmaßte sie. Sie nahm eine Orange aus der Schale, die auf der Anrichte stand, und schälte sie mit einem Messer, um nicht noch mehr Fingernägel zu opfern.

»Möglich wär's. Adam ist alles zuzutrauen.« Ich entdeckte das Telefonkabel und kroch über den zerschlissenen Teppich, bis ich den Apparat zwischen in einem Haufen Zeitschrifen neben der Chaiselonge fand. Die Auskunft gab mir die Nummer eines A. Heyman in der Irving Street an. Eine ärgerliche Frauenstimme meldete sich nach dem fünften Klingelton. »Er ist nicht da«, sagte sie schroff. »Und ich weiß nicht, wann er zurückkommt.« Sie knallte den Hörer auf, daß mir die Ohren dröhnten. Ich folgte etwas behutsamer ihrem Beispiel, nahm wieder Zuflucht auf dem Futon und sah auf die Uhr. Es war kurz vor eins. »Hast du Adam in der Akademie gesehen?«

Candy legte die Orangen auf einen Teller und schob ihn mir über den Boden zu. »So um halb zehn, als wir eine Pause gemacht haben. Er war mit den Studenten zusammen, die ihm auf Schritt und Tritt nachlaufen. Aber ich habe nicht mit ihm gesprochen.« Sie gähnte, setzte sich aufs Bett und zog die geblümte Decke um ihre Schultern. »Hier kommt er jedenfalls nicht herein«, sagte sie, ehe sie sich zusammenrollte und einschlief.

Ich lauschte Candys tiefen, regelmäßigen Atemzügen, während ich mich unruhig auf dem ungewohnten Schlafplatz herumwälzte. Je länger ich nachdachte, um so mehr wuchs meine Überzeugung, daß Adam Informationen weitergab und damit erst Michael, dann Candy in Gefahr gebracht hatte. Er war der letzte gewesen, der mir im Musum begegnet war, als ich an dem Tag, an dem ich überfallen wurde, zu Michaels Wohnung gefahren war. Adam wußte, daß Michael dabei gewesen war, einen neuen Vortrag zu verfassen. Und am frühen Abend hatte er mich und Candy zusammen im Mario's gesehen. Schließlich döste ich doch ein, träumte in einem unruhigen Dämmerzustand von bedrohlichen Schatten und wurde von unheilvollen Ahnungen geplagt.

Ein explosionsartiges Geräusch weckte mich. Mein Herz hämmerte wie wild, als ich aufsprang und über die Decke stolperte, die ich um meine Knöchel geschlungen hatte.

»Was war das, zum Teufel?« rief Candy und richtete sich mühsam auf. »Es ist mitten in der Nacht.«

»Die Glocke an der Haustür«, sagte ich – erst jetzt war es mir gelungen, das Geräusch zu identifizieren. Ich hörte Mrs. Domandis Tür über uns klappern. »Ist schon gut«, schrie ich ihr zu. »Ich mache auf.« Die Silhouetten von Marconi und Wu waren durch einen Spalt in der Jalousie zu sehen – die beiden ungleichen Gestalten waren auf den ersten Blick zu erkennen. Ich hantierte an den Schlössern und Ketten herum und tapste ins Treppenhaus. Marconi bedachte mich mit einem scharfen Blick, als ich endlich die Haustür geöffnet hatte, aber er nahm Abstand davon, sich über meine ramponierte Erscheinung zu äußern.

»Tut mir leid, daß wir Sie so früh stören«, sagte er. »Aber wir müssen mit Ihnen sprechen.«

Ich deutete auf die Treppe und huschte nur schnell in Candys Wohnung, um meine eigenen Schlüssel zu holen. Ich wußte, daß eine Unterhaltung mit der Polizei nicht dem entsprach, was Candy für diesen Tag geplant hatte. Der Lieutenant sah im Grunde nicht viel besser aus als ich. Ich nahm sein verknittertes Outfit erst wahr, als er stehen blieb, um ein paar Worte mit Mrs. Domandi zu wechseln.

»Haben Sie heute nacht unten geschlafen?« fragte er mich, als wir meine Wohnung betraten.

Ich zuckte mit den Schultern. »Wenn man es schlafen nennen kann ... Möchten Sie einen Kaffee? Ich wollte mir ohnehin einen kochen.«

»Ich könnte einen gebrauchen«, sagte er und folgte mir in meine kleine Küche. Wu blieb im Wohnzimmer, spähte durch die offene Tür und sah aus, als wäre er sofort zur Flucht bereit.

Aus der Nähe betrachtet wirkte Marconi sogar noch derangierter. Seine Wangen waren mit dunklen Stoppeln bedeckt, als wäre er mit dem Gesicht voran in feine Eisenspäne gefallen.

»Hübsche Aussicht.« Er schaute aus dem Küchenfenster, während ich die Kaffeebohnen mahlte und den Wasserkessel einschaltete.

»Liz Howlands Leiche wurde heute am frühen Morgen gefunden. Sie lag in ihrem Auto«, sagte er, ohne sich zu mir umzudrehen.

Ich zuckte zusammen, und der Kaffee kippte über die Arbeitsfläche, als ich zu ihm herumwirbelte. »O nein!«

»Die Garagentüren waren geschlossen; irgendwann in der Nacht muß das Benzin ausgegangen sein.«

»Selbstmord?« Bittere Galle stieg mir in die Kehle, und ich schluckte schwer.

Er nickte grimmig. »Das wird behauptet. Man hat sogar ein paar Abschiedszeilen im Haus gefunden. Da stand etwas, daß sie nicht mehr imstande sei, weiterzumachen.«

»Glauben Sie das?«

»Ich bin für alle Möglichkeiten offen«, erwiderte er geheimnisvoll. »Sie waren eine der letzten, die sie lebend gesehen haben. Kam sie Ihnen niedergeschlagen oder deprimiert vor?«

»Eher wütend«, sagte ich und erinnerte mich an ihren Ausbruch. »Sie war fuchsteufelswild.«

»Die Autopsie wird uns mehr verraten. Aber jetzt will ich wissen, was es mit diesem falschen Gemälde auf sich hat.«

Ich schüttete den Kaffee in das Filterpapier und überlegte, wo ich anfangen sollte.

»Howland sagt, Sie hätten ihn und seine Frau beschuldigt, ein falsches Kunstwerk als echtes auszugeben«, fuhr Marconi fort, ehe ich antworten konnte. »Er erklärt, Ihre Drohung, sie in der Öffentlichkeit bloßzustellen, hätte seine Frau so verstört, daß sie sich umgebracht hat.«

»Lächerlich«, stieß ich hervor. »Charles und Liz Howland besitzen ein Bild, von dem sie behaupten, Jacques-Louis David habe es gemalt. Ich glaube, ich kann beweisen, daß es nicht von ihm ist. Klaus Burger hat eine Expertise für die Howland erstellt, in der er bestätigt, daß es ein David ist. Daß sie ihn als Sachverständigen zu Rate gezogen haben, ist eine äußerst fragwürdige Wahl. Ich glaube, sie wollen das Bild verkaufen und den Erlös dem Museum spenden, um Klaus' neue Kampagne zu unterstützen.«

Das war eine reine Spekulation meinerseits, eine Idee, die mir in einer ruhelosen Nacht gekommen war, aber bisher war mir kein anderer plausibler Grund eingefallen, warum ausgerechnet Klaus und nicht ein Sachverständiger eines Auktionshauses das Gemälde bewertet hatte. »Und außerdem haben sie andere impressionistische Bilder in ihrer Sammlung. Werke, die höchstwahrscheinlich illegal erworben wurden. Einen Monet zum Beispiel.«

Marconi strich sich müde über die Stirn. »Wir haben Mr. Howlands Finanzen überprüft. Obwohl er seit den siebziger Jahren viel Geld mit Immobilien gemacht hat, gehört das eigentliche Vermögen seiner Frau.«

Ich schüttete das kochende Wasser in den Filter, und sofort breitete sich das Aroma von schwarzem Kaffee in der Küche aus. Ich dachte an Liz Howlands selbstbewußtes Auftreten, an ihren Snobismus und an ihre Art, sich als Autorität aufzuspielen. »Aber seine Familie muß auch wohlhabend gewesen sein«, sagte ich, als ich mich an die Truhe mit den georgianischen Silberwaren und die Chippendale-Möbel erinnerte, die jetzt im Museum waren.

»Ja, es war altes Geld da, aber als sein Vater starb, war nicht mehr viel davon übrig. Charles Howland blieb praktisch nur das, was von der Kunstsammlung noch vorhanden war. Doch seine Frau ...« Marconi rieb sich das Gesicht, als ich ihm einen dampfenden Kaffeebecher reichte. »Sie hat richtig geerbt – eine Menge Geld, Treuhandfonds und andere Wertpapiere. Öl«, fügte er hinzu, als ich ihn fragend anschaute. »Ihr Vater war Spekulant und hat in eine Ölfirma in Dallas investiert. Was dagegen, wenn ich rauche?«

Ohne eine Antwort abzuwarten, zog er ein zerdrücktes Marlboropäckchen aus seiner Jackentasche und hielt es mir hin. Ich schüttelte den Kopf und brachte Wu eine Tasse Kaffee ins Wohnzimmer. Als ich in die Küche zurückkam und die schwere, vom Kaffee und Rauch geschwängerte Luft einatmete, fiel mir ein, daß ich am Abend zuvor vergessen hatte, etwas zu essen.

»Howland hat sich vor ein paar Jahren bei einem Immobiliengeschäft kräftig übernommen«, berichtete Marconi, während er einen Löffel Zucker in seinen Kaffee rührte. »Er hat Wertpapiere verpfändet, um ein paar große Objekte im Süden zu finanzieren. Als die Geschäfte schlecht liefen und er Bargeld brauchte, hat er sich an das Kapital seiner Frau herangemacht. Ohne ihr etwas davon zu sagen.«

»Woher wissen Sie das?«

»Von den Anwälten in New York, die die Treuhandfonds verwalten. Uns sind sofort, als wir mit der Überprüfung anfingen, einige ungewöhnliche Bewegungen auf verschiedenen Konten aufgefallen. Der Anwalt, der das Vermögen verwaltet, hat schon vor längerem Verdacht geschöpft, weil ziemlich hohe Summen abgehoben wurden, aber Howland konnte ihn davon überzeugen, daß seine Frau unkluge Investitionen getätigt habe und er nur den Schaden ausbügeln wollte. Wie es scheint, hat sie einige Kunstwerke aus dem zwanzigsten Jahrhundert gekauft, und der Anwalt war offenbar ohnehin der Ansicht, daß kein vernünftiger Mensch Geld in die Kunst stecken würde.« Marconi inhalierte den Rauch und hustete so sehr, daß sein Gesicht rot anlief.

»Warum hat er das Bild nicht gleich verkauft, als er in Schwierigkeiten kam?« erkundigte ich mich.

»Keine Ahnung.« Marconi schenkte sich selbst Kaffee nach. »Dieser Fall ist ein heilloses Durcheinander. Überall sind lose Enden, und wir haben nicht den kleinsten Beweis, daß er ihr Vermögen veruntreut hat.«

»Und sie hat sich umgebracht, als sie entdeckte, daß er sie um Geld betrogen hat? Nein, das macht keinen Sinn.«

»Oder er hat sie ermordet, weil sie ihm auf die Schliche gekommen ist und ihm drohte, ihn zu verlassen. Eine Scheidung hätte er sich wirklich nicht leisten können. Sie nutzte es weidlich aus, daß er als Kunstmäzen angesehen wurde, aber es war ihr Geld, das ihnen diesen grandiosen Lebensstil ermöglichte.«

»Also wollte er mit dem Verkauf des Bildes, das er als echten David ausgab, die Verluste wettmachen, und er hätte seine Position im Museum behalten. Aber das wäre nur gelungen, wenn er wirklich ein Meisterwerk aus dem achtzehnten Jahrhundert auf den Markt gebracht hätte.«

»So sieht's aus.«

Marconis Theorie erschien mir einleuchtend. Das Gemälde war in dem Augenblick keine lohnende Geldquelle mehr, in dem Zweifel an der Zuschreibung laut wurden. Und sowohl Michael als auch ich hatten in Frage gestellt, daß David das Werk geschaffen hatte. Diese Erkenntnis deprimierte mich. Nur weil ich Kunsthistorikerin bin, war ich zur Mittäterin in einem System geworden, das Kunstwerke wie Handelswaren bewertete. Charles war in Panik geraten, und die hübsche Fassade von Wohlstand und Privilegien begann zu bröckeln.

Marconi zündete sich eine neue Zigarette an. »Wir haben mit einem Mitarbeiter von Sotheby's in New York gesprochen«, erzählte er und stieß dabei eine Rauchwolke aus. »Er sagt, Howland habe Arrangements getroffen, um bei der Winterauktion verschiedene Gemälde versteigern zu lassen. Darunter auch ein Werk von Jacques-Louis David.«

Ich rechnete schnell nach: Michaels Ausstellung sollte im September eröffnet werden. Das *Portrait der jungen Frau* würde sowohl an Beachtung als auch an Wert gewinnen, wenn es mit anderen Davids gezeigt wurde. Bisher hatte keiner der David-Kenner die Zuschreibung angezweifelt. Solange sich daran nichts änderte, würde es höchstes Aufsehen erregen und bejubelt werden, wenn es im Auktionssaal gezeigt wurde.

Während meiner Forschungsarbeit über Künstlerinnen, deren Werke häufig den *oeuvres* ihrer berühmteren männlichen Kollegen und Lehrer zugerechnet wurden, hatte ich gelernt, daß Kunsthistoriker nur das sehen, was sie sehen wollen. Wenn sie einen »David« erwarteten und ein qualitativ hochwertiges Gemälde zu Gesicht bekamen, das der Öffentlichkeit bisher vorenthalten worden war, würden sie nur ihren Glauben an die Großartigkeit des Meisters bestätigt sehen. Was hatte Regina in der Literatur gefunden? Einen Hinweis auf »die meisterhafte Hand des großen Künstlers«. Das genaue Zitat war mir entfallen …

»Auch Klaus Burger ist ganz bestimmt in die Machenschaften verwickelt«, sagte ich. Ich ging zur Spüle und zupfte ein paar welke Blüten von einer Geranie, die daneben stand und langsam ihrem Tod entgegendämmerte. »Charles Howland hätte seine Haut nur retten können, wenn er echte Bilder zum Verkauf angeboten hätte. Die Expertise von Klaus war sein Ticket zum Auktionstisch. Und Klaus brauchte Geld für sein Museum. Ein starkes Mordmotiv. Wenn Liz gemerkt hat, was sie im Schilde führten, dann wäre es duchaus denkbar, daß einer der beiden sie getötet hat.«

»Ja«, bestätigte Marconi mißmutig. »Da gibt es nur ein Problem.«

Ich brachte meine frisch gefüllte Kaffeetasse ins Wohnzimmer, und er folgte mir langsam. »Und das wäre?« Ich stellte die Tasse auf den Tisch und bedeutete Wu, sich selbst noch Kaffee aus der Küche zu holen.

»Wir haben nicht auch nur den kleinsten verdammten Beweis«, versetzte Marconi. »Keine Mordwaffe. Kaum forensisch verwertbare Spuren – außer, daß die Klinge offenbar an Michael Harrisons Jackett abgewischt wurde. Der Stich war fachmännisch plaziert. Die Klinge drang von hinten direkt ins Herz. Es floß nur wenig Blut, und wir haben das Museum zweimal nach der Waffe durchsucht. Wir haben fast das ganze Gebäude auseinandergenommen.«

Ich nahm einen Schluck Kaffee und stellte mir die Räumlichkeiten des Museums bildlich vor. Da ich die Museumsführer unterrichtete und ihnen alle Exponate erklärte, kannte ich beinahe alle Objekte, die ausgestellt waren. Ich versuchte mich in den Mörder hineinzuversetzen. Ein unerwarterter Stoß mit dem Dolch oder womit auch immer. Und dann? Am unauffälligsten wäre, wenn der Täter gleich nach dem Mord in der Menge im Hof untertauchte. Ich sah die Räume vor mir, die zwischen Michaels Büro und dem Innenhof lagen. Kunstgewerbliche Arbeiten, dann die Abteilung für europäische Malerei und die Wandteppiche...

Plötzlich erstarrte ich. Mein Kopf fing an zu pochen.

»Was ist?« fragte Marconi scharf.

Ich schaute ihn verblüfft an. »Die Rüstung«, sagte ich kläglich, aber er sah mich nur verständnislos an. »Wenn man von Michaels Büro zum Innenhof geht, kommt man durch eine kleine Abteilung mit einer Sammlung von Gegenständen aus dem Mittelalter. An den Wänden hängen Gobelins.«

»Ja, ich entsinne mich.«

»In der Ecke steht eine Rüstung. Sie kennen diese Dinger – sie sind aus glänzendem Metall und sehen aus wie ein Ritter, der ein Schwert in der Hand hält. Diese Rüstungen sind hohl, und das Visier hat ein Scharnier, so daß man den Gesichtsschutz aufklappen kann. Es wäre ganz leicht, im Vorbeigehen etwas in die Rüstung zu werfen.«

Marconi musterte mich gedankenvoll. »Es ist einen Versuch wert, wir werden nachsehen«, entgegnete er lakonisch. »Wu!« Dafür daß Marconi ziemlich groß war, kam er schnell auf die Beine. »Gehen wir«, rief er und bedeutete dem Sergeant, ihm zu folgen.

Ich dachte an Candys vermummten Angreifer und schauderte.

»Da ist noch etwas, was ich gern in Erfahrung bringen würde«, sagte ich. »Sie kommen schneller an die Information heran als ich.«

»Worum geht's?«

»Ich möchte wissen, wo Charles Howland 1945 war.«

»Aus einem besonderen Grund?«

»Das ist eine lange Geschichte. Ich erzähle sie Ihnen ein anderes Mal.«

Er hielt mit der Hand auf der Türklinke inne. »Wir wissen, daß er in der Armee war. Nach seiner Entlassung zog er nach Boston. Dort lernte er seine Frau kennen.«

»Ich muß wissen, wo genau er stationiert war«, beharrte ich. »Ich brauche so viele Informationen, wie Sie kriegen können.«

»Wo sind Sie heute zu erreichen?«

»Im Museum. Ich habe dort zu tun«, erklärte ich, als er Anstalten machte, Einwände zu erheben. Ich verriet ihm allerdings nicht, daß ich vorhatte, zuerst Klaus in seinem Büro einen Besuch abzustatten.

Ich duschte und frühstückte, dann machte ich mich auf den Weg ins Museum. Diesmal hatte ich mir nicht die Mühe gemacht, angemessene »professionelle« Kleidung aus meiner spärlichen Garderobe auszuwählen. Klaus verdiente keine Zugeständnisse mehr.

»Er ist sehr beschäftigt und empfängt niemanden, der keinen Termin bei ihm hat.« Ich konnte nicht ergründen, ob die frostige Reaktion der Sekretärin auf mein feuchtes Haar oder auf meinen legeren Aufzug zurückzuführen war.

»Mich wird er empfangen«, behauptete ich. »Sagen Sie ihm, daß der David der Howlands wertlos ist und daß ich weiß, wer Michael Harrison umgebracht hat. Und warum.«

Sie drückte auf einen Knopf an der Sprechanlage und gab die Nachricht durch. »Gehen Sie rein«, wies sie mich dann an und schürzte mißbilligend die Lippen.

Als ich die Tür aufstieß, war ich auf Feindseligkeit vorbereitet. Klaus saß hinter seinem Schreibtisch, eine Lesebille auf der Nase. Auf dem Schreibtisch stand nichts außer einem Aschenbecher mit zahllosen Zigarettenkippen. Klaus nickte knapp und deutete mit dem Kinn auf den Besucherstuhl ihm gegenüber, dann faltete er die Hände und sah mich an. Er schien nicht in der Stimmung für eine höfliche Konversation zu sein.

»Sie wissen sicher, warum ich hier bin.«

Er zuckte wortlos mit den Achseln.

»Sie müssen seit Jahren gewußt haben, daß der David der Howlands gar kein David ist. Genau wie Sie wußten, daß das *Portrait von Napoleon* und das *Portrait einer jungen Frau* früher zu ein und derselben Wiener Sammlung gehört haben.« Er öffnete den Mund, aber ich wehrte ihn mit einer Handbewegung ab. »Ich habe Ihnen in Wien zugehört, und Sie haben mich belogen. Oder sollte ich es höflicher ausdrücken und sagen, daß Sie Informationen zurückgehalten haben, die viel früher Licht in die Angelegenheit gebracht hätten? *Bevor* noch jemand sein Leben verlieren mußte.«

Klaus wies die Anschuldigung nicht zurück, und das zeigte mir, daß Marconi schon hier gewesen war. »Hat Jacob Rosenmeier Ihnen gesagt, was es mit dem *Portrait der jungen Frau* auf sich hat?«

»Ja. Als ich Jacob Rosenmeier kennenlernte, war das Bild schon nicht mehr in seinem Besitz. Aber er hat es oft als Beispiel dafür erwähnt, wie schwierig die Zuschreibung zu einem Künstler sein kann.«

»Und als Sie nach San Francisco kamen und das Gemälde sahen, nutzten Sie die Gelegenheit, um einen Handel mit Charles Howland zu schließen, der ihnen beiden die Taschen mit Geld füllen würde, nicht wahr? Sie bestätigen ihm, daß es ein echter David ist, und er verkauft es zu einem hohen Preis.«

Klaus bewegte die gefalteten Hände, als würde er Teig kneten. »Nein«, versetzte er eisig. »Da es keine Unterlagen über Verkäufe oder andere Dokumentationen über dieses Werk gibt, ist und bleibt es für mich ein David, bis das Gegenteil eindeutig bewiesen ist. In den Fällen, in denen die Zuschreibung angezweifelt wird, muß derjenige, der Bedenken anmeldet, die Beweise erbringen. Michael erzählte mir nach seiner ersten Paris-Reise, daß das Portrait von Napoleon und das von Howlands junger Frau ehemals zur Rosenmeier-Kollektion gehört haben.«

Also hatte Michael auch die verworrene Geschichte der beiden Bilder ergründet. Er hat seine Hausaufgaben ordentlich gemacht, dachte ich traurig, und Klaus hat ihn bedrängt, seine wissenschaftlichen Erkenntnisse zurückzuhalten. »Aber das ist nicht alles, was Michael in Paris in Erfahrung gebracht hat«, sagte ich.

Klaus schüttelte bedächtig den Kopf. Seine Haut war grau und schlaff.

»Michael war nie in Wien«, fuhr ich fort. »Also muß er in Paris Hinweise darauf gefunden haben, daß Jacob Rosenmeier noch andere französische Malereien besessen hat. Bilder, die bis heute nicht wieder aufgetaucht sind. Ist er bei seiner letzten Reise darauf gekommen? Hat ihn dieses Wissen so gequält, daß er um sein Leben fürchten mußte, als er zurückkam?«

Klaus nickte und befeuchtete seine Lippen. »Ja.« Seine Stimme klang schwerfällig.

»Für Sie war das selbstverständlich keine Überraschung, denn Sie kannten ja auch die anderen Bilder der Rosenmeier-Sammlung. Und Sie wußten, wo sie sich bei Kriegsende befanden – nach Jacobs Tod.«

Ich bluffte, aber im Grunde war ich überzeugt, daß Klaus die ganze Geschichte der Rosenmeier-Sammlung kannte. »Erzählen Sie mir, was sich wirklich zwischen Ihnen und Jacob Rosenmeier abgespielt hat«, forderte ich.

»Ja, erzählen Sie es ihr«, meldete sich eine Stimme hinter mir zu Wort. Ich drehte mich um. Charles Howland schloß die Tür und trat näher. Als er die Hand hob, sah ich den kleinen Revolver, mit dem er auf uns zielte.

KAPITEL DREIUNDZWANZIG

Ich war wie gelähmt vor Angst. Die Waffe schien in Charles' Hand zu wachsen, als er über den orientalischen Riesenteppich näher kam. »Keine Bewegung!« warnte er, als er dicht neben mir stehen blieb.

Ich schaute zu Klaus und sah, daß Schweiß auf seinem grauen Gesicht glänzte. Ich verstand gar nichts mehr, aber irgendwie beruhigte es mich, daß er sich auch fürchtete. Mein gesunder Menschenverstand erwachte wieder zum Leben. Du mußt ein Gespräch in Gang bringen, sagte ich mir. Sorg dafür, daß sie reden. »Erzählen Sie«, wiederholte ich und nickte Klaus zu.

Er zuckte zusammen, als hätte ein ihn elektrischer Stromschlag getroffen. »Jacob Rosenmeier bewahrte vor dem Krieg die meisten seiner Kunstschätze – auch Napoleons Portrait – in seinem Stadthaus in Wien auf«, flüsterte er. »Das wissen Sie bereits.«

Ich mußte mich anstrengen, um die Worte zu verstehen.

»Die SS holte sie von dort«, fuhr er fort. »Eine Reihe kleiner, leicht zu transportierender Bilder, die meisten waren impressionistische Gemälde. Sie wurden nach dem Anschluß aus dem Haus geschafft und irgendwo auf dem Land aufbewahrt.«

»Sie waren Rosenmeiers Vertrauter«, sagte ich, ohne die Verachtung, die ich für Klaus empfand, zu verbergen. Er starrte mich an, und die Sekunden wurden zu Stunden. Zu spät, dachte ich. Es ist zu spät für Michael, und jetzt ist es auch zu spät für mich. Ich zwang mich, an etwas anderes zu denken. »Er hat Ihnen gesagt, wo sich die Bilder befinden«, setzte ich tonlos hinzu.

Sein Schweigen bestätigte meine Vermutung. Seine Gefühllosigkeit zerrte an meinen Nerven. Ich fragte mich, ob Regina und Luis, die mir folgten wie Hündchen und in allem guten Willen zeigten, unter ähnlichen Umständen auch zu einem solchen Verrat fähig wären. Ob sie sich kaltblütig an dem schadlos halten würden, was einem anderen gehörte. Sind wir im Grunde alle so? überlegte ich.

»Und Sie«, sagte ich und drehte ganz langsam den Kopf, um Charles nicht zu erschrecken. »Wann sind Sie in Wien in Erscheinung getreten?«

Charles sah mich an, achtete jedoch darauf, daß der Lauf der Waffe ständig auf uns gerichtet war. Ein kaum wahrnehmbares Zucken eines Augenlids war das einzige Anzeichen dafür, daß er kurz davor war, die Kontrolle über sich zu verlieren. Ich sah ihm in die blassen, ausdruckslosen Augen, und ein kalter Schweißtropfen rann mir über den Rücken.

»Woher wissen Sie, daß ich in Wien war?« fragte er.

»Das Augarten-Porzellan«, erwiderte ich und warf damit den einzigen Köder aus, den ich hatte.

»Es ist Ihnen aufgefallen. Sie sind intelligenter, als ich dachte.«

»Als ich gestern kurz nach meinen Studenten Ihr Haus verließ, habe ich auf dem Tisch im Foyer die Augarten-Tassen und die Untertassen gesehen. Irgendwie passen sie nicht zu den anderen Sachen in Ihrem Haus. Und sie sind klein und genau die Art von Souvenir, die jemand mit Geld in Wien kaufen und als Andenken aufbewahren würde.«

Ich hatte richtig vermutet. »Wenn Sie das alles schon wissen, können Sie genauso gut auch den Rest der Geschichte erfahren«, sagte Charles kalt. »Jetzt spielt es ohnehin keine Rolle mehr.« Er nahm den Revolver in die linke Hand und wischte sich die rechte an seiner grauen Flanellhose ab, ehe er die Waffe wieder auf mich richtete. Er trug Leinenschuhe mit dicken Gummisohlen. Eine komische Zusammenstellung, dachte ich, als mein Blick von der makellos gebügelten Hose zu der legeren Fußbekleidung wanderte.

»Ich kam im Herbst 1945 nach Wien«, sagte er, als würde er eine oft erzählte Geschichte noch einmal zum besten geben. »Ich war Reporter beim Informationsservice der Armee und sollte ein Interview mit dem russischen Tänzer Nijinskij und seiner Frau machen, die sich während der Kriegsjahre versteckt gehalten hatten.« Er brach ab, als Klaus sein Gewicht auf dem knarrenden Schreibtischstuhl leicht verlagerte. »Mein Vater besaß schon seit Jahren frühere Rosenmeier-Gemälde. Er wußte, daß der Sammlung noch andere Werke angehört hatten, die Jacob Rosenmeier 1927 nicht verkauft hatte. Ich hoffte herauszufinden, wo die restlichen Bilder abgeblieben waren, und wollte vielleicht einen Artikel darüber scheiben. Ein Kunsthistoriker in Wien nannte mir die Namen einiger Leute, die Jacob Rosenmeier vor dem Krieg gekannt hatten. Klaus Burger war einer dieser Leute.«

Über uns lastete bleiernes Schweigen. Nur das leise Summen der Klimaanlage war zu hören. Ich überlegte fieberhaft, wie ich aus der Gefahrenzone verschwinden konnte, aber Klaus' Büro, das durch seine Größe und spärliche Einrichtung Eindruck machen sollte, bot kaum Fluchtwege.

Charles ging auf die andere Seite des Schreibtisches und postierte sich genau zwischen Klaus und mir. Wenn er es darauf anlegen würde, hätte er aus dieser Entfernung uns beide mit zwei schnell aufeinanderfolgenden Schüssen töten können. »Ich stattete Klaus seinerzeit in Wien einen Besuch ab«, fuhr er schließlich fort. Seine Stimme war vollkommen emotionslos; er hätte genauso gut von einer harmlosen Episode aus seiner Jugend erzählen können. »Sie waren gerade von der Front zurückgekommen, nicht wahr?«

Klaus starrte ihn wortlos an.

»Klaus war verängstigt«, berichtete Charles weiter. »Wien lag in den Händen der Besatzungsmächte, und die

Österreicher, die mit den Nazis kooperiert hatten, wurden gerichtlich verfolgt. Klaus fürchtete, Österreich verlassen zu müssen. Er brauchte Geld, wenn er sich auf ein mögliches Leben im Ausland vorbereiten wollte. Das stimmt doch, nicht wahr?« fragte er und wedelte mit der Waffe in Klaus' Richtung.

Klaus räusperte sich, und der Laut, der aus seine Kehle drang, klang eher wie ein Ächzen als wie eine Bestätigung.

»Ich erinnere mich noch sehr gut«, sagte Charles.

»Also haben Sie beide eine Vereinbarung getroffen«, warf ich ein. Wieder lief mir ein kalter Schweißtropfen über den Rücken.

»Ja. Eine Vereinbarung. Ein Handel. Geld gegen drei impressionistische Bilder. Zwölftausend Dollar. Damals war das eine Menge Geld. Heute würde man nicht einmal eine signierte Monet-Skizze dafür bekommen.«

Es hätte genügt, um in der Fremde und allein nicht dem Untergang geweiht zu sein – die Worte kamen unwillkürlich in den Sinn. Faust. Ein anderer Pakt, ein anderer Teufel. Aber Klaus hatte Europa nicht verlassen. Er war in Wien geblieben und hatte Karriere gemacht, nur um im Alter eine neue Stellung in einem kleinen Museum anzunehmen und sich unerwartet der dunklen Vergangenheit stellen zu müssen.

»Dann sind Sie sich in San Francisco wiederbegegnet, und Sie haben ein neues Bündnis geschlossen, das ihnen beiden heute Vorteile verschafft. Aber Sie profitieren nur, wenn die Vergangenheit begraben und vergessen bleibt. War es das?« fragte ich.

Charles ignorierte meine Frage und wandte sich Klaus zu. »Sie und Liz«, sagte er verbittert. »Die ganze Zeit, während ich Ihre Pläne für das Museum unterstützt, Geld von anderen Förderern aufgetrieben und Vorbereitungen für den Verkauf meines Davids getroffen habe, haben Sie meine Frau gevögelt. Sie haben Liz gegen mich aufgehetzt, und jetzt werde ich Sie dafür töten.«

Ich sah von einem zum anderen: Klaus spielte mit einer Zigarette und drehte sie zwischen beiden Händen; Charles hielt den Revolver mit der Rechten fest und hatte die Linke zur Faust geballt. Obwohl sie sich nicht von der Stelle rührten, erschienen sie mir in dieser mit wertvollen Gemälden und antiken Möbeln ausgestatteten Umgebung wie zwei wilde Tiere, die sich umkreisten. Das ist es also, dachte ich, und gleichzeitig fiel mir Liz' Bemerkung über Ilse Burger wieder ein. War es nur eine flüchtige Affaire? Oder hatte es Klaus auch auf Liz' Geld abgesehen?

»Lieber Himmel, Charles!« Klaus machte eine beschwichtigende Geste, als wollte er sagen, daß es nichts gab, was unter Männern von Welt nicht freundschaftlich geregelt werden könnte. Charles, der sich von dieser männlichen Kameraderie kein bißchen beeindruckt zeigte, trat einen Schritt näher an den Schreibtisch heran.

»Liz ist eine attraktive Frau, Charles. Sie war ... wie soll ich sagen? Sie war besorgt um Sie.« Ein besänftigender Tonfall hatte sich in Klaus' Stimme geschlichen. »Sie wollte einen Rat von mir. Sie wußte, wie sehr ich Sie respektiere.«

Die Zornröte stieg Charles ins Gesicht. Seine Augen funkelten, aber die Hand mit der Waffe blieb ganz ruhig. »Einen Rat«, wiederholte er, aber bei ihm klang es wie ein böser Fluch.

Klaus zuckte zusammen, als Charles eine plötzliche Bewegung mit der Waffe machte. »Dann haben Sie ihr also erzählt, daß Michael die Geschichte meines Gemäldes aufgedeckt hat. Sie wußte es von Ihnen. Sie fing an, mir Fragen zu stellen. Über das Portrait. Über Michael. Ist Ihnen etwas über Michaels Recherchen herausgerutscht, als Sie mit ihr im Bett lagen? Oder haben Sie hier mit ihr gebumst? Im Museum?«

Seiner Haßtirade zuzuhören war fast noch furchteinflößender als seine eiskalte Selbstbeherrschung von vorher.

»Also haben Sie ihr ›geraten‹, nichts zu sagen«, warf ich ein. »Zumindest so lange, bis Charles das Bild verkauft und dem Museum die Spende überreicht hat. Liz muß neugierig auf Michaels Recherchen geworden sein, aber sie und Michael redeten nicht mehr miteinander, deshalb konnte sie ihn nicht fragen. Und nach dem Mord ... Wer hat mich von Michaels Wohnung zu mir nach Hause verfolgt und meine Handtasche gestohlen? Sie, Charles, oder war es Liz?«

Klaus nickte niedergeschlagen. »Das war Liz«, gestand er.

»Dann haben Sie ihr gesagt, daß ich in seine Wohnung wollte? Monica hat Ihnen bestimmt davon erzählt. Sie war in Michaels Büro, als seine Schwester anrief und ich mit ihr telefonierte. Monica wußte, daß ich vom Museum aus direkt nach Haight-Ashbury fahren würde.«

Klaus strich sich nervös über sein Kinn, ohne meine Beschuldigungen zurückzuweisen oder zu bestätigen. Ich versuchte, mich an die schattenhafte Gestalt zu erinnern, die mich niedergeschlagen hatte. Aber ich sah nur Liz' breite Schultern und ihre von dem Training auf dem Tennis und Golfplatz gebräunten Arme vor mir. Sie war ein wenig größer als ich und wahrscheinlich trotz des Altersunterschieds besser in Form.

Ich wandte mich Charles zu. »Wußte Liz, daß Sie sich Zugang zu ihrem Vermögen verschafft hatten? Hat sie gedroht, Sie zu verlassen, nachdem sie erfahren hatte, daß Ihr Gemälde nahezu wertlos ist und nicht von David, sondern von einer relativ unbekannten Künstlerin gemalt worden waren? Oder haben Sie sie umgebracht, weil sie dahintergekommen sind, daß sie und Klaus eine Affaire hatten?« Marconi hatte ganz bestimmt recht, wenn er die Selbstmordtheorie anzweifelte. »Wie haben Sie es geschafft, den Mord wie Selbstmord aussehen zu lassen?«

Charles zuckte mit den Achseln. »Das war ganz leicht. Sie hat, nachdem Sie gegangen waren, stundenlang getobt und mich beschimpft, eine Menge Scotch getrunken und mich beschuldigt, von ihrem Geld zu leben. Dann hat sie mir ins Gesicht gesagt, daß sie eine Affaire mit Klaus hat. Als sie vollkommen betrunken und nicht mehr bei Sinnen war, trug ich sie in die Garage. Ich befestigte einen Schlauch am Auspuff und führte ihn ins Wageninnere. Sie ist nicht mehr aufgewacht.«

»Und die Abschiedszeilen?«

Charles war drauf und dran, auch darüber Auskunft zu geben, aber Klaus suchte sich gerade diesen Moment aus, sich auf ihn zu stürzen. Dabei traf seine Hüfte auf die Schreibtischkante auf. Bevor er sich von dem Schreck erholen konnte, peitsche ein Schuß durch die Luft, und Klaus fiel mit einem dumpfen Schlag auf den Boden.

Jetzt oder nie, dachte ich. Als Charles auf Klaus zuging, wirbelte ich herum.

»Keine Bewegung!« brüllte Charles.

Ich starrte in den Lauf des Revolvers und blieb reglos stehen. Charles packte grob meinen Arm. Ich spürte seinen heißen Atem im Gesicht und fluchte im stillen, als sich das kalte Metall in meinen Nacken drückte.

KAPITEL VIERUNDZWANZIG

Die Tür flog auf. »Was ist passiert?« kreischte JoEllen. »Was war das für ein Knall?« Ich beobachtete, wie sie die Augen aufriß und ihr normalerweise rosiges Gesicht kreidebleich wurde, als sie Klaus zusammengekrümmt auf dem Boden liegen sah. Der Geruch nach Schießpulver hing noch in der Luft und vor dem großen Renoir über Klaus' Schreibtisch schwebte eine feine Rauchwolke. Ich konnte nicht erkennen, ob Klaus noch atmete oder nicht.

»Keine Bewegung«, wiederholte Charles scharf. Er schlang einen dünnen, aber erstaunlich starken Arm um meine Taille und preßte mich an sich, dann ließ er die Waffe sinken.

Er ging mit mir zur Tür. »Sie bleiben hier und geben keinen Laut von sich«, herrschte er JoEllen an, »oder ich bringe Charlotte um.«

Sie sah mich flehend an; offenbar war sie kurz davor, in Ohnmacht zu fallen. Ich selbst hatte auch weiche Knie.

Wir bewegten uns langsam wie in einem Totentanz zum Vorzimmer. Sobald wir Klaus' Büro verlassen hatten, richtete sich Charles auf, aber er hielt mich nach wie vor fest. Die entsetzten Blicke anderer Museumsmitarbeiter folgten uns, als wir den Korridor zum Hintereingang entlanggingen. Charles drückte den Revolverlauf seitlich an meinen Hals. »Wenn sich auch nur einer von der Stelle rührt, ist sie tot«, warnte er, sobald wir am Empfang vorbeikamen. Bitte, bleib stehen, betete ich, als ein Museumswärter in der Galerie auf uns zukam. Ein Blick auf den Revolver genügte, um ihn aufzuhalten.

Im Freien ging Charles schneller und stieß mich über

den Weg zum Parkplatz. Schritte raschelten hinter uns über das Eukalyptuslaub, und Charles sah sich hektisch um. Mir kam es vor, als würde eine Ewigkeit vergehen, bis wir zu dem dunkelroten Buick kamen. Charles öffnete die Fahrertür und stieß mich grob auf den Sitz. Ich nahm eine Bewegung hinter dem Wagen wahr. Er zielte mit dem Revolver in die Richtung und feuerte einen Schuß ab. Vögel wurden aufgescheucht und schlugen wild mit den Flügeln, dann herrschte absolute Stille.

Ich kauerte hinter dem Steuerrad, während Charles vor dem Auto auf die andere Seite huschte, die Beifahrertür aufriß und einstieg.

»Fahren Sie«, befahl er und steckte den Schlüssel in die Zündung. Er rutschte so auf die Seite, daß er sich an die Tür lehnen konnte, und beobachtete die Umgebung hinter und vor uns mit leicht zusammengekniffenen Augen. Den Lauf des Revolvers hielt er auf mich gerichtet.

»Wohin?« krächzte ich. Der Schlüssel, an dem eine Plakette mit dem Herz-Logo hing, ließ sich nur schwer im Zündschloß drehen. Ich legte die feuchten Hände aufs Lenkrad und betrachtete den ungewohnten Steuerknüppel.

»Zum Yachthafen. Machen Sie keine Dummheiten, dann passiert Ihnen nichts. Vorerst. Wir gehen segeln.« Er gab ein schrilles Kichern von sich. Das erklärte die Leinenschuhe – die passende Bekleidung für einen hübschen Segeltörn am Nachmittag. Und was hatte er mit mir vor? Darüber wollte ich lieber nicht nachdenken, aber alles deutete auf eine Bestattung auf hoher See hin.

»Und dann?« fragte ich, als ich den ersten Gang einlegte. Ich hatte solche Angst, daß meine Hände ganz steif und unbeweglich waren. Ich dachte an Michael, mit dessen Tod alles angefangen hatte, und Tränen der Hilflosigkeit brannten in meinen Augen. Gleichzeitig regte sich Wut in mir. Ich werde nicht sterben, sagte ich mir. Ich werde miterleben, wie meine Tochter Lisa den Studienabschluß macht und sich irgendwo niederläßt. Das kann er mir nicht nehmen. Diese Worte wurden zu einem Mantra, während ich den Wagen vom Parkplatz rollen ließ. Ich bog nach rechts zum Park Presidio Drive ab und nahm die Abkürzung zur Bucht.

»Warum?« wollte ich wissen. »Warum haben Sie Michael getötet?«

»Er kam zu mir und erzählte mir, daß mein Bild kein Werk von David ist. Er stand in meinem Wohnzimmer, trank meinen Scotch und sagte: ›Wirklich, Charles, es ist ein wunderschönes Gemälde, aber es ist eben nicht von David.‹« In Charles' Stimme schwang Zorn mit und noch etwas, was ich als Gefühl tiefer Demütigung deutete. Es tat beinahe weh, ihn so reden zu hören.

»Es ist keine Fälschung«, sagte ich und fädelte mich in den fließenden Verkehr ein, der durch den Richmond-Distrikt strömte, »es ist nur kein David. Die Zuordnung zu einem Maler ist eine Kunst, keine Wissenschaft.«

Er fuhr fort, als hätte ich kein Wort gesagt: »Mein Vater hat mir das Bild zu meinem achtzehnten Geburtstag geschenkt – es war während des Krieges –, kurz darauf starb er. Er rief mich in sein Arbeitszimmer und bot mir ein Glas von seinem besten Portwein an. ›Ich habe ihn in dem Jahr, in dem du geboren wurdest, in den Keller gelegt‹, sagte er. Wir hatten noch nie zuvor zusammen getrunken und nur selten ein ernsthaftes Gespräch geführt.«

Ich schaute in den Rückspiegel. Hinter mir fuhren Autos, genau wie auf den Fahrbahnen rechts und links. Alle machten den Eindruck, als wären die Insassen unterwegs zu einem Ausflug aufs Land. Charles ahmte den herablassenden, gönnerhaften Tonfall seines Vaters nach. »›Nun, Charles, ich nehme an, deine Mutter hat recht, und ich war dir wirklich kein guter Vater.‹ Dieser Bastard«, brummte Charles haßerfüllt. »Er erklärte mir, daß er mir das beste hinterlassen würde, was man mit Geld kaufen kann, das Recht, ein großartiges Stück des kulturellen Erbes mein eigen zu nennen. ›Ein Gemälde von einem der größten Künstler, die jemals gelebt haben.‹« Seine Stimme wurde immer tiefer, und das, was er von sich gab, klang wie eine Parodie auf einen autoritären Patriarchen. »Und alles war Schwindel ... all die Jahre, in denen ich in Internaten und Sommerlagern eingesperrt war, während er Tag und Nacht arbeitete, dachte ich, daß er ein miserabler Vater ist, aber ein großer Mann, der sich mit Kunst und Antiquitäten umgibt. Und dann taucht Michael bei mir auf und macht mir klar, daß mir mein Vater nur eine wertlose Leinwand mit Farbklecksen hinterlassen hat.«

»Aber der Rest der Sammlung ist echt«, erwiderte ich verwirrt.

»Der Rest der Sammlung gehört Liz«, versetzte er bitter. »Alles gehört Liz, bis auf die Rosenmeier-Gemälde.«

Und auch diese Sammlung wurde auf illegalem Weg erworben wie der Monet, der im Salon hängt, dachte ich. Aus Österreich geschmuggelt, wo die Kunstwerke in den Kriegsjahren versteckt gewesen waren. Aber wieso?

»Liz hat mich nie vergessen lassen, daß sie es war, die die wertvollen Kunstwerke mit in die Ehe gebracht hat«, sagte Charles wie zur Antwort auf meine unausgesprochene Frage. »Liz hatte das Vermögen. Alles ordentlich in Fonds angelegt ... Sie hat Almosen an mich verteilt wie seinerzeit mein Vater das spärliche Taschengeld, als ich im Internat war. Und sie hat mich stets und ständig daran erinnert, woher das Geld kommt«, zischte er. »Sie hat mich ausgelacht. Ein hübsches Bild, hatte Michael das *Portrait der jungen Frau* genannt. ›Armer Charles‹, sagte Liz gestern abend, ›sogar dein Familienerbe ist falsch. Ohne mich wärst du nicht einen Pfifferling wert.‹« Jetzt ging er zu einem weinerlichen Singsang über, der beinahe noch schwerer zu ertragen war als seine Haßtiraden. »Sie alle bildeten sich ein, ich wäre nur dazu da, zu tun, was sie wollten. ›O Charles, helfen Sie mir bitte bei diesem oder jenem.‹ Immer diese Schmeicheleien. Und die ganze Zeit verfolgten sie ihre eigenen Pläne. Michael wollte durch meine Bilder berühmt werden. Klaus brauchte sie, um sein Museum reich zu machen. Und Liz ... Liz wollte nur mit Klaus schlafen und die *grande dame* der Kunstszene werden.«

Der Verkehr wurde dichter, als wir uns dem Doyle Drive und den Zufahrten zur Golden Gate Bridge näherten. Ich glaubte, im Rückspiegel einen Streifenwagen ein gutes Stück hinter uns zu entdecken, dann sah ich jedoch, daß es nur ein bemalter Lieferwagen war. Wo steckte die Polizei, wenn man sie brauchte? Charles drehte sich um und schaute aus dem Rückfenster.

»Sie haben doch noch andere Gemälde aus der Rosenmeier-Sammlung in Ihren Besitz gebracht«, sagte ich, um ihn abzulenken.

»Meine Bilder«, sagte er. »Sie gehörten mir, und sie waren echt. Mein Vater hatte nur ein einziges Bild von Wert aus der Rosenmeier-Sammlung. Aber ich konnte noch andere dazu erwerben. Ich behielt sie ganz für mich allein als Privatsammlung.«

»Bis Klaus nach San Francisco kam.« Ich bremste ab, um einen roten Honda vorbeizulassen, und Charles wurde unruhig. Meine Nerven waren auch zum Zerreißen gespannt. Die Anstrengung, zu fahren *und* Charles zum Reden zu bringen, setzte mir zu, und ich wußte nicht, wie lange ich noch durchhalten konnte. Ich war ziemlich sicher, daß etwa vier Autos hinter uns ein Streifenwagen fuhr. Wir überquerten die Kreuzung der Geary Avenue, und ich sah kurz die schwarzweiße Lackierung aufblitzen, als das Auto nach rechts abbog und außer Sicht verschwand. Charles' Gesicht sah aus wie Pergament.

»Wir haben uns gut verstanden, Klaus und ich«, erwiderte er beinahe geistesabwesend. »Ich wußte, daß wir ausgezeichnet zusammenarbeiten könnten. Aber dann hat Michael alles verdorben – genau wie Liz. Michael wollte die Dinge nicht auf sich beruhen lassen. Er forschte immer weiter und suchte nach Antworten. Jedesmal wenn er von einer seiner Reisen zurückkam, stellte er mir neue Fragen über meine Bilder. Bis zum letzten Mal.«

»Zum letzten Mal?« Ein Schild wies auf die Abfahrt zum Yachthafen und zur Downtown hin, und ich fuhr langsamer, um die Kurve zum Doyle Drive nehmen zu können. Gelbe Straßenmarkierungen leiteten die Fahrspur in den fließenden Verkehr, der von der Brücke kam. Die Autos kamen nur noch stockend voran, als die Spuren schmaler und uneben wurden.

»Am Morgen vor der Party erzählte mir Klaus, daß Michael seinen Vortrag umschreiben und ein anderes Thema behandeln würde. Er wollte darüber sprechen, daß seine Recherchen zu der Entdeckung anderer Gemälde geführt hatten, die seit dem Krieg als verschollen galten. Es sollte eine ›Fallstudie‹ sein, sagte Michael. Er wollte keine Namen nennen. Klaus konnte ihn nicht überreden, das Thema fallenzulassen.«

»Also haben Sie ihn umgebracht, ehe er den Vortrag halten konnte.«

»Ich ging in sein Büro, während er und Klaus die Gäste zu Beginn der Party begrüßten. Ich löschte den Vortrag und die anderen Dateien im Computer und nahm die Disketten an mich.«

Mich packte die Wut, als mir klar wurde, daß Charles die Informationen gestohlen hatte, während ich mit Klaus und Michael in ein Gespräch verwickelt gewesen war. »Und dann?« erkundigte ich mich mit bebender Stimme.

»Ich kehrte wieder in den Innenhof zurück und folgte Michael, als er in sein Büro ging, um die Unterlagen für den Vortrag zu holen. Er saß am Computer, drückte aufgeregt auf alle möglichen Tasten und versuchte vergeblich, das verdammte Ding noch einmal auszudrucken. Er drehte sich nicht einmal um, als ich in sein Büro kam … Parken Sie hier«, befahl Charles mir. »Vor der Grünanlage.« Er saß stocksteif da, und seine Atemzüge waren flach und unregelmäßig.

Ich hielt hinter einem braunen Volvo und stellte den Motor ab. »Wohin gehen wir?«

Statt zu antworten, nahm Charles einen blauen Anorak vom Rücksitz, wickelte ihn fest um die Hand, in der er den Revolver hielt. Dann streckte er die Hand vor mir aus und verriegelte meine Tür. »Jetzt«, sagte er und packte mein Handgelenk, »rutschen Sie herüber und steigen Sie aus. Wir gehen über die Grünanlage zum Hafenbecken. Falls Sie irgend etwas versuchen, schieße ich.«

In dem langen Park zwischen Boulevard und Kaimauer herrschte reges Treiben. Jogger mit Walkmen liefen über die Wege, Hunde und Kinder tobten herum. Bunte japanische Drachen surrten in Schlangenlinien durch die Luft. Kein Mensch schenkte uns Beachtung, als wir durch die Grünanlage gingen. Wir hätten ein ganz normales Paar bei einem Nachmittagsspaziergang sein können.

Der St. Francis Yacht Club war eine Bastion der Privilegierten. »Können Sie segeln?« fragte Charles, als wir am Hafenbecken entlanggingen. Die kleinen Fähnchen auf den Masten flatterten im Wind, und Wanten schlugen rhythmisch wie metallische Glocken, gegen das Aluminium. Die Boote – die meisten von ihnen waren für Regatten auf dem Ozean ausgerüstete Segelschiffe – waren ziemlich groß und elegant.

»Nein«, sagte ich. »Ich werde seekrank, wenn ich die Wellen nur sehe.« Das entsprach nicht ganz der Wahrheit. Ich hatte als Kind oft mit meinem Vater gesegelt, aber ich konnte mich nicht mehr erinnern, wann ich das letzte Mal auf einem Boot gewesen war. Segeln ist wie Radfahren – wenn man es einmal gelernt hat, vergißt man nicht mehr, wie es geht.

»Dann beugen Sie sich weit genug über die Reling. Ich werde nicht zulassen, daß Sie sich in meinem Schiff übergeben«, stieß Charles hervor. Offenbar gewann er in dieser

Umgebung seine Energie zurück. Oder er fühlte sich weit weg vom Museum und von Klaus sicherer. Auf der Hälfte des Weges zum Ende des Beckens blieb er stehen.

Holzstufen führten hinunter zu den Docks, die in schmale Liegeplätze unterteilt waren. Vor uns lag ein dunkelblaues Schiff. Ungefähr fünfundvierzig Fuß lang, schätzte ich, als ich mir den Rumpf genauer ansah, auf dessen Seite der Name *Charleroi* stand.

»Wie passend«, sagte ich sarkastisch.

Charles lächelte. »Sie schafft es bis zum Nachmittag nach Santa Cruz«, erklärte er selbstgefällig. »Wenn die Polizei Straßensperren errichtet hat und die Flughäfen rund um San Francisco kontrolliert, sitze ich längst in einem Mietwagen und fahre nach Mexiko. Allein. Wenn Sie eine bessere Seglerin wären und Sie mit ihrer Haarfarbe und den grünen Augen nicht so auffallen würden, dann würde ich vielleicht eine andere Möglichkeit in Erwägung ziehen.«

Es herrschte nicht viel Betrieb im Hafen, und die Schiffe, die in der Nähe lagen, schienen verlassen zu sein – die Takelagen waren ordentlich verstaut, und Persennings bedeckten die Sitze der Steuermänner. Ich zuckte mit den Schultern und leistete keine Gegenwehr, als mich Charles an Bord bugsierte. »Es ist besser, wenn Sie erst mal unten bleiben«, sagte er und zerrte mich die steilen Stufen zur Kajüte hinunter. »Ich lasse Sie wieder raus, sobald wir den Hafen hinter uns haben.«

Er öffnete eine Schublade, nahm einen Strick heraus und fesselte mir die Hände auf dem Rücken, schlang das Seil auch ein paarmal um meine Knöchel und band es schließlich an dem am Schiffsboden festgeschraubten Metallfuß des Eßtisches fest. Halb sitzend, halb liegend beobachtete ich, wie Charles in der Kajüte herumhantierte. Für einen Mann von siebzig Jahren war er erstaunlich flink, und es war nicht zu übersehen, daß er das Schiff kannte wie seine Westentasche. Zu guter Letzt ließ er mich auf der schmalen Koje zurück und ging hinauf ans Steuer.

Zum erstenmal, seit ich am Morgen das Museum betreten hatte, war ich allein. Die Angst drohte mich zu übermannen. Von der Minute an, in der Charles den Revolver auf mich gerichtet hatte, war mir klar gewesen, welches Schicksal er mir zugedacht hatte. Ich versuchte den Gedanken daran zu verdrängen, denn die Angst vor dem Ertrinken und vor einem Tod im eiskalten Wasser hatte schon immer meine schlimmsten Alpträume beherrscht. Im Pazifischen Ozean wimmelte es von Haifischen, und das Wasser war so kalt, daß ein Mensch in nur wenigen Minuten an Unterkühlung starb. Ich brauchte mir gar keine Mühe zu geben, zu schwimmen oder auf vorbeifahrende Schiffe und Rettung zu hoffen.

Um mich abzulenken, sah ich mir die Kabine genauer an und versuchte, mir alles genau einzuprägen. Nach alter Seefahrermanier war alles in Schubladen und Schränken verstaut, die fest an der Wand installiert waren. Bevor Charles die Kajüte verlassen hatte, hatte er den Funk in der kleinen Kombüse eingeschaltet. Ständig wurden Informationen über Wind und Wasserbedingungen durchgegeben – das meiste davon verstand ich nicht.

Ich hörte, wie Charles auf dem Deck hin und herging, Segel hißte und Leinen festzurrte. Der Motor sprang tukkernd an, und der Geruch nach Diesel drang mir in die Nase. Durch das kleine Bullauge sah ich, wie wir ins Hafenbecken glitten. Ich hörte das Kreischen der Möwen und die Stimmen von Menschen, die Charles vom Dock aus einen Gruß zuriefen.

Der Bug des Bootes schwang herum, als wir auf die Hafenausfahrt zusteuerten. Der Verkehrslärm wurde schwäher, und Wasser schwappte gegen den Rumpf. Plötzlich wurde es ganz still. Wir hatten die offene See erreicht, und jetzt gab es nur noch Charles und mich. Dieser Gedanke bot mir wenig Trost.

KAPITEL FÜNFUNDZWANZIG

Die fünfzehn Minuten, die vergingen, bis Charles wieder zu mir herunterkam, erschienen mir wie Stunden. »Machen Sie schon«, herrschte er mich an, als er das Seil an meinen Knöcheln löste und ich meine Handgelenke massierte. »Gehen Sie an Deck, dort kann ich Sie im Auge behalten.«

Ich stolperte die steilen Stufen hinauf und setzte mich soweit weg wie möglich von Charles auf die Bank neben dem Ruderhaus. Die Brise war sehr kalt. Charles hatte alle Segel gehißt, und der Bug des Schiffes hob und senkte sich in dem kabbeligen Wasser der Bucht. Die orangefarbenen Türme der Golden Gate Bridge zeigten an, daß wir die ruhigen Gewässer der Bucht verließen. Eine Gruppe von Touristen in bunten Anoraks winkte fröhlich, als wir unter der Brücke hindurchfuhren.

Ich schauderte und beneidete Charles um das gelbe Ölzeug, das er sich angezogen hatte, während ich gefesselt in der Kajüte warten mußte. Wenigstens hatte ich heute morgen, als ich wahllos in den Schrank gegriffen hatte, einen leidlich warmen Wollpullover erwischt. Der kalte Wind hatte Farbe in Charles' Wangen gebracht, und er betätigte das Ruder mit geübten Händen. Der Revolver lag griffbereit auf einem Polster neben ihm. Er sah mich an und lächelte kalt, als er meinem Blick folgte. »Sie sind tot, bevor Sie nach ihm fassen können«, sagte er.

Wir näherten uns der Öffnung des Golden Gate und segelten in Richtung Westen oder Südwesten. Die Bojen, die den Kanal markierten, schlugen bei jeder Welle aufs Wasser auf. Von dem Wetterbericht, den ich unter Deck gehört hatte, wußte ich, daß wir mit der zurückgehenden Flut ausgelaufen waren. »Wind aus Nordwest mit fünfzehn bis zwanzig Knoten«, stellte Charles fröhlich fest. »Sobald wir ein Stück vom ›Potatoe Patch‹ weg sind, müßten wir nach dem gestrigen Unwetter zehn bis zwölf Fuß Wasser unter dem Kiel haben. Wenn wir Kurs nach Süden nehmen, setzen wir uns von dieser Gesellschaft ab«, fügte er hinzu und deutete auf die Segler und den orangefarbenen Tanker in der Ferne.

»Potatoe Patch« ist ein hübscher Euphemismus für den Bereich, in dem die auslaufende Flut aus der Bucht mit der entgegengesetzten Strömung vom Meer aufeinandertraf. Ich hatte von Seglern gehört, daß hier der Wellengang manchmal turmhoch war und die Brecher seetüchtige Schiffe wie Spielzeug unter Wasser drücken konnten. Meine Anwesenheit auf dem Schiff bewahrte Charles zumindest von der Monotonie, allein durch rauhe Gewässer segeln zu müssen. Allerdings war ich felsenfest davon überzeugt, daß er vorhatte, mich irgendwann über Bord zu werfen, und dieser Gedanke war mehr, als ich ertragen konnte. Ich zog den Rollkragen übers Kinn, setzte mich auf meine Hände, um sie zu wärmen, und beobachtete den Wind und das Wasser.

Charles behielt das Windfähnchen auf dem Mast im Blick. »Land's End in Sicht«, verkündete er und musterte mich kritisch. »Zeit, den Kurs zu ändern.« Als ich keine Antwort gab, zuckte er mit den Achseln und kontrollierte den Kompaß im Ruderhaus. Ich schien für ihn eine immer kleinere Rolle zu spielen, je länger wir unterwegs waren.

»Der Wind ist zu stark für eine sichere Wende. Wir werden gegen den Wind kreuzen und dann eine schnelle Wende machen. Danach wird es Zeit, daß sich unsere Wege trennen, meine Liebe.« Er könnte Segelkurse in einem Sommerlager für Kinder geben, dachte ich. Längs des Bootes hoben sich bedenklich graugrüne Wogen, lösten sich jedoch in schaumige Strudel auf und hinterließen eine brodelnde Bugwelle.

Der Bug drehte sich langsam in die Richtung, aus der der Wind kam. Die Segel strafften sich, das Boot nahm Fahrt auf und durchschnitt die Wellen. Feiner Gischt spritzte mir ins Gesicht. »Man sollte nie eine volle Wende in den Wind machen, wenn es nicht unbedingt nötig ist«, hatte mein Vater meinen Bruder und mich immer gewarnt. »Es ist zu riskant. Wenn der Wind von hinten kommt, sich in den Segeln verfängt und den Ausleger herumschleudert, passieren mehr Unfälle als bei anderen Manövern.« Wir hatten damals aufmerksam zugehört und stets genau aufgepaßt, daß der Wind niemals direkt von hinten kam.

Bei der Erinnerung an die früheren Segeltörns schnürte sich mir die Kehle zu, und meine Zähne klapperten, als Charles rief: »Hart leewärts!« und den Bug gegen den Wind steuerte. Die Winden ratterten, die Sägel blähten sich auf und wurden straff, als sich der Ausleger mit dem Hauptsegel über unseren Köpfen drehte. Der Klüver verhakte sich irgendwie am Mast, und die Geschwindigkeit des Schiffes wurde abrupt abgebremst. Ich konnte nicht erkennen, was schiefgelaufen war, weil mir die Segel die Sicht versperrten. Charles, den das wilde Flattern der Segel erschreckt hatte, starrte zum Bug.

»Verdammt!« Er versuchte verzweifelt, das Boot unter Kontrolle zu halten und gleichzeitig den Klüver zu lösen. »Sehen Sie zu, daß Sie den Baum wieder frei kriegen!« schrie er mir zu. Ich sah ihn ausdruckslos an. Er fluchte. Einen Moment lang glaubte ich, er würde mich auf der Stelle erschießen, aber offenbar sorgte er sich mehr um sein Schiff als um die Besatzung.

»Übernehmen Sie das Steuer!« kreischte er und schnappte sich den Revolver. »Halten Sie es ganz fest, während ich nach vorn gehe. Eine falsche Bewegung, und ich schieße!«

Ich übernahm das Steuer und warf einen Blick über die Schulter, als Charles nach vorn lief, um den verhedderten Klüver, der wild gegen den Mast schlug, zu richten. Die *Charleroi* war, wie ich vermutet hatte, mit Tauen und Winschen ausgestattet, die von der Mastspitze bis zum Heck verliefen, um dem Mast zusätzliche Stabilität zu verleihen. Charles war zu sehr mit dem Klüver beschäftigt gewesen, um die Taue festzuziehen, die jetzt im Wind flatterten. Schon als Kind hatte ich gelernt, daß lose Seile oder oder nicht befestigte Gegenstände auf Segelbooten die Tendenz hatten, im Weg zu sein. Für mich hieß es: jetzt oder nie.

Ich umklammerte das Steuer und drehte das Schiff ein Stück aus dem Wind, als sich Charles über den verhedderten Klüver beugte. Der Bug hob sich mit der Welle, die auf uns zukam und schien einen Moment zwischen Himmel und Wasser zu schweben, ehe er sich wieder senkte. In der Sekunde, in der der Bug über dem Wellenkamm war, drehte ich das Steuer, so schnell ich konnte, aus der Windrichtung, und hielt mich fest, als das Heck sich hob und herumschwang. Ich war nicht sicher, welche genauen Auswirkung mein Manöver haben würde, aber ich wußte, daß es ungemütlich wurde, wenn die Zwanzig-Knoten-Brise das Segel erfaßte.

Plötzlich wirkten Kräfte und Gegenkräfte auf das Heck ein: Der Wind erfaßte die Segel von hinten, der Ausleger schoß mit der Wucht einer Kanonenkugel quer über das Boot auf das Ruderhaus zu. Ich duckte mich und bereitete mich auf das Schlimmste vor. Der Ausleger prallte auf die Verstrebung des Mastes. Eine Schockwelle erfaßte den Rumpf, das Segel schlug zurück in die andere Richtung.

Für den Bruchteil einer Sekunde schien die Zeit stehen zu bleiben, und die *Charleroi* verharrte auf der Welle. Dann schoß der Bug in die Tiefe, Wassermassen brachen über uns herein. Charles verlor das Gleichgewicht und wurde herumgewirbelt, als der Ausleger auf den Mast prallte. Ich hörte ein leises Geräusch, dann einen Knall, als die Taue rissen und der Mast kurz darauf wie ein riesiger Baum im Sturm umfiel und mit einemmal überall zerfetzte Segel lose herumflatterten.

Ich kauerte hinter dem Steuerrad, schützte meinen Kopf mit den Armen und sandte ein Stoßgebet zum Himmel. Die Segel fingen den Wind auf und rissen den Mast mit sich ins Wasser. Ich schaute auf und sah, daß Charles in einem Gewirr von Nylonstoff und Tauen auf dem Deck lag. Das Boot schlingerte seitwärts und tanzte haltlos auf den Wellen. Charles fuchtelte wild mit Armen und Beinen, verwickelte sich dabei immer mehr in Stoff und Taue und schrie um Hilfe. Ich klammerte mich ans Steuer und gab das Salzwasser, das ich geschluckt hatte, wieder von mir. Ich konnte keinen Bootshaken entdecken. Charles' Hände und der Revolver waren nicht mehr zu sehen. Sollte ich versuchen, ihn aus seiner Lage zu befreien?

Alles in mir wehrte sich, einem Mann das Leben zu retten, der den Tod für mich geplant hatte, aber schließlich war ich keine Mörderin. Ich riß die Truhe unter dem Sitz auf, nahm eine orangefarbene Schwimmweste von dem Stapel, der dort verstaut war. Als ich mich aufrichtete, erfaßte eine neue Welle den Bug und zerrte an dem Knäuel von Segeln und Tauen. Ich beobachtete, wie Charles zur Seite rutschte. Unsere Blicke trafen sich, und ich erkannte Wut und Verzweiflung in seinen Augen. In der nächsten Sekunde glitt er wie in Zeitlupe über Bord, das Segel schmiegte sich an seinen Körper wie ein Totenhemd.

Ich zitterte am ganzen Leib, keuchte und schluchzte. Trotzdem zog ich die Schwimmweste über meinen triefnassen Pullover. Ich hatte keine Ahnung, ob Charles eine Rettungsinsel an Bord hatte oder wie lange es dauern würde, bis die Wellen das instabile Schiff unter Wasser gedrückt hatten. Meine Füße fühlten sich bereits taub von dem eisigen Wasser an. Ich stolperte über die steile Treppe in die Kajüte hinunter und stieß mir den Kopf an der Luke an.

Als sich meine Augen an das düstere Licht gewöhnt hatten, ging ich auf das Funkgerät zu, aus dem nur noch statisches Knistern und Zischen drang. Ich drehte verzweifelt an den Knöpfen. Nichts. Wahrscheinlich war die Antenne am Mast befestigt gewesen, und deshalb konnte keine Funkverbindung mehr zustandekommen. Die *Charleroi* machte einen Satz. In meiner Hilflosigkeit griff ich nach dem Funkmikrofon und gab auf allen Kanälen SOS-Rufe durch. Keine Antwort.

Ich begann, die Schränke in der Kabine zu durchwühlen und stieß auf Leuchtmunition und einen wasserfesten Behälter mit Streichhölzern. Bevor ich an Deck ging, zog ich meinen nassen Pullover aus und nahm statt dessen einen trockenen von Charles und einen imprägnierten Parka aus dem Schrank. Die Panik wich einer angenehmen Lethargie, die ich als erstes Anzeichen der Unterkühlung deutete. Der Parka und der dicke Pullover würden mich nicht entscheidend wärmen, aber ich hoffte doch, daß meine Körpertemperatur nicht weiter sank. Ich nahm die Leuchtmunition, eine starke Taschenlampe und die Streichhölzer mit an Deck und vermied den Blick auf das grellweiße Segel, in dem Charles durch das bewegte Wasser trieb. Ich kauerte mich auf das überschwemmte Deck, stellte die Leuchtraketen auf, feuerte eine nach der anderen ab und beobachtete, wie sie in hohem Bogen in den Himmel flogen und sich schließlich in Rauch auflösten.

Ich schätzte, daß ich ungefähr zwei Meilen vom Land entfernt war und die Strömung nach Südwesten verlief. Die nächste Insel, das ich erreichen würde, wenn das Boot weiter trieb, war vermutlich das zweieinhalbtausend Meilen entfernte Hawaii – es sei denn, es wurde nicht von einer seitlichen Strömung erfaßt, die mich gegen die Klippen der kalifornischen Küste schleudern würde.

Ich hockte noch immer zitternd im Ruderhaus, als das Boot der Küstenwache beidrehte.

Fünf Minuten später wurde Charles' Leichnam aus den Segeln und Tauen geschnitten und an Bord gehievt.

EPILOG

Die Korrekturfahnen von Michaels Katalog kamen an. Ich hörte, wie der schwere wattierte Umschlag durch den Briefschlitz auf den Boden im Hausflur fiel, lief hinunter und riß das Kuvert auf, während die Katzen um meine Füße herumtanzten. Nachdem ich den Papierstapel aus dem Umschlag genommen hatte, setzte ich mich auf die unterste Stufe und blätterte die Fahnen durch. Der Abzug des Covers zeigte die Reproduktion von Davids *Napoleon in seinem Arbeitszimmer*. Ich starrte auf das blasierte Gesicht des Kaisers und erinnerte mich an Frau Schillers Geschichte von dem kleinen Wiener Mädchen, das immer kichern mußte, wenn es an dem Bild vorbeiging.

Candy öffnete ihre Wohnungstür und ließ sich eine Stufe über mir nieder. Sie legte die Arme auf meine Schultern und betrachtete wie ich die weißen bedruckten Blätter. Auf der ersten Seite stand in schwarzem Rahmen eine Widmung an Michael. Ich blätterte weiter zur Danksagung und prüfte, ob Reginas und Luis' Namen richtig geschrieben waren, dann sah ich die restlichen Seiten und die Dokumentationen zu den Exponaten durch. Auf jeder Seite befanden sich eine Farbreproduktion der für die Ausstellung bestimmten Gemälde und ein Textabschnitt.

Nach längeren Diskussionen waren wir schließlich übereingekommen, die Ausstellung noch im Herbst zu eröffnen. Ich hatte versprochen, Regina und Luis mit zu der Vernissage zu nehmen. Sie betrachteten das Unternehmen mittlerweile als *ihre* Ausstellung, obwohl das *Portrait einer jungen Frau* aus dem Programm genommen worden war und jetzt als Beweisstück Nr. 42 einem vermutlich Jahre dauernden Rechtsstreit entgegensah.

Lieutenant Marconi hatte mir wenige Tage zuvor einen Besuch abgestattet. Er wolle nur nach dem Rechten sehen, sagte er. Ihm war nach wie vor unverständlich, was Charles Howland aus Enttäuschung über den Verrat und Betrug getan hatte und warum sich Klaus Burger so viel Mühe gemacht hatte, seine Vergangenheit zu verschleiern. Ich hatte versucht, ihm alles zu erklären.

»All die widerstreitenden Gefühle, die Charles seinem Vater entgegengebracht hatte, waren nach dessen Tod auf das Bild, das er ihm hinterlassen hatte, konzentriert«, sagte ich. »Es muß ihn regelrecht verfolgt haben. Erst versuchte er seinen Haß zu überwinden, indem er zum Kunstsammler wurde und mehr wertvolle Bilder an sich brachte, als sein Vater besessen hatte. Da es ihm nicht gelang, die Objekte auf legalem Weg zu erwerben, brachte er die Rosenmeier-Sammlung unrechtmäßig in seinen Besitz und redete sich selbst ein, daß sie ihm von Rechts wegen zustand.«

Marconi funkelte mich an. »Burger ist aus dem Hospital entlassen worden. Soweit ich es beurteilen kann, waren seine Verletzungen nicht allzu ernst. Er hat sich bereit erklärt, gegen Straffreiheit eine Aussage zu machen.«

»Klaus verdient es nicht, mit heiler Haut davonzukommen. Er wußte von Anfang an, daß Charles' Portrait kein David ist. Es paßte ihm ausgezeichnet in den Kram, Charles an der langen Leine zu führen und ihn dazu zu bringen, Spenden für das Museum aufzutreiben. Das heißt, bis Michael seine Verbindung zu Rosenmeier aufdeckte. Ich verstehe nur nicht, wieso Charles einverstanden war, daß Klaus den Posten des Museumsdirektors übernahm. Ihm muß doch klargewesen sein, wen er sich da ins Haus holte.«

Marconi lächelte. »Wollen Sie damit sagen, daß es einen Aspekt in diesem Fall gibt, den Sie noch nicht durchschaut haben?« fragte er leichthin. Von der Spannung unserer früheren Begegnungen war nichts mehr zu spüren. »Howland war im Vorstand, als Burger der Job angeboten wurde. Aber er war nicht der Vorsitzende. Das war damals ein Mann namens Marvell, und er war derjenige, der Burger verpflichtete. Als Howland begriff, daß Burger der neue Mann werden sollte, war es bereits zu spät.«

»Er hätte die Wahrheit über Klaus' Hintergrund sagen können.«

»Nicht, wenn er seine eigene Rolle beim illegalen Export der Rosenmeier-Sammlung aus dem Nachkriegs-Österreich weiterhin geheimhalten wollte.«

»Ja, wahrscheinlich haben Sie recht«, sagte ich und nahm die Zigarette, die Marconi mir anbot. Seit meinem Segelausflug mit Charles Howland rauchte ich wieder, und jedesmal wenn ich mir eine Zigarette anzündete, sagte ich mir, daß es die letzte sein müßte. Morgen höre ich auf, dachte ich und inhalierte den Rauch.

»Burger stellte rasch klar, daß er Howland höchste Beachtung schenken und ihn zum Vorstandsvorsitzenden machen würde. Und als Howland Geld brauchte, erklärte er sich einverstanden, dem falschen Gemälde ein Zertifikat auszustellen.« Marconi beobachtete den Rauch, der aus dem Küchenfenster driftete. »Es lag in ihrer beider Interesse, alles so zu lassen, wie es war. Aber dann ging ihr kleiner Plan plötzlich nicht mehr auf.«

Die Polizei hatte die Mordwaffe gefunden – ein langes, dünnes Messer mit scharfer Spitze. Charles hatte früher ein paar Semester Medizin studiert und ziemlich genau gewußt, wo er zustechen mußte. Ich mußte unwillkürlich an Michael denken. Ich konnte seinen Wunsch, die Wahrheit über Klaus' Ehrgeiz und Charles' Ängste ans Licht zu bringen, mittlerweile gut verstehen. Es ist ein schmaler Grad zwischen den Ambitionen, die uns auszeichnen, und denen, die uns blind gegen die Wirklichkeit und die menschlichen Schwächen machen. Jetzt konnte ich ohne

Hemmungen um Michael trauern. Der Mann, dessen Tod ich beweinte, hatte Fehler gehabt, doch er erschien mir jetzt realer als der brillante Kunsthistoriker, den ich so viele Jahre in ihm gesehen hatte.

Klaus entkam einer Strafverfolgung, weil er sich als Kronzeuge in diesem Fall zur Verfügung stellte, aber die Staatsanwaltschaft häufte immer mehr Beweise für Patrick Maguires und Frank Spurlings betrügerische Machenschaften an. Adam schien von den Vorgängen so beeindruckt zu sein, daß er eine Wandlung durchmachte: Er hatte sein Haar geschnitten und trug nur noch Tweedjacketts. Candy erzählte mir, daß er sich nicht mehr in der Kunstakademie hatte blicken lassen, seit er ihr auf ihr Drängen hin eingestanden hatte, daß er sie auf Charles' Geheiß auf der Straße überfallen hatte, um ihre Schlüssel zu stehlen.

Von meinem Honorar für die Arbeit im Museum war noch genug übrig, daß ich eine Parisreise für den nächsten Sommer ins Auge fassen und meine Recherchen für das Lilly-Spender-Buch abschließen konnte. Meine Tochter Lisa wollte mich begleiten. Wir waren übereingekommen, einen Wagen zu mieten und zwei Wochen durch die Toskana zu fahren. Ich hatte mir immer schon gewünscht, ihr einmal Giottos Fresken in der Arena-Kapelle zu zeigen.

Als wir mit Michaels Katalog auf der Treppe hockten, lächelte mich Candy an. Immer wieder beteuerte sie, wie schleierhaft es ihr sei, daß man wegen einem gestohlenen oder falschen Gemälde in solche Schwierigkeiten kommen könne. Ich rief ihr ins Gedächtnis, daß man schon wegen weniger große Kriege angezettelt hatte.

ENDE

Nino Filastò

Die Nacht der schwarzen Rosen

Ein Avvocato Scalzi Roman

Aus dem Italienischen von Barbara Neeb
352 Seiten. Gebunden mit Schutzumschlag
ISBN 3-351-02860-1

Der Florentiner Anwalt Scalzi, »ein melancholischer Aufklärer, der sein Metier mit Würde und stiller Beharrlichkeit betreibt« (FAZ), wird erneut in einen ihm tief unsympathischen Fall hineingezogen: Die Leiche eines amerikanischen Kunsthistorikers wurde im Hafenbecken von Livorno gefunden.

»Ein erstklassiger Krimi. Das auch all denen ins Stammbuch, die meinen, ausgerechnet die Amerikanerin Donna Leon schreibe die besten Italien-Krimis. Dann lesen Sie lieber mal den hier.« *WDR*

Aufbau-Verlag